Shangri-la

JULIO MURILLO

Shangri-la

Tradução de
LUÍS CARLOS CABRAL

EDITORA RECORD
RIO DE JANEIRO • SÃO PAULO
2012

CIP-BRASIL. CATALOGAÇÃO NA FONTE
SINDICATO NACIONAL DOS EDITORES DE LIVROS, RJ

M953s   Murillo Llerda, Julio, 1957-
   Shangri-la / Julio Murillo Llerda; tradução de Luís Carlos Moreira Cabral.
   – Rio de Janeiro: Record, 2012.

   Tradução de: Shangri-la
   ISBN 978-85-01-08705-8

   1. Ficção espanhola. I. Cabral, Luís Carlos Moreira. II. Título.

                                    CDD: 863
11-7029   CDU: 821.134.2-3

Título original:
SHANGRI-LA

Copyright © Julio Murillo, 2008

Todos os direitos reservados. Proibida a reprodução, no todo ou em parte, através de quaisquer meios. Os direitos morais do autor foram assegurados.

Texto revisado segundo o novo Acordo Ortográfico da Língua Portuguesa.

Direitos exclusivos de publicação em língua portuguesa somente para o Brasil adquiridos pela
EDITORA RECORD LTDA.
Rua Argentina, 171 – Rio de Janeiro, RJ – 20921-380 – Tel.: 2585-2000, que se reserva a propriedade literária desta tradução.

Impresso no Brasil

ISBN 978-85-01-08705-8

Seja um leitor preferencial Record.
Cadastre-se e receba informações sobre nossos lançamentos e nossas promoções.

EDITORA AFILIADA

Atendimento e venda direta ao leitor:
mdireto@record.com.br ou (21) 2585-2002.

1

NOVE FÉRETROS

Heinz Rainer limpou com a palma da mão o vapor que embaçava o vidro da janela. Abstraiu-se observando, através da discreta abertura, o animado vaivém que tomava conta da rua Wartburg ao entardecer. Chuviscava. Os transeuntes, a caminho de casa, apertavam o passo e levantavam as golas de suas gabardinas. Um pouco mais além, na esquina, as luzes de freio vermelhas dos carros se confundiam com as piscadas hipnóticas do letreiro luminoso da mercearia de Tarek, um libanês austero e reservado que nunca fechava as portas antes de meia-noite.

— Aquele patife sempre engana a gente no peso, não é verdade, Liz? — pensou Hans em voz alta, acendendo um cigarro.

— Mas é discreto e não faz muitas perguntas.

Os olhos de uma gata siamesa brilharam, assertivos.

Rainer exalou uma baforada quente de fumaça que embaçou por alguns instantes o vão pelo qual ele observava o mundo. Uma mulher atravessava a rua contornando os carros. Os saltos dos sapatos a faziam vacilar. Tentava dominar, sem muito êxito, um pequeno guarda-chuva castigado pela tormenta. Esteve prestes a cair de bruços no chão molhado.

Suspirou desassossegado. Caso se entregasse ao impulso irracional que o assaltava, invariavelmente, no lusco-fusco dessas horas, desceria das alturas de seu desterro no terceiro andar e pisaria a liberdade do asfalto. Perder-se no ruidoso movimento da cidade lhe parecia um prazer. Um prazer proibido, como tantos outros. Não podia arriscar que a misteriosa e incompreensível lei chamada azar o levasse a topar com um olhar que viesse a reconhecer o seu. Talvez por isso não suportasse ver refletida sua imagem nas vitrines das lojas. "De algum modo" — dizia para si mesmo em seus longos e tediosos solilóquios —, "se consegui esquecer o meu rosto, talvez os outros também o tenham esquecido."

Essa ideia um tanto estranha chegara a se converter para ele em uma sólida convicção. Em seu refúgio, que mais parecia uma jaula, não havia espelhos. Com o tempo, aprendera a se barbear apalpando a pele do rosto e do pescoço.

Uma súbita lufada atirou um punhado de gotículas de chuva contra o vidro. Brilharam em sua enviesada descida ao parapeito. Se o inverno estivesse mais adiantado, teriam congelado na metade do caminho.

Na caprichosa trama de formas caleidoscópicas, luzes evanescentes e reflexos, o rosto do coronel Howard Rodby apareceu como uma maldição no centro dos pensamentos de Rainer. Pôde ver a expressão contrariada do militar, imaginar seu incessante vaivém ao longo da pista de aterrissagem da base de Wichita, com as mãos entrelaçadas nas costas, olhando sem parar para o relógio. Aqueles olhos esbugalhados, de sapo, giravam em suas órbitas como as pás de um ventilador, sempre em movimento, e a contração torta de seus lábios, invariavelmente oblíqua e desabada, provavelmente estava mais acentuada do que de costume. Howard Rodby.

Maldito porco, assassino.

Consumiu um terço do cigarro em uma longa e profunda tragada e se divertiu com a agradável ideia de sua morte.

— Dia desses o encontrarão contraído, feito um farrapo — profetizou entre os dentes. — Um tiro dilacerante e piedoso queimará seu coração imundo.

"Quando isso acontecer — e Rainer desejou que fosse o quanto antes —, o mundo terá sacudido um energúmeno de cima dele."

Jurou comemorar com toda pompa, esvaziando uma garrafa inteira em três tragos. Esmagou a guimba como se torcesse o pescoço de uma lembrança indesejada.

— E se Günter Baum acompanhar Rodby em sua viagem ao inferno — acrescentou, entrecerrando os olhos —, duas, duas garrafas. De bom uísque, naturalmente.

Depois iria passear ao léu, e continuaria a beber no balcão do primeiro bar que encontrasse no caminho; não pintaria mais os cabelos; abandonaria os óculos escuros; iria se sentar em um banco de um belo parque no meio da manhã.

Sempre gostara do sol.

O rugido de uma motocicleta de muitas cilindradas passando embaixo da janela tirou Rodby de seus pensamentos. Esvaneceu-se.

O que aconteceu nas horas seguintes?

Isso era uma coisa que se perguntara uma infinidade de vezes.

Certamente o avião aterrissou, apesar do mau tempo, no mesmo dia em que o deram por morto. É provável que tivessem usado um bimotor pançudo, mais parecido com um tênis do que com um avião. Amontoaram em suas tripas os caixões, prenderam-nos com correias e trocaram com os pilotos os documentos de praxe. Horas mais tarde, antes do amanhecer, depositaram o pouco que restava da Millenium Research 2000 em algum hangar remoto dos Estados Unidos, em alguma instalação militar, atrás de mil cercas eletrificadas e diante das testemunhas indispensáveis.

Aqueles infelizes fazem tudo às escuras. Nunca deixam pistas.

E, neste assunto, deixar qualquer tipo de rastro seria imperdoável.

Provavelmente colocaram um ponto final no assunto a toda a pressa. Contaram os ataúdes. Um, dois, três..., nove. Talvez tivessem tido estômago suficiente para abri-los e examinar seu conteúdo com cuidado.

Não devia ter restado muita coisa do japonês. Era um homem miúdo. Com um bigodinho ridículo. No máximo, uns restos de carvão desfigurados. Além disso, Hatsuka era feio. E um japonês, quando é feio, é feio de verdade. Não deve ter sido fácil identificá-lo com uma simples olhada. Talvez tivessem confirmado sua identidade futucando seu DNA incinerado.

A Dra. Brandley, ao contrário, devia brilhar de tão bela, branca e mórbida, como se tivessem cinzelado o que restara dela após sua morte em um bloco de gelo milenar.

Pobre Angela.

Stan Barets, o francês incrédulo e brincalhão, e todos os demais haviam sido crivados de bala; acabaram esburacados como um queijo gruyère de bom tamanho. Depois foram borrifados com gasolina. Seus despojos não deviam ter um aspecto muito bom.

Pare de pensar, deixe estar — se propôs, percorrendo com a vista a silhueta escura dos telhados do lado oposto da rua. — Carregar nas pupilas o horror de suas mortes é castigo suficiente. A última luz do dia se precipitava por uma estreita faixa do crepúsculo. Rainer acendeu a luz de um pequeno abajur e se deixou cair em um sofá desconjuntado.

Com um pulo elegante e elástico, a gata desceu da estante desengonçada. Aproximou-se dele, esfregou as costas em suas pernas e subiu no seu colo.

— Você quer saber o que aconteceu depois, não é? — interpelou, com um sussurro mal audível, acariciando o corpo sedoso do felino. — A verdade é que não tenho como saber, minha linda.

É provável que depois de uma rápida necrópsia tivessem preenchido os nove relatórios pertinentes, cavado um bom buraco e os sepultado ali, no meio de um deserto — especulou. — Ou no outro lado do mundo. Ou talvez queimado o pouco que restava em algum forno. Sem bandeiras, sem honrarias, sem nenhuma explicação oficial; nem uma mísera carta de condolências, daquelas que os familiares guardam em uma gaveta, no meio de papéis de seda, ou dependuram, como fazem impudicamente os norte-americanos, na sala de casa, sobre a lareira, com uma bela moldura que exibem às visitas e diante da qual comemoram, relaxados e orgulhosos, o dia quatro de julho.

A verdade é que nunca conseguira investigar o que haviam feito com os oito cadáveres. Os meios de comunicação não deram muito espaço ao assunto. Mencionaram um terrível acidente, disseram que uma camada oculta sob o gelo se abrira debaixo de seus pés, tragando todos.

Uma perda irreparável para a comunidade científica fora a frase mais usada. E tudo caiu no esquecimento.

Fizeram uma cerimônia simbólica diante de nove túmulos vazios.

Depois, o silêncio.

Após carimbar em uma pasta o conhecido selo confidencial, abandonaram o dossiê no fundo de um arquivo metálico que trancaram a ferrolho.

Deve ter acontecido assim, mais ou menos assim. Quase seis anos atrás. No final de janeiro.

Estava oficialmente morto há seis anos. Seis anos alimentando o pensamento de que talvez, a essas alturas, tivessem se esquecido dele. O tempo apaga tudo — costumava repetir —, era possível que ninguém se lembrasse mais de que um daqueles nove caixões voltara vazio.

Embora essa ideia o reconfortasse, Heinz Rainer continuava se comportando como se fizesse parte do mundo dos espectros. Com o mesmo cuidado, com a mesma atitude esvaecida. A morte, depois de rondá-lo uma e outra vez, deixara de lhe provocar inquietação. Vivia como se já transitasse por suas desoladas planícies; e seu ambiente, frio e cinza, lhe parecia mais aconchegante e protetor que as ruas dos vivos.

— Para que queremos as ruas? Que fiquem com elas! Eu e você podemos renunciá-las, não é mesmo? — sussurrou com desdém. — O nosso mundo, Liz, são os becos. — A gata pestanejou de forma assertiva. — O que esses bastardos nazistas da Thule não imaginam é que lhes preparamos uma dose de seu próprio remédio — sentenciou com uma inflexão esperta.

Lá fora a chuva caía, agora bem mais forte.

Uma delicada melodia de violino chegava de algum ponto indeterminado do edifício.

2

UMA FOTO IMPOSSÍVEL

Quando o telefone do pequeno apartamento que Simon Darden ocupava no bairro londrino de Hampstead tocou a altas horas da madrugada, o jornalista, entre sonhos, intuiu que alguma coisa não corria bem. Enquanto seus dedos tentavam alcançar o aparelho, descartou a ideia de que alguma notícia importante tivesse levado os redatores do plantão noturno a recorrer a ele.

Ao atender reconheceu de imediato a voz nasalada de Claudia. Acendeu a luz do abajur da mesinha de cabeceira, esfregou os olhos e deu uma olhada no despertador. Vinte para as cinco. Depois ficou olhando para o teto, mastigando uma ladainha desconexa de monossílabos que procuravam acomodar o discurso apressado que chegava pela linha.

— Não se preocupe, fique tranquila, tudo correrá bem. Vou me vestir e irei para aí agora mesmo — balbuciou, uma fração de segundo antes que ela desligasse.

Meia hora depois chegava ao St. Thomas' Hospital da Lambeth Palace Road.

Encontrou sua ex-mulher alterada e nervosa, caminhando ao longo do corredor que ficava diante das salas de cirurgia.

— Onde está Brian?

— Acabou de entrar, há menos de cinco minutos.

— O que os médicos disseram?

— Nada. Não disseram nada.

— Venha, vamos sentar. Isso pode ser demorado...

— Não quero sentar. Sente-se você.

A espera se tornou exasperante, dominada por longos silêncios. Por volta das 11 horas, depois de um tempo prudente de observação, levaram o menino a um quarto do quinto andar do centro médico.

— Estou orgulhoso de você. Comportou-se como um campeão — sussurrou Simon ao seu ouvido.

Brian fitou seu pai com olhos ébrios. Seu rosto tinha cor de cera. Parecia estar voltando de uma viagem a lugar nenhum. Permanecia coberto até o queixo com um soro espetado no braço. A franja revolta caía como uma cortina sobre seus olhos acinzentados.

— Já acabou?

— Sim, já.

— Não me lembro de nada, papai.

Simon sorriu e ajeitou seus cabelos. Observou brevemente Claudia. Continuava sentada no outro lado da cama cheia de cerimônias.

— Bem, é normal. O efeito da anestesia é assim mesmo. É como quando você acende e apaga uma luz. Clic, clac!

— Estou com muita sede.

— Isso também é normal, mas não sei se podemos lhe dar água. Vamos esperar que o doutor passe para vê-lo e nos diga se já pode beber, tudo bem?

— Está bem.

— Ouça, Brian, tenho que ir, já é muito tarde, mas...

— Você tem que ir embora? — interpelou-o Claudia, arqueando as sobrancelhas.

— Preciso ir pro jornal. Tenho muitas pendências. Além do mais, como você sabe, às quintas-feiras mandamos todo o material do *Saturday Review* para a gráfica.

Claudia afastou o olhar. Seu nariz delgado se contraiu em um pequeno calafrio que Simon conhecia bem. Era uma reação involuntária. Um tique que aflorava em seu rosto sempre que se sentia incomodada ou aborrecida.

— Está bem — aceitou. Levantou-se em um gesto de que iria acompanhá-lo ao corredor.

— Você vai voltar, não é mesmo? — perguntou o menino.

— Claro. Voltarei amanhã, assim que puder. Eu prometo.

— Você vai se lembrar de trazer o meu jogo?

— Sim, vou lembrar: o *Dome of Warriors* do Gameboy.

Simon beijou o filho e piscou um olho. Vestiu o casaco e ajeitou o suave cachecol de casimira escocesa acertando suas pontas. O casal foi ao corredor do andar. Ela cruzou os braços e respirou fundo.

— Você vai ficar bem? — perguntou ele, solícito.

— Acho que sim. O sofá parece bastante confortável. Dormirei bem. Daqui a pouco desço para comer alguma coisa na cafeteria.

— Bem, foi só um susto. Não se pode negar que é meu filho. Quando operaram meu apêndice, eu era mais novo do que ele — observou Darden, com um leve sorriso nos lábios.

— O que me angustia é que isso poderia ter acontecido durante o fim de semana, quando estaria na casa de sua mãe, em Bath...

— Mas não foi o que aconteceu. Pare de se preocupar com o que poderia ter acontecido. No sábado vocês estarão de novo em casa. E na semana que vem, colégio! Ouça: estou com o celular ligado. Ligue a qualquer hora, entendido?

— Está bem. Ah, me deixe algumas moedas.

— Moedas?

— Para a televisão. Não vai demorar em me pedir que ligue a televisão.

Simon rebuscou o bolso de seu casaco. Conseguiu encontrar algumas, misturadas com o molho de chaves, um cartão de ônibus expirado, balas de cortesia do Royal Bank of Scotland e um isqueiro.

— Só tenho esses trocados.

— É o suficiente.

Aproximou os lábios do rosto de Claudia. Ela se retraiu, esquiva. O beijo aterrissou no meio de seus cabelos. Tocou levemente seu ombro e começou a caminhar em direção aos elevadores.

Lá fora o dia estava cinzento e desagradável.

O ar se enredava no tapete de folhas secas que cobria a rua. Conseguiu um táxi. Vinte minutos depois chegava ao edifício do *Guardian*, no número 119 da Farringdon Road. Cumprimentou com um desanimado monossílabo o segurança da recepção, um sujeito redondo que vivia sem muitos sobressaltos, enquanto passava seu crachá pela roleta eletrônica. No último momento Simon optou por usar as escadas. Dois dos elevadores estavam em manutenção e muitas pessoas amontoavam-se diante dos demais.

Chegou ao quarto andar sem fôlego. O preço do cigarro.

Susan Schuett lhe dirigiu um sorriso afetuoso. A telefonista atendia a uma ligação, deixava muitas outras à espera e preenchia os conhecidos bloquinhos de recados com letra nervosa. Informou-o vividamente que tinha algo para ele.

— Meu Deus, que manhã! Todo mundo parece ter enlouquecido! — exclamou quando se viu momentaneamente desocupada.

— Não é que tenham ficado loucos, Susan. Sempre foram loucos! Acontece que a situação está piorando — ironizou Darden. — Você sabe o que a Organização Mundial da Saúde previu na semana passada?

— Não, mas suponho que é melhor não saber... O que foi?

— Ouça, dizem que, nos próximos dez anos, dois em cada cinco cidadãos deste maravilhoso mundo feliz acabarão esquizofrênicos, paranoicos ou com sérios transtornos mentais. Caçando moscas. Toneladas de Prozac para todos. No pior dos casos, belas camisas de força da Harrods.

— Belo panorama.

— Em todo caso, o pior vai ser o que acontecerá com os outros três — sentenciou o jornalista, com um sorriso malévolo. — Você quer saber o que acontecerá com eles?

Susan começou a rir. Simon vivia comentando tudo com seu senso de humor ácido. Além do mais, no enxame de articulistas, redatores, diagramadores, diretores e estagiários, era um dos mais atraentes. Apesar de pintar os cabelos grisalhos e de ter muitas vezes o aspecto de um cadáver redivivo.

Darden se aproximou. Debruçou seu corpo sobre a organizada pilha de envelopes e pacotes que seriam recolhidos pelos mensageiros como se quisesse lhe contar um grande segredo.

— Ouça, o destino dos outros três será muito pior — revelou com a ironia desenhada nos lábios. — Acabarão esmagados pelo peso de suas hipotecas ou encarcerados por não terem honrado suas pensões alimentícias; cirróticos de tanto álcool, com uma ponte de safena no coração ou um câncer nas tripas.

— Que alegria, Simon! Ninguém se salvará?

— Você e eu, gracinha! Não lhe disse que tenho uma casinha à beira de um lago na Escócia? Daremos no pé quando tudo desmoronar. Eu usarei um daqueles chapéus que os membros da seita *amish* usam, deixarei a barba crescer e ficarei cortando lenha enquanto você prepara uma deliciosa torta de maçã no forno.

— Muito bucólico e tentador. Mas ouça: os cri-cris do departamento comercial querem falar com você — anunciou ao ver que as luzes da pequena central começavam a piscar. — Não sei do que se trata, mas estão atrás de você desde cedo. Peter me disse que lhe enviou seu artigo por e-mail. E que se precisar ser modificado, que lhe diga agora. E, finalmente, ligou uma pessoa que não quis deixar o nome. Três vezes. Disse que tem uma coisa muito importante para lhe dizer.

— Não me passe as ligações. Salve-me! Hoje vai ser um dia de arrepiar!

Darden entrou na caótica redação do jornal. Parecia um campo de batalha depois de um embate entre exércitos. Em todas as mesas, à exceção das ocupadas pelas secretárias dos muitos diretores — que estavam impecáveis —, se amontoavam, em precário equilíbrio, revistas e jornais estrangeiros, informes, comunicados internos, desenhos de páginas, fotografias e provas de edição que ameaçavam desabar de um momento a outro.

— Cheguei — anunciou Simon.

Tirou o casaco e o cachecol. A atmosfera do lugar era angustiante. Nos escritórios — costumava dizer o jornalista —, as pessoas morrem de frio no verão e se afogam em suor no inverno. Não há meio-termo.

O rosto de Richard Garnet despontou no meio da desordem de sua mesa de trabalho. Livrou-se dos pequenos fones aos quais ficava conectado da manhã à noite. Darden os odiava; na maior parte do tempo se via obrigado a se comunicar com seu subalterno aos gritos ou por sinais.

— Como está seu filho? — perguntou o subeditor.

— Bem. Correu tudo bem. E aqui, como vão as coisas?

— De causar enfarte. O diretor de arte quer que você dê uma olhada na capa e na primeira página da Internacional. Deixou alguns esboços na intranet — anunciou, coçando a cabeça. Depois se espreguiçou e bocejou.

— Eu poderia jurar que você está exausto.

— E estou. Virei a noite. Fui ao Soho, estive no Jazz After Dark da Greek Street. Teve uma banda excelente. Excelente!

Darden sorriu. Enquanto ligava o computador, tentou recordar quando assistira pela última vez a um show. Abriu a gaveta da escrivaninha e colocou uma bala na boca. Fazia horas que não comia nada. Seu cérebro reclamava aos gritos por açúcar. Depois rebuscou o labirinto que era a intranet e acessou uma área restrita. Abriu os arquivos e ficou durante alguns minutos avaliando a credibilidade de cada uma das opções de abertura do caderno de notícias internacionais.

— Diga-me, Richard, o que você acha que a gente deveria destacar no começo do caderno? — perguntou ao mesmo tempo em que estalava os dedos diante do nariz do subeditor.

— Eu diria que cabe dar grande relevância a tudo o que tratar de imigração, não é? — sugeriu Garnet, encolhendo os ombros e inclinando o rosto de forma expressiva. — O governo mexicano protestou formalmente contra a construção do muro que os ianques querem levantar na fronteira. Pobres *costas molhadas*!* A França assinou um acordo de extradição com o Senegal; em Bruxelas, a Espanha procura, desesperadamente, definir uma política comum da União Europeia em relação a esse assunto; a Alemanha cruza os braços diante do tema; cresce o receio diante da possibilidade de a Turquia ingressar no *clube europeu*...

— Por não reconhecer o genocídio armênio?

— Ora, isso é uma ninharia! Mera questão de imagem! — afirmou Richard, contendo um risinho de hiena. — O que os deixa inquietos é que essa vire uma porta traseira para todos os que quiserem entrar na Europa.

— Kadhafi já previra isso, está lembrado? Disse que a Turquia seria um verdadeiro cavalo de Troia — comentou Simon, rindo.

— Pois é isso, aí está.

— Você acha que esse assunto é melhor do que a nova escalada da tensão entre israelenses e palestinos? — hesitou o chefe da Internacional, franzindo a testa. — O Hezbollah disparou três mísseis Katiuska contra os assentamentos judeus nas últimas 48 horas.

— Como? Que sejam 33! — protestou Garnet, com uma careta enojada. — Que esses obcecados se matem! Estão longe

---

*Assim são chamados aqueles que arriscam a vida para atravessar a fronteira entre os Estados Unidos e o México. (*N. do T.*)

da gente e é sempre a mesma coisa! A invasão da Europa e da América do Norte, esse sim vai ser o pão nosso de cada dia!

Darden assentiu com uma vaga tristeza flutuando em seu espírito.

— Você tem razão. Está certo.

— Tenho sim, mas há algo mais.

— O quê?

— O serviço secreto francês, o RG, avisa que tem informações sobre o que está sendo preparado. Vai ser agora o primeiro aniversário da revolta da *banlieu*, os distúrbios nos cinturões industriais de Paris, Lyon e outras cidades — afirmou, levantando o indicador em sinal de advertência.

— Milhares de luxuosos automóveis Audi, BMW e Mercedes destinados a ser devorados pelas chamas?

— Exatamente, meu caro Watson! *Anarchy to the world!*

— Brindo a isso. Abriremos com o tema da imigração. Precisaremos encontrar uma boa manchete.

— Eu a tenho. Anote: "A queda do Império Romano"!

Os dois prorromperam, imediatamente, em uma grande e sonora gargalhada.

Ao longo do dia, Simon Darden supervisionou o conteúdo das páginas de notícias internacionais. Retocou pequenos detalhes de estilo dos textos. Mordiscou sem vontade um sanduíche. Um café de máquina agitou seu estômago até transformá-lo em uma caldeira. Pediu ao departamento de pesquisa que substituísse algumas fotografias. Excluiu de sua caixa de entrada uma montanha de *spams* que o convidavam a participar de investimentos milionários, a comprar relógios de luxo ou a experimentar fármacos que prometiam a panaceia sexual. Acabou discutindo acaloradamente com o diretor do departamento comercial, empenhado em convencê-lo da necessidade de publicar certa informação que convinha aos interesses de um anunciante habitual. Tudo isso, somado a um par de reuniões inesperadas e tediosas, levou-o a consumir, na escada de incêndio do edifício, meio maço de Benson & Hedges. A razão de um cigarro por hora.

No começo da noite, só uns poucos redatores e repórteres permaneciam em seus postos, fechando páginas. A maior parte dos funcionários se concentrara no segundo andar, disposta a acompanhar o jogo do mês. O Chelsea enfrentava o Manchester United.

O telefone de Darden tocou quando ia ligar para o hospital.

— Simon?

— Diga, Susan.

— Aquele homem a respeito de quem lhe falei... — avisou a telefonista — Continua sem revelar seu nome. Diz que é muito importante. Insiste em que o atenda. Ligou mais três ou quatro vezes ao longo da tarde.

— Por que as pessoas são tão chatas? Faça-me um favor, diga-lhe que envie um e-mail, que conte o que quer dizer pelo correio eletrônico; pode garantir que entrarei em contato com ele assim que puder.

— Sdarden@guardian.co.uk?

— Sim, exato.

Meia hora mais tarde, quando tentava colocar um pouco de ordem em sua mesa, um sinal acústico, semelhante ao sonar de um submarino, alertou-o de que acabara de receber uma mensagem. Mais por abulia do que por verdadeiro interesse resolveu dar uma olhada.

No campo destinado ao assunto pôde ler: "Você falará agora comigo?"

Pensou de imediato que o remetente, um tal de Heinz Rainer, era um debochado com vontade de se divertir. Usava para isso um dos muitos correios gratuitos disponíveis na rede.

Durante alguns instantes, sentiu a tentação de apagar a mensagem, mas acabou abrindo-a.

Uma foto de grande formato começou a se esboçar. Varreu lentamente o monitor. Era uma imagem em preto e branco, digitalizada em alta resolução. Parecia muito antiga.

Quando, finalmente, o último *pixel* se encaixou na tela, o ceticismo desapareceu de uma vez do rosto do jornalista.

Aquela foto era impossível.

Uma verdadeira loucura.

O pior de todos os pesadelos imagináveis.

3

H & B

Simon Darden esfregou os olhos. Uma e outra vez. Depois passou o polegar e o indicador de sua mão esquerda pela comissura dos lábios, incrédulo, enquanto todo o seu rosto adquiria a expressão afilada de uma ave de rapina.

Passou o cursor pela imagem do e-mail, tentando absorver, de forma rápida, tudo o que a fotografia continha.

Ficou cravado diante da tela, petrificado. Olhou ao seu redor, procurando alguém a quem pudesse exibir aquele despropósito, aquela piada monumental, mas só o cérebro cinzento encarregado de elaborar as palavras cruzadas e o sudoku da página de passatempos permanecia em sua mesa, no fundo da redação, com expressão reconcentrada.

— Não pode ser — murmurou, entre perplexo e achando graça.

Sorriu. Pensou que havia no mundo muita gente ociosa, disposta a desperdiçar seu tempo e o dos demais. Só assim poderia explicar uma coisa daquelas.

Colocou o cursor sobre a opção *delete*, disposto a enviar a mensagem para a lixeira, mas um sexto sentido levou-o a desistir no último instante. Aguçou o olhar, escrutando todos os detalhes da imagem. A verdade é que não parecia uma montagem, uma filigrana da arte digital.

Cinco indivíduos de idade avançada e aspecto sinistro estavam em pé, formando um semicírculo. Sorriam satisfeitos. Observavam um homem de cabelos brancos, sentado diante de uma mesa, adiantar o corpo, disposto a soprar as velas de um bolo de aniversário. Ao lado dele aparecia uma mulher esbelta, miúda, de cabelos curtos e ondulados, envolta em uma estola de arminho. Encarava, com serena complacência, o protagonista, embora seus olhos, em um relampejo de evidente faceirice, apontassem diretamente para a lente do fotógrafo.

Tanto ele como ela, apesar dos anos, eram absolutamente reconhecíveis.

— Tem de ser uma brincadeira, esta merda! — murmurou Darden, inquieto.

Não cabia a menor dúvida.

Ela era Eva Braun. Ele, Adolf Hitler.

Darden se deixou cair contra o encosto flexível da cadeira. Ficou encolhido, mergulhado em um estado irreal, imóvel. Certamente teria permanecido para sempre nessa posição se Richard não tivesse chegado.

— Os filhos da puta do Chelsea meteram dois — anunciou, com uma careta contrariada. — O primeiro, indefensável, numa troca de passes. E o outro, de cabeça. Se não acontecer um milagre no segundo tempo, este ano nem Deus nos salva.

O jornalista se apressou em fechar a foto. Um minuto antes estava decidido a mostrá-la ao primeiro que passasse. Agora não tinha nenhuma clareza de que compartilhá-la fosse o mais adequado. As batidas incontroláveis de seu coração, agitando o centro de seu peito, e um súbito e estranho pressentimento pareciam lhe recomendar prudência e silêncio.

Ao menos se certificar de que a foto era autêntica.

A única pessoa que podia colaborar nesse sentido era John Stewart, um fotógrafo norte-americano ao qual o unia uma velha amizade. Haviam se conhecido 15 anos atrás, em Nova York, onde passara uma longa temporada como correspondente. Haviam compartilhado muitas coisas. John era um grande mestre do retoque. Atualmente, tinha um estúdio em Londres, a menos de 15 minutos a pé da redação do *Guardian*.

Pegou o telefone e discou um número.

— Sim?

— John, sou eu, Simon.

— Qual é a novidade, campeão?

— Estou aqui, no fechamento, para variar. O que você está fazendo?

— Estava vendo o jogo.

— Ouça, enquanto resolvo algumas pendências que tenho nas mãos, pego as coisas e chego ao seu estúdio, o jogo terá terminado. Você tem algum compromisso?

— Nada de especial. Venha se quiser. Poderemos sair para beber algo — sugeriu.

— Eu gostaria que você visse uma foto. Quero saber sua opinião.

— Feito. Fico esperando.

Uma hora mais tarde, depois de ter guardado a fotografia original em sua pasta pessoal e gravado uma cópia do arquivo em um disco, Simon chegava ao loft do fotógrafo, localizado nos porões de uma antiga central de cargas. Havia pernoitado ali em muitas ocasiões, um ano e meio atrás, quando se separara de Claudia.

A voz jovem e crua de Neil Young cantando "Don't Let It Bring You Down" no Massey Hall de Toronto ecoava no ambiente.

— Já jantou? Ia preparar umas besteiras com presunto e queijo — disse John assim que abriu a porta. — Você viu o jogo? Que surra!

— Estou sem fome, obrigado, quem sabe mais tarde. Gostaria de lhe mostrar uma fotografia. Quero que você a examine com calma. Seu equipamento está ligado?

— Sim, claro, vá em frente, é todo seu.

★ ★ ★

O jornalista baixou o arquivo no disco rígido do computador e arrastou o documento ao ícone de um programa de edição de imagem.

— Perfeito. Aí está. Agora, me faça um favor: sente-se e examine isto atentamente — rogou, cedendo a cadeira ao fotógrafo.

Stewart dispôs a fotografia em uma proporção de 1:1, isolou-a para não ser distraído pelas cores psicodélicas que usava como fundo de tela e se debruçou sobre a imagem.

— Caralho!

— Foi o que eu disse.

— É ele? — perguntou assustado, olhando o jornalista de soslaio.

— Quem deve dizer isso é você...

— É... É Hitler! — gaguejou, boquiaberto. — Parece ele. Juraria que é ele, mas isto não é possível.

— Preciso que você me diga se se trata de uma montagem.

— É claro que é.

Simon e John ficaram se olhando durante uma breve eternidade. O fotógrafo se levantou e caminhou até o canto do estúdio que servia de sala de estar.

— Aonde você vai?

— Buscar meus óculos — anunciou. — E me servir um uísque duplo com gelo e outro para você. Como esta foto chegou em suas mãos?

Darden explicou o pouco que sabia enquanto John colocava em uma pequena bandeja dois copos com *bourbon* e um punhado de amêndoas. Pouco depois voltaram a se acomodar diante do monitor.

— Vou começar duplicando o arquivo. Desse modo poderemos investigar mexendo no histograma, nos níveis, no contraste, certo?

— Você é quem manda.

— E vamos imprimir uma cópia no melhor dos papéis.

John ajustou os óculos na ponte do nariz. Respirou profundamente e começou a manipular aqui e ali. Depois de testar a densidade do preto em várias regiões da foto, começou a examinar a intensidade da luz e a comparar as sombras que os personagens projetavam na parede posterior; isolou cada uma das sete figuras, criando máscaras rápidas, e fez um sem-fim de testes em documentos paralelos.

Quando resolveu falar, Simon Darden já se servira o segundo uísque. O cansaço entrecerrava seus olhos.

— Você não vai acreditar... — murmurou.

— Estou disposto a acreditar no que você quiser.

— Esta foto é autêntica.

A afirmação do fotógrafo levou o jornalista a se levantar automaticamente. Adotara, com o passar do tempo, uma postura frouxa e relaxada, afundando mais e mais na cadeira. Chegara a bocejar muitas vezes. Agora sua atenção voltava a despertar, levando-o a um estado de exaltada vigília.

— Autêntica? Você está brincando? Tem certeza do que diz?

— Totalmente.

— Acho que poderá me explicar.

— É claro! — exclamou John, com orgulho. — Vamos por partes. Esta foto foi feita com tripé e *flash*. Um *flash* dos antigos, aqueles de lâmpada. Note que o reflexo da luz é perceptível em muitos pontos. As pupilas de todos eles estão um pouco queimadas. Não há superposição de imagens. Os sete estavam presentes quando a foto foi tirada. Os que estão em pé, à esquerda, estes dois, um pouco mais adiantados, projetam sombra sobre o seguinte. Está vendo? Hitler e... Eva Braun?

— Sim, Eva Braun.

— Eles, por sua vez, criam zonas de penumbra sobre os casacos dos que estão a suas costas.

— É verdade.

— As sombras e silhuetas são sempre a chave na hora em que é preciso saber se uma foto foi manipulada ou não — explicou. — Um bom profissional detecta essas coisas. Por melhor que o trabalho tenha sido feito, sempre se percebem halos, pixels que não são naturais, diferenças de grão e de densidade, aqui e ali.

— Entendo.

— Há muitas outras evidências: a profundidade de campo é correta; o nível de detalhe de todos eles é idêntico — enumerou —, porém, o mais significativo é o estado da foto. Quando se digitaliza em alta resolução um original velho, em papel, sempre aparece um universo de pó, manchas, arranhões, marcas de dedos e pequenas rachaduras. Você acha que alguém em sã consciência acrescentaria todo esse ruído de fundo só para passar o tempo e gozar com a cara de todo mundo? Levaria anos e nunca ficaria perfeito!

— Então...

— Se você encontrar uma pessoa que prove que essa foto é falsa, juro que me fantasio de drag queen e faço um discurso no Speaker's Corner no meio da manhã!

Simon Darden não conseguiu evitar uma sonora gargalhada, mas a diversão durou bem pouco. Respirou com ansiedade. Quase teria preferido que a análise de Stewart tivesse deixado claro que a imagem era manipulada.

O fotógrafo tirou um pequeno recipiente metálico de uma das gavetas de sua escrivaninha. Colocou um pouco de maconha sobre a mesa; misturou-a com uns fios de tabaco e enrolou um baseado em um abrir e fechar de olhos.

— Vai nessa?

— Não, obrigado. Acho que agora me cairia como um pontapé.

— Você lembra? Há pouco mais de um ano vimos juntos *A queda! As últimas horas de Hitler* — observou.

— É verdade. Foi um filme que me deixou impressionado. Lembrei-me dele várias vezes.

— Não passava de uma maldita gozação. Esses dois não morreram no bunker!

O jornalista assentiu, cansado. Continuava olhando a fotografia como se não houvesse outro assunto no mundo.

— Em que ano Hitler nasceu? — perguntou, de repente.

— Não sei, mas isso é fácil de descobrir.

John consultou uma enciclopédia. Em questão de segundos tinham diante deles a página dedicada ao Führer. Distraíram-se lendo alguns trechos da extensa biografia do homem que comandara os destinos da Alemanha nazista e colocara a humanidade em xeque. Havia nascido em 20 de abril de 1889, em uma pequena aldeia austríaca.

Contaram pacientemente as velinhas que coroavam o bolo. Setenta e nove.

— Portanto, se não estamos enganados, esta fotografia foi tirada em abril de 1968 — calculou Darden.

— Exatamente, apenas poucos dias antes do Maio francês! — precisou, transtornado, o fotógrafo.

Os dois mergulharam em um longo silêncio.

— O que você está pensando em fazer?

— Tentarei falar com Heinz Rainer.

— Meu conselho é que você peça a outros especialistas para examinar a foto. Talvez me tenha escapado algum pequeno detalhe.

— Muito bem, John. Vou deixá-lo. Está ficando tarde, estou cansado. Amanhã verei o que faço. Por ora, lhe imploro que guarde silêncio absoluto sobre esta foto. Silêncio sepulcral.

— Fique tranquilo. Vou chamar um táxi. A esta hora vai ser difícil você encontrar algum.

Naquela noite, Simon Darden mal pôde conciliar o sono. Remexeu-se durante horas na cama sem conseguir afastar de seus pensamentos o rosto do maior genocida da história. O mundo o dera por morto em 30 de abril de 1945, nas entranhas do Führerbunker da Chancelaria de Berlim. Depois de ter combatido rua a rua, palmo a palmo, contra o que restava de um exército que recebera ordens de lutar até a morte, os soviéticos encontraram seu cadáver carbonizado, queimado por 170 litros de gasolina, com um buraco de bala na testa.

As imagens se amontoavam no cérebro do jornalista enquanto sua consciência, perambulando pelas regiões da sonolência, pulava de uma pergunta a outra...

Como Hitler conseguira escapar daquele inferno? Em que lugar do mundo se escondera? Quem urdira e conseguira manter em segredo, durante mais de meio século, tal farsa? Quem era o misterioso remetente que depositara em suas mãos a informação explosiva?

Uma vertiginosa sucessão de questões sem resposta acabou derrubando o jornalista quando despontava a primeira luz do dia e as ruas de Londres recuperavam seu ritmo habitual.

4

AS SENTINELAS

Os escritórios do Guardian Media Group na Farringdon Road eram, no meio da manhã, um contínuo vaivém de executivos engravatados e visitantes bem-vestidos. O Scott Trust se reunia e, quando isso acontecia, todas as rotinas do jornal eram alteradas. Simon Darden cruzou com algumas das dez sentinelas que faziam parte do comitê destinado a salvaguardar os interesses da companhia, o código deontológico das publicações e o bom andamento das finanças. O conselho, criado por John Scott em 1936, velava pelo sucesso, a independência e o rigor informativo que caracterizava o *Guardian* e outras publicações do grupo.

Darden abordou Roger Alton, o editor-chefe, antes que ele desaparecesse pela porta da sala de reunião. Caminhava com muitas pastas debaixo do braço.

— Roger, preciso falar com você. É muito importante — pediu o chefe da Internacional, interpondo-se em seu caminho.

— Agora? Esqueça-se de mim, o conselho de hoje promete ser longo.

— Você precisa ver uma coisa.
— Depois...
— Não, agora, Roger, agora.

Alton depositou as pastas em uma mesinha próxima e encarou Darden. Em seguida enfiou a mão no bolso, tirou um lenço e começou a limpar as lentes de seus óculos.

— Desembuche! Do que se trata? — pressionou, entrecerrando os olhos ao mesmo tempo em que exalava um bafo quente nas lentes.

— Aqui não. Em particular. É coisa de alguns minutos. Eu garanto que você vai cair de costas.

— Não me aborreça. O quiroprático levou meses para acabar com minha eterna dor na cervical! — brincou.

— Eu lhe garanto que você não vai se arrepender. Não se trata de uma banalidade.

O editor estalou os lábios, checou a hora e suspirou, resignado. Encaminhou-se, de má vontade, a sua sala, seguido de perto por Simon.

— Entre e feche a porta — aconselhou. — O que é tão urgente que não pode esperar nem um minuto?

— Por favor, sente.

— Vamos, Simon, não tenho tempo! — resmungou, irritado.

— Está bem, como você preferir.

Darden tirou de um envelope a foto impressa na véspera por John Stewart. Colocou-a diante de seus olhos e recuou dois passos para observar melhor a reação do editor-chefe do jornal. Roger Alton tinha fama de ser imperturbável. Raramente se alterava. Era um daqueles homens capazes de manter os pés quentes e a cabeça fria nas piores situações. Sustentou a imagem a certa distância enquanto ajeitava os óculos na ponte do nariz. Todo seu rosto se afinou.

— Você está querendo rir de mim, Simon Darden? — grunhiu. — Hoje estou de mau humor, sem a menor disposição para permitir que gozem com a minha cara.

— Ninguém está de gozação com você. A foto é autêntica.

— Quem disse que este disparate é autêntico?

— John Stewart.

— John? John Stewart diz que isto é autêntico?

— Sim.

Alton ficou boquiaberto. Conhecia bem o trabalho impecável do fotógrafo; tanto o *Guardian* como o *Observer*, o jornal dominical, costumavam lhe encomendar as reportagens mais delicadas e importantes. Sua reputação era inquestionável.

O editor, estupefato, dirigiu de novo o olhar à imagem. Parecia uma estátua de mármore.

— Mas... Como é possível? — gaguejou. — De onde saiu isto?

— Um tal de Heinz Rainer enviou-a ontem por e-mail. Há algumas horas, ao chegar, lhe respondi pedindo que entre em contato comigo. Dei-lhe o número do meu celular.

— Você sabe quem é este homem... Este que aparece atrás de Eva Braun? — interpelou, consternado, Alton, apontando um sujeito encorpado, de baixa estatura. Estava com os braços cruzados; exibia um bigode grosso, parecido com o de Stalin, que quase encobria seus grossos lábios; seus olhos escuros eram emoldurados por sobrancelhas fartas, extremamente desordenadas.

Darden esticou o pescoço, deu uma olhada e negou.

— Não tenho a menor ideia — afirmou. — Para dizer a verdade, não conheço nenhum dos presentes. Alguns me são vagamente familiares, mas não mais do que isso.

O editor não conseguia acreditar.

— Este homem é o doutor Josef Mengele!

— Mengele? O carniceiro de Auschwitz?

— Sim.

— Mengele morreu no final dos anos 70, no Brasil. Nunca conseguiram capturá-lo. Vou confirmar. Talvez esta foto tenha sido tirada no Brasil, embora, se for assim, não vejo muito sentido no fato de estarem todos tão agasalhados.

— Ouça, Simon. Não duvido de John Stewart, você sabe como o admiro... Mas diante de uma coisa dessas é imprescindível ouvir outras opiniões — ponderou Roger Alton. — Vou pedir a outros especialistas que examinem esta imagem. Os melhores. Se dermos crédito a essa fotografia e nos enganarmos, o ridículo será universal.

Simon Darden encolheu os ombros e assentiu.

— Acho correto. É o que cabe, mas, se for autêntica, o *Guardian* terá reescrito a história do século XX — alertou o jornalista. — Se chegarmos a publicar esta foto, você precisará de todas as rotativas de Londres para *sujar* tanto papel, meu amigo.

— Posso ficar com ela? — perguntou o editor. — Gostaria que os membros do Scott Trust a vissem...

— Você acha prudente?

— A discrição das sentinelas é proverbial.

— Você sabe o que faz. De minha parte, se não achar impróprio, vou me dedicar a resolver este mistério. Durante alguns dias delegarei a supervisão das páginas da Internacional ao Garnet — sugeriu.

Assim que saiu, Simon Darden se enfronhou em seu casaco e ganhou a rua. Acendeu um cigarro a caminho do News Room

Archive, a hemeroteca do *Guardian*, situada a cerca de sessenta números em direção ao começo da Farringdon Road. Ali se guardava a história completa do jornal, desde seu início em Manchester, no século XIX, até a atualidade. Os últimos anos da publicação, digitalizados, podiam ser consultados pela rede. O jornalista procurava algo muito concreto. Os volumes que continham as edições de 1945.

Trancou-se em uma das salas reservadas aos jornalistas do grupo. Enquanto seus olhos se detinham em cada uma das imagens de uma Berlim devastada, recordou que três anos atrás estivera nessa cidade cobrindo uma campanha eleitoral. Em um de seus deslocamentos, um fotógrafo, que trabalhava para a revista *Der Spiegel* e a quem haviam encomendado uma reportagem fotográfica, mostrou a Darden um estacionamento nas imediações da rua pela qual circulavam, garantindo-lhe que sob aquela camada de cimento ficava uma das saídas do Führerbunker. Ele não achara estranho o fato de que ninguém tivesse muita clareza sobre a localização e o traçado exato daqueles refúgios subterrâneos. O berlinense acrescentou que depois da guerra haviam optado por relegar tudo ao esquecimento. Era a melhor maneira de evitar que algum lugar acabasse se transformando em santuário nazista.

Darden desdobrou em um lado da mesa uma reconstituição bastante confiável daquela intrincada rede de salas e corredores. Encontrara o esquema em uma enciclopédia dos anos sessenta. Na realidade, não existia apenas um bunker. Eram dois. O chamado Vorbunker fora construído por volta de 1936, anexo ao prédio do Escritório de Assuntos Estrangeiros da Chancelaria alemã; o segundo seria ocupado pelo ditador entre 1943 e 1944, quando todos os indícios apontavam uma mudança drástica nos sinais do conflito. O Führerbunker, localizado a cerca de 17 metros de profundidade, se comunicava com o primeiro abrigo por uma trama de escadas. Quase uma vintena de salas e quartos interconectados davam à planta um aspecto de labirinto demoníaco ou, quando menos, o de um complexo cenário de vaudevile.

— Como você conseguiu escapar? — sussurrou Darden, examinando atentamente a ala ocupada por Hitler.

Essa parte compreendia dois dormitórios, um salão privativo, duas salas de mapas e conferências, um escritório pessoal e banheiros. No outro lado, à direita, estavam os aposentos usados por Goebbels e Bormann, além de uma central de comunicações, serviços médicos e geradores.

O jornalista começou a anotar em um bloco a longa relação de personagens que habitavam esse universo de luzes oscilantes e concreto; seres que em sua obstinada demência haviam renunciado à realidade que se desenrolava no exterior e esgotavam, de forma impudica, o tempo de suas vidas. Não pôde evitar recordar a história de *A máscara da morte vermelha*, um relato de Edgar Allan Poe que o impressionara muito quando era criança. Da mesma maneira que o príncipe Próspero e seus alegres cortesãos deram as costas à peste atrás das ameias do palácio, toda aquela caterva de assassinos assistia ao declínio de seu Império de Mil Anos afogando a angústia de seu inexorável fim em garrafas de Moët & Chandon, no subsolo de uma cidade pulverizada por oitenta mil bombas; atapetada com 300 mil cadáveres; defendida pelos restos de um exército dizimado, incapaz de deter o milhão de soviéticos que avançavam metro a metro clamando por vingança.

Simon Darden olhou de soslaio seu celular. Deixara o telefone de lado. Ele continuava sem tocar. Inquietou-o a ideia de que aquele informante anônimo o tivesse descartado devido à falta de interesse que demonstrara no dia anterior. Se não voltasse a saber dele, estaria com uma foto espantosa nas mãos sem ter como explicá-la.

Duas horas mais tarde, depois de eliminar de sua lista muitos personagens que em primeira instância lhe pareciam meros atores secundários, o jornalista tinha diante dos olhos uma dúzia de nomes.

Todos de pessoas mortas...

Hitler havia entrado no bunker da Chancelaria em 16 de janeiro de 1945. Segundo a história oficial, não o abandonou nem uma única vez até a data de sua morte — recapitulou, cuidadosamente, Darden. — Em sua viagem sem retorno, foi acompanhado por Martin Bormann; Josef Goebbels, sua esposa, Marta, e seus seis filhos; três secretárias: Christa Schroeder, Johanna Wolf — às quais o Führer daria a missão de viajar a sua casa de Berchtesgaden, na Bavária, a fim de queimar todos os seus papéis e documentos — e Trauld Junge, a mais próxima dele. Esta seria encarregada de redigir o testamento privado e político do hierarca. Um câncer terminara com sua vida quatro anos atrás, em 2002, em um hospital de Munique, sem que tivesse chegado a compreender totalmente a monstruosidade de seus superiores.

A saúde de Adolf Hitler estava seriamente abalada. Arrastava os pés e tremia, e se tornara um viciado em cocaína, que usava em sua forma líquida, como se fosse colírio, nos olhos. As raras imagens de seus últimos meses o mostravam envelhecido, acabado. Havia saído imune, no ano anterior, de uma tentativa de assassinato arquitetada por um punhado de oficiais. Erna Flegel, uma enfermeira, se ocupava dele 24 horas por dia, administrando-lhe dúzias de pílulas prescritas por seus dois médicos: Theodor Morell e Werner Haase. O primeiro abandonou a clausura do Führerbunker em 22 de abril; o segundo ficou até o fim. O ditador pediu a Haase que lhe mostrasse os efeitos do cianureto e propôs, com tal fim, sacrificar Blondie, sua cadela alsaciana. Queria se certificar da contundência do veneno.

Simon Darden recordou, de súbito, que um ano e meio antes, coincidindo com o quinquagésimo aniversário do final da Segunda Guerra Mundial, o *Guardian* publicara uma entrevista com a enfermeira de Hitler.

A responsável pelo arquivo não demorou a encontrar o exemplar do dia 2 de maio de 2005. O jornalista releu várias vezes a transcrição da conversa mantida por Luke Harding, colaborador habitual do jornal, com Erna Flegel.

Não pôde evitar cravar seus olhos em um longo parágrafo no qual a mulher relatava as últimas horas do ditador.

"Ao entardecer do dia 19 de abril, o Führer saiu de seus aposentos. Apertou a mão de todos. Dirigiu umas poucas palavras amigáveis a cada um de nós. Isso foi tudo. Nas últimas horas do dia seguinte, alguns afirmaram que tinham ouvido os disparos que deram fim a sua vida. Outros disseram que não haviam ouvido nada. O que importa é que, de repente, ele não estava mais ali. Entendi que tinha morrido. O lugar se encheu de médicos com rostos graves. Entre eles, Werner Haase. Eu não vi o corpo de Adolf Hitler. Creio que ninguém o viu. Pouco mais tarde, uns soldados pegaram os cadáveres cobertos por lençóis e os levaram até o jardim do Reichstag.

Queimaram-nos com gasolina. Todos nos olhamos sem saber o que dizer. A única coisa que se tornou evidente, no meio daquele silêncio, era que não havia mais nenhum motivo a nos reter naquele buraco..."

— Maldito Houdini! — resmungou Simon Darden entre os dentes. — Você preparou tudo muito bem. Pura prestidigitação: Abracadabra!

Só três testemunhas oculares do drama haviam sobrevivido à mudança de século e de milênio. A primeira era Bernd Freytag von Loringhoven, naqueles dias um jovem comandante do Estado Maior encarregado de elaborar aqueles desalentadores informes e pareceres sobre a guerra que permitiam ao Führer sonhar com um contra-ataque de suas minguadas divisões, os exércitos IX e XII. Diante da falência absoluta da rede de comunicações do Terceiro Reich, Freytag usava as informações captadas na agência Reuters e na BBC britânica. Os outros dois eram Rochus Misch, guarda-costas e telegrafista, e Johannes Hentschel, responsável pelo fato de os sistemas elétricos e de ventilação continuarem funcionando. Nenhum deles afirmara, de forma clara e categórica, que tinha visto os cadáveres de Adolf Hitler e Eva Braun.

Em seguida, o jornalista centrou sua atenção em um dos volumes da hemeroteca. O resto da história era obscuro. Os soldados soviéticos, ao chegar às imediações do bunker, encontraram dois corpos carbonizados que entregaram ao Smersh, o serviço de inteligência do Exército russo. Esses despojos irreconhecíveis seriam levados a Magdeburg e enterrados depois de terem feito um molde de suas arcadas dentárias. Anos mais tarde, em 1970, os restos foram exumados e incinerados. As cinzas foram espalhadas em segredo no leito do rio Elba.

Apenas um fragmento do crânio de Hitler, perfurado por um balaço, e parte de sua mandíbula seriam conservados.

No meio da tarde, enfraquecido e faminto, Simon saía do News Room Archive com um volumoso envelope de fotocópias debaixo do braço e o celular na mão.

Não havia tocado o dia inteiro.

— Maldito! Me ligue! O que você está esperando para me ligar? — exclamou em uma maldição surda, crispando seus dedos no aparelho.

Nesse exato momento, em uma elegante mansão do bairro londrino de Marble Arch, uma das dez sentinelas do Scott Trust pegava o telefone e discava um número.

Um número que não constava de nenhuma lista dos Estados Unidos.

Ao ouvir com clareza o monossílabo que chegou do outro lado da linha, mastigou umas poucas palavras.

— Eilert Land não morreu na Antártica — disse.

Depois, sem esperar mais, desligou.

5

A ULTIMA THULE

Quando, às 9h45, o Cessna Citation Sovereign se aproximou do espaço aéreo do aeroporto internacional Washington Dulles, Clay Norton, o comandante do jatinho particular, entrou em contato com a torre de controle e pediu instruções. Recebeu ordens para permanecer à espera, a uma altitude de 1.200 metros, descrevendo amplos círculos sobre o condado de Loudoun.

— Aterrissaremos em uns dez minutos... — anunciou pelo microfone, em tom pausado. — A temperatura na região de Washington é de 13° C e o tempo está aberto. Acho que o senhor poderá desfrutar um dia excelente, ensolarado. Não se esqueça de colocar seu cinto, Sr. Drake.

Edwin Drake sorriu, satisfeito. Dobrou com delicadeza seu exemplar do *Wall Street Journal* como se fosse um lenço e levantou a cortina da janela. Depois de tirar os óculos de leitura e devolvê-los ao estojo de couro, deu uma olhada nos quadrículos formados pelos prados e campos que despontavam entre o arvoredo.

Ajustou o nó Windsor de sua gravata azul-marinho e alisou os cabelos, prateados e finos. Feito isso, abotoou os punhos da camisa de tom cobalto. Durante o voo, havia deixado os gêmeos, duas pequenas adagas de ouro, sobre uma mesinha de mogno. Depois de checar se tudo estava em ordem, relaxou na poltrona e entrecerrou os olhos.

— Deseja outro café, Sr. Drake? — perguntou, de surpresa, a aeromoça.

— Hein? Não, não, muito obrigado — respondeu. — Um é suficiente. Café não é bom para a pressão. A minha é um pouco alta. Quatorze e meio a máxima.

— O senhor gostou do café da manhã?

— Estava tudo perfeito, Alice.

— O comandante me disse que seu carro o espera ao lado da pista do aeródromo esportivo. Aproveitei o voo para passar seu paletó, estava um pouco amarrotado.

Edwin Drake dirigiu um olhar afável à jovem. Trabalhava há dois anos para ele e conhecia suas manias da primeira à última.

Ao descer a escadinha, Gregory Portman, ereto como um poste, boné na mão, lhe abriu a porta de seu Cadillac DTS Limousine.

O carro entrou no condado de Fairfax por uma tranquila e sinuosa estrada secundária que atravessava um encantador bosque caducifólio.

— Tudo está realmente maravilhoso, Gregory — afirmou o magnata, entretendo o olhar na filigrana dourada formada pelas folhas acumuladas ao lado da calçada.

— Sim, maravilhoso. O outono foi suave. E, graças a Deus, parece que o frio vai demorar um pouco para chegar — observou o motorista, dando uma rápida olhada pelo retrovisor.

— Como vai sua família?

— Muito bem, senhor. Muito obrigado pelo seu interesse. Rick está um garotão... Anda louco por beisebol. Foi aceito no primeiro time do colégio. Outro dia fez uma partida sensacional. E Marian está muito bem.

— Fico alegre ouvindo isso. Você gostaria de ouvir um pouco de música?

— É claro. A primeira ou a quinta de Mahler, senhor?

— Antes do meio-dia, sempre a primeira, Gregory.

Meia hora depois, o carro transitava ao longo do muro de uma imensa propriedade particular. Correu em paralelo à estrada ao longo de quase 3 quilômetros. Uma dúzia de impressionantes abetos negros guardava a entrada da chácara.

Gregory desceu o vidro e sorriu para a câmera de vigilância.

— O Prumo chegou... — anunciou.

O ronco cansado de um motor acompanhou a abertura da cancela. O Cadillac atravessou os vastos prados separados por uma faixa arborizada e margeou um pequeno lago; por último, pegou uma avenida que desembocava na entrada de uma grande mansão de estilo eduardiano. Mais de uma dúzia de luxuosos automóveis Lincoln, Mercedes e Rolls-Royce pretos permaneciam em impecável formação.

Um ajudante com aspecto de fidalgo de palácio abriu a porta do carro quando este parou diante da escadaria principal.

— Bom dia, senhor.

— Bom dia, Charles.

— Fez um bom voo, senhor?

— Não poderia ter sido melhor. Diga-me, já chegaram todos?

— Sim, todos. À exceção do Compasso e da Moldura.

— Entendo...

Entraram no amplo hall da casa. Uma dupla escada de ônix, semelhante às serpentes trançadas de um caduceu, situada ao final do átrio, formava uma ampla balaustrada ao desembocar no primeiro andar. À esquerda e à direita do vestíbulo se abriam diversos aposentos nobremente decorados.

— Preparei sua roupa. Siga-me, por favor.

Edwin Drake tirou o paletó. O mordomo colocou em suas mãos uma túnica de pano púrpura provida de um amplo capuz. No peito, na altura do coração, aparecia bordada em fio de ouro uma adaga vertical, um longo estilete envolto em uma coroa de folhas de louro trançadas. Sobre o punho, encerrada em um círculo, tecida em prata, se desenhava a sagrada suástica.

— Que tal? — perguntou Drake, procurando aprovação enquanto amarrava o cordão na cintura.

— Ficou muito bem. Impecável.

— Creio que sim.

— Imagino que agora o senhor desejará ler um bom livro, não é mesmo? — indagou Charles.

— Nada me apeteceria mais.

Percorreram um corredor atapetado, demarcado por amplas janelas que se abriam ao jardim. Os raios do sol penetravam obliquamente no corredor, arrancando lampejos da coleção de armaduras que parecia guardar o lugar. A biblioteca da casa ocupava boa parte da ala esquerda; dispunha de vários grupos de sofás e poltronas, mesas e lareira. As prateleiras apinhadas cobriam a totalidade das paredes. Continham cerca de 7 mil volumes luxuosamente encadernados, catalogados por autores e assuntos. Um belíssimo globo terrestre do final do século XIX dominava a área central do recinto.

O magnata colocou o mundo em rotação ao passar por ele.

— Alguma preferência, senhor? — inquiriu, circunspectamente, o criado.

Drake franziu a testa enquanto seu olhar percorria a fileira mais próxima.

— O que você me sugere, Charles?

— Bem, talvez alguma obra metafísica de René Guénon fosse apropriada em um dia como este — sugeriu Charles, levantando levemente uma sobrancelha —, *Le roi du monde*, por exemplo. Esta é a versão francesa, a original, de 1927.

— Não.

— Algo de teosofia... Gurdjieff, Uspenskii, Madame Blavatsky?

Drake apontou um tomo de couro escuro com letras douradas na lombada.

— Acho que vou ler aquele livro de Otto Rahn...

— *Cruzada contra o Graal*?

— Sim. A primeira edição alemã, de 1933.

— Uma escolha impecável, senhor.

— Você sabe que esta obra e a que aquele jovem das SS escreveu pouco depois, *A corte de Lúcifer*, despertaram o interesse de Heinrich Himmler pelo catarismo?

— Não sabia.

— Mas foi. Himmler visitou pessoalmente Montségur, na França. Também Montserrat, na Espanha. Procurava o Graal e a Bíblia cátara...

Charles esticou a mão e pressionou o volume. O livro afundou, emitindo um estalido seco. E então, todo um segmento da biblioteca se deslocou lateralmente, revelando um passadiço que levava às entranhas da terra. Edwin Drake desceu os primeiros degraus segurando as pontas da túnica; de repente, parou e levantou o rosto.

— Sabe, Charles, ninguém cumpre os protocolos, todas as vezes, com a maestria com que você o faz — afirmou, satisfeito.

— É uma honra, senhor.

Drake chegou a uma pequena antecâmara com abóbada de tijolo. Postou-se diante de uma mesa de mármore na qual estavam dispostos vários elementos. Lavou as mãos três vezes em uma bacia de porcelana, secando-as cuidadosamente em cada ocasião; depois, pegando em uma tigela uma pitada de sal, levou-a aos lábios; finalmente, derramou sobre seu ombro esquerdo um punhado de cinza. Feito isso, escondeu seu rosto sob o capuz e empunhou um pequeno martelo de prata. Golpeou três vezes a placa metálica de um portão de madeira em cujo centro aparecia, lavrado em bronze, o mesmo símbolo que ele exibia no peito. Logo uma voz perguntou do outro lado:

— Quem bate à porta da Ultima Thule?

— O Prumo que evidencia todo erro...

Um ferrolho soou ao deslizar e a folha girou sobre suas dobradiças em um único queixume. Edwin Drake distinguiu, ao amparo da exígua luz do local, uma vintena de figuras que falavam a meia-voz, aqui e ali, todas em pé.

— Alegra-me vê-lo — murmurou o que lhe abria a passagem, dando-lhe um breve abraço.

— Também a mim. Acabam de me dizer que o Compasso e a Moldura não estarão hoje entre nós.

— Sim. É uma pena, mas as eleições estão para acontecer. E apostamos muito nelas.

— Eu sei.

Uniram-se ao restante dos convidados. Drake cumprimentou-os um a um. Em poucos minutos, entravam em uma ampla câmara anexa, ocupada em sua parte central por uma grande mesa triangular voltada ao norte. Sete pesados tronos de madeira, coroados no alto do respaldo pela talha de uma ferramenta, se alinhavam em cada um dos lados do polígono. Depois de tomar assento segundo uma ordem protocolar, permaneceram todos imóveis até que o próprio silêncio pareceu emudecer.

— Que a luz nascida nos distantes dias de Hiperbórea ilumine tudo o que hoje faremos e diremos aqui, os arianos, filhos da Quinta Raça, descendentes do Sétimo Sol, herdeiros da Ultima Thule! — anunciou, em tom solene, o Cinzel, que fazia o papel de mestre de cerimônia.

— Que assim seja! Cumpra-se! Realize-se! — concordaram todos a meia-voz.

— Em primeiro lugar, queridos irmãos — continuou jubiloso —, permitam-me expressar minha satisfação. Ao longo dos últimos anos, todos prosperaram notavelmente, quando parecia difícil fazê-lo em tal medida; alguns chegaram até a escalar três ou quatro posições no ranking dos quatrocentos da *Forbes*... O que pensam fazer com tanto dinheiro?

Uma risada forte escapou das gargantas dos congregados.

— Já aconselhamos a família Werner, perdão, os membros do Nível, a investir no setor russo de hidrocarbonetos — afirmou uma irônica voz feminina. — A Rússia é um grande paraíso para o capital. Os dias em que as garrafas de vodca Moskovskaia eram seu único bem de valor passaram à história...

Uma nova onda de hilaridade percorreu a mesa.

— Bem. É suficiente. Devemos nos concentrar — decidiu o Cinzel, reconduzindo a atenção de todos às pastas que estavam dispostas ao longo da mesa. — Nos informes que preparamos os senhores encontrarão, como de hábito, uma análise detalhada da situação mundial. Não se entreguem a tirar conclusões, nossos especialistas já o fizeram. Assim, pois, se seguirem nossas recomendações, verão seus lucros aumentar nos próximos meses. Creio que será melhor dedicar nosso tempo a comentar algumas das coisas que acontecerão nas próximas semanas.

Todos assentiram. Abriram as pastas e procuraram diretamente o capítulo que tratava de geoestratégia.

— Como verão, a Ultima Thule Europa nos dá uma excelente notícia — continuou. — O processo de adesão da Turquia à União Europeia vai demorar. Ao lado das exigências que lhes apresentaram em relação à questão dos direitos humanos, que se unem ao projeto de lei francês de punir inclusive com penas de prisão aqueles que negarem o genocídio armênio, chega agora ao debate o contencioso de Chipre. Um contencioso que não foi abordado oportunamente e que pode, felizmente, jogar para o espaço esse erro imenso.

Um murmúrio de satisfação reverberou na sala subterrânea.

— Vamos ver o que acontece, não cantemos vitória. Nossos assessores estão examinando algumas possibilidades. Ações futuras que nos permitam torpedear, se for necessário, essa aberração.

— Creio que a postura da imprensa turca a respeito nos favorecerá... — observou o Esquadro. — Estão fartos dos desplantes daquilo que eles denominam de "O clube cristão". Vocês todos sabem que várias de minhas empresas têm filiais em Ancara. Sei de boa fonte que pensam contra-atacar esgrimindo listas exaustivas dos crimes e genocídios protagonizados pela Europa ao longo da história.

— Não há nenhuma dúvida em relação a isso. É conveniente para nós. Quanto maior for o fosso que nos separa deles, tanto melhor — ponderou o Cinzel. — Afortunadamente, os sentimentos raciais, de identidade, crescem dia a dia na França, Espanha, Alemanha, Áustria... Estamos indo por um bom caminho! Lembrem-se de Babel. Deixemos que governos, partidos de esquerda e organizações vinculadas aos direitos humanos ponham, com sua política de mão aberta e permissividade, mais lenha na fogueira. Quanto mais lenha na pira, maior será o incêndio.

— O que acontece com a gente? — perguntou Edwin Drake, o Prumo. — O México está aquecendo o ambiente da próxima Cúpula de Países Ibero-americanos de Montevidéu.

— O muro ao longo da fronteira está aprovado, será construído de qualquer maneira. Sem dúvida, essa reunião de esfarrapados fará uma declaração formal. Um pouco de ataque midiático e ponto. Nada que deva nos preocupar seriamente. Por sorte, restam a Castro dois cafés e um bom enterro, e ninguém leva Chávez muito a sério. Falemos das eleições, de nossas eleições.

Sobreveio um longo silêncio.

— Vou dizer sem rodeios — continuou falando o Cinzel.

— Tudo aponta para uma virada. O Iraque nos apresentará uma fatura muito alta. A luta será inflamada e poderemos ficar presos a uma maioria democrata, tanto na Câmara dos Representantes como no Senado.

— Que medidas foram tomadas em função dessa hipotética vitória dos *burros*? — indagou abúlico o Martelo, se referindo ao símbolo do Partido Democrata norte-americano.

— Estão previstos alguns gestos, algumas concessões... — adiantou o mestre de cerimônias. — Donald Rumsfeld será destituído. Sei que é amigo pessoal de muitos dos que estão aqui, mas seu sacrifício é inevitável. O Pentágono precisa de um rosto novo. E os dois anos de mandato que restam a George estarão dominados, não nos enganemos, por uma permanente fiscalização por parte dos democratas. De todo modo, não se inquietem. Comprar *burros* é sempre mais econômico do que comprar *elefantes*...

A gargalhada geral foi muito forte e longa.

— Se concordarem, falaremos das eleições e de muitos outros assuntos durante o almoço... — sugeriu o Cinzel. — Agora deveríamos tratar de algo grave. Muito grave. Uma coisa com a qual não contávamos. De fato, todos os pontos a tratar em nossa ordem do dia não têm nenhuma importância em comparação ao que vou lhes dizer agora.

Uma nuvem sombria se instalou na treva que eram os rostos dos 19 membros da Ultima Thule.

— Lembrem-se de que, há quatro ou cinco anos, um homem que não conseguimos identificar, um indivíduo que se reuniu com o cônsul americano em Damasco, disse ter uma informação vital sobre nossa organização... — rememorou o presidente da mesa. — Por sorte, a luz vermelha se acendeu e todos os mecanismos funcionaram corretamente, embora esse intruso tivesse conseguido escapar. Perdemos sua pista. Tempos mais tarde, entrou em contato com um jornalista de Budapeste. Fez chegar a ele alguns documentos comprometedores... Concretamente, uma lista com os primeiros mil nomes do projeto Lebensborn: outros, relativos à Base 211. Reagimos a tempo e conseguimos recuperar todas essas provas. O jornalista foi *retirado* de forma limpa, mas esse forasteiro conseguiu enganar, mais uma vez, os nossos. Desta vez, isso sim, com um bom balaço na perna.

O Cinzel fez uma pausa, respirou profundamente e continuou dando explicações, com uma inflexão mais abalada e lúgubre, se é que aquilo era possível.

— Já sabemos quem enfrentamos. Tínhamos várias suspeitas, mas não uma certeza absoluta. Há dois dias confirmaram, em Londres, que um jornalista do *Guardian*, um tal de Simon Darden, recebeu uma fotografia do Führer; uma foto que, segundo nossos arquivos, foi feita em Nova Suábia. O remetente era Heinz Rainer.

— Quem diabos é esse Rainer? — interpelou, do final da mesa, o Crisol, em uma imprecação abafada.

— Atrás desse nome se esconde Eilert Lang, um dos poucos erros que cometemos nos últimos cinquenta anos. Lang era um dos nove membros da Millenium Research 2000, vocês se lembram? Achávamos que estava morto, embora não tenhamos conseguido recuperar seu cadáver. Mesmo que pareça impossível, esse intrometido conseguiu penetrar nas entranhas de Neu Schwabenland. Só Deus sabe que documentos ele levou consigo. Como vocês sabem, diante da gravidade da situação, tive de pedir instruções aos Mestres da Sociedade Vril, o último Círculo de Poder dos Arianos.

O silêncio se tornou opressivo.

— Tenho ordens muito claras, taxativas, terríveis — concluiu. — Devemos todos radicalizar as precauções nas próximas semanas; congelar contatos e colocar em lugar seguro qualquer indício comprometedor. Eilert Lang, assim como esse jornalista e todos aqueles com quem ambos mantiveram um mínimo contato serão eliminados. Desta vez não falharemos. Lamentavelmente, como única forma de preservar nossa existência e o maior dos segredos da irmandade, a Primeira Coroa de Vril ordenou que cinco *atores* que ainda continuam vivos sejam sacrificados.

Os olhares dos membros da Ultima Thule se cruzaram e todos assentiram. Tinham consciência das implicações daquela decisão.

As últimas testemunhas de Shangri-la, camaradas no sal, deviam ser executadas.

6

ELKE

Elke Schultz se abstraiu do bulício que reinava na sala pentagonal da Berliner Philharmonie. Inspirou lentamente, entrecerrou seus olhos azuis e inclinou levemente o rosto até acariciar com o queixo o corpo firme e perfumado de seu amado. Cheirava à madeira de Cremona. Velha e nobre. Sua voz era única, afinada como a nota mais brilhante de um pássaro acomodado no alto, cálida como o melhor veludo. Não o amava por ser uma obra de arte única, uma joia criada pelas mãos de Antonio Stradivarius em 1708; simplesmente o amava por ter pertencido a seu pai, Ernst Schultz.

— A ciência, meu amor, ainda não encontrou uma explicação, um sistema de medição que permita compreender o milagre de um Stradivarius — costumava dizer ele, enquanto a cercava com os braços e corrigia sua postura infantil.

A concertista colocou uma pequena surdina de marfim sobre o *ponticello* e deslizou os dedos vertiginosamente ao longo da *tastiera* de ébano do braço, arrancando da alma do instrumento uma miríade de notas secretas, articuladas como uma confissão amorosa à meia-noite.

Quando Carl Weisman subiu no palco, Elke voltou ao mundo. Os 104 mestres, postos em pé, dedicaram um longo aplauso ao diretor. Seguindo o hábito relaxado que dominava os ensaios, a tuba e os trombones de vara o obsequiaram com um breve e irônico fraseado, uma melodia cujas notas macilentas pareciam ilustrar o andar desajeitado de Charles Chaplin depois de trombar com a moldura de uma porta. As flautas e o *piccolo* esboçaram, em um trinado veloz, as conhecidas estrelinhas, orbitando sobre a cabeça do responsável máximo da Orquestra Filarmônica de Berlim.

As boas-vindas terminaram com uma feliz gargalhada geral.

Carl Weisman, em cima do pedestal, pegou a batuta e sorriu. Dirigiu uma saudação diferente a Elke, primeiro violino e líder da formação, a sua esquerda, e encarou todos os mestres.

Quando a algazarra de vozes, estantes e partituras cessou, Weisman falou.

— Alegra-me ver que estão de excelente humor. Isso é bom. Ainda resta muito a fazer e temos apenas três dias de ensaios pela frente. As ideias de Elke Schultz são magníficas, mas pressupõem um trabalho extra. Quem nos mandou afastar de nosso repertório o BBB, nossos queridos Berlioz, Brahms e Beethoven, e nos metermos onde não fomos chamados?

A impecável acústica do lugar amplificou a bateria de assovios e vaias dos professores. Elke encolheu os ombros e, entre divertida e envergonhada, pediu desculpas a seus companheiros.

— Acrescentar ao nosso programa habitual grandes composições de alguns dos autores mais importantes daqueles países que visitaremos em nossa turnê será a tônica geral das outras grandes orquestras nos próximos anos — afirmou. — É um desafio complexo. Seremos capazes de surpreender o público americano com esse *Concerto para violino e orquestra*, de Samuel Barber? De emocionar os parisienses com o *Pelléas et Mélisande*, de Gabriel Fauré? De extasiar os ingleses até o delírio redescobrindo para eles o incomparável Delius? Esse deve ser nosso objetivo. Portanto, mãos à obra.

Ao longo da hora seguinte, o mundo e todas as coisas contidas nele ficaram em suspenso. Elke Schultz apresentou uma impecável execução da majestosa *Suite Florida*, de Frederick Delis, guiando a orquestra até as próprias portas do céu. E quando voar mais alto parecia impossível, provocou assombro geral ao evocar, em uma intrincada e sutil acrobacia, a peça *O voo da cotovia*, de Sir Ralph Vaughan Williams. Duas partituras que ela podia recriar com os olhos fechados, pois estavam entre as favoritas de seu pai, um apaixonado pela música inglesa do final do século XIX e início do XX.

O ensaio voltou a se repetir no meio da tarde. Do começo ao fim. Quando terminou, o sentimento geral era inenarrável.

Carl Weisman estava eufórico.

— Insuperável, Elke. Isto merece ser comemorado com uma garrafa de Veuve Clicquot bem gelada. Aceita?

Ela sorriu. Olhou-o de soslaio enquanto devolvia o violino ao estojo. Deu uma olhada no relógio.

— Aceito, mas não disponho de muito tempo, Carl.

— Parabéns. Você esteve brilhante, Elke, brilhante.

— Bem, também não é para tanto...

— Você não acredita em mim? Posso lhe garantir que não estou mentindo. Até a própria Anne-Sophie Mutter empalideceria se tivesse estado hoje aqui.

A concertista prorrompeu em uma feliz gargalhada. Assim que saiu à rua, envolveu seu pescoço em um suave cachecol de lã inglesa.

— Está brincando? Anne-Sophie é uma violinista excepcional; quisera eu chegar a ser sequer a metade do que ela é — observou, cética.

Anoitecia. Entraram em um luxuoso bar perto da Postdamer Platz.

— Por que você sempre me compara com Anne-Sophie Mutter? — perguntou ela, enchendo os olhos de encantadora malícia. — Não somos muito parecidas.

— É verdade. Você é muito mais bonita.

— Ah! Ora, por um momento achei que estávamos falando de técnica e virtuosismo — observou Elke, com picardia.

— Também.

— Lembro que há uma semana você disse que de perfil pareço com outra Sophie, aquela atriz francesa... Como se chama?

— Sophie Marceau.

— Sim, exatamente, ela.

— É verdade. Só você e Sophie Marceau têm um rosto tão perfeito. Nem Michelangelo poderia esculpi-lo melhor.

— Me diga, Carlos, por que tenho a curiosa sensação de que você flerta comigo sem parar?

— Porque é o que realmente faço.

O diretor esboçou um sorriso malevolente enquanto enchia as taças de champanhe.

— Sabe de uma coisa? Estou convencido de que esta turnê será um dos maiores sucessos de nossas carreiras — afirmou, distraindo o olhar na hipnótica ascensão das borbulhas. — Além do mais, morro de vontade de convidá-la para jantar em um pequeno restaurante perto dos Champs Elysées, um lugar íntimo, encantador.

— Isso cheira a velas e a um final previsível.

— Você e eu não podemos passar por Paris sem nos presentear uma noite.

Elke suspirou. Colocou a taça na mesa e cruzou seus dedos graciosos em um expressivo gesto de reflexão. O diretor intuiu que algum tipo de admoestação e objeção se avizinhava, pois se retraiu até se acomodar no encosto da poltrona.

— Ouça, Carl Weisman, acho que será melhor se nós dois acreditarmos que aquilo que aconteceu há um mês não voltará a se repetir.

— Por quê?

— Porque foi um erro.

— Não diga bobagens!

— Não são bobagens. Foi um erro. Um magnífico erro. Não estou lamentando. Mas acho que faríamos bem evitando qualquer tentação que possa permitir que aquilo aconteça de novo.

— Está brincando?

— Absolutamente. Não posso esquecer que você é casado.

— Casei três vezes.

— Não vai dizer que quer casar uma quarta!

— Quem sabe?

Carl colocou os cotovelos na mesa. Ficou olhando a violinista, absolutamente apalermado. Ela estalou os lábios em sinal de desaprovação. Sentia-se envaidecida pelo fato de o diretor lhe dispensar tantas atenções. Estava até disposta a reconhecer que gostava dele. Aos 51 anos, possuía um porte juvenil, um pouco indolente e selvagem. Talvez fossem aqueles cabelos desordenados, povoados de mechas cinzentas, os culpados por seu charme irresistível.

— Marisa é uma pessoa maravilhosa, Carl. Você já tem uma *mezzo soprano* em sua vida. Uma mulher bonita e inteligente — acrescentou. — O que você quer mais?

— Preciso de uma violinista.

Elke o olhou, impotente, como se o considerasse inacessível.

— Temo que você terá de fazer uma proposta a Anne-Sophie Mutter — sugeriu, com cinismo encantador. — Ouça, está ficando muito tarde. Gostaria muito de poder ficar mais um pouco, mas preciso ir embora agora. Vamos nos ver amanhã.

— Quer que a leve em casa?

— Não, obrigado. Deixei o carro em um estacionamento a duas ruas daqui.

Carl Weisman esvaziou a taça. Não parecia ter nenhuma pressa. Acompanhou com os olhos a silhueta elegante de Elke enquanto vestia o casaco. A forma como ajeitava a ondulação de seus cabelos, lançando-os para trás, como uma capa, e a calma com que enfiava suas mãos nas luvas de couro avelã lhe pareciam absolutamente fascinantes. Tudo nela o era. O único inconveniente — pensou, enquanto seus desejos se precipitavam pelas curvas perfeitas de suas pernas — é que ela tem consciência da admiração que provoca quando passa. Longe de se sentir incomodada ao se saber observada, é ainda mais zelosa na hora de se exibir.

A violinista sorriu. Parecia ler seus pensamentos. Jogou-lhe um beijo breve antes de se dirigir à saída do local.

— Você vai ficar aqui? — perguntou.

— Mais alguns minutos. Afogarei minhas dores nos restos deste excelente champanhe. Depois ligarei para Anne-Sophie

Mutter — ironizou. — Acho que esta noite está tocando em Melbourne.

— Reconheço que admiro sua forma de brincar.

— Vou avisá-la: pretendo continuar tentando — anunciou ele no último momento.

— Estou certa disso.

Meia hora mais tarde, a concertista chegava em casa. Ocupava um pequeno apartamento situado na rua Wartburg. Ao atravessar a portaria, deu uma olhada na caixa de correio. Depois encarou as escadas e subiu até o terceiro andar.

Ao chegar ao patamar, seu coração deu um pulo.

Um homem de uns 40 anos, desalinhado, alto, com barba de três dias, estava diante de sua porta com um olhar intranquilo.

— Está procurando alguém? — perguntou, atemorizada.

Um mau presságio esvoaçou no meio de seu peito. Uma semana atrás haviam acontecido vários roubos em residências da região.

— Estava procurando por você — afirmou o estranho, em tom grave.

Por um instante, Elke Schultz avaliou a possibilidade de descer os três andares de um só fôlego, alcançar a rua e pedir socorro.

7

CINCO CÓDIGOS

— Desculpe, mas acho que não nos conhecemos — murmurou inquieta Elke Schultz, recuando instintivamente alguns passos.

— Esta é sua casa, não é? — inquiriu ele.

— Sim.

— Sou seu vizinho. Acho que já nos encontramos algumas vezes. Vivo ali, na primeira porta deste andar. Olhei sua caixa de correio. Seu nome é Elke, não é mesmo?

A violinista assentiu. Recordou ter visto aquele homem de passagem. Sempre se mostrara esquivo, intratável, de poucas palavras, embora ela tivesse tentado entabular várias vezes uma conversa mínima com ele. Era realmente atraente, mas parecia uma sombra.

— Perdão, não o reconheci. Aconteceu alguma coisa?

— Nada de grave, é o que espero — explicou, tentando esboçar um meio sorriso com pouco êxito. — Trata-se de Liz, minha gata. Saiu pela janela, atravessou a cornija, e se enfiou na sua sala. Estou há horas tentando convencê-la a voltar, mas parece que não se atreve. Está no peitoril, feito um novelo.

Elke respirou profundamente e sorriu. Levou a mão ao peito, como se a sombra de um mau presságio se afastasse para sempre. Procurou na bolsa até encontrar a chave.

— Sinto incomodá-la — desculpou-se o homem. — Acontece que o apartamento que nos separa está vazio. De outro modo já teria resolvido.

— Não se preocupe, não tem importância — tranquilizou-o Elke, abrindo a porta. — Devo confessar que por um momento cheguei a ficar assustada. Estou aqui há pouco tempo. Mudei para este bairro procurando tranquilidade, embora não passe semana sem que algo aconteça. Entre, por favor.

— Só espero que essa calamidade não tenha lhe causado nenhum prejuízo.

— Não acredito. Os gatos são muito cuidadosos. Minha mãe tem cinco em sua casa de campo. O maior problema é o pelo. Você precisa se acostumar a conviver com o pelo que eles vivem soltando.

— Sua mãe deve educar muito bem os dela. Liz arranha tudo.

Elke deixou a bolsa e o estojo do violino no sofá da sala. A gata estava adormecida no peitoril da janela. Parecia uma estátua. Era evidente que o frio a paralisara.

— Suponho que é melhor que você a pegue, não é, senhor...

— Heinz. Me chamo Heinz Rainer. Sim, será melhor, ela poderia se assustar.

Liz não se moveu quando seu dono a pegou em seus braços.

— Daqui a pouco nós vamos conversar com calma, sua ingrata.

— Pobrezinha. Não brigue com ela — aconselhou Elke, acariciando-a entre as orelhas.

— Não vou fazer isso. Depois, não adiantaria de nada. É meio selvagem. Encontrei-a há algumas semanas no sótão. Me seguiu. Creio que foi ela quem me adotou.

Elke riu com vontade. Os dois se despediram.

— Diga-me, gata infiel. Você gosta do meu novo nome? Heinz soa convincente, não é mesmo? — sussurrou, colocando o animal no chão. Liz correu para farejar sua tigela. — Agora, me faça o favor de ser uma boa menina e comporte-se bem, preciso fazer uma ligação.

Rainer acendeu um cigarro e discou um número.

O telefone de Simon Darden começou a emitir o estridente tom de "We don't need this fascist groove thang" do Heaven 17.

O jornalista estava no The Quality Chop House, um pequeno restaurante que ficava diante da sede do jornal. Ia jantar com vários colegas do *Guardian* e do *Observer*. Comentavam o mau desempenho eleitoral do Partido Republicano dos Estados Unidos.

Todos riram abertamente ao reconhecer a melodia.

— Simon, você ficou preso nos anos 80! — disse um, com sarcasmo.

Darden assentiu com um sorrisinho descrente nos lábios.

— Muito pior. Creio que desci do carro quando chegaram os imperdíveis da segunda metade dos anos 70, os punks com suas cristas — confessou, dando uma olhada na tela do aparelho. Franziu a testa. Não era nenhum número conhecido.

— Desculpem-me por um minuto. Sim?

— Simon Darden?

— Sim, sou eu.

— Pode falar?
— Ahn? É claro. Você é...
— Sim.
— Me dê alguns segundos. Estou em um restaurante e o sinal não é muito bom, não desligue, por favor.

O jornalista pegou o casaco e foi para a rua.

— Faz três dias que espero sua chamada! — confessou, ansioso.
— Supus que queria ganhar tempo.
— Tempo?
— Tempo para averiguar a autenticidade da fotografia.
— Sim, claro. Tenho a opinião de três especialistas. A foto é autêntica.
— Bem, isso nos livrará de preâmbulos inúteis.
— Poderia me dizer onde foi tirada? Na Argentina? Sempre se disse que esse país foi, depois da guerra, um paraíso dos nazistas.

Um riso assustado chegou pela linha.

— Lamento, mas isso você terá de descobrir.
— Não entendo você — balbuciou Darden, desconcertado.
— O que quer dizer?
— Ouça, estou disposto a lhe contar tudo o que sei. A história completa. Mas tudo tem um preço — afirmou Heinz Rainer, em tom pausado.
— Você quer dinheiro? — titubeou o jornalista. — Se se trata disso, tenho certeza de que o *Guardian* lhe pagará o que pedir.
— Não me faça rir. Não há dinheiro que pague esta história.
— Então a que se refere? Precisa de proteção?
— Você e eu não temos lugar onde possamos nos esconder. Isso é algo que queria lhe avisar antes que continue.

Darden ficou sem palavras. Permaneceu em silêncio durante um lapso tenso, eterno. Quando ia fazer uma pergunta, Rainer se adiantou.

— Evitarei lhe falar através de charadas. Descobri, de modo acidental, um segredo terrível. Ao fazê-lo, assinei minha sentença de morte, mas consegui evitá-la ao longo de seis anos. Desde então me limito a fugir, a me esconder e a tentar compreender o que tenho nas mãos. Em duas ocasiões me atrevi a passar fragmentos desse assunto a pessoas que me pareciam confiáveis. E paguei caro por isso.

— Compreendo.

— O preço que lhe exijo, Sr. Darden, se é que aceita brincar com a vida, deverá ser pago em uma divisa que não tem cotação no mercado de valores. Seu nome é confiança. Preciso testá-lo, ter certeza de que chegará ao final se eu resolver me arriscar com você. Não me resta muito tempo. Em seu caso, se for precavido, talvez algo mais, me entende?

— Perfeitamente.

— Muito bem. Agora ouça: sugiro que não fique obcecado por essa foto. É apenas a ponta de um iceberg colossal. Você o descobrirá muito depressa. Imagino como sua mente deve estar agitada... — concedeu, suavizando seu discurso. — Eu também passei por esse estado. Estou disposto a mitigar sua ansiedade. Quanto antes você aceitar que Hitler escapou de Berlim em 1945, mais depressa poderá concentrar sua atenção naquilo que logo lhe contarei.

Darden suspirou profundamente. Apesar de a temperatura estar caindo rapidamente e seus pés estarem congelando, teria aceitado, sem hesitar, ficar horas e horas plantado ali, no meio da rua, imóvel como um poste, só para roçar em um dado a mais, uma pista, uma nesga da formidável história.

— Dediquei estes últimos dias a reunir documentos e a tentar entender como foi levada a cabo aquela comédia no Führerbunker — afirmou, decidido.

— Eu supunha... Já sabe então como fizeram? — ironizou.

— Não tenho certeza. Tenho algumas ideias, talvez um tanto imprecisas.

— Atreva-se. Conjecturar é muito saudável. A verdadeira inteligência é um exercício de sinapse; consiste em relacionar assuntos diversos com audácia. Em muitas ocasiões, dois neurônios de ramais distintos, muito próximos entre si, só precisam criar uma ponte que os ligue para iluminar conclusões novas, surpreendentes.

O jornalista se armou de coragem.

— Por uma questão lógica, esse refúgio devia contar com uma saída secreta — aventurou. — Uma via de escape preparada diante da previsão de que tudo iria desmoronar. Encontrei informações sobre os sósias de Hitler. Aparentemente, eram seis. Depois do atentado que sofreu em 1944, usava-os com frequência. Era obcecado pela própria segurança. Dois desses sósias eram quase idênticos.

— Correto.

— Imagino que depois da pantomima das despedidas, de ter ditado seu testamento, do seu casamento com Eva Braun e de todas as formalidades destinadas a revestir de veracidade seu suicídio, os dois se trancaram em seus aposentos. O túnel, alçapão, escada ou o que seja que tenham usado para sair daquele buraco devia estar naquela ala do bunker. Os cadáveres dos sósias devem ter sido introduzidos por ali... Estou enganado?

— Absolutamente. Meus parabéns. Tudo foi milimetricamente estudado. Inclusive o tão propalado estado enfermiço do Führer era uma impostura. Seus médicos tiveram muito a ver com isso. Hitler, pelo que sei, gozou de boa saúde até 1971. Morreu de uma embolia. Eva Braun sobreviveu mais oito anos. Um câncer acabou com ela. Era uma fumante compulsiva.

Darden estremeceu.

— O que não consigo entender neste vaudevile endiabrado é o grau de envolvimento de uns e outros — afirmou Simon.

— Naquele refúgio subterrâneo havia muita gente. Fiz uma lista com mais de vinte nomes.

— A maioria acreditou de pés juntos no que hoje o mundo inteiro acredita. De outro modo não teria funcionado. Só Goebbels e sua esposa, Marta, conheciam o plano. A idolatria deles por Hitler era absoluta. Para eles, era um deus. E aceitaram, com seu sacrifício, contribuir com a farsa. Eram membros da Loja Luminosa, a Ultima Thule.

— Thule?

— Esqueça-se disso por ora. Tudo a seu tempo — decretou, com desgosto, Rainer. — Quando soou um disparo nos aposentos privados do Führer, todos deram por certo que ele havia morrido. Ele estava há dias dizendo que tiraria sua vida. Só dois ajudantes de quarto do hierarca, envolvidos nessa operação secreta, entraram no aposento. Os testemunhos de secretárias, enfermeiras, ajudantes, oficiais e soldados, recopilados por russos e americanos, são um caos. Não há dois que sejam idênticos. Uns ouviram os disparos, outros, não. De Eva Braun só viram os sapatos vermelhos que sobressaíam do lençol em que envolveram seu corpo. A famosa identificação dentária feita pelos russos foi uma baboseira. Baseou-se na vaga descrição fornecida pelo ajudante do dentista particular do Führer. Eu lhe garanto, Sr. Darden, que até o pior policial legista do mundo desmontaria esse engodo.

— Encontrei umas declarações feitas por Stalin na conferência de Potsdam.

— Sim, eu as conheço — disse Heinz. — Stalin negou em três ocasiões que os cadáveres calcinados encontrados no exterior fossem os de Hitler e sua esposa. Churchill e Truman sempre souberam a verdade, desde o princípio. Todos os que participaram do Tribunal de Nuremberg tinham consciência disso. Chegaram a incluir, em uma primeira instância, seus nomes na relação dos fugitivos a serem julgados à revelia. Depois optaram por amenizar.

— Claro, consideraram inaceitável que o responsável por milhões de mortos tivesse se volatilizado diante de seus narizes. O mundo não teria entendido.

Começava a chover. Simon Darden procurou se proteger sob uma marquise. Fechou a gola de seu casaco. Tiritava, mas se sentia incapaz de definir se aquela leve convulsão se devia ao frio ou ao terror.

— Posso perguntar mais uma coisa?

— Tente.

— Como conseguiram sair de Berlim? Dois dias atrás cheguei a examinar a hipótese de que pudessem ter fugido a bordo do aviãozinho de Hanna Reitsch. Sabe de quem estou falando?

— Sim. Hanna era uma estrela. Essa mulher me fascina, lhe asseguro. Foi uma das grandes heroínas da cúpula nazista. Todos a adoravam. Era bonita e intrépida. Aterrissou entre as ruínas da cidade no final de abril. Pilotava um Fieseler Fl. Esteve com Hitler no bunker. Decolou no dia 29, no meio da terrível ação antiaérea da artilharia soviética. De qualquer maneira, não está totalmente errado — disse Heinz. — Levou com ela um único passageiro. Aparece na foto que lhe mandei. É o primeiro da esquerda.

— Não consegui descobrir quem é — confessou o jornalista. — De fato, não conheço nenhum deles, exceto Mengele.

— É Heinrich Müller, o cérebro da Gestapo.

— Meu Deus!

— Ouça, Sr. Darden, continuaremos conversando. Creio que por hoje é suficiente.

— Como preferir.

— Pode anotar o que vou lhe dizer agora?

— Hein? Sim, claro. Um segundo, por favor!

O jornalista tirou sua carteira do bolso interno do casaco. A primeira coisa que encontrou foi um extrato de caixa eletrônica.

— Estou pronto. Ouço.

— Vou lhe dar alguns breves códigos. Todos eles, unidos, explicam apenas a metade deste gigantesco exercício de prestidigitação. Tenha consciência disso. Precisará de toda a capacidade sináptica de seu cérebro na hora de juntar os fios e compreender uma mentira tão grande. Não foi em vão que permaneceu oculta durante mais de meio século.

— Levarei em conta.

— Tome nota: almirante Byrd, Karl Dönitz, Shangri-la, Paperclip, Highjump...

— Um momento... Pronto.

— Em relação ao lugar em que essa fotografia foi tirada — acrescentou Rainer, com uma inflexão misteriosa —, lhe sugiro examinar com atenção a bandeira das Nações Unidas. É curioso, evitaram uma parte da Terra ao desenhar o contorno dos continentes e das ilhas. Pense. Já tem várias peças do *quebra-cabeça*. Voltarei a entrar em contato com você.

— Quando?

Pela primeira vez, desde o início do diálogo, Darden ouviu Rainer rir abertamente.

— Você tem muito trabalho pela frente, Sr. Holmes. Digamos que em quatro ou cinco dias, nesta mesma hora. O que acha?

Simon Darden olhou o telefone, impotente. Ao voltar ao restaurante, começou a espirrar.

Desabou na cadeira diante do olhar perplexo dos companheiros.

— Onde diabos você se meteu, Simon? — lhe perguntou um colunista do *Observer*. — Você está passando bem? Está branco feito papel de cigarro.

8

SOBRE O SAL

Uma fina cortina de pequenos flocos de neve começou a cair sobre Munique na última hora do dia. Como a cinza de um fogo extinto no alto da abóbada do céu, desciam lentamente, leves, entregues ao capricho do vento, que os depositava sobre os carros e os transeuntes.

Günter Baum levantou o rosto ao perceber sua presença. Entrecerrou os olhos procurando fugir da incômoda luz fria das lojas. Sim, ali estavam, aos milhares. Encheu seu peito de fria satisfação diante da chamada do arauto do inverno. Uma vaga recordação da infância despontou por um instante em seus pensamentos e se desvaneceu, inapreensível.

Seus dedos brincaram com a coronha da Walther que descansava no interior do bolso de seu casaco azul. Apertou o passo.

Oito e vinte. A hora perfeita.

Aproximou-se da Goethe Platz por um beco tranquilo que evitava o tráfego da Clínica Universitária. Não demorou a distinguir um Mercedes preto estacionado ao lado de alguns contêineres. Bateu com os nós dos dedos no vidro e, no mesmo instante, as portas foram desbloqueadas.

— Que tal? Tudo bem? — perguntou, se instalando ao lado do motorista.

Ewald Fleischer mantinha, em um equilíbrio precário, um cigarro na comissura de seus lábios. Usava seus dedos indicadores como se fossem baquetas, repicando contra o couro do volante numa tentativa de sincronizar seu ritmo com o tempo sincopado de uma música do Prince. Dirigiu a Günter um olhar entediado.

— Ora, nenhuma novidade. O velho não saiu de casa durante toda a tarde. Sua filha e seu genro saíram há uns cinco minutos. Parecia que iam comprar o jantar. Vamos acabar com isso o quanto antes, Günter, estou começando a congelar — grunhiu, passando a mão no condicionador de ar.

— Sim. Nas próximas horas nevará intensamente.

— Odeio a neve. Um dia desses abandono tudo e procuro uma casinha em Ibiza. Meu tio vive lá — murmurou Fleischer, apalermado, como se pudesse ver o contorno da cálida ilha através dos flocos que começavam a se acumular no para-brisa. — O filho da puta passa a metade do ano de bermuda, tomando sol e bebendo cerveja.

— Então se alegre. Esta tarde me confirmaram que o quinto *ator* vive em Maiorca. Iremos atrás dele dentro de alguns dias — anunciou Günter.

— Bem, o que você está esperando? — perguntou, impaciente. — Vai se decidir ou não?

— Vou precisar de uns 15 ou 20 minutos... — resolveu Baum, cravando o olhar na janela iluminada do segundo andar. Ajustou o nó da gravata e passou a mão pelos cabelos louros, colocando-os para trás. — Vai se foder, Ewald! Que porra é essa? Como você pode ouvir esse negro afeminado?

Sem esperar pela resposta, saiu do carro e atravessou a rua. Depois de mergulhar as mãos em macias luvas de couro, olhou para todos os lados e pressionou o botão do interfone. Não demorou a ouvir o pigarro de uma voz que tentava ficar mais clara.

— Sim?! Quem é?
— *Herr* Färber? Emil Färber?
— Sim, sou eu.
— Gostaria de falar com o senhor.
— De que se trata?
— Sou neto de um velho companheiro seu, Christian Baum.
— Baum?
— Sim.
— Eu não conheço mais nenhum Baum — resmungou Färber.
— Puxe pela memória. O senhor e ele eram bons amigos. Visitaram juntos, durante uma licença, no verão de 1942, um dos centros Lebensborn da Polônia. Ali nasceu meu pai, e, pelo que sei, também um filho seu.
— Meu filho morreu há dez anos num acidente de carro.

Fez-se um repentino silêncio. Günter levantou a gola do casaco e olhou em volta para checar se as imediações estavam livres.

— Ouça, *herr* Färber, eu vim para informá-lo de uma coisa muito importante: na Loja Luminosa cingirei a Coroa de Vril!

A porta se abriu. Günter alcançou o segundo andar em questão de segundos. Olhou rapidamente o relógio. Oito e trinta e cinco.

Färber o esperava no patamar, apoiado em uma bengala de madeira. Parecia uma árvore prestes a desabar, aferrada à terra por umas poucas raízes obstinadas.

— Então você é neto de Christian Baum... — sussurrou, convidando-o a entrar.

— Sim. Meu avô, como bem sabe, morreu defendendo Berlim.

O velho soldado assentiu. Avançou cabisbaixo, com passo indeciso, até o salão da casa, oferecendo acomodação ao inesperado visitante.

— Sente-se, por favor. Quer um licor, um cálice de brandy?

— Não. Muito obrigado. Eu lhe agradeço. O que tenho a lhe dizer não requer muitas formalidades — acrescentou Günter. — Ficarei em pé.

— O que está havendo? Aconteceu alguma coisa ruim? — balbuciou o ancião, evidentemente sobressaltado.

— O que acontece é que o segredo do Führerbunker, bem a Operação Shangri-la, corre o risco de ser descoberto. E se isso chegar a acontecer, muitas outras coisas virão à luz... O senhor entende? — perguntou, tocando levemente o ombro do ancião.

— Sim, entendo — concordou Emil —, mas lhe asseguro que tenho guardado silêncio absoluto. Nos interrogatórios de 1945 não conseguiram me arrancar nem uma única palavra. Tudo foi executado conforme o roteiro. Eles engoliram!

— Eu sei. A sua atuação foi magistral. Não resta nenhuma dúvida: o senhor foi um dos melhores *atores*.

— Quer saber? Eu jamais aceitei ser entrevistado, jamais! — proclamou, orgulhoso. — Fui convidado em muitas ocasiões a participar de programas de televisão e de rádio! No ano passado, no quinquagésimo aniversário do final da guerra, chegaram a me oferecer uma soma importante. Mas eu recusei.

— A Ultima Thule deve muito a sua discrição. Por isso vim eu, o filho de um *lebensborn*, e não qualquer outro.

— De qualquer maneira, há algo que talvez possa lhe ser útil, Sr. Baum — aventurou o ancião, levando as pontas dos dedos aos lábios. Acabara de recordar uma coisa importante. — Nos dois últimos meses recebi algumas ligações de um indivíduo que parecia estar por dentro de tudo. Insistiu em se encontrar comigo. Eu lhe disse que fosse à merda.

— Fez bem. Vamos cuidar desse sujeito.

— Mas não estou conseguindo entendê-lo. Diga-me: como é possível acreditar que eu, na minha idade, posso ajudar a irmandade?

Günter Baum acariciou a coronha da Walther. Maldisse a si mesmo por ter escolhido a arma das Waffen SS para cumprir tão desprezível incumbência. Aquele homem merecia receber um disparo nobre, uma salva de honra em reconhecimento à fidelidade e à entrega de toda uma vida. E só existia uma pistola no mundo capaz de articular, com seu rugido seco, um elogio a essas características: a ímpar Luger alemã. Uma boa Luger de 1936.

— A Thule precisa agora que seu silêncio seja... sepulcral, *herr* Färber — sussurrou ao seu ouvido.

Günter agarrou o ancião pelo ombro e o puxou até seu peito. Disparou no coração, à queima-roupa. O projétil traspassou o corpo débil e foi se incrustar na parede posterior.

O assassino arrastou Färber até uma poltrona, dispôs suas mãos inertes sobre o colo, cruzando-as de forma natural, e fechou seus olhos incrédulos. Feito isso, procurou a cozinha da casa. Não demorou a encontrar um saleiro. Polvilhou um pouco de sal na luva e voltou para perto do cadáver. Entreabriu seus lábios e depositou o sal sob sua língua. Pronunciou, então, aproximando-se de seu rosto, umas breves palavras. Uma antiga máxima da irmandade.

— Na vida ou na morte, prevaleça sobre o sal, glorioso ariano!

Recolheu a cápsula. Consultou o relógio. Dez para as nove.

Sentou-se no sofá e colocou a pistola sobre a mesinha. As últimas edições das revistas *Stern*, *Der Spiegel* e *Autobild* estavam ali, extremamente organizadas. Distraiu-se virando páginas, abúlico, até que o ruído de alguns passos se detendo no patamar e o tilintar inconfundível das chaves alertou-o de que seu trabalho ainda não terminara.

A porta se abriu.

— Papai? Chegamos! — anunciou uma voz feminina.

— Você está com fome? Vou me trocar em um instante e começarei a preparar o jantar. Comprei salmão defumado e *foie* para você.

A filha de Färber, de uns 50 anos, enfiou o rosto na porta que comunicava o corredor com o salão. Um homem um pouco mais velho, corpulento e grisalho, seguia-a de perto. Resfolegava sob o peso das sacolas.

Günter Baum apertou o gatilho sem nenhuma hesitação. Um tiro limpo, entre as sobrancelhas, derrubou a mulher. Caiu com o peso, para trás, deixando o campo livre para a trajetória de uma segunda bala, que voou implacável, arrebentando o coração de seu marido.

O assassino driblou os corpos e o conteúdo das sacolas, espalhado por todo o piso. Seus pés tropeçaram em uma lata. Reconheceu a etiqueta negra e as letras douradas. *Foie* de Estrasburgo. O melhor do mundo. Guardou a Walther em um bolso e o *foie* em outro. Deu uma última olhada no lugar. Depois, apagou a luz e fechou a porta. Ao chegar à rua, checou a hora. Nove em ponto.

Tal como previra, a neve agora caía com força.

9

SIR EDWARD HARVINGTON

— Cogumelos? — perguntou Simon Darden, espantado. Ema Lawrence, uma mulher pequena, de faces coradas e nariz arrebitado, fitou-o, divertida, e assentiu.

— Sim. Nesta época, Sir Edward costuma fazer longos passeios pela manhã. Sobretudo nos dias chuvosos. Gosta muito de cogumelos. Sempre volta com um cesto cheio. Cozinho uma parte do que me traz e ele se encarrega pessoalmente de secar o resto — explicou, limpando suas mãos em um avental de amplos quadrados.

Simon Darden não pôde evitar que seu rosto exibisse um sentimento de contrariedade. Virou-se procurando a opinião de John Stewart. O fotógrafo estava um pouco retraído, lutando com a objetiva da câmera. Ao cruzar seu olhar com o do jornalista, optou por encolher os ombros.

Os dois haviam chegado, depois de duas horas ao volante, a Abberley, uma encantadora aldeia do condado de Worcestershire, a noroeste de Londres, com a intenção de conversar com Sir Edward Harvington, um nobre inglês que se dedicava ao estudo e à pesquisa, autor de uma dúzia de obras de referência sobre a Segunda Guerra Mundial. O encontro havia sido acertado graças ao intermédio de Mark Sands, o diretor de marketing do *Guardian*, uma das dez *sentinelas* do Scott Trust e amigo pessoal do escritor.

O jornalista suspirou. A mulher entendeu seu mal-estar.

— O Sr. Harvington é muito atrapalhado... Eu que o diga! — comentou, resignada. — Me deixa louca. Perde tudo. Mal sabe em que data vive.

— Acha que estará de volta antes do meio-dia? — perguntou, olhando furtivamente o relógio.

— Tenho certeza. É capaz de esquecer seu sobrenome, mas jamais perdoa sua tacinha de xerez por volta das 12 horas — ironizou Emma, com um brilho maldoso nos olhos.

— Obrigado. Voltaremos depois.

— Aproveitem para fazer um pequeno passeio por Abberley — sugeriu a governanta ao abrir a porta. — A torre gótica do relógio é uma maravilha. Todo mundo a fotografa. E a igreja de São Miguel, que é de estilo normando, do século XII, é linda.

Simon e John desceram os 2 quilômetros que separavam a mansão de Sir Harvington da pequena aldeia. Haviam deixado o carro ali, ao lado de uma taberna onde haviam lhes assegurado que para chegar à casa do nobre bastava fazer algumas curvas, seguindo o caminho de terra, na direção do bosque.

Quando estavam no meio do trajeto, viram um indivíduo avançar com dificuldade na direção deles, atravessando os altos arbustos de um prado. Vestia um paletó de tweed ocre e portava na cabeça um gorrinho com viseira. Carregava uma bengala na mão e uma cesta pendia do braço esquerdo. Seguia-o de perto um belo golden retriever cor de canela.

— Tem toda a pinta de ser o Harvington, não é mesmo? — aventurou o fotógrafo, aguçando o olhar. — Caminha com um ar muito aristocrático.

— Não sei. Nunca o vi — afirmou Darden, rindo entre os dentes.

De súbito, ao tentar passar por cima de um pequeno muro de pedras, o homem desapareceu. Desvaneceu-se como se a terra o tivesse tragado.

— O homem caiu! Um tremendo tombo! — exclamou Stewart, perplexo.

Aproximaram-se do lugar a passo rápido, temendo o pior. Encontraram Sir Edward Harvington engatinhando. Recuperava, entre grosserias e imprecações, o conteúdo da cesta.

— Maldição! Quietos, não se mexam! — resmungou ao vê-los chegar. — Estão pisando nos cogumelos! Santa Mãe de Deus, que desastre, que desastre! E você, Tiberio, fique quieto, pare de dar voltas!

— O senhor se machucou? Permita-nos ajudá-lo — propôs o jornalista, começando a recolher os cogumelos. — Sou Simon Darden, do *Guardian*. Meu companheiro é John Stewart, um dos nossos melhores fotógrafos. Tínhamos combinado uma entrevista com o senhor. Mas talvez tenhamos chegado antes da hora marcada.

O escritor fitou-o com pé-atrás.

— Havíamos combinado nos encontrar amanhã, quinta-feira — afirmou.

— Hein?! Sim, claro, na quinta-feira! Hoje é quinta-feira, Sir Edward!

— Quinta-feira? Não é possível! É mesmo? Caramba, que distração a minha! — ele se desculpou, ruborizado. — Vamos, faça o favor de me ajudar a levantar! Gosta de cogumelos?

— Acho que nunca provei.

— Pois vai prová-los hoje! Pato guisado com cogumelos e mel! — anunciou, orgulhoso. — Minha governanta, a Sra. Lawrence, é uma excelente cozinheira. Tem um gênio dos mil demônios, está sempre resmungando, mas é insuperável quando lida com as panelas.

Darden e Stewart trocaram um sorriso cúmplice e acompanharam o nobre de volta à casa. As nuvens, ao se distanciar uma das outras, abriam nas alturas uma janela pela qual aparecia um sol tímido, invernal, quase reconfortante.

— Diga-me, Sr. Darden, por que o senhor deseja me entrevistar? — indagou Harvington, parando depois de poucos passos. Começou a esfregar seus joelhos com expressão dolorida.

— Só vou terminar meu próximo livro pouco antes do verão.

— Estamos trabalhando em uma série de artigos sobre cenários ucrônicos — mentiu o jornalista, com altivez. — O senhor sabe: consistem em arriscar hipóteses, em aceitar que alguns fatos históricos que não ocorreram mas poderiam ter acontecido configurariam um mundo diferente do atual. Também é uma reportagem sobre certos mistérios do pós-guerra, fatos obscuros, não esclarecidos.

— E essas besteiras interessam às pessoas? — interpelou, cético.

— Digamos que as pessoas se divertem especulando.

— E com que diabos especulam vocês? É possível saber?

— Com a possibilidade de que a Alemanha e seus aliados do Eixo tivessem vencido a guerra; com o fato de que Hitler não morreu no bunker da Chancelaria de Berlim...

Por um momento pareceu que Sir Edward Harvington ia se desfazer em uma sonora gargalhada, mas a vontade de rir congelou em seu rosto antes de ser liberada.

— Isso lhe parece uma hipótese disparatada?

— Me parece uma conjectura arrepiante! — afirmou, mortalmente sério. — Quer saber? Existe mais de um historiador que dedicou muito tempo a elucubrar sobre isso.

— Qual é a sua opinião?

— Que nenhum pesquisador rigoroso poria a mão no fogo a respeito. Eu, pessoalmente, prefiro acreditar que Hitler morreu em Berlim, mas é certo que isso não está, absolutamente, claro.

— Reuni muito material que apoia essa tese. Aparentemente, o marechal soviético Gregory Zhukov, comandante das tropas que entraram em Berlim, informou a Stalin que não havia encontrado os restos de Hitler — recapitulou Darden.

— Encontraram um cadáver que examinaram atentamente. Parecia ser ele, mas acabaram concluindo que se tratava de um *doppelgänger*, um duplo. Havia muitos detalhes que evidenciavam o engodo. Entre eles, o fato de que aquele desgraçado usasse longas meias de lã. Hitler não gostava delas, nunca as usou. O comandante-geral do setor americano da cidade, Floyd Parks, presente durante a batalha, esteve com Zhukov. O russo lhe confessou que o ditador havia fugido. Tempos depois, em Nuremberg, o chefe do conselho americano, um tal de Thomas J. Dodd, se manifestou no mesmo sentido. São inumeráveis os testemunhos dessa época. Bedell Smith, que mais tarde assumiria a direção da CIA, chegou a afirmar publicamente que não havia na Terra quem pudesse garantir a morte de Hitler. Muitos outros defenderam essa mesma tese. A lista é muito longa. Em uma transcrição das conversas mantidas entre Stalin, Roosevelt e Churchill, o líder russo foi taxativo: "Esses dois não estão em nossas mãos..."

— Conheço essas conversas. Não se esqueça, de qualquer maneira, de que depois dessa afirmação, no tópico seguinte, o taquígrafo fez um comentário estranho, escreveu em suas notas, entre parênteses, "risada geral". E o assunto não se prestava a grandes brincadeiras.

— Sim. É verdade — concedeu Darden —, mas são muitas provas, não é possível ignorá-las. Em 1952, sete anos depois, Dwight Eisenhower confessou, e cito literalmente suas palavras: "Fomos incapazes de descobrir uma única evidência que prove a morte de Adolf Hitler. Muita gente acredita que Hitler fugiu de Berlim...".

Sir Edward Harvington sorriu, se deteve diante da porta de sua mansão e dirigiu um olhar fleumático ao jornalista.

— Muito bem! E o que tudo isso muda? Aonde o senhor quer chegar?

— Já temos uma ucronia, um cenário ucrônico, não é? Onde o senhor acredita que Hitler pôde passar o resto de seus dias?

— Ufa! Provavelmente na Argentina — afirmou, com encantador cinismo, o aristocrata. — Você não sabe que Juan Domingo Perón entregou aos alemães cinco mil passaportes em branco nos últimos meses da guerra?

— Não sabia — confessou, atônito, Darden.

— Teremos tempo para falar sobre tudo isso, cavalheiros. Acho que poderei acrescentar mais algum mistério a sua coleção. Intuo que gosta muito de mistérios, Sr. Darden — assegurou, satisfeito, Harvington, convidando-os a entrar na casa. — Emma? Senhora Lawrence? Já estou aqui, trago mais 1 quilo de cogumelos.

Simon Darden e John Stewart assistiram divertidos a um ritual que parecia se repetir com frequência. A governanta apareceu no hall da casa com uma bandeja. Enquanto o escritor pendurava cuidadosamente o gorro, o cachecol e o paletó em um cabide, ela começou a escolher os cogumelos. Depois se dirigiu à cozinha a passo rápido, admoestando em sua retirada o escritor:

— Acendi a lareira da sala de leitura — disse. — Faça o favor de vigiar o fogo, pare de se comportar como um irresponsável, eu não posso estar em todos os lugares! Outro dia quase incendiou o tapete!

Harvington trocou um olhar resignado com seus convidados, ao mesmo tempo em que esboçava um sorriso circunstancial.

— Sabem de uma coisa? Enviuvei há nove anos. E estive tentado a voltar a me casar com uma viúva de Abberley — sussurrou —, mas pensei melhor. Naquela época, eu lia muito Émile Cioran, um homem benzido pela lucidez. Tropecei em uma de suas inumeráveis máximas. Aquela que diz: "É sempre melhor um inimigo distante do que um à sua porta."

10

SUÁSTICA

— Em que está trabalhando agora, Sir Edward? — perguntou Simon Darden enquanto admirava, distraído, a vasta coleção do escritor. Os livros formavam linhas coloridas ao longo das paredes do aposento, do chão ao teto. Seus olhos se detiveram em uma infinidade de objetos localizados ali onde os volumes deixavam um espaço livre. Reconheceu uma adaga alemã; condecorações; um velho fuzil de ferrolho; uma máuser da Primeira Guerra Mundial; capacetes; uma baioneta; binóculos; modelos do Spitfire britânico e do Stuka alemão e um grande mapa político de 1945. Havia até mesmo um obus que parecia intacto. O lugar cheirava a museu.

Harvington, depois de servir um excelente xerez em três belos cálices de cristal talhado, permanecia sentado em um banquinho diante da lareira. Espalhava sobre uma página do *Times*, ao sabor das chamas, a colheita de cogumelos.

— Estou escrevendo *Simbologia, esoterismo e mística no Terceiro Reich*.

O jornalista e o fotógrafo se olharam, incrédulos.

— Parece-me inconcebível que esses descerebrados tivessem algum afã ou interesse sincero pela mística — comentou John Stewart, com desdém.

— Descerebrados? Não se equivoque, meu amigo — reprovou, suavemente, o aristocrata, interrompendo por alguns instantes seu metódico afazer. — Vamos chamá-los de dementes, assassinos, desalmados, o que você preferir, mas não de descerebrados. Vou lhe explicar uma coisa. Um fato significativo. Durante as intermináveis sessões do Julgamento de Nuremberg, talvez procurando manter os réus ocupados, ou então numa tentativa de vencer sua personalidade complexa, submeteram-nos a todo tipo de testes. Entregavam-lhes, diariamente, um questionário complexo, sutil, capcioso, cheio de armadilhas e contradições. Analisavam a forma pormenorizada de todas as suas respostas. Invariavelmente eram invadidos pela consternação na hora de tirar conclusões. O mais *descerebrado* daqueles criminosos era infinitamente mais inteligente e astuto do que você e eu juntos.

Diante de repreensão tão contundente, o fotógrafo optou por esvaziar em um gole seu cálice e cruzar os braços.

— Não se pode fazer o que os nazistas fizeram sem uma ideologia muito sólida por trás — continuou o escritor. — Sempre que pessoas pouco informadas falam a seu respeito, costumam se limitar a mencionar sua obsessão pela pureza racial, sem entender o que esse conceito significa.

— Reconheço que sei muito pouco sobre esse tema, mas ele me interessa. Tudo o que possa me contar me servirá — admitiu Darden. — Em que acreditavam os nazistas?

— Boa pergunta. Responder não é fácil — Harvington avisou. — Evidentemente, quando se fala da mística dos nazistas, a pessoa deve evitar pensar em tópicos místicos, está entendendo? Não pense em São João da Cruz! Esqueça sua concepção cristã da existência! Hitler não pisou em uma igreja em toda sua vida. Na realidade, atrás dos bastidores, atrás dos lenços pintados do nacional-socialismo, se escondia um explosivo coquetel de crenças. Os hierarcas do nazismo eram fascinados pelo paganismo ancestral, a visão telúrica do cosmos que a chegada do cristianismo varreu. Pesquisavam a cripto-história, os ritos de Odin, o esotérico, o oculto, até mesmo o paranormal.

— Entendo.

— Sua filosofia, bem, dizendo melhor, sua ariosofia, acabou se transformando em um compêndio de tradição milenar, o corpo doutrinário no qual as runas teutônicas conviviam harmonicamente com conceitos budistas e hinduístas; interpretação social das teorias de Darwin aplicadas, naturalmente, a sua aspiração de sangue e terra, raça e pátria, tal qual preconizava Walther Darré e também Alfred Rosemberg, para muitos o verdadeiro pai do credo nazista, e um sem-fim de ideias e pressupostos que a qualquer ser racional pareceria um verdadeiro disparate, uma loucura.

— A que se refere?

— Os ideólogos nazistas, e me refiro a Guido von List, Liebenfels, Rudolf Glaner, Herman Pohl e a muitíssimos outros, compartilhavam uma visão inquietante — Harvington voltou a servir seu cálice e, enquanto o fazia, abriu uma caixa retangular, prateada, da qual tirou um longo charuto cubano.

— Fumam, cavalheiros?

— Hein? Sim, mas apenas cigarros. Não se incomoda? — perguntou Darden.

— Incomodar-me? Absolutamente! — exclamou. — Quero morrer fumando e bebendo uísque, meu amigo. Até algum tempo atrás, sempre à tarde, sobretudo na primavera e no verão, tinha o costume de ir caminhando até umas tabernas de Abberley. Bebia uma caneca e conversava com a gente. Deveria vê-los agora. Estão todos na porta, com rostos tristes como corujas. O que eu estava dizendo?

— Estava se preparando para nos explicar com mais detalhes alguma teoria espantosa — recordou Stewart.

— Ah, pois bem, sim! Conhecem o conceito de panspermia?

— Não muito — hesitou o jornalista.

— Os nazistas acreditavam que a origem dos arianos estava em uma terra mítica, oculta pela bruma dos tempos e pelo gelo. Acreditavam na lendária Hiperbórea, o berço de sua raça, crisol de pureza. Heródoto, o historiador grego, mencionou os hiperbóreos; referiu-se a eles dizendo que eram um povo "que vivia mais além das brumas de Bóreas", no Norte. Os nazistas acreditavam que a origem dessa civilização superior estava fora deste mundo, que havia chegado do espaço externo. Sua capital era Thule, a Ultima Thule.

Assim que Sir Edward Harvington pronunciou essas palavras, um clarão incendiou a mente de Simon Darden. Durante sua conversa com Heinz Rainer, dois dias antes, este assegurara que Goebbels e sua esposa haviam aceitado morrer para revestir de credibilidade o suicídio de Hitler. Afirmou que os dois eram membros da Thule, a Loja Luminosa. E não quis dizer mais nada.

— Existe alguma organização com esse nome? — inquiriu o jornalista.

Harvington aspirou uma espessa baforada de fumaça. Fitou-o com receio.

— Acho que se lhe contar tudo isso, acabarei perdendo um leitor potencial — comentou, divertido.

— Posso lhe garantir que estou pensando em ler seu livro.

— Se não quiser lê-lo, não o leia; mas deve me prometer uma boa crítica no *Saturday Review* do *Guardian* — afirmou.

— Conte com isso.

O aristocrata suspirou.

— Vamos ver como somos na realidade. Somos hiperbóreos! — recitou, revestido de pompa e circunstância, Harvington, levantando os braços até não poder mais. — Reconhecem estas palavras, cavalheiros? Assim começa *O Anticristo*, de Nietzsche.

— Não me lembro delas, li este livro quando estava na universidade — afirmou Darden.

— A Ultima Thule era, de fato, uma sociedade secreta. Poderosíssima. Nutriu-se de muitas outras... Os Cavaleiros do Sol Negro ou os Illuminati. Mantinham contato com a Golden Dawn inglesa, com a loja do Dragão Negro do Japão. Não existem provas de que continue agindo. Embora eu não fosse estranhar. Foi fundada por Herman Pohl, que foi Chanceler da Ordem Germânica e Mestre da Ordem Teutônica do Graal, e por Rudolf Glaner, um personagem misterioso, especialista em astrologia e técnicas sufistas, Grande Mestre da Ordem Bávara.

— Incrível...

— Sim, mas tem mais — anunciou, em tom intrigante, o escritor. Exalou uma voluta de fumaça, um círculo perfeito que flutuou no ar por um longo tempo. — Não é muito o que sabemos da Ultima Thule. Era a máxima expressão do hermético. Estava estruturada em sete círculos concêntricos, cada um menor que o outro. Um oficial, um membro das SS, por exemplo, podia pertencer a algum dos dois ou três primeiros círculos. A Ultima Thule constituía o sexto círculo de poder. Existia um sétimo, do qual jamais se soube nada. Só que estava ali, à sombra. Apenas uns poucos rumores. Estou me referindo à Sociedade Vril. Aos Sete Sábios de Vril.

— Soa muito filosófico — ironizou o jornalista.

— Filosófico?

— Estava pensando nos sete sábios da Grécia clássica, o senhor já sabe: Sólon de Atenas, Tales de Mileto...

— Nada a ver — negou Harvington, estalando os lábios.

— Os Sete Sábios ou Mestres de Vril eram chamados de Coroas, as sete coroas que reinavam sobre Thule; governadas, em última instância, pela Primeira Coroa de Vril.

— Qual era o postulado, o objetivo da Ultima Thule de Vril?

— A criptocracia, o governo oculto, o domínio do mundo, a supremacia branca, a pureza racial, o ódio ao marxismo, o extermínio daquilo que eles denominam de a escória judia, negra, cigana, homossexual...

— A cúpula nazista fazia parte da Ultima Thule?

— Sim, todos eles. Himmler, Rosemberg, Hess, Walther Darré e... Hitler, naturalmente. Um de seus membros, Dietrich Eckart, foi professor de Hitler. Ensinou-lhe técnicas de persuasão. Era um especialista em mesmerismo, a capacidade malsã de hipnotizar as massas. Hitler, em agradecimento, lhe dedicou seu *Mein Kampf*. Outro dos 21 conselheiros permanentes da Thule, Friedrich Krohn, sugeriu a Hitler o uso da suástica como símbolo da nova Alemanha.

— Mas a suástica, pelo menos foi o que entendi, é um símbolo universal. Um símbolo sagrado, de evolução espiritual, que pertence a muitas culturas.

— De fato. É um símbolo disseminado por toda a terra. Aparece na milenar cultura védica; nos textos sânscritos; no masdeísmo; foi usada por hititas e persas; Heinrich Schliemann a descobriu em suas escavações em Troia... Mas, e isso é o mais surpreendente, aparece em lugares ilógicos: na China, no Japão e na Coreia; na África negra; nos monumentos egípcios; na cultura dos kunas do Panamá; entre os índios navajos da América. Bem, entre celtas, gregos e germânicos. Curioso, não é?

— Como se explica sua universalidade, seu uso, entre civilizações que jamais tiveram contato entre si ao longo dos tempos? — indagou John Stewart, que assistia atônito às explicações de Harvington.

— A pergunta do milhão! — exclamou o aristocrata. — Bem, poderíamos engolir a hipótese de Carl Sagan. Sagan aventou que, em um passado remoto, a cauda gasosa de um cometa desenhou essa cruz no alto do firmamento. Todos os seres humanos puderam contemplá-la durante muito tempo. Vivessem onde vivessem. Se essa ideia não satisfaz, existe a teoria dos nazistas.

— Qual?

— De novo a herança da mítica Thule. A suástica era seu símbolo sagrado. A Atlântida, segundo eles, foi um dos reinos fundados por essa cultura superior — murmurou. — Os que sobreviveram ao grande cataclismo que a sepultou no fundo dos mares originaram, por sua vez, civilizações em ambos os lados do Atlântico. Daí que a cruz gamada apareça entre maias e egípcios. Daí a semelhança entre as pirâmides, os zigurates mesopotâmicos, os templos pré-colombianos...

— Fascinante.

— É sim. Suponho que agora entenderão como esses *descerebrados* nazistas conseguiram forjar um corpo doutrinário, místico, tão formidável. Himmler, peça chave do Holocausto judeu, enviou centenas de agentes da organização Ahnenerbe a todo o mundo, com ordens muito concretas. Eles visitaram o Tibete, a Pérsia, a Crimeia, o Cáucaso; procuraram o Graal em todo o planeta; procuraram, até dar com ela, a lendária Lança do Destino, a Lança de Longino, o centurião romano que perfurou um lado do corpo de Jesus Cristo.

— Por que queriam possuir essa lança?

— O Reich dos Mil Anos pretendia ser herdeiro da grandeza do Império Romano. Hitler, em seus escritos, afirmou que a história é uma luta eterna, até a morte, impiedosa, entre civilizações. A lenda diz que aquele que possuir a Lança do Destino dominará o mundo — concluiu o aristocrata. — Eles quase conseguiram.

O silêncio que se instalara na biblioteca da mansão de Harvington foi interrompido por Emma Lawrence.

— A comida está pronta, senhores. Quando quiserem — anunciou. — Por Deus, Sir Edward! Quando vai parar de fumar esses charutos fedorentos? Precisarei arejar de novo e a casa inteira vai ficar gelada!

Enquanto se dirigiam à sala de jantar que era usada no inverno, situada em um acolhedor espaço orientado ao sol da tarde, na cabeça de Simon Darden se amontoavam perguntas; uma maçaroca disforme que o rumo da conversa o levara a adiar. Em seu foro íntimo, resolvera se livrar das incógnitas daquela equação maldita. Um enigma que parecia ficar mais críptico a cada passo que dava.

Recordou a advertência de Heinz Rainer.

E entendeu que o visível era apenas um pálido reflexo do oculto.

11

UM CASO PARA BRUNO KRAUSE

— Maldito! Pedante! Morra, seu corno de merda! — rugiu o inspetor Bruno Krause, dando um tapa contundente na mesa de sua sala.

Depois começou a espirrar.

Christian Eichel, do outro lado da sala, levantou os olhos e esqueceu por alguns momentos o dilema que o invadia. Não sabia onde arquivar o relatório da perícia a respeito de uma prostituta assassinada três dias atrás. Parecia um caso de drogas.

— Outra derrota de goleada? — perguntou, com uma satisfação malsã.

— Vai se foder, porra! Esse porco faz isso pra me foder. Faz a mesma coisa todos os dias.

Eichel se desfez em uma gargalhada silenciosa. Deleitava-se infinitamente vendo o seco e não comovível comissário estatelar-se contra o muro de tinta e papel que aquele campeão do *Die Welt* lhe apresentava todos os dias. Conhecesse-o pessoalmente, não hesitaria em lhe pagar uma bebida pelos bons momentos que lhe propiciava.

Colocou o dossiê no lugar mais lógico e ficou esperando o inevitável pedido de ajuda que Krause invariavelmente lhe lançava quando jogava a toalha.

Dessa vez demorou mais do que de hábito.

— Você deveria procurar no Google, Bruno. Todo mundo está usando a internet.

— Não, porra! Não quero procurar no Google. As coisas não devem ser feitas dessa maneira.

— Do que se trata desta vez? Mitologia, história?

— Ora, claro! O que seria? — comentou, abatido.

— Talvez eu possa lhe dar uma mão — sugeriu, fingindo desinteresse.

— Casa cinco, na vertical: deus romano que tudo abre e tudo fecha.

— Quatro letras?

— Sim.

— Jano. Deus das portas, o começo e o fim. Janus, daí *Ianuarius*, janeiro — anunciou Eichel, arrebentando de felicidade. — O que mais?

Bruno Krause arrancou um pelo da sobrancelha. Não conseguia deixar de fazer isso quando era invadido pela ansiedade.

— Uma de história — admitiu, compungido. — Sete, na horizontal. Filho de Ulysses, rei de Ítaca. Algo assim como Tolêmaco.

— Telêmaco.

— Merda! Então me equivoquei em uma das verticais! Enfim, à merda!

Bruno dobrou o exemplar do *Die Welt* e jogou-o na lixeira. Esticou-se o máximo que pôde, afugentando a preguiça, e resolveu que era hora de comer alguma coisa. Estava acabando de vestir o casaco quando um agente apareceu na porta.

— Inspetor Krause, eu lamento... Más notícias — alertou. — Um duplo assassinato. No número 23 da rua Hardenberg. Um casal de velhos. Foram encontrados, há pouco mais de uma hora, pela assistente social designada pela prefeitura. Peço para que providenciem uma viatura?

— Que remédio!

— Quer que o acompanhe? — se ofereceu Christian.

— Sim. Será melhor. Vou tomar um analgésico. A cabeça me dói muito. Ande, me espere na rua.

Minutos mais tarde uma viatura da chefatura central da Polícia de Berlim cruzava a cidade. Bruno Krause teria dado metade do seu fundo de pensão para que o mundo se esquecesse dele por algumas horas. Dormia mal há várias noites, com uma dor persistente na região lombar; uma sequela, disseram os médicos, de velhas cólicas renais.

Resfolegou.

— Holger, pelo que você mais ama, desligue esta maldita sirene, faça-me o favor — implorou ao motorista. — Minha cabeça está explodindo. Além do mais, o asfalto está coberto de neve úmida. Dirija mais devagar. Não precisamos nos matar.

— Acho que você está passando mal, meu amigo — sussurrou Eichel. — Deveria tirar a semana de férias que lhe devem. Se não usá-las antes do Natal, vai perdê-las.

Krause assentiu. Começou a espirrar.

— E, para completar, peguei um resfriado. Estou um caco.

A rua Hardenberg havia sido interrompida nos dois sentidos. Diante do número 23, um sobrado de tijolos vermelhos, estavam estacionadas duas viaturas da Polícia Científica e uma ambulância. Um bom número de vizinhos ociosos se amontoava em ambos os lados dos cordões de isolamento montados pela polícia.

Assim que cruzaram o umbral toparam com Florian Bohm, um agente do BKA, o Escritório Federal de Investigação Criminal. Christian Eichel sabia que entre ele e seu chefe existia uma velha e sólida implicância.

— Caramba, Bruno, você está com uma cara péssima! — brincou Florian.

— Eu lhe garanto que há alguns segundos parecia uma rosa. Deve ter mudado ao ver você — alfinetou, com ironia. — O que aconteceu aqui? Um roubo?

— Não creio. Não tem pinta de ser roubo. Aconteceu sem preâmbulos. Não forçaram a fechadura. Quem os matou o fez sem problemas. Abriram a porta para o assassino. Dê uma olhada e tire suas próprias conclusões — sugeriu o inspetor.

Bruno Krause e Christian Eichel percorreram o cenário do crime.

Em uma pequena sala nos fundos, que dava para um jardim descuidado, encontraram o cadáver de Gerald Gottlieb, um velho de uns 90 anos. Estava sentado em uma cadeira, com a cabeça desabada sobre a mesa. Sua boca, aberta como uma gruta. Exibia um tiro limpo, entre as sobrancelhas. Havia uma xícara de café emborcada a poucos centímetros de sua mão direita. Outra, intacta, diante dele.

— O que você deduz vendo isto, Christian?

— Não sei. É possível dizer que este homem tomou café com seu algoz, não é mesmo?

— Exatamente. Portanto, Florian Bohm tem razão. Certamente se conheciam. Gottlieb abriu a porta para o assassino e lhe ofereceu café. Foram disparos súbitos, sem que houvesse luta ou violência. Tudo parece estar no lugar. O que é isso? Açúcar?

Eichel reparou em um pequeno recipiente. Estava um pouco afastado. Vestiu as luvas e examinou o frasco.

— Não é açúcar, parece sal. Talvez o velho colocasse sal no café! — especulou, rindo. Inclinou o rosto e observou Gottlieb com atenção. — Que coisa estranha! Poderia jurar que tem sal nos lábios!

— Pergunte aos inspetores do BKA se repararam nisso. Que peguem amostras e as analisem. Eu vou dar uma olhada lá em cima.

Krause subiu por uma escada íngreme ao andar superior. A mulher de Gottlieb, de uns 80 anos, jazia em um pequeno espaço entre a cama e a parede de seu quarto, em uma posição impossível. Parecia uma boneca quebrada. Havia recebido dois impactos de bala no peito. Sua mão esquerda parecia querer alcançar as muletas que se apoiavam na mesinha de cabeceira.

— Pobre mulher — murmurou, enojado, tentando reter a última imagem impressa em suas pupilas. — Possivelmente você estava dormindo quando ouviu o disparo, não é? Foi morta ao tentar se levantar?

O comissário já ia sair da alcova quando seus olhos se detiveram em uma cômoda antiga, entalhada, que estava do outro lado do leito. Várias fotografias descansavam em molduras de prata e madeira. Uma delas atraiu fortemente sua atenção. Procurou no bolso e colocou os óculos na ponte do nariz. Um muito jovem Gerald Gottlieb posava esticado como um pedaço de pau, com ar marcial. Vestia o impecável uniforme do Exército alemão e saudava a câmera com expressão orgulhosa diante da Porta de Brandeburgo.

Bruno Krause deu um pulo. Apesar de ter a sensação de que estava sendo disputado em sua cabeça o título mundial dos pesos-pesados, uma lembrança emergiu com força entre seus pensamentos. Recebera, dois dias antes, uma informação enviada pela chefatura de Munique, um informe com características semelhantes: o dossiê de um assassinato múltiplo que acabara com a vida de um velho soldado, sua filha e seu genro. Não recordava o nome, mas se lembrava de ter lido que o tal ancião fora um oficial lotado no grupo que fazia os serviços externos do Führerbunker de Berlim nos últimos dias da guerra.

Franziu a testa. Desceu com o retrato na mão. Christian Eichel continuava farejando pela sala como um sabujo à procura de algum rastro.

— A mulher que os encontrou está por aqui?

— Acho que está sendo interrogada na rua. Teve uma crise nervosa.

Krause saiu do prédio. Um agente do BKA conversava com a assistente social do casal Gottlieb no banco traseiro de uma viatura. A mulher tinha o medo estampado na cara. Estava de braços cruzados, retraída.

Minutos depois, terminado o interrogatório, o inspetor a abordou.

— Desculpe, sei que está muito alterada, é claro, se acalme... — disse, em tom pausado. — Sou o comissário Bruno Krause. Gostaria de lhe perguntar um par de coisas. Não precisaremos de muito tempo. Como você se chama?

— Gisela, Gisela Froese.

— Muito bem, Gisela, me diga: os senhores Gottlieb recebiam visitas?

— Não, nunca. Não tinham família. Ele mal saía de casa, apesar de estar em boa forma; ela, jamais — assegurou. — Tinha artrose. Seu marido e eu a ajudávamos a descer à sala algumas horas a cada dia, e ali ficava até o meio da tarde. Gostava de ver televisão, os concursos, aquela coisa.

— Entendo. Há quanto tempo você estava com eles?
— Há quase três anos — choramingou. — Isto é horroroso, terrível.
— Tinham dívidas? Recebiam correspondência?
— Dívidas, nenhuma. Viviam confortavelmente. O Sr. Gottlieb trabalhou muitos anos em uma empresa de construção. Tinha uma boa pensão. Cartas... Bem, as do banco. Nada especial, que eu saiba.
— Você conversava frequentemente com o Sr. Gottlieb?
— É claro, sim. A que se refere?
— Entendi que foi oficial durante a guerra.
— Sim, às vezes recordava isso e fazia comentários. Sobretudo quando via o telejornal da noite e não gostava de alguma coisa — explicou Gisela. — Era muito resmungão. E muito pessimista. Isso sim posso lhe garantir. Acho que nunca aceitou a derrota. Seu rosto se iluminava quando recordava aqueles anos. Um dia me confessou que conheceu Hitler pessoalmente. Disse que havia estado com ele em três oportunidades.
— Puxe pela memória, é importante. Sabe se servia na Chancelaria, em alguma repartição do governo, no bunker do Führer, se mantinha contato com algum general ou membro destacado do partido?
Gisela Froese se abstraiu durante alguns segundos.
— Ele me contou que trabalhou no serviço de intendência do bunker, mas não especificou o que fazia concretamente nem em que época foi isso. Sinto muito.
— Não se preocupe. Muito obrigado. Tente descansar — sugeriu Krause. — Se me ocorrer outra pergunta, eu telefono. Ande, vá para casa.
A assistente ajeitou a gola do seu blusão, pendurou a bolsa no braço e deu uns poucos passos. Virou-se de repente.

— O agente do BKA me disse que devo me apresentar ao Departamento de Investigações Criminais — anunciou, preocupada. — Eu já disse tudo o que sei.

— Acalme-se. É mera formalidade. Os caras do BKA têm cara de buldogue, mas não vão mordê-la — sussurrou o inspetor, em tom cúmplice.

Meia hora mais tarde, durante o trajeto de volta à delegacia, Bruno Krause colocou Christian Eichel a par de suas suspeitas.

— Quero que você levante uma relação de oficiais e soldados que sobreviveram à guerra, Christian.

Eichel fitou-o, perplexo.

— Isso não vai ser fácil. Ainda restam muitos combatentes vivos.

— Faça todo tipo de busca, use todo tipo de parâmetros — recomendou. — Concentre-se nos nomes daqueles que participaram da batalha de Berlim. Muito especialmente se pertenciam às SS ou estavam a serviço do Führerbunker. Pressione os caras do BKA para que nos enviem, assim que ficar pronto, o laudo da perícia.

O auxiliar respirou profundamente.

— Você acha que isso tem alguma relação com a guerra?

— Não sei, mas a intuição me diz que sim.

Ficaram em silêncio. Krause começou a espirrar com violência. Sem parar. Levou ao nariz um farrapo de pano branco, outrora um lenço.

— Vai se foder, Holger! Você se importaria em fechar a janela e aumentar a calefação? Está querendo me matar? Está fazendo dois graus. Acabarei tendo uma pneumonia cavalar!

12

FILHOS DE HIPERBÓREA

Edward Harvington levantou o cálice até que ficasse entre seus olhos e as chamas da lareira. O fogo levantou uma miríade de centelhas atrás do conhaque, banhando o rosto do aristocrata com uma luz dourada. Seu nariz se dilatou, satisfeito. Sem nenhum comedimento, aproveitou para esvaziar a metade do *grande reserve* de Martell.

— Byrd? Você está se referindo ao almirante Richard Evelyn Byrd? — perguntou, com voz grave. Suas faces pareciam se acender gradualmente, temperadas pela combustão interna do álcool.

— Sim, suponho que se trata dele — hesitou Simon Darden.

— Há algum outro Byrd com o qual possa ser confundido?

— Não.

O jornalista, o fotógrafo e o escritor haviam voltado, depois do almoço, à biblioteca da casa. Os três estavam mergulhados na inevitável lentidão que se instala depois de uma longa refeição, comodamente refestelados nas poltronas.

— Personagem misterioso esse tal de Byrd — comentou Harvington. — Você faz bem em incluí-lo em seu artigo sobre casos não resolvidos, misteriosos. Além do mais, esse homem tem relação com um dos capítulos mais estranhos acontecidos nos primeiros anos do pós-guerra. Vocês já ouviram falar da Operação Highjump?

— Eu queria lhe perguntar exatamente a esse respeito.

— Entendo — assentiu. — Devo adverti-lo de que esse é um assunto espinhoso. Presta-se a muitas hipóteses. E, talvez, todas elas equivocadas. O problema, como sempre, reside no fato de a informação disponível ser pouca. O governo americano resiste em abrir ao público papéis e informes daquela época. Suponho que não ignore, Sr. Darden, que a estas alturas, cinquenta anos depois, tudo isso já deveria ter vindo à luz e ser de domínio público. Aí tem coisa, uma coisa inquietante e perigosa. Por isso continua sendo assunto reservado, *top secret*, guardado a sete chaves.

— O pouco que consegui averiguar acerca dessa operação é que os americanos, no final de 1946, quando a Europa ainda fumegava, desembarcaram no Polo Sul.

— Desembarcar? Eu diria que, mais do que um desembarque, a Highjump foi uma invasão pura e simples — afirmou Harvington, sorrindo. — Vamos por partes. Desde o começo.

O escritor dedicou os minutos seguintes a traçar, em um esboço rápido, o perfil do almirante Richard Byrd, explorador e militar do Exército norte-americano, considerado por todos um herói nacional. Em 1926, afirmou que sobrevoara o Polo Norte ao lado de seu piloto, Floyd Bennett; no entanto, alguns especialistas que analisaram minuciosamente os aspectos técnicos da viagem, a autonomia do avião e a distância a ser coberta, concluíram que aquilo não era possível. Um ano mais tarde, Byrd tentou ganhar o Prêmio Orteig. Inscreveu-se em uma competição cujo objetivo era voar dos Estados Unidos à França sem escalas. Bennett sofreu um espetacular acidente durante os testes. Sobreviveu por milagre. O avião, um Fokker trimotor, teve de ser consertado. Quando Byrd se viu em condições de arriscar o voo transoceânico, Charles Lindbergh já conquistara o prêmio e entrara para os anais da história da aviação. Apesar de tudo, Richard Byrd, compartilhando os comandos com um novo piloto, realizou a façanha no final do mês de junho daquele mesmo ano.

Depois, passou a concentrar todo seu interesse na exploração da Antártica. O continente gelado o atraiu como um ímã ao longo das décadas seguintes.

— Byrd sobrevoou o Polo Sul em novembro de 1929 — afirmou Harvington, admirado. Esvaziou o conhaque que estava no cálice e voltou a enchê-lo, com um sorriso indulgente. — Esse gesto lhe valeu o reconhecimento da América do Norte. Virou uma lenda. Voltou ali mais quatro vezes. Em 1934, durante a segunda expedição, passou três meses em completa solidão, à frente de uma pequena estação meteorológica. Quase morreu.

— O que aconteceu com ele? Um acidente? — perguntou John Stewart, feliz e modorrento, ao lado do fogo.

— Byrd vivia mal em um aposento modesto, sepultado pela neve, sem ventilação — esclareceu o aristocrata. — O monóxido de carbono de uma estufa quase acaba com ele. Deixou de transmitir por rádio. No acampamento que servia de base, entenderam que alguma coisa não ia bem e empreenderam uma angustiante corrida contra o tempo, por terra e pelo ar.

Tentaram resgatá-lo duas vezes sem êxito, devido à escuridão e às ventanias. Encontraram-no em péssimo estado, mas o homem era um demônio. Acabou se recuperando. Alguns anos mais tarde, o governo alemão, através de sua Sociedade Geográfica, convidou-o a compartilhar seus conhecimentos e suas experiências em uma série de conferências realizadas em Hamburgo. Isso foi, se não me engano, em 1938. Bem pouco antes do começo da Segunda Guerra Mundial. Os nazistas estavam extremamente interessados no Polo Sul.

— O que podia lhes oferecer um lugar tão distante e inóspito? — perguntou Darden. O jornalista acompanhava fascinado a história que Harvington ia debulhando de forma pausada. Tiberio, o golden retriever do aristocrata, adormecera a seus pés, encolhido como um novelo.

— O fascínio dos alemães por aquela imensidão vem de muito longe. De fato, e creio que não me engano, eles foram os primeiros a explorar algumas regiões do continente. Em 1873, Eduard Dallman abriu novas rotas com seu barco, o *Grönland*; no começo do século XX, efetuaram mais duas viagens, com equipamentos mais adequados e cartas náuticas mais precisas; finalmente, em 1925, no período entre as guerras, o comandante Albert Merz, a bordo do *Meteor*, percorreu vastas regiões.

— Mais além do interesse científico e geográfico, continuo sem entender os alemães — reiterou o jornalista. — Na Antártica só há gelo!

— Quem sabe? Será que procuravam a mítica Thule? — se perguntou Harvington, em um arroubo teatral. Adotou um ar confidencial, misterioso, e continuou. — Agora vem o melhor, Sr. Darden. A misteriosa invasão chamada Highjump.

— Estou morrendo de curiosidade.

— Acredite quando lhe digo que estamos na mesma situação — disse o escritor. — Embora saiba mais do que você sobre o assunto, nunca entendi nada com muita clareza. Vejamos, estamos em 1946, no prólogo daquilo que logo seria a Guerra Fria. A Europa ainda não se recuperara do horror do conflito, em Nuremberg se celebrava o julgamento dos hierarcas nazistas... Está acompanhando?

— Perfeitamente.

— É nesse momento que o alto comando dos Estados Unidos resolve pôr em marcha a Highjump. A operação foi preparada em poucas semanas. Não se confundam, cavalheiros, não estamos falando de pequenas manobras levadas a cabo por um destacamento de soldados. Chester W. Nimitz, naquela época chefe de Operações Navais, e o almirante Ramsey mobilizaram quase cinco mil homens, meia dúzia de helicópteros, vários hidroaviões, caças e aviões de transporte, uma dúzia de fragatas e destróieres e um porta-aviões, o *US Filipinas*. E sabem quem foi colocado à frente desse enorme contingente?

— Não.

— O almirante Richard Byrd.

— Entendo. Sem dúvida alguma era o mais capacitado, o mais experiente.

— Me diga, Sir Harvington, foi emitido algum comunicado a respeito? A imprensa repercutiu essas *manobras*? — inquiriu o fotógrafo.

— Tudo foi levado a cabo no maior dos segredos. Nimitz afirmou que o principal objetivo da Highjump era testar material bélico em condições extremas; treinar pessoal; ampliar e consolidar a soberania norte-americana em vastas regiões da Antártica; determinar se seria factível estar permanentemente presente nessa parte do mundo e, é claro, reunir informações geológicas, hidrográficas, meteorológicas... — enumerou Harvington.

— Parece invenção — murmurou Stewart.

— Sim, parece uma cortina de fumaça, um tapume — admitiu o aristocrata. — E em uma medida ainda maior quando se leva em conta um fato significativo. Nos dias que antecederam a guerra, o governo alemão, depois daquelas conferências em Hamburgo que já mencionei, anunciou sua intenção de reclamar a soberania de boa parte da Antártica. Enviaram uma expedição que fotografou e traçou os mapas de pelo menos um quinto do continente. Uma região imensa chamada Terra da Rainha Maud. Durante semanas a sobrevoaram, lançando milhares de marcos com a suástica. Chamaram-na de Neu Schwabenland, Nova Suábia, em homenagem ao histórico Estado alemão e ao navio que fez essa viagem.

— O que aconteceu durante a Operação Highjump? — indagou Darden, cada vez mais intrigado.

— A força de ocupação se dividiu em três grandes grupos. No final de dezembro de 1946, seguindo a esteira dos quebra-gelos, os americanos chegaram ao mar de Ross. Trabalharam durante vários dias, preparando acampamentos e pistas de aterrissagem. Começaram a reconhecer o terreno, a sobrevoar a área, de cerca de 500 mil quilômetros quadrados. Em 220 horas de voo tiraram 70 mil fotografias... — explicou Harvington. Fez uma pausa significativa e sentenciou, enigmaticamente. — Então tudo acabou. Com a mesma velocidade com que havia começado.

— O que quer dizer com tudo acabou?

— Saíram da Antártica... Deram no pé, Sr. Darden — murmurou. — Ninguém sabe com certeza o que aconteceu ali.

A imprensa da época falou de aviões e helicópteros perdidos, de soldados mortos. As tropas foram evacuadas por quebra-gelos em três etapas, a partir de 22 de fevereiro. E assim, umas manobras destinadas a se prolongar de seis a oito meses terminaram, de forma abrupta, em poucas semanas. Foi então que o almirante Byrd fez as declarações mais estranhas que ouvi em toda minha vida.

O jornalista não pôde evitar inclinar seu corpo para a frente, como se uma mola oculta o impulsionasse. Seu cérebro parecia prestes a explodir.

Harvington sorriu, satisfeito. Havia conseguido, com seu relato, galvanizar a atenção de seus convidados. Ofereceu-se para abastecer seus cálices com Martell. Darden, que sempre odiara conhaque, não hesitou em aceitar a gentileza.

— Depois da evacuação, Byrd voltou a Washington. Ali foi interrogado em segredo pelos serviços de segurança — sussurrou o escritor. — Naqueles dias apareceram umas declarações do militar, recolhidas pelo jornal *El Mercurio*, do Chile. Eu as usei em um dos meus livros: *Da Segunda Guerra Mundial à Guerra Fria*. Esperem. Não quero tergiversar nem uma única palavra.

Harvington se levantou e deu alguns passos até ficar diante da estante contígua à lareira. Pegou um grosso volume e procurou durante uns instantes.

— Aqui está — disse satisfeito, dando uns tapinhas na página. — "É imperativo que os Estados Unidos da América tomem medidas defensivas contra regiões hostis. Não gostaria que ninguém se sentisse desnecessariamente atemorizado, mas esta é uma realidade amarga que devemos ter presente: se houver uma nova guerra, nosso país poderá ser atacado por *naves* capazes de voar de um polo ao outro a velocidades inconcebíveis..." O que acham, senhores?

— Parece ficção científica. O homem ficou louco! — afirmou Stewart. — Poderíamos dizer que se refere a discos voadores.

— Louco? Talvez! — concedeu Harvington. — Mas também cabe a possibilidade de que durante a Operação Highjump, em algum lugar remoto da Antártica, durante algum voo de reconhecimento, Byrd tivesse visto com seus próprios olhos algo inexplicável, algo capaz de transcender as fronteiras da razão. Pelo que sei, era um homem pragmático, sério, pouco dado a alarmismos. O que aconteceu ali? O que levou o alto comando a ordenar a retirada imediata do Polo Sul? Por que esse informe não foi aberto ao público?

Darden mergulhara em um prolongado silêncio. Parecia uma estátua. Aquecia a base do cálice entre os dedos. Aquela imobilidade exterior correspondia a uma grande atividade mental. Não podia ignorar a recomendação de Heinz Rainer, o homem que o envolvera na solução do maior quebra-cabeça da história.

Sinapse. Capacidade de relacionar e unir mundos distantes.

— Ouça, Sr. Harvington... — disse, decidido. — Eu gostaria de ter me preparado muito melhor para esta entrevista, mas a falta de tempo não me permitiu. No entanto, me documentei sobre um assunto que poderia ter relação com o que acaba de contar. Sei que poucas semanas depois da queda de Berlim, os Estados Unidos levaram a cabo uma operação extremamente secreta. A Operação Paperclip.

— Você encontrará informações sobre o dossiê Paperclip neste livro. Fique com ele, tenho outros exemplares — o escritor lhe entregou a obra que acabara de consultar. — Vou lhe explicar de forma muito breve em que consistiu esse dossiê, também material reservado, é claro. Como verá, os americanos, e também os russos, não demoraram em se dar conta de que haviam derrotado Hitler por milagre. Encontraram hangares, fábricas e laboratórios, enormes complexos subterrâneos que ultimavam toda uma geração de novas armas, foguetes novos que tornavam obsoleta toda a tecnologia conhecida. Tanques dotados de visão infravermelha; mísseis capazes de atingir Nova York; túneis de vento; aviões que venciam a força da gravidade por eletromagnetismo e, é claro, a bomba de dispersão, como os alemães denominavam a bomba atômica. Quando se viram perdidos, quando entenderam que em questão de semanas o Terceiro Reich capitularia, os altos comandos deram ordem para destruir planos, protótipos e projetos. O que se diz é que aquilo que caiu em mãos aliadas não passa de míseros 10 ou 15 por cento de suas conquistas.

— Extremamente inquietante.

— Os próprios nazistas ironizaram a respeito. Göring chegou a afirmar que se o conflito tivesse se prolongado por mais seis meses, talvez um ano, teriam varrido os aliados do mapa. E não estava brincando, acreditem em mim. Diante da devastadora evidência, os serviços de inteligência dos Estados Unidos planejaram a Operação Paperclip. Trasladaram, em segredo, centenas de cientistas alemães para a América, violando, inclusive, as leis que impediam a entrada em território norte-americano de todos aqueles que pudessem ter sido responsáveis por crimes de guerra. Receberam-nos e os colocaram à frente de muitos projetos e programas de pesquisa. Lembre-se de Werner von Braun. Vou lhe dizer algo mais: o projeto espacial dos Estados Unidos, os primeiros passos da NASA, se deram graças à tecnologia alemã. Milhares de patentes e invenções nazistas criaram as vértebras do enorme desenvolvimento tecnológico e industrial dos anos seguintes.

Darden sorriu. Harvington estava confirmando o que ele sabia a respeito da impudica transferência de ciência e tecnologia efetuada no pós-guerra.

— Por conseguinte, se Richard Byrd falou de naves, aviões ou objetos não identificados capazes de sobrevoar a Terra de um extremo ao outro em questão de segundos, talvez não estivesse tão louco assim, não é? — comentou o jornalista, com encantador cinismo.

O aristocrata começou a rir.

— Se conseguir descobrir, Sr. Darden, não se esqueça de me devolver o favor.

— Uma última pergunta, pois está ficando um pouco tarde e precisamos voltar para Londres. — Simon consultou o relógio. — Será que a palavra Shangri-la lhe sugere algo em relação a tudo de que falamos hoje aqui?

Sir Edward Harvington coçou a cabeça.

— Shangri-la? É claro que me sugere algo! Recorda um dos meus filmes favoritos, *Horizonte perdido*, de Frank Capra! — brincou. — Desculpem... Sim, acho que poderia lhes dizer alguma coisa sobre Shangri-la. O almirante Karl Dönitz pronunciou essa palavra uma vez, uma única vez.

O jornalista recordou que Heinz Rainer havia mencionado Dönitz entre os códigos. Em suas pesquisas, só conseguira obter informações referentes a sua vida, a sua carreira militar. Dönitz fora o comandante em chefe da Kriegsmarine, a marinha de guerra alemã; o organizador da estratégia dos U-Boot, as temíveis unidades de submarinos, e, de modo significativo, presidente interino da Alemanha durante algumas semanas, após o suicídio de Hitler.

— Se as declarações de Richard Byrd os deixaram intranquilos, as palavras de Karl Dönitz lhes causarão um desassossego ainda maior — aventurou Harvington. — Ouçam, em 1943 esse homem disse: "A frota de submarinos alemães se sente orgulhosa de anunciar que construiu, no outro lado do mundo, um Shangri-la, um paraíso, uma fortaleza inexpugnável para o Führer..."

Simon Darden e John Stewart ficaram petrificados, sem fôlego.

O aristocrata fitou-os, afável.

— Os americanos, que conheciam muito bem essas palavras, interrogaram Dönitz durante dias e dias, até a extenuação — acrescentou Harvington. — Sempre lhe faziam a mesma pergunta: "Para onde você levou Hitler?"

— Meu Deus — balbuciou Darden, aterrorizado.

— Se encontrar o Shangri-la do Führer, Sr. Darden, por favor me avise — implorou, com um sorriso cínico e encantador nos lábios. — Gostaria de vê-lo antes de morrer. Passei boa parte da minha vida cercado de documentos, livros, memórias e informes da Segunda Guerra Mundial. E nunca descobri nada a respeito desse paraíso. Talvez seja verdade que eles criaram uma nova Thule, mais além das brumas de Bóreas, no último confim do mundo, no meio do gelo eterno. Eu mesmo não sei, mas não esqueça nunca uma coisa: nenhum nazista brincava nem dizia nada futilmente. E Dönitz, isso me consta, era um homem sério até o indizível.

Pouco depois Sir Edward Harvington se despedia deles na porta de sua mansão. O jornalista e o fotógrafo voltaram a Abberley. A luz do dia fugia pelo poente, através de uma estreita faixa crepuscular que parecia devorar as silhuetas e as formas do mundo real.

O regresso a Londres transcorreu em um silêncio que só era quebrado pelos boletins da rádio, voltados para a Cúpula do Fórum de Cooperação Econômica Ásia-Pacífico de Hanói. Apesar da insistência de George Bush e do apoio do Japão, a maior parte dos países-membros resistira a condenar formalmente o governo da Coreia do Norte por seus recentes testes nucleares.

A estrada parecia ter assumido o comando, transformada em uma interminável esteira deslizante. Imerso no emaranhado de seus pensamentos, Simon Darden não podia intuir de modo algum que nas horas seguintes se veria impelido a empreender uma viagem sem volta ao maior dos segredos.

A cruz sob a Antártica.

13

DESTINOS CRUZADOS — I

Escurecia em Berlim. Um delicioso cheiro de *döner kebab* de cordeiro assado emanava da loja de Tarek. Esse aroma de carne dourada chamava, diariamente, a atenção dos transeuntes, que costumavam parar, catar moedas no bolso e levar uma coisa rápida e deliciosa à boca. O libanês, com um facão na mão, cortava finas lâminas da peça, disposta em um cilindro vertical, e as depositava em uma grande bandeja metálica. Seu filho, Saruca, um pouco afastado, misturava-as com folhas verdes e tomate e recheava com parcimônia o pão ázimo que abrira previamente; depois de colocá-los em pequenos saquinhos de papel, dispunha-os sobre o balcão da pequena mercearia.

O apetite de Günter Baum foi despertado de repente. Sorriu satisfeito e não hesitou em entrar na loja.

— Boa tarde. Que frio! — disse, esfregando as mãos.

— Sim. E ficará muito pior. Foi o que disseram no rádio — comentou Tarek, olhando-o de soslaio, sem deixar seus afazeres de lado. — O que vai ser? Um sanduíche de kebab bem quentinho?

— Hein? Sim, é claro. Cheira que é uma maravilha!

— Não tenha dúvida, é o melhor *döner kebab* de toda a cidade. Nenhum turco o assa melhor, lhe garanto — alardeou o comerciante. — Saruca, vamos, ande logo, um kebab para este senhor. Quer algo mais, cavalheiro, alguma bebida?

— Não, obrigado, mas já que estou aqui gostaria de lhe mostrar uma coisa. Uma foto. A foto de uma pessoa que estou procurando — murmurou Günter, entrecerrando os olhos. Seu rosto adotou o aspecto astuto de um lobo que segue sua presa nas profundidades da floresta.

Colocou uma fotografia diante dos olhos de Tarek. Era uma cópia ampliada de uma imagem que, originalmente, devia ter boa resolução.

O comerciante aguçou a vista. Escrutinou o rosto de um homem louro, de olhos claros e feições angulosas. De uns 30 e tantos anos. Sem dúvida, por sua morfologia, alemão ou nórdico.

— O que aconteceu com este homem? — perguntou, voltando a fazer suas coisas.

— Você o conhece, chegou a vê-lo alguma vez? — perguntou Baum.

— Não tenho certeza. Pode ser... — murmurou, receoso. — Entra muita gente aqui.

Günter tirou uma carteira de couro preto do bolso interno de seu casaco e mostrou um crachá e uma credencial.

— Meu nome é Fritz Schlesinger, inspetor do Escritório de Investigação Criminal de Berlim — resmungou, impassível, com um brilho altaneiro nos olhos. — E este sujeito da foto é um assassino. Um criminoso perigoso. Muito perigoso. Estamos seguindo sua pista há muito tempo. Acreditamos que está escondido nesta parte da cidade.

— Ah, é mesmo?

Günter mordiscou o sanduíche de kebab. Pegou um guardanapo no balcão e passou-o delicadamente nos lábios. Depois, amassou-o e o atirou no chão.

— Pois não sei o que lhe dizer — gaguejou o libanês, voltando a examinar o retrato depositado no balcão. — Ali, naquele edifício do outro lado da rua, o de tijolos vermelhos, vive um homem parecido. Embora seja moreno, tenha os cabelos mais longos e uma barba curta, desleixada. Juraria, porém, que os olhos são os mesmos. Mas que Alá me perdoe, pois posso estar enganado.

— Fique tranquilo. Se não for ele, não há motivos para se preocupar. Nosso trabalho consiste em confirmar tudo. Obrigado por sua colaboração.

O agente da Ultima Thule depositou uma moeda sobre o mármore, esboçou um sorriso que era mais uma careta e voltou para a rua levantando a gola de seu casaco.

Na esquina voltou a encontrar seu segundo, Ewald Fleischer, e outros dois.

— Coincide com o endereço que nos deram — anunciou, inclinando o rosto levemente. — Ali, bem nos nossos narizes.

Os quatro encararam o edifício de três andares. Era um imóvel velho com jeito de ter sido reformado e convertido em um bloco de pequenos apartamentos.

Nesse exato momento, atrás de uma das janelas do terceiro andar, Elke Schultz perambulava pela sala como uma fera enjaulada, com o telefone na mão.

— Eu já lhe disse que sim, pelo amor de Deus, olhe, você está ficando insuportável! — grunhiu, aborrecida. — Não sofra, eu não vou esquecer nem as luvas nem o cachecol.

A concertista fitou com desassossego as duas grandes malas que estavam arrumadas pela metade, abertas sobre o sofá.
Uma voz aguda, estridente, chegou através do aparelho.
— Saiba que na França, na Inglaterra, nos Estados Unidos e no Canadá está fazendo um tempo péssimo. Eu vi no noticiário! Abandone essa quantidade de vestidos de noite e pegue uma boa echarpe, suéteres e roupa de baixo de flanela! E boas botas de camurça forradas!
— Está bem, mamãe, está bem! — admitiu a concertista, à beira de um enfarte. — Me diga, como você está? Como vão as coisas por aí?
— Ah, filha, uma maravilha! Aqui o tempo está esplêndido. As pessoas se banham e passeiam durante o dia na praia. Ontem sua tia e eu fomos beber em um terraço um *dry martini* delicioso. E à noite, voltamos ao cassino. Fica no próprio hotel, o *Santa Catalina*. Você vai ver daqui a pouco que maravilha de hotel, eu tirei fotos. Ganhamos duzentos euros apostando no vermelho e no preto.
— Você me deixa preocupada, mamãe. Está ficando viciada em jogo?
— Medo? Por favor, Elke, eu preciso me divertir um pouco. Desde que seu pai morreu, vivo reclusa! Mas lhe contarei com mais calma. Olhe, um dos homens que jogava na mesma mesa, um espanhol muito distinto, não tirou os olhos de mim durante toda a noite. Eu estava usando um corpete de lamê, o preto, e havia ido ao cabeleireiro...
A violinista sorriu. Afastou o aparelho do ouvido. A voz de sua mãe, a certa distância, se assemelhava ao ruído estridente de uma maritaca alterada. Caminhou até a geladeira e pegou uma garrafa de vinho branco. Graças aos céus restavam três dedos.

Tirou a rolha com os dentes e encheu uma taça até a borda. Quando percebeu que o monólogo chegava ao fim, perguntou:

— Quando você vai voltar?

— Na semana que vem. Na terça-feira. Prometa que você vai me ligar de Paris.

— Prometo.

— Mais uma coisa para que possa deixá-la. Me diga: como vão as coisas com Carl Weisman?

Elke fechou os olhos, apertou as mandíbulas e suspirou profundamente, enchendo seu peito de inquietação. Estava convencida de que o último torpedo atingiria diretamente a linha de flutuação.

— Acabou tudo com Carl. Eu já tinha lhe avisado que estava pensando em deixá-lo de lado.

— Está tudo acabado? Juro que não consigo compreendê-la, Elke. Sim, mas era como se dissesse que estava começando! Além do mais, me disse que gostava dele.

— Não há nada a compreender, mamãe. Carl é um homem casado e eu não quero saber nem um pouco desse tipo de aventura. É tão assim difícil entender uma coisa dessas?

O silêncio tomou conta da linha.

— Enfim, querida, você deve saber o que faz. Mas me dói ver uma mulher tão bonita como você continuar sozinha, sabe? O tempo não passa em vão.

— Vou desligar, mamãe. Vou desligar. Estou desligando. Um beijo. Está certo?

— Um beijo, querida, cuide-se.

A violinista atirou o celular sobre uma pilha de roupa a ser dobrada que se amontoava em um dos cantos do sofá. Levou as mãos à cabeça, desalinhando seus longos cabelos castanhos. E então ficou sem fôlego, olhando para o alto, como se o quarto não tivesse teto e ela pudesse sair voando de um momento a outro.

— Dai-me paciência, meu Deus, dai-me paciência! — murmurou.

Terminou a taça. Deu uma olhada no relógio. Sete e quinze. Deixou o corpo cair pesadamente em uma pequena poltrona. Na mesinha contígua, abrigado em um macio veludo vermelho, descansava o melhor dos amantes possíveis: um corpo pequeno que não resistia a suas carícias, terno e forte ao mesmo tempo. Deslizou os dedos pelo couro do estojo e fechou os olhos, convencendo-se de que só precisava de alguns segundos de silêncio.

Sua consciência se diluiu paulatinamente, penetrando mais e mais nas fronteiras do sono.

De repente, alguém bateu na porta. Com insistência. Três toques longos, prementes. Uma sacudida nervosa alertou a concertista de que algo estranho acontecia. Não esperava ninguém. Adormecida, foi até a entrada e xeretou pelo olho mágico.

Era seu vizinho. O tal de Heinz Rainer. Deformado pelo efeito de olho de peixe do visor. Sorriu. De forma instintiva, se virou para a janela da sala procurando Liz. O peitoril estava vazio. Correu a corrente de segurança e entreabriu a porta.

— A gata fugiu outra vez? — brincou.

Antes que pudesse entender o que acontecia, Elke Schultz se viu encurralada contra a parede, com uma mão apertando seus lábios e o gélido cano de uma pistola pressionando o centro de sua testa, entre os olhos.

— Se quer continuar viva, feche a boca... — sussurrou ele, com voz lúgubre.

14

DESTINOS CRUZADOS — II

Os olhos de Elke Schultz se abriram desmesuradamente. O terror esvoaçou no centro de suas pupilas como um corpo negro se precipitando das alturas. O rosto de Heinz Rainer, a poucos centímetros do seu, brilhava esfogueado por um estranho fulgor. Tentou gritar, mas lhe faltava ar e as palavras sumiam em sua garganta; lutou com desespero, tentando se livrar dos dedos ossudos daquele demente, crispados sobre seu rosto como uma garra.

Rainer fechou a porta suavemente, acompanhando o percurso da folha com a ponta do pé.

— Eu lhe disse para ficar calada. Não quero matá-la, mas se não me deixar outra opção eu o farei, juro — resmungou.

— Não tente nada. Nem pense nisso.

A violinista mergulhou em um espasmo convulsivo, epilético. Seu cérebro parecia largar as rédeas e renunciar ao controle das funções mais elementares. Por alguns instantes achou que ia desmaiar.

— Uns homens vieram me procurar — murmurou Rainer sem deixar de apontar a arma. — São assassinos, me perseguem há muitos anos. Minha culpa é ter descoberto por acaso uma coisa terrível. Não sou um criminoso, você precisa acreditar em mim. Entende o que estou lhe dizendo? Elke respondeu da única maneira possível. Piscou.

— Bem. Preste atenção. Acabo de vê-los entrar no edifício. Reconheci o rosto de um deles — sussurrou. — Certamente vão parar diante de cada porta, tentando me localizar. Quero que você faça uma coisa por mim. Se estiver de acordo, pisque duas vezes.

A mulher assentiu. Em algum lugar de seu cérebro um sistema de emergência começara a funcionar. Parecia emitir uma única ordem, imperiosa, categórica.

Sobreviver a qualquer preço.

— Assim está melhor. Quando baterem, você não deve abrir — ordenou. — Vão dizer que são policiais, mas não são. Dê uma desculpa qualquer, diga-lhes o que quiser, mas não abra a porta. Se perguntarem por mim, diga que cruzou comigo ao chegar, que me viu sair. Fará isso?

Os olhos de Elke se encheram de aquiescência.

— Vou confiar em você. Se me trair, eles me matarão, não tenha dúvida.

Rainer diminuiu a pressão que seus dedos exerciam sobre o rosto da mulher.

— Vou retirar minha mão de seus lábios — avisou. — Por tudo o que você mais ama, não grite. Não faça nenhuma loucura e nós dois conseguiremos sobreviver.

— Por que...? — balbuciou ela ao se ver livre. — Por que você está fazendo isto comigo?

O ricto irascível de Rainer se diluiu. Um brilho de culpa aflorou em seu olhar.

— Você pararia seu carro se visse alguém agonizando numa sarjeta?

Ela não soube o que responder. Havia passado da agitação a um estado pétreo, inanimado. A cor fugira de suas faces.

— O que quer dizer?

— Que sofri um acidente e minhas possibilidades de sobreviver são poucas. Não há ninguém pra me socorrer. Acabo de me atirar sob as rodas de seu carro. Pode me ajudar ou me matar, você decide.

O som abafado de passos se arrastando pelo corredor levou Rainer a apertar de novo os lábios da mulher. Seus olhos se encheram de um medo irracional. A violinista entendeu que o medo do homem era maior do que o seu.

Depois de bater sem resultado nas duas primeiras portas do andar, os desconhecidos se detiveram diante do apartamento de Elke. Quando a campainha tocou, o coração da violinista deu um pulo. Contou até dez e engoliu em seco.

— Sim, quem é? — perguntou, finalmente.

— Polícia. Sou o inspetor Fritz Schlesinger. Gostaria de falar com você. Abra, por favor — disse Günter Baum, com voz grossa.

— Sinto muito, mas neste momento não posso atendê-lo. Acabo de sair do chuveiro, estou me vestindo. Importa-se em voltar mais tarde? Do que se trata?

Heinz Rainer fechou os olhos e conteve a respiração.

— É importante. Estamos procurando um homem, um foragido perigoso, violento.

— Aqui não há nenhum criminoso — ironizou. — Estou sozinha. O único homem que vive nesse andar é o Sr. Rainer, na primeira porta. Eu o vi sair há coisa de meia hora. Parecia ter muita pressa.

— Ouça, senhora, como se chama?

— Schultz.

— Poderia nos dizer, Sra. Schultz, se esse homem, o Sr. Rainer, é o que aparece nesta foto? Vou passá-la por baixo da porta, está bem?

— Sim, não vejo nenhuma inconveniência, mas depressa, pois estou ficando congelada.

Baum enfiou a imagem por baixo da porta. Elke a recolheu. Procurou a conivência de seu raptor. Permanecia na penumbra, com as costas grudadas na parede, a arma na mão. Assentiu.

— Bem, não sei o que dizer... Sim, talvez possa ser ele, embora não tenha muita certeza. O certo é que tem uma vaga semelhança — balbuciou, fazendo um supremo esforço para dar veracidade ao seu discurso. Entendia que o final do pesadelo dependia de que aquele par de desconhecidos deixasse o campo livre. — O Sr. Rainer é moreno e está sempre com a barba por fazer.

Elke empurrou a foto de volta por baixo da porta.

— Muito bem. Obrigado pela informação. Vamos esperá-lo na rua. E quanto à senhora, seja prudente e não se aproxime do homem se avistá-lo.

— Farei assim, inspetor.

Günter Baum e Ewald Fleischer se afastaram do umbral com a desconfiança estampada no rosto. O segundo, ao passar diante da porta de Rainer, agarrou a maçaneta e sacudiu a folha, procurando se certificar da solidez da fechadura. Um segundo depois ouviram um miado longo e lamurioso vindo do interior.

— Pinos fortes e correntes — murmurou Fleischer, contrariado.

— Sim. Ande, deixe pra lá, vamos.

Baum inclinou o rosto de modo significativo. Os dois se perderam escada abaixo.

— Foram embora — sussurrou Elke, dando uma última olhada pelo olho mágico. — Parece que acreditaram em mim.

— Não. Não engoliram. São muito espertos. Só ganhei um pouco de tempo.

— Por favor, eu lhe imploro, vá embora. Eu já fiz o que você queria.

— Eu a deixarei ir quando conseguir sair daqui, não antes.

— O quê?

— Cale-se, preciso pensar!

Rainer, depois de confirmar que a porta estava trancada a chave, foi até a janela da sala. Afastou um pouco a cortina e esquadrinhou a rua. Viu Baum e Fleischer atravessarem no meio dos carros, chegar ao outro lado e encontrar os outros.

— Vista o casaco, Srta. Schultz, estamos saindo — anunciou.

Elke levou as mãos ao rosto, incrédula. E então se inflamou feito fúria. Não estava disposta a ir a nenhum lugar com aquele homem.

— Ouça, Sr. Rainer, ou como quer que se chame — avisou, irritada. — Eu fiz a minha parte. Não o conheço nem quero me ver envolvida em seus assuntos. Saia da minha casa antes que eu comece a gritar. O senhor não sabe como posso chegar a gritar quando me enfureço. Grito como ninguém é capaz... Em si bemol.

Rainer fitou-a imperturbável. Avançou até ficar a um passo dela.

— Eu lhe disse para se acalmar, não me faça perder a paciência.

Os olhos da concertista se encheram de raiva. Apertou os punhos e prorrompeu em um alarido agudo, crispado, enervante, ao mesmo tempo em que avançava contra seu raptor. Sem a menor hesitação, Heinz deu-lhe uma bofetada, agarrou-a pelo pescoço e obrigou-a a se sentar em uma poltrona. Elke se desfez em um pranto histérico, abafado.

— Vou lhe dizer só mais uma vez: vista o casaco e pegue suas coisas — ordenou, com expressão enfurecida. — Em algumas horas tudo terá terminado e nos separaremos. Já lhe disse que não sou nenhum assassino.

Elke respirou, alterada. Assentiu. Em questão de segundos vestiu o abrigo, envolveu seu pescoço em um longo cachecol e pegou o estojo do violino.

— Muito bem! O que mais? — provocou, com arrogância, plantada diante da porta.

— Aonde você vai com isso? — inquiriu Rainer, desconcertado.

— A toda parte! Isso vai comigo a toda parte — respondeu Elke, encaixando a fina corrente da alça da malinha em uma pulseira de couro presa no seu pulso. — Se não concordar, pode começar a disparar, maldito filho da puta!

Os olhos da concertista derramavam ferocidade. Parecia uma tigresa. Heinz encolheu os ombros, afastou a corrente de segurança e entreabriu a porta com cautela. A escada parecia deserta. Saíram ao corredor.

— Preciso pegar algumas coisas — alertou, enfiando a chave na fechadura de seu apartamento. — Será questão de minutos. Entre.

A luz do apartamento de Rainer estava acesa. Elke não conseguiu evitar olhar com expressão enojada a casa do sequestrador. Parecia uma pocilga. Sobre a mesa principal se amontoavam latas de cerveja, bandejas de comida pronta e um cinzeiro cheio de guimbas. Liz perambulava de um lado a outro. Eriçou as costas e passou no meio de suas pernas.

— Lamento a desordem — desculpou-se ele. Pegou o animal nos braços, levou-o até a porta e soltou-o em direção ao lance de escadas que levava ao sótão. — Vamos, querida, vá, volte aos telhados. Esse é seu mundo. Não posso mais cuidar de você.

A gata escalou alguns degraus, parou e fitou Rainer. Parecia entender que seu destino e o de seu protetor se separavam definitivamente naquele ponto. Miou e sumiu.

Heinz atravessou o aposento e deu uma olhada na rua. Confirmou que Baum e os assassinos da Ultima Thule continuavam ali, plantados, esperando. Sair do edifício não seria fácil, mas ele fugira em outras ocasiões. Pegou uma pequena agenda preta, volumosa, enfiou-a no bolso de uma gabardina que dobrou sobre a manga do casaco e, sem se distrair, tirou uma lata do armário do vestíbulo.

Elke intuiu imediatamente a intenção de Rainer.

Heinz não respondeu. Desenroscou a tampa do recipiente e começou a verter gasolina nas mesas e cadeiras, sofás, cortinas e estantes. Espalhou o resto do conteúdo no piso de madeira, criando uma trilha até a saída. Feito isso, respirou satisfeito, impregnando-se do cheiro penetrante do combustível. Pegou o telefone e discou um número curto.

— Corpo de Bombeiros de Berlim? — perguntou, com voz apressada e temerosa ao mesmo tempo. — Ouça: está havendo um incêndio no número 43 da Wartburg, ao lado do parque. Estou vendo o fogo da minha casa, que fica no outro lado da rua. É um terceiro andar, está ardendo, tomado pelas chamas. Depressa, depressa, acho que há feridos!

Desligou e sorriu. Elke, ereta como um poste, não conseguia acreditar na demência que parecia excitar seu raptor. Entendeu que era um homem extremamente perigoso. Pelo menos em relação a isso seus perseguidores não haviam mentido.

— Não tenha medo. Calculei tudo — garantiu. — Agora precisamos esperar alguns minutos.

— Você não está em seu juízo perfeito. Você é um doente — sussurrou ela, dominada por um tremelique nervoso. Começou a recuar em direção à porta. Abraçou instintivamente o estojo do Stradivarius com força, contra o peito.

Rainer fitou a mulher com inquietação. Não era hora para explicações. Além do mais, se as desse, não mereceriam crédito. Consultou o relógio várias vezes, tomado pela ansiedade. Os segundos transcorreram com exasperante lentidão, como se o tempo tivesse se transformado em denso melaço. Aos dois, pareceram horas. Depois de um intervalo tenso e silencioso, o som de um enxame de sirenes os avisou de que o momento havia chegado.

— Vamos sair — apressou-a ele. — Não se afaste nem um centímetro de mim.

Quando passava pelo umbral do apartamento, Rainer atirou um fósforo aceso. Em um instante tudo foi invadido pelas chamas. A onda de calor os esbofeteou. Heinz bateu a porta, quebrou com o cotovelo o vidro da caixa de incêndio, apertou o botão e empurrou Elke escada abaixo.

— Fogo, fogo! O edifício pegou fogo! — gritou, frenético, esmurrando campainhas e portas ao passar — Fogo! Saiam todos pra rua! Depressa, depressa!

A reação dos vizinhos não se fez esperar. Apareceram aterrorizados, unindo-se imediatamente ao casal em uma retirada precipitada e angustiada. Quando Rainer e Elke alcançaram o portão do prédio, as luzes vermelhas dos carros de bombeiros, polícia e ambulâncias tingiam o lugar com a cor da catástrofe.

Rainer agarrou com força o braço da mulher. Mantinha a pistola espetada em suas costas, oculta sob a gabardina. Seus olhos se cruzaram durante alguns segundos com os de Günter Baum. De seu posto de observação, no outro lado da rua, o matador observava, desconcertado e perplexo, a inesperada confusão.

— Agora, fique calada e não me contradiga — exigiu Heinz da mulher, encaminhando-se a uma viatura da polícia estacionada a poucos metros.

Os agentes tentavam organizar os transeuntes e facilitar aos efetivos do Corpo de Bombeiros a manipulação de mangueiras e escadas. Rainer abordou um deles.

— Ouça, agente, está vendo aqueles quatro sujeitos que estão no lado de lá? — perguntou, quando estava ao lado deles.

— Hein? O que há com aquela gente?

— Minha mulher e eu os vimos entrar neste edifício há uns 15 minutos. Carregavam uma lata de gasolina e pareciam levar uma coisa turva nas mãos. Achamos muito suspeito, entende?

Rainer pressionou com firmeza o cano de sua pistola. Elke confirmou suas palavras com uma ladainha de monossílabos nervosos. O policial, confuso, não hesitou em avisar seus companheiros. Atravessaram a rua decididos, destravando a cartucheira de suas armas, em direção a Günter Baum e seus comparsas.

— Isto nos dá uma pequena vantagem — pressionou Heinz.
— Você tem carro?
— Sim, está na garagem, a duas quadras daqui.
— Então caminhe, caminhe depressa. Não pare.

Heinz Rainer e Elke Schultz abandonaram o cenário aproveitando a confusão reinante. Alguns metros mais além, atravessada a linha de segurança, viraram-se e levantaram os olhos. Os vidros do apartamento em chamas explodiam devido ao imenso calor acumulado no interior. Caíam aos milhares, como uma chuva mortífera, sobre bombeiros e policiais.

— Vocês estão mortos, mortos — gaguejou furioso Baum ao ver os dois se perdendo no meio do povo.

Depois, sorriu vaidosamente e encarou os agentes.

— Que desastre! Podemos ajudar de alguma maneira? — perguntou, consternado.

15

BOCCHERINI

O velho Norbert franziu o cenho ao ver Elke Schultz descendo a rampa da garagem. Deixou de lado o cachorro-quente, limpou os lábios com a manga e olhou o relógio. Oito e quinze. Poucas horas antes, a mulher lhe pedira para estacionar seu Volvo em um lugar afastado, garantindo que não o usaria durante muito tempo.

— A sua turnê mundial foi a mais rápida da história, Srta. Schultz — disse, rindo, o vigia, despontando na porta de sua guarita. Sacudiu as migalhas e dirigiu ao homem que a acompanhava um olhar desconfiado. — Algum problema?

— Não, nada importante, Norbert, só um pequeno imprevisto — disse ela.

— Está no segundo andar, no fundo, entre as colunas. Sairá sem problemas.

Elke e Rainer subiram as escadas.

— Me dê as chaves, por favor, eu vou dirigir — exigiu ele.

— Ouça, por favor: pode ficar com o carro, não me importa — sugeriu a violinista, procurando na bolsa. — Vá embora. Não conseguirão pegá-lo. Me deixe partir. Eu imploro.

Rainer hesitou por uns instantes. Fez a chave pular na palma de sua mão, mordeu o lábio inferior e negou com um estalo.

— Acredite, gostaria de não tê-la metido nesta história. Lamentavelmente, já foi feito e não há como recuar — comentou, pesaroso. — Quero que saiba de uma coisa... É justo, devo-lhe isso...

— O que devo saber?

— Ao usá-la, talvez tenha assinado sua sentença de morte.

— Pare de dizer besteira. O que você deve fazer, se é verdade que aqueles homens são assassinos, é ir à delegacia e pedir proteção.

— Você não entende. Não há cela ou parede que os detenha. Não duraria nem uma noite — afirmou. — Bem, já é suficiente, estamos perdendo um tempo precioso. Entre no carro.

— Mas...

— Maldita, já lhe disse para entrar no carro! — grunhiu, mostrando o revólver.

Elke entendeu que não seria fácil se livrar de Rainer. Seu cérebro parecia avaliar todas as informações disponíveis, a cada segundo. Fugir daquele porão, em disparada, lhe pareceu uma loucura. Ele a alcançaria na rampa ou simplesmente atiraria nas suas costas. Entendeu que a rua poderia lhe oferecer mais possibilidades; talvez fugir aproveitando uma parada, pedir auxílio ou, na pior das hipóteses, pular do carro em movimento. Quando Heinz, ao ligar o motor, acionou a trava das portas, ela respirou com ansiedade e apertou as mandíbulas.

Aquele bastardo parecia ler seus pensamentos antes que tomassem forma em sua mente.

— Seria uma loucura — murmurou ele, desconfiado. — Descarte essa possibilidade.

O carro pegou a curva prolongada que desembocava no primeiro andar da garagem e encarou a saída. Norbert levantara a cancela. Rainer engatou a segunda e apertou o acelerador. Ao emergir na entrada, se viu obrigado a frear bruscamente. Um dos matadores que acompanhavam Günter Baum havia parado uma motocicleta de grande cilindrada diante do estacionamento. Esquadrinhava a rua tentando recuperar a pista perdida. A troca de olhares colocou todos em evidência.

— Merda! — resmungou Rainer furioso. — Aperte o cinto!

Seus olhos brilharam ferozes quando o carro saiu disparado como um projétil. Deu um golpe preciso no volante para driblar o capanga e se somou ao trânsito reduzido da Mozartstrasse.

O motociclista não levou muito tempo para se recuperar da inesperada manobra. Arrancou um rugido surdo das 750 cilindradas de sua BMW. Em poucos segundos estava colado neles, pisando seus calcanhares.

— Por tudo que é mais sagrado, não vamos morrer! — gritou Elke, desesperada, ao constatar que Rainer estava numa corrida demente que não respeitava nem placas nem semáforos. Agarrou com força a maravilhosa criação de Antonio Stradivarius. O pesadelo tomava jeito de que ia terminar em um verdadeiro desastre. Viu a si mesma agonizando entre ferros retorcidos, transformada em uma massa disforme de sangue e madeira nobre de Cremona.

O perseguidor, acelerando a toda, enfurecido, emparelhou com o carro. Quando Heinz viu que ele levava a mão ao interior do casaco, procurando a coronha do seu revólver, não hesitou em quebrar brutalmente à esquerda e investir contra ele.

— Meus Deus, chega, pare, freie! — gritou a concertista, cobrindo a cabeça.

O agente da Ultima Thule evitou, milagrosamente, no último momento, a batida. Conseguiu dominar a moto e foi se situar, mais uma vez, atrás da esteira do veículo.

— Esse filho da puta não vai parar de nos perseguir — gaguejou Rainer, contrariado, sem tirar os olhos do retrovisor.

— Ou ele ou a gente. Segure-se!

Elke Schultz se preparou para o pior. Seus dedos se crisparam na alça lateral. Olhou para a frente com os olhos saltando das órbitas. Rainer freou como se sua vida dependesse daquilo.

Com um chiado ferino, o Volvo deteve sua enlouquecida corrida deixando atrás de si um rastro negro de borracha fumegante sobre a calçada. Sem tempo de reagir, o motociclista não pôde evitar se estatelar contra o porta-malas e ser catapultado pelos ares. Sobrevoou o automóvel como um obus de morteiro, aterrissando alguns metros adiante. Durante alguns segundos permaneceu inerte, como um boneco desarticulado. Aos poucos, se levantou com dificuldade, até se ajoelhar sobre o asfalto. Levantou a viseira do capacete e empunhou a automática.

Esticou o braço e mirou o carro, tomado por um tremor incontrolável.

— Adeus, porco maldito — sussurrou Rainer, pisando no acelerador.

O rosto perfeito de Elke Schultz se desfigurou em uma careta de horror e repugnância ao perceber que os ossos daquele desconhecido viravam migalhas sob o cárter do automóvel. Pôde sentir como seu corpo se dobrava e ficava preso, reduzido a um saco de sangue e carne arrastado sem nenhuma clemência ao longo de uma centena de metros.

— Eu lhe peço, pelo amor de Deus, você o está matando — suplicou, desfeita em lágrimas.

— Não seja estúpida. Pare de chorar. Esse homem nos teria assassinado sem o menor remorso. Você não acredita nem naquilo que os seus olhos veem? — reprovou-a, furioso, Rainer. — Seu erro consiste em achar que o mundo é movido pela bondade. Está completamente enganada. Nesta selva só impera a Lei de Talião.

Elke encarou Heinz. Dirigia alienado, a grande velocidade, em direção ao leste da cidade, procurando a saída de Berlim. Seu perfil anguloso lhe pareceu duro como uma pedreira. Não pôde evitar expressar um asco profundo. Cuspiu-lhe na cara.

— Você é um ser desprezível, absolutamente desprezível — xingou. — Não sei em que momento de sua vida se transformou no que é. Você me dá muita pena. Que Deus o perdoe.

Sem parar de olhar para a frente, Rainer passou a manga da camisa no rosto. Não respondeu imediatamente. Ficou em silêncio. A luz ambarina do túnel que atravessavam quebrava de forma intermitente o halo de penumbra e solidão que parecia envolvê-lo.

— Por que você leva sem parar Deus aos seus lábios — ironizou, com acrimônia, quando Elke já não esperava receber nenhuma resposta. — Você acha, por acaso, que alguém cuida da gente? Iludida! Deixe Deus em paz e não me julgue. Não tem esse direito. Você não sabe o que é o sofrimento, o que significa fugir, o benefício que representa viver ao menos mais um dia. Seu maior pecado, Srta. Schultz, e também o de milhões de seres semelhantes a você, é a narcose. Eu, por desgraça, acordei há muito tempo.

— E por isso se comporta como um lobo, não é? — perguntou, com o espírito ferido, a concertista. — Tudo se resume a matar ou morrer. Compreendo.

— Você não compreende nada. Eu não lhe disse que estar desperto me torna melhor nem mais feliz. Ao contrário. Quem me dera eu pudesse ser o mesmo estúpido que fui um dia. Talvez, a estas alturas, estaria casado, teria filhos, *hobbies*, amigos. Minha maior preocupação seria pagar mensalmente a prestação de uma hipoteca a esse punhado de usurários repugnantes que povoam os escritórios. Não sei por que coube a mim. Estou lhe assegurando. Acho que uma estranha coincidência, uma maldita conjunção planetária, me fez estar onde não devia.

Elke não esperava uma resposta semelhante. Fitou Rainer taciturna, desanimada, sem forças.

— Sabe, eu era biólogo — confessou ele, de súbito. — Acho que um dos melhores. Especializei-me na fauna e flora do clima ártico. Suponho que seja normal, pois nasci na Noruega. Cresci cercado pela neve. Meu pai se casou com uma alemã que trabalhava lá. Vivíamos numa pequena aldeia, encantadora, perto de um dos fiordes mais belos que existem. Anos depois minha família se mudou para cá, se instalou em Colônia. Foi onde estudei. Graduei-me com medalha de honra. Até seis anos atrás eu nunca tinha pego em um revólver nem havia visto ninguém morrer. Você acredita?

— Por que está me contando isto? Prefiro não saber nada a seu respeito.

Heinz esboçou um meio sorriso. Suspirou profundamente.

— Você se dedica à música, não é verdade?

— Sim.

— Esse estojo é de um violino — afirmou, inclinando levemente o rosto.

— Toco violino na Filarmônica de Berlim.

—Meu pai era fã incondicional de Karajan, um melômano. Graças a ele conheci Sibelius, Prokofiev, Elgar, Debussy, Mahler e muitos outros — comentou, ensimesmado. — Você é uma mulher muito afortunada.

— Sou uma mulher normal — concluiu ela, com antipatia. Sobreveio um longo silêncio. Berlim começava a ficar para trás.

— Não sabe como gostaria de poder dizer o mesmo — sussurrou Rainer, como se falasse ao léu. — Normal, você disse? Bela palavra. É uma pena que nestes tempos seja sinônimo de anódino, silencioso, aquiescente...

— Deixe-me em paz, já lhe disse que não quero falar de você. E ainda menos nesse tom confessional. Não tente me confundir.

— Não sente curiosidade de saber quem era o homem que esmaguei com o carro?

— Nenhuma. Não tenho a menor ideia. Certamente um de sua laia.

—- Era um assassino de aluguel, um agente de uma organização secreta chamada Ultima Thule, um governo na sombra.

— E agora vai me dizer que seu nome verdadeiro é James Bond, não é mesmo? — grunhiu Elke, refugiando-se contra o vidro da janela. — Vamos, não me tome por burra! Faz muitos anos que não acredito em Papai Noel! Por favor, invente outra coisa, mas não me insulte!

Rainer optou por ficar calado. Mexeu no termostato do carro. Começava a nevar copiosamente e o frio se tornava mais intenso. Pouco depois ligou o rádio. Elke o mantinha, invariavelmente, sintonizado na frequência de uma emissora de música clássica. O tema principal de *La musica notturna delle strade di Madrid* soava naquele momento.

— Boccherini, que maravilha! — exclamou Heinz, cantarolando a melodia. — Você gosta de Boccherini? Meu pai dizia que ele e Haydn criaram Mozart. Passou muito tempo em Madri, nos dias de Carlos III. A corte espanhola, segundo dizem, era a mais faustosa de toda a Europa.

Um pensamento intranquilizador irrompeu no cérebro da violinista ao ouvir essa afirmação, provocando, de imediato, um sentimento de absoluto desconcerto. Alguma coisa não se encaixava. Ela sabia muito bem que a obra do músico toscano, claramente elitista, era pouco ou nada conhecida do grande público. O fato de seu sequestrador — aquele homem que havia visto mentir, incendiar e matar sem nenhuma hesitação — saber até que o compositor gozara dos favores da realeza espanhola era uma incongruência que só podia ser explicada se considerasse Rainer um raro filho da puta ilustrado.

— Como você sabe isso? — interpelou-o, sem conseguir acreditar.

— Eu lhe expliquei há poucos minutos. Meu pai era um musicólogo, um *connaisseur* — respondeu Heinz, em impecável francês. — Meu irmão e eu crescemos ouvindo música clássica. Você ouve mal? Creio que precisarei acrescentar outro sinônimo ao termo normalidade: surdez.

— Quem é você?

— Por que se interessa pela minha identidade? Por eu ter reconhecido Boccherini? — sussurrou, com desdém. — Ora, vamos! Deixou bem claro que não deseja saber nada a meu respeito. Deixemos assim. Sou um assassino, um filho da puta que tem como ofício liquidar outros filhos da puta.

— Heinz é seu nome verdadeiro?

— Não. Usei muitos nomes nos últimos anos. Me chamo Eilert Lang, mas é melhor que continue me chamando de Rainer. Heinz Rainer se encaixa melhor com o que sou: um biólogo entediado com sério transtorno bipolar — afirmou, sarcástico. — Durante o dia estudo o crescimento de bactérias e fungos com um microscópio e, quando a noite chega, saio para afastar a escória das ruas.

— Ouça, Sr. Lang, vou falar claramente, sem rodeios — resolveu Elke. — Amanhã, a esta hora, toda a polícia da Alemanha estará me procurando. A Filarmônica de Berlim vai partir para Paris, a primeira cidade de nossa turnê. Soarão todos os alarmes. Meu rosto aparecerá na televisão e nos jornais, em todos os lugares.

— Tenho certeza de que ficará bem na tela. Seu rosto é muito fotogênico.

— Está zombando de mim?

— Não, de forma alguma, mas interprete como quiser.

— Aonde vamos? Aonde está me levando? Não é capaz de entender? Será caçado, será perseguido sem descanso. Por que não me deixa ir embora?

— Não se preocupe. Se tudo correr bem, deixarei você em Paris, você e seu violino.

— Em Paris?

— Sim, em Paris, ou muito perto. Estamos indo para a França, Srta. Schultz.

Eilert Lang aumentou o volume da música, dando a conversa por encerrada. A neve caía agora em grossos flocos sobre a estrada, criando um cenário fantasmagórico, ao ritmo sincopado e solene da *Ritirata* de Luigi Boccherini.

16

BARREIRA DE GELO E MEDO

Simon Darden, de volta a Londres, não percebeu o envelope que alguém enfiara debaixo da porta de seu apartamento de Hampstead. Ao abrir, a folha da porta o arrastou em sua trajetória, esmagando-o contra o rodapé. O jornalista deixou o casaco no encosto de uma cadeira, girou o termostato da calefação e se afundou, com expressão cansada, em uma pequena poltrona. Esticou os pés sobre a mesa. Seus olhos pesavam. As informações que Edward Harvington lhe passara ocupavam seus pensamentos. Dir-se-ia que o escritor passeava ereto, com dignidade aristocrática, por algum ramal de seu cérebro; parecia conectar, em seu solilóquio, alguns neurônios a outros; passadiços que, longe de apontar com clareza a saída do labirinto, só tornavam mais crítico e inexpugnável o emaranhado de mistérios indicado por Rainer.

Darden experimentava a angustiante sensação de ficar mais e mais perdido conforme avançava. Folheou ao azar o livro que o escritor lhe dera de presente, disposto a ler umas poucas páginas antes de ceder ao torpor que o invadia. Suas pupilas se negaram a se cravar na intrincada confusão do texto; oscilavam de uma linha a outra, em um nervoso e mareante vaivém. Bocejou, abandonando-se ao abraço do sono.

A estridente campainha do telefone obrigou-o a se levantar, sobressaltado.

— Sim!

— Papai?

— Brian? Olá, filho — gaguejou, consultando o relógio. — O que você faz acordado numa hora desta? É quase meia-noite. Deveria estar na cama.

— Estou vendo *Little Britain*, agora está no comercial.

— *Little Britain?* Vou conversar com sua mãe... Não acho que seja uma série muito apropriada para você.

— Bah! Já tenho 12 anos. E gosto muito. É como *Monty Python*, mas com violência.

Darden esboçou um leve sorriso.

— Me diga, como vai tudo?

— Muito bem. Consegui passar para o nível três do *Dome of Warriors*! — disse, entusiasmado. — Tem um *djinn* invencível, de duas cabeças. São necessárias cinco armas para acabar com ele.

— Não sei o que é um *djinn*, Brian.

— Um gênio, um ser maligno. Você tem que matá-lo e trancá-lo num cofre.

— Ah! Bem, vamos ver se você consegue. Que a força o acompanhe!

— Mamãe me disse para lhe dizer que ainda não recebeu seu depósito.

— Entendo, diga-lhe que amanhã sem falta verei o que aconteceu e acertarei tudo.

O telefone começou a vibrar, emitindo um zumbido de baixa frequência, alertando que havia outra chamada. Simon deu uma olhada rápida na tela iluminada. Reconheceu de imediato o número de Heinz Rainer.

— Brian, me perdoe, preciso desligar agora. Vamos nos ver no fim de semana.

Cortou a conversa de forma brusca. Respirou profundamente. Seu coração batia descontroladamente.

— Alô.

— Sr. Darden?

— Sim, sou eu. Confesso que não esperava sua chamada a esta hora.

— A situação mudou.

— O que você quer dizer? — indagou.

— Responda, eu lhe imploro: a quantas pessoas você mostrou a imagem que lhe enviei?

O jornalista, confuso, guardou um breve silêncio.

— Por que está me perguntando isso? — vacilou. — Não sei. Me deixe pensar. Três especialistas confirmaram sua autenticidade. Dois deles sem saber do que se tratava. Receberam da gente uma cópia em papel fotográfico. Eliminamos o rosto de Hitler, o único que pode ser reconhecido com uma simples olhada. Um fotógrafo, um velho amigo, John Stewart, também a examinou e está por dentro do assunto, mas está fora de qualquer suspeita.

— Mais alguém?

— Bem, como você poderá compreender, também meu superior, Roger Alton, o editor-chefe do *Guardian*. Não podia ser de outro modo.

Simon Darden mordeu os lábios e apertou as mandíbulas. Recriminou-se interiormente por ter dado a Alton uma cópia da fotografia momentos antes de sua reunião com as sentinelas do Scott Trust.

— Houve um vazamento — revelou Rainer, interrompendo de forma abrupta as explicações do jornalista. — Você saberá como foi. Fui localizado. Estou fugindo, Sr. Darden. Acabo de matar um homem, um agente da Ultima Thule. Para salvar minha vida, fui obrigado a usar uma pessoa, uma mulher que não tem nada a ver com tudo isso. Meu tempo está acabando.

— Mas...

— Por favor, fique calado e escute — recomendou Heinz, inflexível. — Minha intenção inicial era lhe fornecer informações de forma progressiva e dosada, de modo que você pudesse assimilá-la e organizar o próprio quebra-cabeça que eu armei durante estes últimos anos. Meu trabalho ainda não está completo. Faltam algumas peças. Possuo documentos e informes vitais, explosivos. Estão num lugar seguro. Toda essa informação, lamentavelmente, poderá ser considerada papel molhado se não contar com o testemunho imprescindível de alguns *atores*.

— *Atores?* Desculpe, mas não acompanho.

— Os *atores* da Operação Shangri-la, o nome em código da farsa destinada a fazer o mundo acreditar que o Führer estava morto — explicitou Rainer. — Foram escolhidos cuidadosamente pelo próprio Heinrich Müller, chefe da Gestapo, por Karl Dönitz e alguns auxiliares. Umas vinte pessoas no total, dentro e fora do Führerbunker. Até uma semana atrás, cinco deles estavam vivos, mas a Ultima Thule resolveu liquidá-los. Um a um. Emil Färber, junto com sua filha e seu genro, foram assassinados em Munique; Gerald Gottlieb e sua esposa, em Berlim. Ao longo destes últimos meses, tentei falar com cada um deles, marcar uma entrevista. Foi inútil, se negaram categoricamente. Os dois enfiaram os sósias no bunker e propiciaram a saída de Hitler. Agora só restam três.

— Entendo.

— Dois estão na França. O primeiro, internado em uma clínica geriátrica, em Paris; o segundo vive em Lyon; o terceiro, até onde pude averiguar, mora em Andraitx, em Maiorca — enumerou Heinz, em tom pausado. — Foram peças chaves da Operação Shangri-la. Tiraram Hitler da Alemanha e o levaram à Noruega. Creio que quando intuírem o destino que a Ultima Thule lhes reserva não hesitarão em confessar. Precisamos destes testemunhos, Sr. Darden. Isso supondo que chegaremos a tempo, me entende? Cada minuto é vital. Eu lhe explicarei tudo com mais detalhes quando nos encontrarmos.

— Onde você está agora? — perguntou Darden, percorrendo com impaciência toda a extensão do pequeno apartamento. Seu olhar pousou em um envelope abandonado ao lado da porta de entrada. — Senhor Rainer, está me ouvindo?

Heinz Rainer emudeceu. O jornalista percebia sua presença do outro lado. Podia ouvir sua respiração poderosa, entrecortada. Entendeu que hesitava na hora de revelar seu paradeiro.

— Estou em um posto de gasolina na Alemanha — confessou, finalmente. — Está nevando com força. Tentei comprar umas correntes para os pneus, mas estão em falta. Continuarei até onde for possível; depois, esperarei que o temporal amaine e os limpadores de neve liberem a estrada.

— O que quer que eu faça?

— Proponho um *rendez-vous*. Vá ao meu encontro em Paris.

— Quando?

— Depois de amanhã. Em torno de uma hora da tarde. No hotel Lotti, no número sete da rua Castiglione, entre as Tulleries e a praça de Vendôme — indicou. — Anotou?

— Estou anotando — confirmou Darden. — Como o reconhecerei?

— Não se preocupe com isso.

— Está bem.

— Algo mais...

— Estou escutando.

— Continuarei confiando em você — murmurou Heinz, em tom lúgubre. — Mas não tenho alternativa. Quando o escolhi não o fiz ao acaso. Estou convencido de que não sairei desta com vida. E por isso, se lhe peço que fique calado e se comporte como um túmulo, é para a sua própria segurança. Se eu desaparecer, você se converterá no único depositário da minha história. Será uma carga terrível. Desista de continuar levando sua existência aprazível. Precisará fugir. E nem em um único dia dos que lhe possam restar deixará de se perguntar se é o último.

Depois desse terrível vaticínio, foi Darden quem mergulhou em um silêncio longo e desconcertado.

— Falei claro? — instou Rainer do outro lado.

— Muito alto e muito claro.

— Se não encontrá-lo em Paris, entenderei que jogou a toalha. Não vou censurá-lo. Até logo, Simon Darden.

Rainer não esperou mais. Cortou a ligação. Apalpou seus ombros e pernas, hirto, tentando fazer com que seu sangue voltasse a circular normalmente. Depois percorreu os poucos metros que separavam o prédio do posto de gasolina do carro no qual o esperava Elke Schultz. Ao longo da conversa, não havia parado de vigiá-la um só instante, mas ela não tentara nem sequer sair do veículo. Permanecia encolhida, feito um novelo.

— Vamos — anunciou. — Eles não têm correntes. Continuaremos até onde for possível. Mais alguns quilômetros. Depois procuraremos um lugar para passar a noite.

Elke não respondeu. Parecia ter optado pela indiferença. Rainer evitou ser fisgado pelo fascinante claro-escuro de seu perfil; parecia uma cariátide, imperturbável, esculpida em mármore, esquadrinhando o futuro.

O Volvo voltou à estrada. Umas duas horas antes haviam abandonado a autoestrada de Hannover e virado para o sul, em direção a Frankfurt, procurando alcançar o norte da França.

Pouco mais tarde, em um ponto entre Göttingen e Kassel, entendeu que continuar circulando se tornara impossível. Parara de nevar, mas uma grossa camada de gelo cobria o asfalto. Avistou várias casas espalhadas entre o arvoredo e abandonou a estrada pegando um estreito caminho vicinal. Escolheu uma delas ao acaso. A mais isolada. Estacionou o carro na parte traseira, diante da porta de serviço. Era evidente que se tratava de uma residência de verão. Parecia fechada a sete chaves. Provavelmente estava assim há semanas, talvez meses, a julgar pelo aspecto descuidado do jardim.

— Este pode ser um bom lugar — murmurou. — Além do mais, deixaram bastante lenha junto à escada da cozinha. Poderemos nos aquecer. Espere aqui. Não se mexa.

Desligou o motor e guardou a chave. O frio externo levou-o a procurar, instintivamente, o casaco. Acendeu um cigarro. A porta da casa não parecia muito sólida, certamente se abriria com um disparo. Desceu um degrau e apontou a fechadura com a pistola. Quando ia acionar o gatilho, o esvoaçar de um pássaro em um galho próximo o levou a adquirir consciência do extraordinário silêncio que reinava na região. Optou por dar um pontapé contundente na porta e entrou na casa como uma sombra. Seus dedos esbarraram no interruptor, mas a luz havia sido desligada. Às apalpadelas, usando o isqueiro, cruzou a casa até chegar aos registros do vestíbulo. Acionou o disjuntor e refez o caminho, andando até a parte traseira, iluminando os aposentos ao passar.

Uma careta contrariada se desenhou nos lábios de Rainer ao constatar que a porta do carro estava aberta. Compreendeu imediatamente o que acontecera.

Elke Schultz havia fugido.

— Maldita estúpida — grunhiu entre os dentes.

Distinguiu a mulher a uma centena de metros. Uma mera mancha negra sobre um manto branco. Atravessava um descampado em direção ao bosque, avançando, penosamente, com a neve até o meio das pernas.

Jogou o cigarro fora e começou a correr atrás dela.

Naquele exato momento, em Londres, Simon Darden estava petrificado, pálido como papel, inclinado sobre uma mesa, com o olhar cravado na contundente advertência que uma mão anônima escrevera em uma folha.

"Se você preza um pouco a vida dos seus entes queridos, desista já."

17

UMA LEI CHAMADA AZAR

O legista tirou o corpo da câmara frigorífica e afastou a fina mortalha que cobria o cadáver, deixando o rosto e o tórax a descoberto. Depois, postou-se em um lado e convidou Bruno Krause e Christian Eichel a se aproximar.

O inspetor levantou levemente as sobrancelhas. De todos os cadáveres que recordava ter examinado ao longo dos anos, poucos apresentavam tantos hematomas e contusões como esse. Dir-se-ia que havia sido moído a cacetadas.

— Suponho que perguntar pela causa da morte é estúpido — comentou, com ar distraído.

O encarregado do necrotério, em posição retraída, sorriu, cético. Coçou o queixo e encolheu os ombros.

— O baço explodiu. A coluna se partiu em dois, na altura da sétima vértebra, mas não me peça para lhe dizer se isso aconteceu um segundo antes de o pulmão esquerdo ter explodido ou da parada do coração — ironizou. — Três costelas quebradas, fraturas no rádio e no cúbito direito, um ombro deslocado e a clavícula transformada em migalhas. Foi arrastado por mais de 50 metros. Não há lesões importantes no rosto, usava um bom capacete.

— O que sabemos a respeito deste homem, Christian? — perguntou em seguida, olhando de soslaio seu auxiliar.

Eichel entreabriu uma pasta volumosa, cheia de documentos, e tirou dela um breve informe fornecido uma hora antes pelo BKA, o Escritório Federal de Investigação Criminal. Umas poucas linhas.

— Não muito. Adriaan Schieffer, 38 anos, de Dortmund, sem domicílio conhecido, órfão desde 1977. Seu pai, Bert Schieffer, era um *lebensborn*.

— *Lebensborn*?

— Você sabe, um dos meninos de Hitler.

— Ah, sim, que assunto mais triste!

— Aqui diz que o tal do Bert reivindicou inúmeras vezes uma indenização do Estado por esse motivo. Sem êxito.

— Que arma este homem carregava?

— Uma Walther PPK. Uma arma antiga, mas impecavelmente conservada.

— É curioso.

— O que é curioso, inspetor?

— O fato de que existam tantas Walther antigas em circulação. Parece que nos últimos dias todo mundo está empenhado em livrá-las da poeira — observou Krause, com ar intrigado.

— Färber e Gottlieb foram assassinados com uma Walther, a arma das SS.

— Talvez seja mera coincidência, Eichel! Não é difícil encontrá-las no mercado negro. Inclusive são vistas com freqüência em lojas de antiguidade. Embora sem condições de uso, é claro.

— Não diga besteiras, Eichel! — censurou o inspetor. — Se começarem a aparecer cadáveres de carniceiros surdos com um facão de esquartejamento cravado na testa, um dia sim e o outro também, você vai atribuir isso ao azar?

— Não é a mesma coisa — afirmou o subalterno, impávido, contendo a duras penas a vontade de rir.

— Ah, não! Enfie na sua cabeça: as coincidências não existem! E menos ainda no nosso ofício. Seu olfato não lhe diz nada? — resmungou Krause. Depois, ficou em silêncio, com os braços cruzados, os olhos percorrendo centímetro a centímetro a anatomia de Schieffer — Ei, ora, o que é isto?

— O que é o quê?

— Isto — sussurrou o inspetor, apontando o ombro esquerdo do cadáver.

— Uma pequena tatuagem, é evidente, não é?

— Sim. Uma tatuagem. Nada relevante. Outra coincidência, se eu for levá-lo a sério. Pode me dizer o que se vê nessa tatuagem, Eichel? — sugeriu, com ironia.

Christian Eichel fitou Krause com receio. Conhecia muito bem seu senso de humor negro. Entendeu que estava sendo testado.

— Umas folhas, algo parecido com um galho, louro? — titubeou. — Parecem agasalhar uma adaga disposta verticalmente.

— Ah! Correto! A vista não lhe falha, graças a Deus.

— Significa alguma coisa?

— Você recorda que há seis ou sete anos prendemos dois jovens, dois agitadores de um partido neonazista? Como se chamava? Algo assim como O Reich do Sol Negro! Sempre usam nomes muito escandalosos!

— Sim. Lembro. Ameaçaram de morte uma deputada social-democrata: Carla Brant. Maldita mulher, de se pegar em arma!

— Exato. Pois aqueles dois tipinhos tinham a mesma tatuagem... Mas não me leve a sério, certamente é outra casualidade — sentenciou, zombeteiro.

— Talvez, neste caso, não seja.

— Merda, é claro que não é — conclui, irritado. — O acaso não existe.

— Você é um determinista, inspetor. Não entendo como pode afirmar uma coisa dessas tão categoricamente, como se a estivesse vendo com seus próprios olhos.

— Não vejo.

— Então?

— Você já viu alguma vez uma onda hertziana?

— Elas são invisíveis.

— Mas existem, não é verdade?

— Sim, claro.

— Pois com o acaso acontece a mesma coisa, Eichel. Leve-me a sério. Tudo o que está acontecendo tem relação com os nazistas.

Krause fez um sinal ao médico-legista, dando-lhe a entender que já vira o suficiente. Despediu-se com um leve gesto de agradecimento e procurou a saída, seguido por Eichel.

— O que se sabe do agressor? — perguntou quando já estavam na rua, levantando a gola do casaco. — Diabos, que frio!

— Que usa uma identidade falsa: Heinz Rainer. Eu chequei. Alto, magro, moreno, de uns 39 anos; cortês, embora de poucas palavras, segundo o proprietário do imóvel. Rainer alugou o apartamento do terceiro andar, primeira porta, do 43 da

Wartburg no começo deste ano. Pagou adiantado, em dinheiro. Nunca criou problemas, mal se relaciona com seus vizinhos, parece um sujeito muito normal. Isso foi confirmado por um comerciante libanês que o conhece.

— E de repente vai e incendeia a casa, rapta uma mulher e tritura Schieffer.

— Sim.

— Que se foda a normalidade.

— Amanhã disporemos de um retrato falado. Quando fugia, trocou algumas palavras com um policial. Acusou uns transeuntes pelo incêndio e desapareceu. Também foi visto pelo vigia da garagem.

Krause assentiu. Quando ia fazer uma nova pergunta começou a espirrar sem parar.

— Merda! Você pode me deixar em casa, Eichel? — pediu. — Preciso me enfiar em uma banheira quente, sentar um pouco ao lado da estufa e dormir. Já passa da uma. Amanhã será outro dia.

Christian sorriu. Estacionara o carro a poucos metros.

— Pode ligar a calefação no máximo? Estou implorando. Meus pés estão gelados.

— Deveria usar meias de lã e jogar fora as de algodão.

— As meias devem ser sempre de algodão... E pretas.

— Besteiras próprias de um cavalheiro tresnoitado — provocou o subalterno. — Sabe por que eu não me resfrio nunca? Uso duas meias em cada pé. Minha mãe sempre me dizia: mantenha os pés quentes e a cabeça fria.

— Parece que você seguiu sua recomendação, Eichel. Diria que sua cabeça, de tão fria, congelou. E, no processo, as ideias.

Krause soltou uma imensa gargalhada. Aninhou-se no casaco.

— Quero que a imagem dessa mulher... Como se chama mesmo?

— A sequestrada?

— Sim.

— Elke Schultz, uma violinista. E das importantes.

— Quero ver seu rosto a toda hora. Em cada telejornal, em cada jornal. Que se fale dela nas emissoras de rádio, na internet... — ordenou. — Encarregue-se disso.

— Já tomei as providências. Não foi necessário insistir muito. É a solista da Orquestra Filarmônica de Berlim. Uma beleza de mulher. Exatamente dentro de algumas horas iniciariam uma turnê. Vai se armar uma confusão danada!

— E quanto à lista que lhe pedi, a relação dos sobreviventes da batalha de Berlim?

— Está aqui comigo, na pasta — comentou Eichel, apontando o assento traseiro. — Queria depurá-la mais antes de entregá-la. Eu já a peneirei duas vezes, mas ainda continua muito extensa. Mais de cem nomes.

Krause esticou o braço e pegou o dossiê. Acendeu a luz interna do espelho retrovisor e xeretou gravemente nas páginas.

— Gerentes de mercearia, médicos, soldados da artilharia? Não, não! Recorde que Färber e Gottlieb estavam lotados no corpo da intendência; os dois tinham relações com o Führerbunker. Use esse perfil! Ajudantes de hierarcas nazistas, secretários, pessoal a serviço da Chancelaria ou do bunker! Quero essa relação hoje mesmo, Christian, reduzida a um máximo de dez nomes!

— Muito bem, dez nomes! — concordou Eichel, de má vontade.

Ao chegar em casa, Krause calçou pesados chinelos de lã e começou a encher a banheira. Contrariado, constatou que a geladeira estava vazia. Colocou no fogo água para fazer um café e se distraiu zapeando a televisão.

O rosto de Elke Schultz não demorou a aparecer em um boletim informativo.

O inspetor arregalou os olhos ao vê-la na foto oficial fornecida pela Berliner Philarmonie. Desta vez o idiota do Eichel não havia exagerado. Era de fato uma mulher muito bonita.

— Porra, esse negócio está de mal a pior.

18

A DECISÃO DE ELKE

Sem fôlego devido ao esforço que representara atravessar o prado que se estendia entre as casas, Elke Schultz chegou à faixa de matagal que delimitava a planície e se embrenhou no bosque. O ar saía de seu peito com violência; seu coração parecia bater como se estivesse à beira de um colapso, descontrolado como um cavalo enlouquecido. Como uma presa que se sabe encurralada, virou o rosto uma e outra vez, temendo que seu raptor pudesse pular, a qualquer momento, em seu pescoço, feito um chacal. Ergueu o corpo dolorido e voltou a correr, mudando de rumo, penetrando mais e mais na densa treva da floresta. Os galhos pareciam se conjurar, dificultando sua fuga; fustigavam seus ombros, estalavam contra o estojo do violino e se enredavam como garras em seus cabelos.

Ao constatar que Rainer encurtava a distância, o pânico a invadiu por completo. Não demorou a ouvir sua respiração entrecortada e furiosa, resfolegando a suas costas.

Gritou ainda cônscia de que ninguém naquele lugar solitário perceberia sua situação desesperada.

Continuou pela beira de um morro que descia suavemente até se fundir com a margem de um rio caudaloso. Os isolados brilhos da água permitiram distinguir, no meio da penumbra, o leito. Serpenteava a seus pés.

Uma raiz grossa, oculta sob a camada de neve, colocou um ponto final em sua errática corrida. Escorregou pela rampa e bateu nas pedras. Quando, segundos mais tarde, recobrou a consciência, estava ajoelhada ao lado da margem, exânime. A correnteza lambia seus pés.

Rainer a levantou, inerme, como se fosse um fardo. Estava enfurecido.

— Imbecil, maldita imbecil! — gritou, alterado, a curta distância de seu rosto. Agarrou-a pelas lapelas de seu casaco e a agitou como se fosse um boneco. — Faria bem se a deixasse aqui e me esquecesse de você.

— Por favor, não me machuque — suplicou. Levantou os braços, temendo que Rainer fosse bater em seu rosto.

— Vamos, voltemos, ou o frio acabará com a gente! — ordenou ele, entre grunhidos.

— O violino! Onde está meu violino? — percebeu Elke mal haviam dado alguns passos. — Meu Deus, eu o perdi, a correntinha deve ter se partido na queda!

— Esqueça-se dele — gritou, irritado, Rainer, obrigando-a a caminhar.

— Eu lhe imploro, por favor, preciso encontrá-lo, não irei sem ele!

— É apenas um violino, você devia ter pensado antes!

— Não. É a coisa mais valiosa que tenho. Tudo o que possuo. Era do meu pai. Não tem nem preço. Eu lhe pagarei o que quiser, mas me ajude a encontrá-lo. É um Stradivarıus!

— Pobre menina rica! — alfinetou ele, com desdém. — Agora vai começar a chorar, não é?

— Por favor, por favor... — implorou ela, se desfazendo em lágrimas. Deixou-se cair sobre a neve, de joelhos, escondendo seu rosto entre as mãos.

— Muito bem, já basta! — afirmou, querendo pôr um ponto final naquilo. — Vamos acabar com isto! Fique quietinha e não tente nada ou quebrarei em mil pedaços seu maldito violino!

Heinz aguçou o olhar. O lugar estava banhado por uma luz triste e exígua, difusa, que a duras penas permitia reconhecer o contorno familiar das coisas. Examinou palmo a palmo o lugar pelo qual Elke se precipitara, sem nenhum êxito. Optou por descer e se postar ao lado da correnteza. Descobriu o estojo flutuando no meio do leito, retido por algumas pedras, uns 15 ou 20 metros mais além.

— Merda, só me faltava isto — resmungou, contrariado.

— Eu irei buscá-lo, não se preocupe — afirmou Elke, decidida, a suas costas.

— Não me faça rir, você está tremendo como uma folha, não vai conseguir!

— Vou conseguir sim. Aposte o que quiser.

Rainer imobilizou-a com o olhar. Crispou, ameaçador, o punho diante de seu rosto. Parecia estar no limite de suas forças. Livrou-se do casaco e se enfiou nas águas gélidas do rio. Avançou encolhido, resfolegando, tateando as rochas do fundo, submerso até o peito. O frio traspassava-o de um lado a outro, como uma punhalada. Sabia que devia recuperar rapidamente o estojo, sem demora, e voltar antes que a hipotermia o paralisasse por completo. De repente, perdeu o pé e afundou na correnteza. Emergiu em poucos segundos, proferindo um grito desumano. Em um esforço titânico, conseguiu agarrar a maletinha e começou a refazer o caminho na contracorrente. Quando, finalmente, conseguiu alcançar a margem, se sentia doente, enrijecido, à beira de um colapso. Seu rosto se contraía em uma careta arroxeada e grotesca. Desabou de golpe sobre a neve.

— Aqui está seu violino — resmungou sem fôlego. — Agora vá.

— Quer que eu vá embora? — perguntou Elke, incrédula.

— Sim. Será melhor.

A concertista não soube como reagir. Fitou Rainer perplexa, estirado aos seus pés, contraído em um desenho impossível, transformado em uma estrutura de gelo.

— Eu lhe disse para ir. Não me restam forças. Me deixe.

— Mas...

— Não me deve nada. Ao envolvê-la nisso, cometi o maior erro de minha vida. Fui um covarde. Tem todo o direito de me odiar, perdoe-me — sussurrou, com um fio de voz lânguido, imerso em um tremor incontrolável. — Chame a polícia. Tudo correrá bem para você.

Elke respirou profundamente. A alfinetada do frio a atanazava completamente. Tirando força da fraqueza, começou a caminhar. Depois de poucos metros parou e voltou para o lado de Rainer.

— Ouça bem. Não vou deixá-lo aqui. Não depois do que fez. Não quero que sua morte recaia sobre minha consciência. Vamos, levante-se! — ordenou. — Eu o ajudarei.

Rainer parecia mergulhar em uma profunda letargia. Elke compreendeu que o frio chegava até sua medula, que sua vontade intumescida optava por jogar a toalha, parava de lutar e cedia ao agasalho confortável da morte. Teve consciência de que apenas sua energia e poder de ação poderiam tirá-los dali. Ajoelhou-se e começou a desferir golpes contra todo seu corpo. Conforme ia batendo, percebia como seu próprio sangue começava a degelar e voltava a fluir devolvendo o calor a sua pele. Em um esforço supremo, conseguiu levantar Rainer e envolvê-lo no casaco.

— Maldito, levante! — gritou, usando a pouca força que lhe restava para erguê-lo. — Se não fizer pelo menos um pouco a sua parte não vou conseguir!

Heinz cambaleou ofuscado, incapaz de se manter erguido. Elke agarrou seu braço e o passou por seus ombros, encheu o peito de ar e convicção e começou a caminhar, arrastando-o, passo a passo, com a teimosia de um boi. Regressar pressupunha um esforço desmesurado. Precisaram de uma eternidade para percorrer pouco mais de 300 metros. Ambos desabaram, exaustos, ao alcançar a casa.

O crepitar da lenha seca e uma agradável sensação de calor despertou Rainer duas horas depois. Ao entreabrir os olhos, reconheceu Elke no meio da penumbra dourada que invadia a sala. Parecia dormir placidamente, afundada em uma poltrona, envolta em uma manta pesada, perto do fogo. Havia tirado as botas e repousava os pés em um banquinho.

Observou-a em silêncio, fascinado pelo imbricado jogo de luzes e sombras que as chamas criavam no rosto da mulher. Pela primeira vez pensou que era extraordinariamente bela.

— Você está melhor? — perguntou Elke, de improviso.

— Hein? Sim, um pouco melhor. Por um momento acreditei que você estava adormecida.

— Estou tentando dormir, mas não é fácil, a situação exige que o faça com um olho aberto. — ironizou. — Sinto muito, mas não posso, absolutamente, confiar em você, Sr.... Lang. Se não me lembro mal, me disse que esse era seu verdadeiro nome.

Eilert Lang assentiu, com um leve sorriso nos lábios.

— Entendo. Não a reprovo — respondeu em tom suave —, eu conquistei isso à força, hein, me diga, não me lembro quase de nada. Quem me vestiu este roupão?

— Imagine.

— Vou ter de lhe agradecer.

— Economize os agradecimentos. Estamos em paz.

— Chamou a polícia?

— Ainda não. Tudo em seu devido tempo.

— Acredite, não minto, não sei como reparar o dano que lhe fiz — acrescentou Eilert, lamentando. — Quando amanhecer, seguirei meu caminho. Não voltará a saber de mim.

Sobreveio um silêncio incômodo, logo quebrado por um assovio procedente da parte traseira da casa.

— O que é isso? — indagou ele, sobressaltado. Tentou se levantar.

— Isso é um bule. Não tema.

— Acendeu o fogo e fez café? Confesso, você é surpreendente.

— O comentário é quase um insulto. O que tem de estranho? — censurou Elke. Levantou-se e, descalça e sem abandonar a manta, se perdeu em direção à cozinha. Voltou com uma bandeja. Depositou-a em uma mesinha e se serviu.

— Não sabe que o açúcar faz muito mal? — observou Lang, mordaz, ao perceber que Elke vertia quatro colheres de açúcar em uma xícara.

— Temos que morrer de alguma coisa. Prefiro acabar diabética antes de repetir os acontecimentos desta noite — respondeu, com uma inflexão desabrida. — Aí está. Se lhe apetece, sirva-se você mesmo.

Eilert se ergueu no sofá, encheu sua xícara até a borda e a levou aos lábios. Ardia como uma benção.

— Espero que seu violino não tenha se estropiado — sussurrou entre um gole e outro.

— Não aconteceu nada. O estojo é hermético.

— Me alegra ouvir isso; não me perdoaria se lhe tivesse acontecido algo irreparável.

— Se tivesse acontecido algo irreparável com meu violino, Sr. Lang, você não estaria tomando café agora — garantiu Elke, sem se alterar, com o olhar cravado nas chamas. — Estaria morto. Não estou brincando nem um pouco. Eu o teria matado, mesmo que essa fosse a última coisa que fizesse nesta vida. Acredita?

— Sim, acredito. Sei o que digo. Tenho alguma experiência. Todas as pessoas são capazes de fazer coisas impensáveis quando se sentem acuadas, quando são empurradas para além do limite do tolerável — admitiu, com um halo turvo em seu olhar. — Se você aceitar essa hipótese, entenderá meu desespero. Passei seis anos vivendo acossado, fugindo, escondido em buracos infames, temendo que numa noite qualquer a porta se abrisse, no exato momento em que o sono ganhava a batalha, e que um punhal me atravessasse o coração. É curioso. Às vezes, inclusive, cheguei a desejar que isso acontecesse. Suponho que seria uma libertação. Ninguém pode suportar uma coisa dessas, sem exagero. Por isso atropelei aquele homem em Berlim. Juro a você que não me alterei ao fazê-lo. Mais, lhe confesso que tive prazer em acabar com sua vida. Eu lhe imploro para não me olhar deste jeito.

— Eu não olhei para você de modo algum.

— Sim, olhou. De soslaio. Durante um instante. Seus olhos disseram o que você pensa de mim.

— O que você leu em meus olhos?

— Que me considera um doente.

— Você é?

— Sim, sou. De uma loucura incurável. Seu nome é ódio.

— Me compadeço.

— Não quero sua compaixão. Pode ficar — afirmou Eilert Lang, displicente. O cansaço, ou melhor, a saturação, voltou a aparecer em seu semblante. — Só quero uma coisa, uma única coisa: que acredite em mim, que me ouça!

Elke Schultz deixou a xícara no banquinho, encolheu as pernas na poltrona e o fitou de frente. Suas feições, mergulhadas agora na penumbra, se intuíam distantes e inexpressivas.

— Acreditar, ouvi-lo? Por quê? Qual é o propósito dessa sua mudança de atitude? — interpelou, cética. — Nas últimas sete horas, você irrompeu em minha vida, me apontou uma arma, me sequestrou, ameaçou e colocou em perigo. Eu o vi incendiar uma casa e matar um homem. Estive a ponto de arrebentar a cabeça nas pedras e de perder uma coisa que conservei durante toda minha vida como uma relíquia. Qual é o motivo dessa necessidade de ser ouvido, compreendido? Procura minha aquiescência? Pode ficar certo de que não serei uma vítima da síndrome de Estocolmo. Ah, não, de jeito nenhum, pode esquecer!

— No rio...

— O que há com o rio?

— Ali eu compreendi, ao ver como você desabava, ao vê-la chorar, suplicar pelo violino. Entendi que, em minha demência, em minha angústia, estava me comportando como os miseráveis que me perseguem. Ninguém tem o direito de fazer uma coisa dessas; é melhor abandonar e se render. A vida não vale tanto.

Elke mergulhou em um longo silêncio, do qual saiu articulando uma proposta surpreendente.

— Vamos fazer um trato — anunciou, com voz pausada. — Vou lhe conceder algumas horas, Eilert Lang. As que restam até o amanhecer. Vou ouvir sua história. Não pense que vai ser simples me enganar. Tendo algumas dúvidas sobre você; dúvidas razoáveis, mas não tantas a ponto de baixar a guarda. E lhe direi o que acontecerá em seguida, se sua explicação não me convencer.

— O que acontecerá?

— Quando nascer o dia, saberei que decisão devo tomar — avisou Elke Schultz, mortalmente séria. — Será uma de três. Ou bem sairei desta casa, levando meu carro e esquecendo você, ou bem chamarei a polícia...

— Entendo — aceitou Eilert. — E qual é a terceira?

— É a pior de todas — concluiu a mulher. — Eu o matarei.

— Me matar? Minha automática está no bolso do casaco, pode pegá-la. Não tentarei detê-la. Interprete isso como um gesto de boa vontade. Preciso falar com alguém, me livrar deste peso, mesmo arriscando que não acredite em mim.

— Já tenho sua pistola, Sr. Lang. Está aqui comigo — revelou Elke, com um meio sorriso. Procurou entre as dobras da manta e a sopesou bem à vista. — Também estou com seu telefone e sua agenda.

— Sabe usar uma pistola? — ironizou ele.

— Posso tocar todas as sinfonias de Mahler de olhos fechados e sem partitura, sem errar uma única nota. Acha que não sou capaz de abrir a trava deste negócio e meter uma bala em seu cérebro? Desta distância não errarei. É só dizer à polícia que na luta lhe arrebatei a arma e ela disparou e tudo ficará resolvido.

— Você tem um caráter de demônio.

— É isso o que acha? Deveria me ver nos meus dias ruins — sentenciou ela, em tom áspero. — Bem, é suficiente, seu tempo começa a correr, não o desperdice.

Eilert Lang suspirou, resignado. Acomodou-se contra o encosto do sofá e dirigiu um olhar perdido a um canto do aposento, tentando traspassar a espessa bruma com que o tempo envolve tudo.

— A verdade é que não sei muito bem por onde começar — admitiu, aturdido.

— Como nas histórias, pelo começo — sugeriu ela, imperturbável. — Você sabe: era uma vez...

19

A CRUZ SOB A ANTÁRTICA — I

— Aconteceu em um dia 19 de setembro, há mais de seis anos — rememorou Lang. — Eu estava precisamente em Berlim nesse dia. Queria comprar alguns livros de biologia e visitar um companheiro de faculdade. Estávamos há muito tempo sem nos ver. Não foi um encontro muito feliz. Haviam lhe diagnosticado um câncer de pâncreas. Notei que estava perdendo cabelo e ele confessou. Estava dando início ao calvário da quimioterapia.

— Sei o que é isso. Um irmão da minha mãe morreu assim. Continue.

— Apesar de tudo, estava de bom humor. Fizemos um longo passeio até o Checkpoint Charlie, na Friedrichstrasse, você sabe, o lugar no qual, durante a Guerra Fria, americanos e russos trocavam espiões.

— Conheço.

— Nós dois gostávamos muito de filmes de espionagem, de romances de detetives, de cinema noir... — esclareceu Eilert, com um sorriso feliz. — Na época da universidade, passávamos a maior parte das tardes no cinema. Não sei como conseguimos concluir os estudos. Apesar de toda essa indolência, eu e ele fomos os primeiros da classe. Depois, a vida e o trabalho nos afastaram. Graças a meu pai, eu conseguira um trabalho no laboratório de uma importante indústria farmacêutica de Dortmund. Até tinha uma coisa muito parecida com uma namorada. De um modo geral, foi uma boa época da minha vida. Às vezes, voltava à Noruega no verão, à aldeia do meu pai, e me dedicava àquilo de que sempre mais gostei, o trabalho de campo.

— O que aconteceu nesse dia?

— Bem, nada especial. Walther, meu amigo se chamava Walther, morreu há algum tempo. Perguntou-me se eu tinha interesse em participar de uma expedição científica internacional. Devido ao seu estado, se via obrigado a recusar um convite que lhe haviam feito. Uma proposta extremamente tentadora. Envolvia muito dinheiro, e também prestígio.

— Uma expedição?

— Sim. A Millenium Research 2000, também conhecida, internamente, como Antartic Research — explicou Lang. — Atrás da iniciativa, estava um poderoso truste de indústrias farmacêuticas, europeias e norte-americanas, e subvenções de mais de uma dúzia de países, e também o beneplácito e o apoio de departamentos de meio ambiente de algumas organizações e instituições internacionais.

— Tudo soa muito sério — comentou Elke, em tom abúlico. Era evidente que o começo da história de Rainer não atendia muito bem a suas expectativas.

— De fato. Extremamente sério.

— Está falando de uma missão científica na Antártica?

— Sim. Exato.

— Qual era o objetivo dessa expedição?

— Você se interessa por biologia?

— A única biologia que me interessa é a que me afeta diretamente.

— Então é melhor que não me detenha nesse ponto, para não entediá-la — brincou Eilert, com descontração. — Experiências, medições, testes de laboratório em condições extremas, comportamento de células e micro-organismos e do habitat de algumas espécies, estudos da camada de ozônio, análises do gelo profundo... Todas essas coisas.

— Gelo profundo? O que é isso?

— A espessura média do gelo na Antártica é de 2 mil metros sobre a plataforma rochosa, em muitas regiões chega a 5 mil — afirmou o biólogo. — O gelo profundo é uma espécie de livro aberto. Medindo os níveis de deutério, um dos isótopos do hidrogênio, podemos saber como eram as condições atmosféricas aqui neste planeta há milhares de anos e o que aconteceu; é uma coisa tão confiável como os testes de carbono 4 o são para a datação.

— Fas-ci-nan-te — escandiu Elke.

— Não zombe. É quase tanto como dissecar as tripas de uma sinfonia de Mahler.

— Você aceitou?

— Sem hesitar. Estava há muito tempo vivendo como um rato, trancado em laboratórios da manhã à noite. Meu trabalho era reconhecido e havia recebido alguns prêmios importantes, mas eu precisava de uma mudança. Ar limpo. Pedi dois anos de licença e eles me concederam.

— E partiu para a Antártica com seu microscópio.

— Bem, assim como você está dizendo parece que a coisa consiste em sair à rua e pegar um ônibus. — Eilert Lang riu abertamente pela primeira vez. — Não. Não viajei ao Polo Sul de imediato. Passei dois meses conhecendo aqueles que seriam meus companheiros, em Tóquio e em Nova York. Também na Áustria, nos laboratórios da empresa Sandoz. A equipe foi formada lentamente. Uma coisa dessas não se improvisa da noite para o dia. É necessário definir um programa de trabalho; conjugar os interesses comerciais daqueles que investem dinheiro com o que realmente importa de um ponto de vista meramente científico, embora esses assuntos possam nem sempre ser rentáveis a curto prazo; definir que experiências vão ser realizadas; selecionar minuciosamente o material. Entre instrumentos, víveres, equipamentos, veículos e reboques, a Millenium Research 2000 arrastou mais de vinte toneladas ao se pôr em marcha.

— Quantos malucos integravam essa expedição?

Eilert voltou a rir. Era mais do que evidente que Elke tinha um senso de humor aguçado, uma encantadora propensão à ironia nascida de seu caráter descrente, altivo.

— Nove pessoas. Muito diferentes entre si, como costuma acontecer nestes casos. Recordo-me de todos, como se os estivesse vendo agora mesmo. Com alguns não travei grande amizade; com outros, curiosamente, me dei bem desde o primeiro momento. Especialmente com um francês da minha idade, ainda mais alto do que eu, um sujeito muito sarcástico chamado Stan Barets. Parecia um impressionista sob efeito de absinto — recordou o norueguês. — Carregava sempre uma cigarreira no bolso, não se separava nunca dela. Era um homem de poucas palavras, mas quando abria os lábios era demolidor.

Impossível não rir com ele. Durante as semanas que passei em Tóquio, pouco depois, cheguei a conhecer bastante bem Hatsuka, um pesquisador metódico e reservado, discreto de exasperar, muito protocolar. Você sabe como os japoneses podem ser formais. Amam o cerimonial acima de qualquer coisa. Quando nos apresentaram, passou a maior parte do primeiro dia me saudando. Olhava-me como se eu fosse uma eminência, Darwin ou Pasteur... Na realidade, era muito mais brilhante do que eu e o fiz saber disso quando, ao cabo de uns dias, aceitou compartilhar uma garrafa de saquê comigo.

— Você está pensando em me apresentar toda sua equipe? — interrompeu Elke, dirigindo um olhar entediado ao relógio. — São cinco da madrugada. E eu lhe dei um prazo inapelável.

— Tem razão. Mas há mais uma coisa que deveria saber antes que entremos naquele ônibus para a Antártica.

— O quê?

— Depois da minha estadia em Viena e Tóquio, quando os preparativos já estavam muito adiantados, tudo esteve prestes a ser cancelado. Eu havia voltado a Dortmund. Desfrutava umas semanas livres. A viagem estava programada para o final do ano, coincidindo com o início do verão antártico. Recebi um telefonema de uma das empresas que patrocinavam a Millenium Research 2000. Não foram muito explícitos. Fizeram-me saber que haviam surgido alguns problemas com os sócios norte-americanos, duas poderosas indústrias farmacêuticas, e que possivelmente o assunto seria adiado por algumas semanas, talvez um mês ou mais. Fiquei desencantado, mas, estando, como estava, de férias, resolvi aproveitar o tempo e passar alguns dias em Londres. Tenho ali alguns amigos. Dez dias mais tarde voltaram a me ligar. Disseram-me que devia voar imediatamente a Nova York, que toda a equipe fora convocada para lá. Enviaram-me uma passagem de primeira classe. Durante o voo me aconteceu uma coisa surpreendente.

— Morro de curiosidade.

— Sentou-se ao meu lado uma mulher muito atraente. De uns 33 ou 34 anos, distinta, muito inglesa. Cumprimentou-me, apertou o cinto e começou a ler *O apanhador no campo de centeio*, de Salinger.

— Conheço esse livro.

— Acredito. Não pude deixar de entabular uma conversa com ela. Observei que, ao chegar nos Estados Unidos, poderiam confiscá-lo. Nos anos 1990, foi uma obra bastante polêmica, rejeitada pelos setores mais conservadores. Pesam até algumas lendas sobre esse romance. Dizem que era o livro de cabeceira de Mark Chapman, o assassino de John Lennon. Fiz o comentário com ironia, pedindo desculpas por ter invadido sua intimidade. Ela riu prazerosamente. Disse que até na hipocrisia os norte-americanos acabam sendo ingênuos. Recordo que os chamou de *naïfs*. Passamos parte da viagem falando de literatura, cinema e mil outras coisas. Seu nome era Angela Brandley. É curioso, me contou que se divorciara recentemente, depois de cinco anos de casamento. Até me fez uma confissão ou outra bastante íntimas, bem, pelo menos foi assim que me pareceu naquele momento. Não estava flertando comigo, era, apenas, uma mulher franca. Não disse nem uma única palavra sobre seu trabalho, nem sobre os motivos que a levavam a Nova York. Também não me ocorreu lhe perguntar por esses assuntos.

— Isso tem alguma importância nesta história?

Eilert esboçou um sorriso forçado, taciturno.

— Você acredita em destino?

— Não muito.

— Ao aterrissar, depois de recolher as malas, quando já nos despedíamos, ouvi um homem pronunciar meu nome. Distingui-o entre as pessoas. Erguia uma folha de papel na qual haviam escrito, em traços fortes, Eilert Lang... e Angela Brandley!

— Não entendi.

— Aquela mulher era o novo membro da Millenium Research. Uma das maiores geólogas da Inglaterra. Havia se unido ao projeto no último momento, dois dias antes, substituindo outra pessoa. Tenho certeza de que o destino nos uniu; uniu-nos desde o próprio instante em que subimos naquele avião.

— Onde está essa mulher agora?

— Angela Brandley morreu na Antártica — disse o biólogo, com um fio de voz angustiado. — Descobrimos um segredo terrível e os dois pagamos caro por isso, muito caro.

Elke percebeu que os olhos de Eilert se umedeciam, que as lágrimas estavam prestes a brotar. Era evidente que ao chegar a esse ponto de seu relato fazia um esforço titânico de contenção, sepultando suas emoções do mais recôndito dos lugares.

— Sabe de uma coisa? Cheguei a me apaixonar perdidamente por essa mulher — confessou, depois de um significativo silêncio. — Em poucas horas. E tive certeza ao saber quem era e o que fazia em Nova York. Interiormente, havia aceitado que não voltaríamos a nos ver; fiquei me repetindo isso ao longo do voo. Meu coração deu um pulo quando vi seu nome escrito naquele papel e comecei a tremer como uma criança. Nunca lhe aconteceu algo assim?

— Não sei. Talvez, mas isso não importa agora. Não esqueça que é sua história, e não a minha, a que está em discussão.

— Por que tenho a sensação de que você é uma mulher extremamente fria?

— Porque talvez o seja, e nesta situação com mais motivo — cortou Elke, reconduzindo à conversa. — Se a memória não me falha, estávamos em Nova York, não é?

Eilert Lang assentiu.

— Sim, em Nova York. Ali nos esperava uma surpresa. Aconteceu algo imprevisto. Uma mudança de plano. Fomos apresentados a um cientista do Exército norte-americano, um coronel chamado Howard Rodby. Um sujeito desagradável, prepotente, de olhos esbugalhados. Levou-nos a umas dependências governamentais e anunciou que as instalações que deviam nos servir de base operacional no Polo Sul haviam mudado de lugar, por motivos de segurança. Uns 90 quilômetros a oeste do previsto. Recordo que a perplexidade foi geral. Não conseguíamos entender qual era o papel daquele militar no meio da nossa missão. Os objetivos da Millenium Research estavam centrados em uma região muito específica do continente... Você tem em mente o contorno da Antártica?

— Nem vagamente.

— Não importa. Recorde ligeiramente a cabeça de um triceratope, o animal pré-histórico. A ponta do nariz, a península de San Martín, aponta para a Terra do Fogo, e o crânio, o cocuruto, para o Atlântico Sul e a África do Sul — explicou Lang, desenhando com o indicador no ar. — Era este o lugar onde em princípio tínhamos previsto montar nosso acampamento; em uma região conhecida como Terra da Rainha

Maud, a Nova Suábia, um extenso território cuja soberania a Alemanha reivindicou durante a Segunda Guerra Mundial.

— A que esse tal de Rodby se referia ao mencionar motivos de segurança? — indagou Elke. — Medo de que pudessem perturbar o acasalamento de ursos polares?

O norueguês não conseguiu evitar começar a rir diante da observação.

— Não há ursos no Polo Sul, Elke. A besta mais feroz é o pinguim — comentou, segurando o riso. — Rodby alegou, de modo muito convincente, que uma série de movimentos sísmicos abrira grandes fendas na região de Nova Suábia; fraturas e cavernas ocultas sob o gelo. Anunciou que nos instalaríamos em uma velha estação norte-americana, a base de Wichita, fora da área de risco. As empresas patrocinadoras e os organismos oficiais que davam respaldo à missão aceitaram a mudança sem reservas. Não tinha sentido, portanto, que nos opuséssemos à medida.

— Me parece extremamente intrigante — confessou a violinista.

— E era. De fato, se tratava de uma manobra destinada a nos afastar daquela parte da Antártica, mas não tínhamos nenhuma maneira de sabê-lo.

— Quando vocês e seus companheiros chegaram a essa base?

— Duas semanas depois. Saímos de Buenos Aires, onde estava armazenado todo o material, a bordo de um navio quebra-gelo. A base de Wichita dispõe de um pequeno aeródromo, mas o mau tempo reinante, apesar de estarmos no começo do verão antártico, fez com que viajássemos por mar, com todos os contêineres e cargas. Atravessamos a grande barreira de gelo fragmentado que é o mar de Weddell e desembarcamos perto de Belgrano, uma pequena estação meteorológica argentina. Ali nos esperavam uma dúzia de cientistas norte-americanos, preparados para carregar em esteiras e reboques todo nosso equipamento. Essa operação levou dias. Quando o terceiro despontou, partimos para Wichita. Ficava a umas vinte horas em direção a lugar nenhum.

— Em direção a nenhum lugar? O que isso significa?

— A base de Wichita fica no interior da cabeça do triceratope, a 75° de latitude sul e uns 11° de longitude oeste, mas não aparece nos mapas. Não consta que ali exista algum posto. São muitas as estações permanentes no Polo Sul, quase todas localizadas na costa, mantidas por países que reclamam direitos históricos sobre esses territórios, fatias do bolo que é esse continente.

— Não estou conseguindo entendê-lo.

— Quando lhe perguntamos por esse detalhe, Rodby nos explicou que essa era uma velha base, construída no começo dos anos cinquenta, ativa no passado, mas mal mantida na atualidade. As instalações, como pudemos constatar ao chegar, eram excelentes, de jeito nenhum a ruína que imagináramos encontrar. Cinco grandes galpões centrais, dispostos nos vértices de um pentágono imaginário, conectados entre si, cercados por um emaranhado de pequenas edificações, hangares e armazéns, protegidos por uma cadeia de montanhas e gelo ao noroeste.

— Sua história está me destemperando. Começo a sentir frio outra vez — disse bruscamente Elke, revolvendo-se na poltrona. — Acho que o dono desta casa é um alcoólatra sem-vergonha. Vou beber um uísque. Quer um?

— Hein? Sim, obrigado — aceitou Eilert. — Não como nada há horas, meu estômago está rugindo, mas acho que me reconfortará.

— Se está com fome, vi algumas latas no armário da cozinha. Atum, aspargos e um pacote de torradas, embora tema que estejam rançosas. Você verá.

— Agradeço, mas não. Odeio atum.

— Aqui há de tudo. Malte puro, *blended* ou *bourbon*?

— Malte, por favor. Você é um poço sem fundo. Surpreende-me que seja capaz de distinguir um uísque de outro.

— E a mim que você seja tão machista.

— Deve me perdoar. Sou um desajeitado. Faz muito tempo que não me relaciono com mulheres.

— Está vendo? Sempre é preciso agradecer aos céus por alguma coisa! — murmurou Elke, com uma inflexão displicente, ao mesmo tempo em que servia copos curtos, de boca larga. Estendeu um a Lang e, antes de voltar a se recolher na poltrona, avivou o fogo acrescentando lenha miúda. Feito isso, ficou fitando fixamente o narrador, com semblante grave. Sem dizer palavra, fez com que percebesse que estava disposta a continuar ouvindo.

Uma fugaz chispa de ironia brotou nos olhos de Eilert Lang.

— Acho que trocamos de papel — murmurou, divertido.

— A que se refere?

— Não me pergunte o motivo, mas passou por minha cabeça a imagem de Sherazade entretendo o sultão com suas histórias, tentando ganhar mais uma noite.

— Está querendo dizer com isso que deveria ser o contrário?

— Não, era apenas uma imagem. Não tem importância. Esqueça.

— Faça o que quiser, mas eu, no seu lugar, me concentraria no que importa — recomendou Elke, dirigindo um olhar enviesado ao seu relógio. — Seis da manhã. Amanhecerá em menos de duas horas. Estávamos na base de Wichita: num frio do caralho.

— Sim. Um frio intenso. Apesar de não existir noite durante o verão antártico, o sol, a luz intensa, é um castigo do qual não se pode escapar — evocou Lang, retomando o relato. — Recordo que Hatsuka, o japonês, sempre tinha seu fino bigodinho preto coberto de cristais, cheio de uma multidão de diminutos fragmentos de gelo. E que Barets, o francês, desaparecia com frequência, para logo voltar com o cantil cheio. Não aconteceu nada nos primeiros dias. Eu me sentia realmente feliz. Sempre encontrava uma desculpa para ajudar Angela em seus trabalhos. E acho que ela fazia o mesmo. De forma tácita procurávamos um ao outro. Isso provocou mais de uma piada, brincadeiras feitas durante o jantar, daquelas que levam você a enrubescer.

— Amor abaixo de zero — observou Elke, com um meio sorriso nos lábios.

— Bem, não exatamente amor. Era uma franca e mútua simpatia, que poderia terminar em muito ou em nada. Você está com a minha agenda?

— Sim.

— Veja lá no fim. Há um amontoado de papéis soltos. Guardo uma foto Polaroid tirada por Stan Barets. É a única recordação que conservo dela — disse Eilert. — Também encontrará um recorte do *New York Times*. Demos uma entrevista coletiva dois dias antes de partir para Buenos Aires.

Elke pegou a grossa agenda. Não demorou a encontrar a imagem. Heinz Rainer, ou melhor, Eilert Lang, corado e sorridente, coberto por uma manta grossa, abraçava uma mulher miúda, de olhos vivos e traços agradáveis, diante de um horizonte branco e desolado, recortado sobre o intenso azul do céu.

— É... Era uma mulher muito atraente — observou Elke. A violinista suspirou profundamente. Aquela imagem era muito mais perturbadora do que tudo o que Lang contara até aquele momento. E não havia dúvida de que a página arrancada do jornal era autêntica.

— Muito. Uma pessoa encantadora, uma mistura explosiva de timidez e ousadia.

— O que aconteceu?

— Tal como lhe disse, não muita coisa durante alguns dias. Nós, os membros da Millenium Research, estávamos concentrados em nosso trabalho enquanto Rodby e os seus levavam uma vida à parte. Entendemos, desde o primeiro momento, que não estavam dispostos a se misturar com a gente nem a confraternizar em excesso. Em muitas ocasiões nos encontramos no módulo que servia de refeitório, na central de comunicação ou nos hangares onde eram guardados as motocicletas de neve e o material, mas na maior parte do tempo levávamos vidas separadas. Mostravam-se sempre amáveis, embora extremamente reservados. Stan Barets foi o primeiro a detectar certas anomalias.

— De que tipo?

— Recordo que uma manhã veio até onde eu estava trabalhando. Ofereceu-me um trago de vodca. Bebia vodca com frequência, dizia que era a aguardente ideal naquela latitude, e sussurrou no meu ouvido algumas palavras que jamais esqueci.

— O que lhe disse?

— Tocou no meu ombro e, com seu proverbial sarcasmo, me alfinetou: "Eilert, eu juro que não estou bêbado, mas acredite se eu lhe disser que aqui há um pinguim trancafiado."

Elke Schultz sorriu abertamente pela primeira vez.

— E havia?

— Sim. Barets me fez reparar em alguns detalhes reveladores. Era um analista de primeira, muito observador. Compreendi que tanto Rodby como o resto da equipe norte-americana enviada a Wichita tinham alguma coisa nas mãos; não eram cientistas, isso nos parecia claro; nunca os víamos envolvidos em medições, testes e experiências; o laboratório da base era um lugar bagunçado, desprovido de materiais básicos, indispensáveis; mas o mais significativo era que sempre andavam, desde cedo até a noite, armados. Todos, sem exceção, carregavam uma pistola na cintura. Dissimulada sob os casacões e a roupa. Eram militares, Elke. E, apesar de sua aparente despreocupação, não tiravam os olhos de cima da gente.

— Conseguiram averiguar o verdadeiro motivo de sua presença naquelas paragens remotas?

Eilert Lang manteve um silêncio prolongado e dramático.

— Sim, aquele destacamento estava ali para proteger a maior mentira da história... — confessou, circunspecto e sem rodeios.

— Não levei muito tempo para saber. Embora, por desgraça, muito tarde. Logo você entenderá, permita-me continuar com os fatos. Não quero que amanheça sem ter terminado. Não desejo lhe dar motivos para disparar aquela bala que me prometeu.

Elke abaixou os olhos. Seus dedos acariciaram, sob a manta, a coronha da arma.

— Prossiga.

— Apesar do fato de que a partir desse momento brincar com as conjecturas tivesse se tornado uma diversão, levamos adiante o programa previsto. Uma tarde encontrei Angela esquadrinhando o horizonte com um potente binóculo. Examinava o contraforte de um maciço montanhoso, ao noroeste da base de Wichita, que nascia às nossas costas e corria margeando a costa. Estendeu-me o binóculo e apontou um ponto afastado dessa cordilheira. Ao enfocar, reconheci uma imensa geleira. Uma língua de gelo impressionante, belíssima, milenar. Parecia arder, devorada pelo sol.

★ ★ ★

— Daria qualquer coisa para ver essa maravilha de perto — afirmou Angela sem me olhar. — Não recordo ter contemplado em toda minha vida nada semelhante. Nem mesmo no Himalaia. É absolutamente majestoso.

— É mesmo. Parece o Valhala, resplandecendo muito além da vida.

— O Valhala?

— O santuário de Odin, em Asgard, a morada das quinhentas e quarenta portas, o palácio dos heróis, onde corre o hidromel e uivam os chacais.

— Isso é mitologia nórdica, não é?

— De fato. Muito nórdica.

— Estava pensando, Eilert, que talvez pudéssemos nos aproximar discretamente dessa geleira, por nossa conta, em segredo.

Estalei os lábios em claro sinal de reprovação.

— Talvez não seja uma ideia muito feliz, Angela. Recorde que Rodby nos deixou muito claro que não devemos penetrar nessa região, acima dos 74° de latitude sul, sob nenhum pretexto — argumentei. — Se nos precipitarmos por um sial,★ não teremos qualquer esperança de ser resgatados com vida.

★Camada superior da crosta terrestre, de 50 a 100 quilômetros de espessura, formada sobretudo de rochas de natureza granítica ricas em silício e alumínio. (N. do T.)

Ela se virou para mim, jogou para trás o capuz de pele de seu grosso capote, e sorriu, com deliciosa e encantadora picardia.

— Aposto o que você quiser, Eilert Lang, que há mais fendas no teto da minha casa de Londres do que nessa planície — afirmou, com um esgar de descrença nos lábios. — Não temos nenhuma forma de conhecer os motivos dessa proibição, mas eu lhe garanto que os argumentos não são verdadeiros. Antes de sair de Nova York, conversei com um bom amigo do instituto sismográfico. Só pôde me dizer que eles não têm nenhuma informação sobre movimentos tectônicos nesta parte do mundo nos últimos quarenta anos.

— E então?

— E então é mais outra mentira. E nós dois vamos percorrer essa região, com as motos, depois de amanhã.

★ ★ ★

— E o fizeram? — perguntou Elke.

— Sim. Angela era uma mulher muito persuasiva. E também muito teimosa. Não consegui tirar a ideia de sua cabeça — explicou Lang. — No dia seguinte, comunicou a Rodby que tinha um grande interesse em descer um par de graus em direção ao sul e estudar uma depressão que existe nessa região. Eu estava convencido de que aquele bastardo não daria permissão. Para minha surpresa, não colocou nenhuma dificuldade. Saímos às sete da manhã, em duas motos de neve muito seguras e estáveis, providas de um pequeno contêiner na parte traseira. Quando estávamos suficientemente longe, a uns 7 quilômetros de Wichita, desviamos em direção a Nova Suábia, ao norte, fazendo um grande círculo.

— E constataram que a existência de siais ocultos era uma mentira — pressupôs Elke.

— Sim, correto. De qualquer maneira, lhe asseguro que não estava tranquilo. Fiquei tenso durante toda a viagem. Mais de duas horas. Cada vez que parávamos, Angela zombava de mim. Dizia que eu era covarde, que me faltava ousadia.

— E o que encontraram nessa maravilhosa geleira? O Valhala?

— Gelo. Um bilhão de toneladas de gelo descendo como uma língua de prata entre as vertentes da cordilheira. Nada fora do normal. Ajustamos os pitons, aqueles ganchos usados pelos alpinistas, nas botas, subimos uns 600 metros e tiramos fotografias. Na descida, levei uma bela queda. Escorreguei e caí rolando como uma pedra, aos tombos. Por sorte tinha desenganchado a corda que me unia a Angela e não a arrastei comigo. Tenho rememorado mil vezes o que aconteceu então, como se fosse uma cena de um filme que se revisa fotograma a fotograma em uma moviola.

★ ★ ★

Quando conseguiu descer, Angela correu até onde eu estava. Chegou assustada, temendo que tivesse quebrado o pescoço. A verdade é que eu ainda não tinha plena consciência do que me doía ou não. Estava realmente aturdido, mareado.

— Eilert, você está bem? Que susto, meu Deus! Não se mexa, pode ter quebrado alguma coisa! — recomendou, alterada.

— Não sei, acho que não, essa roupa toda serviu para amortecer a batida — gaguejei.

— Nem pense em se levantar, fique quieto, voltarei em um minuto.

Voltou com uma manta isotérmica, um travesseiro e uma pequena farmácia.

— Você acha que vai poder usar a moto? — perguntou, enquanto me agasalhava. — Se achar que não é capaz, voltaremos na minha. Daremos qualquer desculpa. Rodby não vai suspeitar.

— Não, está tudo bem, se acalme. Acho que estou inteiro. Só sinto uma dor intensa na região lombar. Aqui, ai, maldita!

— Respire fundo. Prometo que, ao chegar em Wichita, lhe farei uma massagem que o deixará novo em folha — afirmou, sorrindo, inclinando-se sobre meu rosto.

— Uma massagem? — murmurei, com expressão lasciva.

— Se fizer isso, serei capaz de desabar de todas as geleiras que aparecerem na minha frente.

— Vamos, não exagere.

Não sei como resolvi, naquela situação, beijá-la. Sou um pouco tímido, mas entendi que aquele era o momento. O único possível. Enfiei meus dedos em seus cabelos, envolvi seu pescoço e puxei-a lentamente para os meus lábios. Percebi que não resistia.

No último instante, seus olhos se desviaram dos meus. Notei que dirigia seu olhar a uma coisa mais além, a um ponto indeterminado à minha esquerda.

— O que aconteceu? — perguntei, confuso. — Está tudo bem?

— Mas... Mas o que é isso? — balbuciou. — Virgem Santa, Eilert! O que é isso? Olhe, olhe ali?

Consegui me recostar e dirigi um olhar enviesado ao lugar que ela apontava. Tive a impressão de distinguir um enxame de sombras sob o gelo, difusas, disformes.

Olhei Angela de frente, esperando uma explicação. Havia ficado em pé. Recuava com o terror estampado no rosto. Seus olhos, tomados por um fulgor irracional, varriam o terreno ao nosso redor. Voltou até onde eu estava, horrorizada, me pegou pelas mãos e sem contemplações me puxou até eu me levantar. Um segundo depois, deu um berro pavoroso e escondeu o rosto no meu peito.

Nesse momento os vi. Vi todos eles. Incontáveis.

Estavam em todos os lugares.

O olhar terrível de uma legião de espectros parecia me chamar das profundidades. Seus dedos crispados lutavam para quebrar a gélida pedra que selava suas tumbas. Afastei-me de Angela e caminhei, trêmulo, sobre a contraída distorção que eram seus corpos; incapaz de pensar; tomando consciência de que um pesadelo infernal, uma brincadeira macabra, irrompera em nossas vidas.

Disposta a ficar...

★ ★ ★

Ao longo das horas seguintes, Elke Schultz, alterada e sem fôlego, ouviu o arrepiante relato do biólogo. Quando terminou, fizera a mais estranha e perturbadora das viagens possíveis, percorrendo a distância intermediária entre a incredulidade e a fé. Envolta na manta, foi à planície gelada que se estendia nos fundos da casa, depois do jardim. Com as primeiras luzes do dia, entendeu que não poderia fugir de uma revelação daquelas;

que ninguém poderia inventar semelhante história, e que, de algum modo, por capricho do azar ou ditame do destino, seu caminho e o daquele homem haviam se entrelaçado indefectivelmente, como acontecera seis anos antes, quando Eilert Lang e Angela Brandley descobriram o horror que se ocultava sob o gelo eterno de Nova Suábia.

20

TOUJOURS LA VOYAGE

— Não demorarei muito. Será questão de minutos. Espere na esquina, onde poderá estacionar sem problemas — aconselhou Simon Darden, com voz alterada. A falta de sono se refletia em seu rosto.

— Não se preocupe. A esta hora há pouco trânsito. Estou bem aqui. Use o tempo que precisar — tranquilizou-o John Stewart, acendendo um cigarro.

O jornalista desceu do carro, levantou a gola da gabardina e tocou a campainha daquela que havia sido sua casa durante anos, um edifício antigo ocupado por dois únicos vizinhos, ao norte de Londres. Olhou o relógio. Seis e meia da manhã.

— Sim? Quem é? — perguntou logo uma voz sonolenta.

— Claudia, sou eu, Simon, abra.

— O que está fazendo aqui numa hora dessas?

— Preciso falar com você, abra, me deixe subir.

— O que aconteceu? — indagou a mulher, inquieta, quando apareceu um momento depois no vestíbulo.

— Nada grave, se acalme. Posso entrar?

— É imprescindível?
— É.
A mulher abriu a porta, com expressão irritada. Olhou-se ao passar pelo espelho do vestíbulo, ajeitou seus cabelos desgrenhados e acompanhou Simon até a sala da casa.
— Você vai dizer... — disse, cruzando os braços.
— Ouça, Claudia, estarei ausente dois ou três dias, não sei exatamente quanto tempo — anunciou o chefe da Internacional do *Guardian*.
— E aonde vai?
— A Paris.
— Ah, sim, a Paris! A trabalho?
— Sim, digamos que sim. Embora seja um trabalho um tanto especial.
— O que você quer dizer com especial?
— Um assunto feio, um tanto inquietante — confessou Simon, sem rodeios.
— Você se meteu em alguma confusão? Não me assuste!
— Espero que não. Confie em mim. De qualquer maneira, ficarei mais tranquilo se, durante esta semana, você e Brian se instalarem no estúdio de John. Recebi um bilhete anônimo, Claudia. Uma ameaça.
— Ameaça? Você perdeu o juízo, Simon? Quer que a gente se meta no estúdio de John? O que você tem nas mãos, alguma coisa ligada a drogas, terrorismo? — interpelou ela, nervosa.
— Por favor, não levante a voz. Vai acordar o Brian.
— Tanto melhor. Assim ficará sabendo o quanto seu pai pode ser irresponsável.
— Claudia, faça o favor de se acalmar. Não acontecerá nada de ruim. John vai estar com vocês. Ele se encarregará de acompanhar Brian até a escola e de pegá-lo à tarde.

— Se você não me explicar a razão de tudo isso, nem sonhando.

Simon Darden respirou profundamente. Compreendeu que só uma mentira poderia tirá-lo do atoleiro.

— Política, como de costume. Estou trabalhando em uma reportagem investigativa. Você já sabe, a habitual compra de consciências por parte de Downing Street; concessões de títulos nobiliárquicos e favores em troca de apoio no Parlamento. E também assuntos turvos relativos ao apoio de Blair a Bush no caso do Iraque. Se tudo isso vier à tona, o primeiro-ministro não terá tempo nem para tomar dois cafés.

— Tá. Entendo... E você recebeu ameaças do governo? O que eu e seu filho temos a ver com tudo isso?

— Nada. Simplesmente não quero que fiquem sozinhos nos próximos dias. Ontem à noite conversei com Roger Alton, o editor-chefe do jornal. Está por dentro de tudo. Providenciará qualquer coisa de que vocês possam precisar. Qualquer coisa você entende?

— Está bem. Como quiser — aceitou Claudia, de má vontade —, mas grave bem o que vou lhe dizer, Simon: se acontecer algo com a gente por sua culpa, farei com que você não volte a ver seu filho nunca mais. Você me conhece. Sabe que eu nunca brinco.

— Sei, sim. Talvez por isso tenhamos terminado — sentenciou Simon, dirigindo-se à saída. Parou e entreabriu uma porta. Brian dormia prazerosamente.

— Dê-lhe um beijo que mandei. Você vai fazer isso, não é mesmo? — sussurrou no último momento.

John continuava estacionado diante da casa, com o motor ligado. Dirigiu um sorriso afável ao amigo quando percebeu sua expressão contrariada.

— Difícil, hein?

— Claudia sempre foi uma pessoa desabrida. Um caráter infernal. Você a conhece bem. Tive de inventar uma mentira para que ficasse mais tranquila.

— Não se preocupe. Não me afastarei deles nem por um instante.

— Obrigado. Mil vezes obrigado. É possível que você tenha de se instalar aqui. Não creio que Claudia vá querer sair de casa.

— Não importa. Daqui a pouco ligo para ela — Stewart estalou os lábios em sinal de contrariedade. — A única coisa que lamento é não poder acompanhá-lo. Você não sabe como me chateia perder uma coisa dessas.

— Não confio em ninguém mais do que em você. É meu melhor amigo — murmurou Darden, dando um leve empurrão no fotógrafo. — É melhor eu dirigir, não é? Onde quer que o deixe?

— Deixe-me perto da redação. Vou tomar o café da manhã no Quality Chop House — resolveu John. — Às oito ligarei para a Claudia e passarei para pegar o Brian de táxi.

— Muito bem. Fico muito tranquilo sabendo que você vai estar com eles.

Trocaram de assento. Darden cruzou a cidade em direção à Farrington Road com os semáforos abertos. As ruas mal despertavam.

— A primeira arranha um pouco — constatou o jornalista.

— Sim. Nada importante. Pise fundo na embreagem. Desde ontem venho notando que o pneu dianteiro, o da direita, está um pouco baixo. Cheque a pressão.

— Entendido.

— Mais uma coisa. Você vai encontrar uma bolsa no porta-malas. Vou deixar uma das minhas câmeras com você, a Nikon digital. É excelente. Não se preocupe com a luz. Basta disparar.

Simon sorriu.

— Vou mais armado do que você imagina.

— Se conseguir que o homem coloque o assunto em suas mãos, você vai virar o jornalista mais famoso de todos os tempos, seu filho da puta.

— Eilert, se chama Eilert Lang.

— Eilert? Como você descobriu?

— A chave está na Antártica, John — afirmou Darden, concentrado na direção. — Todas as pistas apontam nesse sentido. A fortaleza inexpugnável anunciada por Dönitz, em algum lugar remoto, no outro lado do mundo; a Operação Highjump do almirante Byrd; a fotografia do aniversário do Führer... Recordo que, em sua primeira ligação, Eilert me disse que a foto havia sido tirada no único lugar que não aparece na bandeira das Nações Unidas.

— A Antártica não aparece na bandeira da ONU?

— Não.

— Por quê?

— Como você quer que eu saiba? Não tenho a menor ideia! — exclamou o jornalista, encolhendo os ombros. — Mas é assim. A silhueta do Polo Sul foi eliminada.

— Parece estranho.

— Talvez isso se deva à perspectiva do desenho, vá saber. O fato é que estive procurando nas edições digitais do *New York Times*, do *Washington Post* e do *Guardian* — prosseguiu Darden. — E encontrei várias notícias sobre uma expedição científica ao Polo Sul, a Millenium Research. Partiram em meados de dezembro do ano de 2000. E não voltaram. A informação não é muito explícita. Menciona de forma sucinta um acidente. Um sial, uma avalanche, algo do gênero. Parece que não conseguiram recuperar todos os corpos. Puseram rapidamente uma pá de cal no assunto. Nunca mais se soube nada a respeito desse homem, Eilert Lang, um norueguês. Foi dado como morto.

— Talvez você esteja enganado.

— Não sei. Logo veremos. Heinz Rainer fala um inglês impecável, mas tem sotaque alemão, ou nórdico, de qualquer maneira um tanto gutural. E garantiu ter driblado a morte há seis anos. Usou essa expressão: driblar a morte. Creio que coincide no tempo.

Simon acionou o pisca-pisca e parou o carro diante do Quality Chop House. Reconheceu alguns redatores do turno da noite. Conversavam animados em volta de uma mesa.

— Um café antes de partir?

— Não, John. Quero chegar ao túnel do Canal o quanto antes. Ligarei assim que chegar à França, por volta do meio da manhã.

— Muito bem. Faça-me um favor... — pediu o fotógrafo, enfiando a cabeça no carro.

— O que você quiser.

— Se cuide, rapaz. Só isso.

— Prometo. Se tudo correr bem, vamos passar umas férias em sua casa na fronteira com o Canadá. Vamos caçar com arco e flecha, como três anos atrás, está lembrado?

John Stewart assentiu, rindo. Deslizou os dedos pelas maçãs de seu rosto como se aplicasse pinturas de guerra.

— Brincaremos de índio, para variar — afirmou, divertindo-se. — Você está levando alguns discos no porta-luvas: Velvet Underground, Neil Young, Nick Drake... E, como sempre, Kevin Ayers.

— Portanto, *Toujours le voyage*...

— Ayers diz *Toujours la voyage*, Simon.

O jornalista pisou fundo no acelerador em direção ao Eurotúnel de Folkestone, enquanto a voz bela e inquietante de John Cale em *Antarctica starts here* parecia convidar a morte a participar da viagem.

21

PARIS DEPOIS DA CHUVA

Ewald Fleischer estalou os lábios, contrariado, e olhou para o céu. A tormenta abrandava, embora muito tarde para ele. Havia se empapado dos pés à cabeça em poucos minutos, o tempo que usara para localizar um quiosque e comprar um guia de Paris. Deu vários pontapés secos no ar, sacudindo as grossas gotas de água de seus sapatos pretos de cadarço, e driblou as poças, voltando à praça de Saint-Germain-de-Prés.

Günter Baum estava comodamente instalado na parte interna do Les Deux Magots. Balançava com calma uma xícara de café fumegante, absorto na decoração kitsch do lugar.

— O aguaceiro pegou você? — perguntou, indiferente.

— Sim, merda, sim... Estou um nojo!

— Encontrou um bom guia?

Fleischer assentiu. Dobrou o casaco sobre o espaldar de uma cadeira próxima e desdobrou as várias seções do guia sobre a mesa. Perdeu-se na intrincada rede viária da cidade, entrecerrando os olhos. Não demorou em deter o indicador em um ponto à direita da Torre Eiffel.

— Aqui está. Rue de Vaugirard, perto da estação de Montparnasse. A clínica geriátrica fica aqui, no número 17.

— Perfeito. À tarde faremos uma visita cordial a Martin Höpfner.

— Quer saber? Eu me pergunto se é realmente necessário fazer o que estamos fazendo — murmurou Ewald, abúlico, como se estivesse pensando em voz alta. — Não posso deixar de sentir um pouco de pena, inclusive raiva. Um ariano castiço não merece acabar desse jeito.

— Você está questionando as ordens da Thule? — perguntou Baum, impávido.

— Não. Não é isso, mas são pessoas velhas, à beira dos noventa anos. Com um pé na cova. Não creio que estejam dispostas a ficar contando histórias.

— Eu lhe garanto que Färber e Gottlieb estavam bem lúcidos e loquazes.

— Talvez Martin Höpfner seja um mero vegetal. Está com 91 anos, Günter. Quase 92 — comentou Fleischer, incomodado. Levantou a mão, chamando a atenção do garçom. Pediu uma xícara de café, apontando a que estava sobre a mesa, e voltou ao assunto. — Talvez a essas alturas o Alzheimer tenha deixado seu cérebro mais liso do que uma bola de bilhar, não é mesmo? Qual é o sentido de matá-lo nessas condições?

— Talvez nenhum, embora isso não mude nada. É melhor você esquecer — ordenou Günter, com um gesto rude. — Ordens não se discutem. Além do mais, vou lhe dizer uma coisa, preste bem atenção...

— O que é?

— Eilert Lang ligou várias vezes para esses dois. Por sorte, não conseguiu nada, mas tentou por todos os meios obter informações, comprar seus testemunhos.

— Como você descobriu isso? Eles lhe disseram antes de morrer?

— Conheço uma pessoa do Escritório Federal de Investigação Criminal.

— Do BKA?

— Sim. Ouça: checaram todas as chamadas feitas para os números de Färber e Gottlieb nas últimas semanas. Eilert as fez do telefone de seu apartamento de Berlim. Não sei como, diabos, conseguiu a relação dos *atores* de Shangri-la, mas o certo é que conhece a identidade de todos eles.

— Uma grande chateação — concordou Fleischer, inspirando o café. — Precisamos dar um jeito nesse intrometido o quanto antes. Estou louco por terminar este trabalho. Não gosto dele.

— Calma. É questão de mais alguns dias. Estou convencido de que não demoraremos a encontrá-lo — apostou Baum. — Este filho da puta segue nossos passos. É só uma questão de esperá-lo.

— E o que há a respeito do jornalista, aquele, o inglês?

— Darden.

— Sim, Darden.

— Mostrará a fuça em breve. Tenho certeza. Apesar das advertências, não conseguirá resistir à tentação. Pior para ele — concluiu Baum.

— O que acontecerá se a polícia capturar Lang antes que o encontremos? — interpelou Ewald, inquieto. — Você viu os jornais? Foi emitida uma ordem internacional de prisão. O desenho de seu rosto e a foto da concertista estão em quase todos os lugares.

— Se for assim, economizaremos uma bala — afirmou Günter, com ironia. — Sabe quanto tempo Eilert duraria nas mãos do BKA? Os braços da Thule são muito longos...

— Sim. Parece que a sorte o acompanha. Esse sujeito é mais escorregadio do que uma enguia. Escapou de você, quer dizer, de nós, três vezes.

— Escapou de mim; não conserte — assumiu Günter, acendendo um cigarro.

— O que aconteceu na Síria?

— A Ultima Thule foi avisada de que um desconhecido tinha certos documentos, informações muito perigosas para a organização. Eilert Lang estava negociando a entrega desses papéis ao cônsul norte-americano em Damasco. Isso foi há quase cinco anos. Em troca, pedia proteção. Acho que estava muito assustado. Tinha consciência do que tinha em seu poder.

— A que tipo de informação você se refere?

— Eilert possui, entre muitos outros papéis, a relação completa dos *lebensborn* evacuados ao final da guerra. Mais de oito mil nomes. É evidente que a conseguiu na Base 211, na Nova Suábia, quando os americanos o deram por morto — explicou Baum, exalando uma espessa baforada de fumaça. — Você sabe muito bem como foi levada a cabo essa complexa operação, resultado de muitos anos de trabalho discreto. Seu pai cresceu na Argentina, não é? O meu, no Chile. Depois, conforme estava previsto, foram passados à custódia de famílias de confiança. Assim foi feito em todos os casos. Eilert ofereceu ao cônsul americano uma parte dessa lista, aquela que se referia à identidade atual e ao paradeiro dos primeiros 1.500 *lebensborn*. As letras a, b e c do alfabeto. Meu pai, Baum, estava nessa lista.

— Entendo. Como conseguiu fugir?

— Custou-me encontrá-lo. Lang se escondia como uma serpente. Negociava com a embaixada através de terceiros, nunca usava duas vezes o mesmo canal. De fato, ninguém nunca vira seu rosto, daí que desconhecêssemos por completo sua identidade naqueles dias. Ir se esconder precisamente na Síria, um de nossos santuários, já foi por si só uma ousadia. Uma manhã segui um velho que entregara um envelope ao secretário do embaixador. Dirigiu-se ao setor das especiarias, na parte velha da cidade. Vi-o sussurrar algumas palavras ao ouvido de um jovem que parecia esperá-lo. Saiu correndo. Ele me guiou, sem saber, ao esconderijo de Eilert Lang; uma pocilga no final de um beco estreito. Quando a noite caiu, me enfiei na casa. Paguei caro por minha estupidez. Lang montara um sistema de alarme, primitivo, mas muito eficiente. E tinha preparado a fuga. Esvaziou o pente de sua pistola. Quase me matou.

— Se esfumou...

— Ficamos dois anos sem saber nada dele. Reapareceu em Budapeste. Desta vez havia entrado em contato com um jornalista.

— Conheço essa parte da história. Voltou a escapar.

— Sim, mas recuperamos a informação. E eliminamos a testemunha. Em sua fuga, Lang eliminou um dos nossos. Esse biólogo é um cara perigoso.

Fleischer terminou o café e consultou o relógio, impaciente.

— O que vamos fazer agora?

— Ainda é cedo. Daremos um passeio. Onde você deixou o carro?

— Algumas ruas adiante. Esta cidade é impossível.

— O que está acontecendo com Lutz? Ficou no hotel?

— Matthias tomou o café da manhã comigo, às oito, e disse para ligarmos. Deixei-o em um *peep show*. Estava carregado de moedas.

Os lábios finos de Baum se contraíram em uma careta de nojo. Esmagou o cigarro no cinzeiro.

— Maldito punheteiro. A morte o encontrará sem dúvida com o pau na mão! — resmungou o matador da Thule. — Ande, pague a conta e vamos.

Saíram do Les Deux Magots. Um sol tímido lutava para penetrar através das brechas abertas no céu.

— Um lugar realmente peculiar, carregado de história — murmurou Fleischer, admirado, examinando um cartão da cafeteria. — Fico me perguntando se seu avô e o meu chegaram a se conhecer. Talvez tenham compartilhado uma dose de conhaque na mesma mesa que ocupamos.

— Duvido — respondeu Baum, cético.

— Os dois entraram nesta cidade em 14 de junho de 1940

— A Wehrmacht era um exército imenso naqueles dias, não se esqueça.

— Sim, mas ambos eram oficiais. Devem ter se encontrado em alguma ocasião, estou convencido — insistiu Ewald. — Meu pai costuma reler seu diário. Conserva-o como se fosse um tesouro. Contou-me muitas vezes que meu avô manteve um romance apaixonado com uma parisiense. Levava-lhe chocolates e cigarros.

— Quer saber? Seu pai é um homem verdadeiramente afortunado — sussurrou Baum, afundando as mãos em macias luvas de couro preto. — Muito afortunado. Nem todos os *lebensborn* puderam realizar o sonho de viajar a Nova Suábia antes de partir rumo aos lares que os acolheriam. Meu pai sempre se lamentava a respeito.

— Tá.

— Pessoalmente, daria anos de minha vida para visitar o panteão.

— Sim, eu também. Posso lhe garantir. Mas esqueça. Sabe que isso não é mais possível.

— Ele lhe falou a respeito, não é mesmo?

— Meu pai?

— Sim, sobre a cripta.

— Meu pai sempre fala desse dia.

— E o que diz?

— Que tanto ele como o resto caíram de joelhos sob a enorme abóbada. Choraram de emoção quando lhes permitiram tocar a haste da Lança do Destino e beijar a bandeira que cobre sua tumba.

22

A CRUZ SOB A ANTÁRTICA — II

— Creio que nossos caminhos se separam aqui.
— Sim. Aqui.

Eilert Lang respirou profundamente, tentando mitigar o estranho desassossego que invadia o centro de seu peito. Fitou Elke de soslaio. Acompanhou com o olhar, mais uma vez, seu impecável perfil. Um vento desagradável, que chegava em lufadas, alvoroçava seus cabelos. A concertista parecia abstraída, cansada. Haviam estacionado diante dos jardins de um moderno edifício de sete andares, que ocupava os números 13 e 15 da avenida Franklin D. Roosevelt de Paris.

— Há uma coisa que eu queria lhe dizer — balbuciou Eilert.

— Não. Não diga mais nada, chega de palavras, eu lhe imploro — aconselhou Elke. — Não volte a me pedir perdão pelo que aconteceu. Vamos nos despedir como fariam dois passageiros que compartilharam umas tantas horas de inevitável companhia numa cabine de avião.

— Temo que não tenha sido um voo agradável. Muitas turbulências.

— O melhor dos aviões, Eilert, é não ter que pegá-los — sussurrou ela. — Pessoalmente, preferiria não ter feito jamais esta viagem. Sua história me afetou. Não posso negar. É um presente indesejável. Uma carga insuportável. Lamento ter de carregá-la nas costas. Digo isso sinceramente, sem o menor traço de cinismo.

— Eu sei. Tente esquecer tudo.

— É o que vou fazer. Não poderia viver pensando em uma coisa dessas. Meus companheiros chegarão hoje à noite. Preciso descansar. Reencontrá-los será um bom antídoto.

— Gostaria muito de vê-la em cima de um palco, embora tema que isso não será possível — lamentou o biólogo. — Não lhe perguntei pelo repertório.

— Gabriel Fauré, Ravel e Debussy.

— O *Prelúdio à sesta de um fauno*?

— Sim, também, entre outras.

Lang desligou o motor do carro. Entregou as chaves a Elke.

— Só mais uma coisa antes de nos separarmos.

— O quê?

— Não confie em ninguém. Tenha medo de todos. Conte o que quiser a meu respeito à polícia, mas não caia na tentação de dar a entender que sabe o que sabe — recomendou, com expressão sombria. — Sua única segurança é o silêncio. Não se esqueça. Você foi vítima circunstancial de um maluco que a tomou como refém durante sua fuga, essa é a única versão que deve sair de seus lábios. Não se afaste dela nem um milímetro. Entendido?

— Seguirei sua recomendação.

Desceram do carro. Elke pendurou a bolsa no ombro e segurou com força o estojo do Stradivarius. Observaram-se em silêncio.

— Adeus, Elke. Tenha boa sorte. Deveríamos ter nos conhecido de outra maneira.

— Cuide-se, Sr. Lang.

— Rainer, não se esqueça: Heinz Rainer.

A concertista caminhou entre os canteiros do jardim, sem parar nem olhar para trás. Trocou umas breves frases com o guarda armado que protegia a porta. Depois, sua silhueta se esfumou e desapareceu no interior da embaixada da Alemanha em Paris.

Lang checou a hora. O ponteiro passava do meio-dia. Parou um táxi, indicou o endereço e se abstraiu observando o animado desfile da paisagem urbana. A cidade parecia exibir suas melhores vestes diante da proximidade dos festejos natalinos. O noticiário do rádio destacava a chegada de Bento XVI a Istambul e as extraordinárias medidas de segurança adotadas pelo governo turco diante da chegada do Sumo Pontífice à antiga Constantinopla.

— *Et voilà, monsieur: Rue de Castiglione, Hôtel Lotti* — anunciou o taxista. — *Ça coûte 7,10 euros, s'il vous plaît.*

O hall do hotel Lotti era um buliçoso vaivém de turistas que confirmavam suas reservas na recepção ou pegavam suas bagagens ao fim da estadia.

— *Bonjour,* mademoiselle, marquei aqui com um cliente, um senhor chamado Simon Darden. Talvez tenha perguntado por mim. Sou Heinz Rainer — anunciou a uma das recepcionistas.

Ela o fitou por cima da armação dos óculos sem parar de pressionar as teclas de um computador.

— Tem reserva, Sr. Rainer?

— Hein? Não... Não.

— Vamos ver. Um segundo, por favor — solicitou, afável. Examinou um punhado de fichas dispostas em um arquivo. Fitou seu rosto pouco depois com uma delas na mão. — Disse Darden? Sim! O Sr. Darden chegou há meia hora. Poderá encontrá-lo na cafeteria Lotti Lunch, ao fundo do vestíbulo, à esquerda.

Lang reconheceu o jornalista imediatamente. Havia ficado em um lugar bem visível, em uma mesa isolada, ao lado de uma alta janela que deixava penetrar uma luz suave. Folheava o *Le Figaro* ao mesmo tempo em que liquidava um pedaço de torta de chocolate.

— Isso está com uma cara boa — afirmou Eilert.

Simon Darden levantou a vista. Demorou a encontrar o olhar de Rainer. Sorriu.

— A verdade é que está deliciosa, deveria prová-la — recomendou. — Suponho que você seja o Sr. Heinz Rainer.

— Sim, de fato.

— É curioso, eu o imaginava diferente — afirmou o inglês, ficando em pé.

Lang o deteve. Trocaram um aperto de mão.

— Ah, sim? Como me imaginava? — perguntou o biólogo, sentando.

— Não sei, talvez como um dos personagens de *O terceiro homem*.

— Sou parecido com Orson Welles?

— Bem, você ficaria melhor no papel de Joseph Cotten.

Eilert começou a rir abertamente. Depois, cruzou as mãos em cima da mesa e ficou olhando o jornalista, entre afável e curioso.

— Acho que nos entenderemos muito bem. Suponho que é uma coincidência o fato de ter mencionado esse filme. É um dos meus favoritos. Ou dizendo melhor: era. Faz muitos anos que não vou ao cinema — confessou.

Fez-se um breve silêncio.

— Por favor, continue comendo, eu lhe peço. Eu também farei um pedido. Estou morto de fome — comentou, ao intuir o constrangimento de Darden. — Reconheço ter jogado com uma pequena vantagem: tempos atrás vi uma foto sua na edição on-line do *Guardian*.

— Claro, minha coluna de política internacional!

— Sim. Escolheu-a bem — brincou Lang. — Poderia jurar, de qualquer maneira, que aquele retrato tem uns bons anos; não recordo esses cabelos grisalhos.

Darden assentiu, com expressão de feiticeiro cujo feitiço se virou contra si próprio.

— Os jornalistas são pessoas vaidosas.

— Diga-me: este afã de notoriedade foi o que o trouxe até aqui?

— O que quer dizer?

— Bem, talvez sonhe em ganhar algum prêmio de jornalismo revelando este assunto. Não me interprete mal. Não quero ofendê-lo. Refiro-me ao fato de que o que lhe contarei não ter nada a ver com os filmes de espionagem. No cinema, os protagonistas sobrevivem. É verdade que nem sempre acabam em boas condições, mas costumam chegar aos créditos finais. E, normalmente, ficam com a garota.

— Excelente imagem.

— A realidade sempre supera a ficção. Coube a mim interpretar um papel estelar em... — Eilert hesitou durante um segundo, desviou o olhar para a toalha. — Bem, no que no princípio parecia ser um documentário feliz, ameno e de divulgação, mas, por capricho do roteiro, acabou sendo um filme de terror. Se soubesse disso antes, lhe garanto que não teria assinado contrato com a produtora.

— Acredito.

— Por isso lhe disse que pensasse bem no que ia fazer.

— Ouça, Eilert, eu...

— Perdão, disse Eilert?

— Seu verdadeiro nome é Eilert Lang. Eu sei. E jogo com vantagem — afirmou Simon, exibindo as palmas das mãos. — Sequência de naipes, Sr. Lang. Encontrei uma foto da Millenium Research no *Washington Post*. Você estava entusiasmado.

— Muito bem. Um simples par de vermelhos — revelou, admirado, o biólogo, aceitando o jargão do pôquer como tapete de seu encontro. — E já que estamos na França, *touché*. Sim, sou Eilert Lang.

— Eu lhe agradeço. Evitemos preâmbulos desnecessários — recomendou o jornalista, a meia-voz. — Tenho claro que isto não vai ser um passeio bucólico pelo campo. Fui ameaçado. E levei a sério. Muito a sério. Tenho mulher e um filho. Se lhes acontecesse algo, eu jamais me perdoaria.

— Compreendo.

— O que aconteceu na Antártica, Eilert?

— Conceda-me um minuto e eu lhe explicarei. O que sugere? — perguntou, examinando o cardápio por alto.

— *Tournedos* com molho de champignon e mostarda.

— Parece-me interessante.

Depois de pedir o prato, Eilert Lang desfiou a mesma história que relatara dois dias atrás a Elke Schultz. O jornalista quase não o interrompeu. Limitou-se a pedir permissão para gravar a conversa sem que seu interlocutor fizesse qualquer restrição.

— Encontrar aqueles cadáveres sob o gelo foi um choque, eu lhe garanto — afirmou, com um fio de voz. Parecia estar revivendo em toda sua intensidade aquele dia distante.

— Eram soldados alemães?

— Sim. Alguns muito jovens. Angela e eu quebramos a camada de gelo com as picaretas. Desenterramos parcialmente quatro deles. Era evidente que haviam sido abatidos durante a Operação Highjump. Naquele momento, nem ela nem eu sabíamos nada acerca dessa enorme operação militar norte-americana. Tudo nos parecia irreal. Não conseguíamos entender o que todos aqueles corpos faziam ali. Fomos descobrir pouco depois. Outros cadáveres, entretanto, pertenciam a homens de idade avançada, quase anciãos. Aquele lugar é um cemitério, Sr. Darden. O cemitério de Nova Suábia.

— Comunicaram a descoberta a seus companheiros de expedição?

— Embora aquilo superasse nossa capacidade de compreensão, era evidente que devíamos guardar silêncio. Voltamos a Wichita tremendo. Afortunadamente, ninguém percebeu nosso estado alterado. Decidimos voltar ao lugar três dias depois. Queríamos tirar fotografias e recolher provas. Eu propus à Dra. Brandley compartilhar nossa descoberta com os demais, mas ela se recusou categoricamente. O medo a paralisava.

★ ★ ★

— Você enlouqueceu, Eilert? Não pode estar falando sério!

— Loucura é tentar manter isto em segredo — insisti, nervoso.

— Sinto muito, mas não confio em ninguém. Se Rodby e seus asseclas desconfiarem que metemos o nariz em seus assuntos, poderemos pagar muito caro — advertiu Angela, alterada. — Agora já sabemos por que nos mantêm afastados da Terra da Rainha Maud: é um território proibido, vetado. O que devemos fazer é deixar passar alguns dias e continuar fazendo as nossas coisas, sem despertar suspeitas. Voltaremos à geleira e recolheremos provas. Depois resolveremos o que fazer.

— Talvez seja o mais prudente — aceitei, ao ver que não tinha outras opções à vista.

— É sim. Nossa segurança depende de não desconfiarem da gente. Por ora todos parecem tranquilos.

— Você notou que nunca tiram os olhos daquela sala que há no módulo central, ao lado da estação de rádio?

— Sim.

— Talvez guardem ali documentos, algum tipo de informação que explique o que está acontecendo aqui.

— Não sei e nem quero saber. Jure que não fará nada que nos comprometa.

— Tem minha palavra.

★ ★ ★

— Cumpriu a promessa?
— Não. Tudo aconteceu por minha culpa.

Eilert Lang suspirou com desassossego. Seus olhos foram cobertos por uma pátina aquosa, atordoada. Darden intuiu que o biólogo, em um arroubo imprudente, propiciara a catástrofe que se desencadearia nos dias seguintes.

— Por que você não me conta? — aconselhou o jornalista, roçando levemente o ombro de Lang. — Acho que lhe fará bem se livrar desse peso.

— Tal como lhe disse, três dias mais tarde voltamos à região. Fotografamos os cadáveres. Eu recolhi alguns objetos. Peguei várias condecorações. Entre elas, uma Cruz de Ferro, a medalha máxima do Exército alemão. E também uma pistola. Uma Luger. Estava em bom estado e tinha o pente cheio. Limpei-a. Embora não tenha chegado a usá-la, perdi-a durante minha fuga.

— O que aconteceu?

— Nesse dia fizemos uma nova descoberta — rememorou Lang. — Dispúnhamos de tempo e resolvemos reconhecer a região. Percorremos de novo a cordilheira, em ambos os lados da geleira. Angela acabou encontrando uma comporta na rocha, uma espécie de falsa porta parecida com a dos submarinos. Tentamos abri-la. Em vão. Estava travada pelo outro lado. Mas uma coisa chamou muito minha atenção. Ela era feita de uma liga raríssima, um metal desconhecido, da cor do grafite. A picareta mal conseguia arranhá-la. E, apesar do frio, estava morna.

— De fato, muito estranho.

— Naquele momento, sim. Dois anos depois, encontrei uma informação que me permitiu entender sua natureza. No começo do verão de 1940, Hitler ordenou aos melhores cientistas nazistas o desenvolvimento de um novo tipo de metal, capaz de resistir e isolar recintos submetidos a temperaturas próximas aos sessenta graus abaixo de zero.

— Meu Deus — balbuciou Darden.

— Sim. A construção da Base 211 em Nova Suábia havia sido aprovada — afirmou Eilert. — Um feito descomunal, mas não nos adiantemos.

— O que aconteceu em Wichita? Como tudo se desencadeou?

— Maldito lugar — murmurou. O jornalista percebeu que um ligeiro tremor se apoderava de suas mãos ao tirar um cigarro do maço e levá-lo aos lábios. — Não me perdoarei jamais. Jamais. Naquela noite, ao voltar à estação, expliquei tudo o que havíamos descoberto a Stan Barets, o francês.

— Ele os traiu?

— Não. Era um bom homem, mas vítima de uma verborreia pior que a minha. No princípio, não acreditou em nada do que contei, mas se rendeu às evidências quando lhe mostrei as fotos e os objetos que havíamos recolhido. Apesar de tudo, acho que considerou aquilo uma brincadeira. Foi ele quem me sugeriu dar uma olhada naquele recinto fechado. À noite, apenas dois soldados norte-americanos guardavam o módulo, numa sala próxima. Barets apareceu com uma garrafa de vodca, alegando insônia, e animou-os a jogar uma partida de cartas. Era um bom jogador de pôquer. Enquanto os distraía, eu consegui chegar ao arquivo da base.

— Estou curioso...

— Encontrei muitas informações relativas às atividades alemãs no Atlântico Sul nos meses seguintes ao final do conflito. Eram cópias de documentos classificados com o selo de altamente confidencial. Exibiam o carimbo do Departamento de Defesa dos Estados Unidos.

— Você está falando de que tipo de atividades? — perguntou Darden, cético. — Para todos os efeitos, a Alemanha capitulou incondicionalmente em 1945.

— Sim. O mundo inteiro acredita nisso — concluiu Lang, em tom áspero. — Você ouviu falar alguma vez da frota perdida?

— Frota perdida?

— Não me refiro a porta-aviões — ironizou. — A Alemanha só chegou a construir um. Refiro-me aos submarinos. À nova série batizada de XXI U-Boot. Quase uma centena deles desapareceu por arte de magia. Sem deixar rastro. Volatilizaram-se. Tenho a relação e os nomes de seus comandantes. Esses submarinos, Sr. Darden, evacuaram milhares de alemães entre maio de 1944 e fevereiro de 1945. Milhares. Tinham portos seguros na Espanha e na Argentina, onde podiam se abastecer. Franco não quis intervir no conflito, mas sua simpatia pelo regime nazista era clara. Isso está nos livros de História. Quanto a Perón, deve saber que admirava o Führer. Seu país desempenhou um papel decisivo em tudo isso que estou lhe contando. Os U-Boot alemães se dedicaram, sistematicamente, a transportar materiais, obras de arte, armas, tecnologia e protótipos, e, também, provisões não perecíveis. Tudo era enviado por via férrea à Espanha e trasladado a navios e submergíveis.

— Mas não consigo compreender — titubeou o jornalista, desconcertado. — Estamos falando de uma única base, não é mesmo? Uma base militar na Antártica!

— Quando os alemães começaram a construir Nova Suábia, tinham em mente uma base. Eram grandes especialistas em engenharia subterrânea. Possuíam as escavadeiras mais poderosas da época. Transportaram-nas para a Argentina em navios de carga e dali até a Terra da Rainha Maud, território que haviam reivindicado formalmente no início da Segunda Guerra Mundial. Neu Schwabenland foi concebida como um enclave estratégico que lhes servisse para dominar o sul do Atlântico, mas não demoraram a mudar de opinião. Está me acompanhando?

— Acho que não muito.

— A Alemanha só cometeu um erro importante durante a conflagração, Simon. Hitler, em sua obsessão, envaidecido pelos triunfos da guerra relâmpago, rompeu o pacto de não agressão com Stalin e invadiu a Rússia. Esse foi o começo de seu fim.

— Essa é uma visão simplista. Stalin também não teria respeitado o pacto. Sei o que digo.

— Certamente não teria, mas o Führer precipitou o desastre ao abrir essa frente. Todos os que o cercavam intuíram que mais cedo ou mais tarde seriam derrotados. Foi então que se decidiu que a Base 211 seria transformada em uma cidade.

— Uma cidade? O que você entende por cidade?

— Uma cidade descomunal, imensa. Além de qualquer limite concebível. Uma cidade capaz de crescer e abrigar milhares de pessoas. Uma nova Thule sob o gelo.

— Parece roteiro de ficção científica.

— Também acho, mas é assim. Para Hitler e a cúpula nazista, a totalidade da Segunda Guerra Mundial, com todo seu horror e destruição, era apenas um capítulo a mais, um mero degrau de sua missão sagrada. A possibilidade de serem derrotados era vista como um contratempo em seus planos supremacistas.

— Suponho que se refere ao seu ideário, à mística — observou Darden, desconfiado.

— Sim. Só se consegue entender o nazismo quando ele é analisado a partir da ótica da religião. Pretendiam criar um novo credo universal. O Führer deixou seus objetivos registrados no papel. Recorde suas palavras: "Sinto-me no dever de operar do mesmo modo que o fez o Criador Todo-Poderoso."

— Eu a conheço.

— Isso facilita as coisas, mas estamos nos desviando. E ainda resta muito a contar. Eu lhe dizia que no arquivo de Wichita, naquela noite, encontrei informações sobre os submarinos alemães — afirmou Lang, retomando o fio central da história. — Nos meses seguintes ao término do conflito, vários deles foram avistados no Atlântico Sul. Alguns navegavam na superfície, desorientados, com problema em seus sistemas elétricos, carregados de provisões. Três deles, os U-Boot 530, 977 e 465, se renderam em Mar del Plata no verão de 1945. Dois dos comandantes, Schaeffer e Wermoutt, foram levados aos Estados Unidos, primeiro, e à Inglaterra, depois. Foram submetidos a intermináveis interrogatórios. Ninguém conseguia entender como, meses depois da rendição da Alemanha, começavam a emergir submarinos no hemisfério sul. Os serviços de inteligência aliados compreenderam, finalmente, onde o Reich construíra o Shangri-la anunciado por Dönitz. Os serviços de espionagem norte-americanos conseguiram descobrir, em Buenos Aires, a localização da Base 211. Deram início, imediatamente, aos preparativos daquilo que seria a Operação Highjump. Em 1947, com o almirante Byrd à frente, os americanos desembarcaram na Antártica. Foi uma operação de grande escala. Milhares de fuzileiros navais apoiados por uma frota poderosa.

Eilert Lang ficou ausente durante alguns instantes. Darden teria jurado poder vislumbrar aquela vasta força de ocupação avançando em direção à Terra da Rainha Maud através de gelos e temporais; parecia surgir das pupilas do biólogo como um exército de espectros.

— Os nazistas os esperavam, Sr. Darden. Armaram uma armadilha mortal para eles. Foi uma carnificina. Viram-se encurralados, sob um fogo cruzado terrível, fustigados pelo ar...
— Pelo ar?
— Você ouviu falar dos *foo fighters*?
— *Foo fighters*?
— Existem incontáveis informes de pilotos ingleses relativos aos *foo fighters*. A aviação britânica se vingou, na reta final da guerra, do horror da destruição que as bombas voadoras alemãs, as V-1 e V-2, haviam semeado em suas cidades. A capital do Reich foi pulverizada. Palmo a palmo. Em seus boletins de voo, registraram ter cruzado no ar com naves, aviões que emitiam uma potente luz alaranjada. Sem nenhuma exceção, todos dizem que sua forma era esférica, ovalada, semelhante a uma bolha de sabão, e que voavam a velocidades inauditas. Foram batizados de *foo fighters*. Eu encontrei, Sr. Darden, duas naves que confirmam essa descrição nas entranhas na Antártica.

Um calafrio sacudiu o jornalista da cabeça aos pés. Lembrou que Sir Edward Harvington, ao se referir à Operação Highjump, mencionara as estranhas declarações feitas por Richard Byrd aos meios de comunicação após a precipitada retirada das tropas norte-americanas enviadas ao Polo Sul. Aquelas palavras, estranhas, perturbadoras, levaram-no a ser considerado pouco menos do que um doido por parte da opinião pública e a receber uma séria advertência do Departamento de Defesa dos Estados Unidos. Byrd jamais voltou a mencionar o assunto.

— "É imperativo que os Estados Unidos da América tomem medidas defensivas contra regiões hostis..." — parafraseou o jornalista, em tom sombrio. — "Não gostaria que ninguém se sentisse desnecessariamente atemorizado, mas esta é uma realidade amarga que devemos ter em mente: se houver uma nova guerra, nosso país poderá ser atacado por *naves* capazes de voar de um polo a outro a velocidades inconcebíveis..."

— Ah, muito bem, parabéns! Aí está: Byrd se referia aos *foo fighters* nazistas. Na Antártica, essas assombrosas naves os fizeram fugir como coelhos. Foram crivados... — sentenciou Lang. — Nos arquivos de Wichita, encontrei várias fotos desses aparelhos, capazes de vencer a gravidade por eletromagnetismo. Os americanos já haviam encontrado protótipos no fim da guerra. Na Polônia. Toda essa tecnologia desencadeou a Operação Paperclip: os ianques levaram os melhores cientistas nazistas para a América. Os poucos que restavam, é claro!

— Informei-me a respeito — afirmou Darden. — Continue a relatar os fatos. O que fez com todos esses documentos que encontrou em Wichita?

— Esses documentos, e mais alguns que depois caíram em meu poder em Nova Suábia, estão bem protegidos — garantiu Eilert, com um brilho malévolo nos olhos. — Na manhã seguinte, mostrei a Angela e a Stan tudo o que havia subtraído do arquivo. Nós três conseguimos juntar algumas peças do enorme *quebra-cabeça*. Dois dias mais tarde, a doutora Brandley e eu voltamos a Neu Schwabenland. Tínhamos certeza de que sob aquelas montanhas, sob aquela geleira, se ocultava uma base alemã. Comentamos que de uma maneira ou outra acabaríamos encontrando uma forma de entrar nela.

— E a encontraram, não é?

— Não. Descobrimos mais dois acessos, mas foi impossível entrar naquele bunker. É engraçado, achávamos que aquilo que estava sob os nossos pés devia ser uma espécie de bunker. Nada mais distante da realidade. Estava hermeticamente fechado. No meio da tarde voltamos a Wichita. Havíamos tomado uma decisão: tentar informar por rádio tudo o que havíamos descoberto. Isso, naquele momento, é o que nos parecia ser o melhor dos salvo-condutos, a garantia de que nada de ruim poderia nos acontecer se a informação saísse de Wichita e se tornasse pública através da imprensa. Mas, ao chegar às proximidades da base, quando estávamos apenas a algumas centenas de metros, Angela sugeriu que parássemos. Entendi que algo não corria bem.

★ ★ ★

— Está acontecendo alguma coisa estranha — afirmou, com absoluta convicção.

Desceu da moto e caminhou alguns metros até chegar ao alto de uma suave elevação de gelo. Vi-a esquadrinhar a distância. Depois voltou e pegou o binóculo. Recordo que quando me olhou, seu rosto era o próprio reflexo do pânico. Entregou-me o binóculo e apontou Wichita. Pude ver nitidamente Rodby e seus homens empurrando sem contemplação Stan, Hatsuka e os outros.

— Meu Deus. O que está acontecendo? — balbuciei, atônito.

— O que está acontecendo, Eilert, é que alguém falou demais.

— Mas não é possível... Meu Deus! O que estão fazendo?

Protegidos pela momentânea segurança inerente à distância, assistimos ao mais terrível dos desfechos possíveis. Os militares, depois de levar nossos companheiros a uma região erma, obrigaram-nos a ficar de joelhos e passaram a eliminá-los com um tiro na nuca. Assassinaram-nos sem titubear. Um a um.

Quando o fragor seco dos disparos cessou, jogaram gasolina em cima deles e os queimaram. Recordo que Angela chorava e se agitava em uma convulsão frenética. Eu, não posso lhe ocultar, tremia, morto de medo. Achei que estava perdendo os sentidos. Desmaiei.

Compreendemos que Stan havia sido incapaz de preservar nosso segredo. Talvez tivesse contado a Hatsuka o que sabíamos. E este, por sua vez, o transmitira ao resto. Qualquer um deles, ignorando a gravidade do assunto, acabou fazendo perguntas diretas a algum dos militares.

★ ★ ★

— Que horror! Que horror! — murmurou Simon, comovido.

— Naquele momento, Sr. Darden, compreendi que Angela e eu íamos morrer. Posso lhe garantir que não existe nada comparável à certeza da morte. Transforma-se em uma presença devastadora — mastigou Lang, turvado, mortalmente sério.

— O que fizeram?

— A única coisa que podíamos fazer. Fugimos. Mas não há lugares aos quais se possa fugir na Antártica. É um oceano de solidão. Uma interminável miragem branca. Eu tinha um mapa. Sabíamos que mais além da Terra da Rainha Maud existia uma base norueguesa. Calculei que devia estar a uns 250 quilômetros e que a gasolina de reserva não nos permitiria chegar até lá. Decidimos que o único lugar que poderia nos oferecer uma possibilidade, embora remota, era Nova Suábia. A Base 211. O Shangri-la dos nazistas. Se conseguíssemos encontrar uma forma de entrar, claro. Para nossa desgraça, o coronel Rodby achava a mesma coisa.

— Compreendo.

— Se o que lhe contei até este ponto lhe parece inacreditável, o desenlace superará sua capacidade de compreensão — avisou o biólogo. Depositou os talheres, um em paralelo ao outro, no prato, limpou os lábios e, depois de dobrar cuidadosamente o guardanapo, se certificou da hora. — Permita-me que pare aqui e protele o restante do relato. Agora precisamos fazer uma visita, antes que escureça.

— Uma visita?

— Se marquei com você aqui em Paris é porque preciso... Bem, é porque precisamos do testemunho de um *ator*. Creio que lhe expliquei. Pelo que sei, só restam três homens no mundo capazes de contar o que jamais contaram. Suas palavras valem infinitamente mais do que todas as provas que reuni ao longo dos últimos seis anos. E a Ultima Thule os está eliminando. Um a um. Tomara que não cheguemos tarde.

23

DAS BRASAS AO FOGO

— Como vai, Srta. Schultz? Um pouco mais tranquila? — perguntou a secretária do vice-cônsul alemão, empurrando a folha da porta com o pé. — Eu lhe trouxe café com leite e uns docinhos. Achei que lhe cairiam maravilhosamente... Ora, vejo que mal provou a comida.

— Muito obrigada. Agradeço. Não tenho apetite, mas estou um pouco melhor — afirmou Elke, encolhida em um canto do sofá.

— Conseguiu dormir um pouco?

— Só uns cochilos. Mesmo estando muito cansada, tenho dificuldade de dormir. Suponho que por causa do próprio esgotamento.

— Sim. É isso. Daqui a pouco estará bem. Já passou tudo — disse a mulher, depositando a bandeja em uma mesinha. Acomodou-se em uma poltrona contígua e sacudiu um sachê de açúcar. — Não se mexa, me faça o favor. Permita que lhe sirva.

— Dois.

— Dois?

— O açúcar... — apontou Elke. — Sempre coloco dois sachês no café com leite.

— Eu faço a mesma coisa. Gosto mais doce — concordou a secretária com um sorriso cúmplice nos lábios. — Você precisa experimentar a roupa. Compramos várias peças para você em uma butique. Espero ter acertado o tamanho. Você veste 38, não é mesmo?

— Sim.

— Tenho bom olho para roupa. Conseguiu falar com sua família?

Elke suspirou. A pergunta trouxe imediatamente a mãe ao seu pensamento.

— Tentei ligar para minha mãe. Está passando as férias nas Canárias, com a irmã. Duas viúvas sem problemas, imagine — riu a violinista —, mas desisti. Eu a conheço. Seria capaz de abandonar tudo, pegar um avião e não largar do meu pé nos próximos três meses. Isso é mais do que estou disposta a aguentar. Telefonou-me um bom amigo, Carl Weisman, o diretor da Filarmônica de Berlim. Estava a caminho do aeroporto. Seu voo para Paris sai em poucas horas.

— Sabe de uma coisa? Meu marido tem duas entradas para o terceiro concerto! — contou a secretária. — Teve muita dificuldade para consegui-las. Será uma maravilha ver você.

— Gostaria de já estar recuperada na ocasião — duvidou Elke. — Tudo isso me deixou muito abatida.

— Oh, vamos, Srta. Schultz, vai se esquecer de tudo rapidamente!

— Assim espero.

— Como lhe disse, o cônsul, o Sr. Klaus Neubert, passará todo o dia fora. Tinha um almoço com empresários alemães e uma solenidade oficial no museu do Louvre. Está sendo inaugurada uma exposição de gravuras e óleos de Durero. Você vai ser recebida pelo vice-cônsul, o Sr. Frank-Walter Richter. Acabo de cruzar com ele. Perguntou por você. Não queria incomodá-la antes que descansasse um pouco, está cuidando de tudo pessoalmente — explicou. — Por que não toma uma boa chuveirada e experimenta a roupa? O banheiro fica bem ali. Nada como água quente para fazer com que a gente se sinta melhor.

— Está bem. Sim. Tem razão. Chega de lamentações — resolveu a concertista. — Não sabe como lhe agradeço tudo isto, hein, desculpe, acho que não memorizei seu nome.

— Não tem importância. Catherine. Catherine Prévost.

— Mil vezes obrigada, Catherine. Você é meu anjo da guarda.

— Anjo? Que nada! Meu marido diz que fui engendrada pelo diabo em pessoa!

Meia hora mais tarde, Elke Schultz era recebida pelo vice-cônsul em sua sala do quinto andar. A concertista percebeu no primeiro momento que Frank-Walter era um homem extremamente afável e vivaz; baixo, tinha o rosto avermelhado e um porte bojudo. Não conseguiram começar a conversar antes que ele se desembaraçasse das ligações e desse uma ordem para que não o incomodassem por alguns minutos.

— Você está vendo, a gente não para! — exclamou, orgulhoso, arrumando sua mesa. Depois ficou olhando a concertista em silêncio, apalermado. — Não sabe o quanto me alegra o fato de que tudo tenha acabado bem. Nas últimas trinta horas, o mundo inteiro procurou por você. Falei há pouco com o chefe da polícia francesa, e também com a chefatura de Berlim. Maldita confusão!

— Acredito.

— Esse homem, o tal do Rainer, machucou você?

— Não. Não me bateu, se está se referindo a isso.

— Vão pegá-lo, pode ter certeza. Foi um pesadelo, mas já acabou. Teve muita sorte, Srta. Schultz, muita sorte.

— Acredito que sim.

— Heinz Rainer é extremamente perigoso. Um demente. Há uma hora recebi um telefonema de Florian Bohm, inspetor do BKA, o Escritório Federal de Investigação Criminal. Se não entendi mal o que dizia, estão procurando por ele há muitos anos. Matou mais de um.

— Não sei nada a seu respeito, só trocamos poucas palavras.

— Mas deve ter lhe explicado alguma coisa, não? — perguntou, sinceramente intrigado, Frank-Walter.

— Não. Nada. É um homem reservado. De poucas palavras. E eu... Eu estava morta de medo. Disse que era para eu ficar calada, tranquila, que me soltaria ao chegar em Paris. E isso ele cumpriu.

— Não falou dos motivos que o traziam?

— Não.

— Enfim, bem está o que bem acaba — sentenciou o vice-cônsul, dando um tapinha na mesa. — A Polícia de Paris quer interrogá-la. Pedi que esperassem algumas horas, até que você esteja em condições. O inspetor Bruno Krause, da Polícia de Berlim, está a caminho. Chegará na última hora. Irá ao seu encontro amanhã de manhã. Krause se encarregará de acompanhá-la em tudo: entrevistas, papelada, trâmites. Por sua vez, o Sr. Bohm, o agente do BKA, determinou que você seja protegida todo o tempo. Por acaso alguns de seus homens estão em Paris. Não demorarão a chegar.

— Tudo isso é necessário?

— Esse é o procedimento sempre que é expedida uma ordem de busca internacional, e lamento os aborrecimentos. Pedirei que a importunem o menos possível.

— A verdade é que preferiria me instalar em um quarto de um bom hotel e dormir 24 horas seguidas.

— Catherine já se encarregou disso. Não se preocupe. Reservamos para você uma suíte no Concorde La Fayette. Verá Paris lá das nuvens, eu lhe garanto. E a cozinha é excelente. Eu lhe recomendo experimentar...

O telefone começou a tocar, interrompendo a conversa. Frank-Walter atendeu. A concertista se abstraiu durante alguns segundos. Os olhos de Eilert Lang se abriram no centro de seus pensamentos, apenas por alguns instantes, e desapareceram.

— Avisaram que já estão aqui — anunciou.

— Perdão?

— Os encarregados da segurança. Chegaram. Estão na embaixada.

— Ah!

A porta da sala foi aberta pouco depois. Uma sorridente Catherine Prévost precedia três homens elegantemente vestidos. Elke olhou-os de viés, sem prestar muita atenção. Seus olhos se encontraram com os de um homem de notável estatura, traços angulosos, olhos claros e cabelos da cor de ouro velho, cuidadosamente penteados para trás.

— Srta. Schultz? — perguntou, solícito.

— Sim.

— Alegra-me vê-la a salvo. Sou Fritz Schlesinger, do BKA.

— Prazer em conhecê-lo — murmurou, oferecendo a mão.

Aconteceu naquele exato momento. O vestígio familiar que Elke detectara no rosto de Schlesinger transformou-se em uma contundente certeza. Ele pareceu perceber o brilho intranquilo que inflamava o olhar da mulher.

— Lembra-se de mim? — perguntou. — Bati dois dias atrás na sua porta.

Como se recuperasse o passado recente através de um pequeno visor, Elke rememorou a tensão vivida em seu apartamento de Berlim. Voltou a sentir o contato frio da pistola de Eilert pressionando sua testa. Depois, como em uma vertigem circular de um carrossel, os últimos acontecimentos desfilaram diante de seus olhos como se fossem um filme visto em uma moviola.

— Vagamente, lamento — mentiu.

— Não se preocupe. É normal. Posso imaginar como a situação foi terrível, com aquele pária a ameaçando.

— Sim, foi horrível — murmurou, ao mesmo tempo em que a voz de Eilert Lang, ecoando no centro de sua cabeça, revelava o verdadeiro nome do suposto agente do BKA: Günter Baum.

— Não se preocupe, não irá muito longe. Na fuga, liquidou um de nossos melhores agentes. Quanto a você, fique tranquila. Vamos levá-la ao seu hotel.

— Preciso pegar minhas coisas.

— É claro. Vamos acompanhá-la.

— Estou deixando você nas melhores mãos — disse o vice-cônsul, ficando em pé. — Espero que descanse e se recupere. Voltaremos a nos ver amanhã.

Elke Schultz saiu da sala seguida pelos agentes do BKA. Seu coração começou a bater sem controle. As últimas palavras de Lang, quando se despedia, ressoavam como um eco distante em sua cabeça. "Não confie em ninguém" — insistira o biólogo —, "fique calada". Tentou recordar tudo o que seu sequestrador lhe explicara sobre Günter Baum e a Ultima Thule, mas o cansaço a impedia de organizar os fragmentos da complexa história. Pensar com clareza não era apenas difícil, era doloroso. Aferrou-se à última tábua que flutuava no meio do mar revolto que era seu espírito. Talvez, disse de si para si, Eilert não passasse de um maldito farsante, um assassino esquizofrênico que se livrava de suas culpas criando fábulas tão assombrosas como inverossímeis.

Ao sair do elevador, encontrou o olhar afetuoso de Catherine Prévost. A secretária levara seus poucos pertences ao vestíbulo da embaixada. Sorria abertamente.

— Oh, vamos, Elke, querida! Qual é o motivo desse olhar assustado? — animou-a. — Tudo vai ficar maravilhoso. Acredite em mim, você só precisa dormir e dormir...

A violinista assentiu. Sua resistência interna foi quebrada no exato momento em que Catherine lhe deu um emocionado abraço de despedida. Compreendeu que não podia continuar mantendo por mais tempo seus receios. A embaixada da Alemanha não podia estar confabulando com um punhado de assassinos. Aquela coisa beirava a paranoia.

— Seu carro é aquele? — perguntou Günter Baum, atravessando o jardim.

— Sim, é aquele.

— Me dê a chave. Viremos buscá-lo mais tarde. Precisaremos examiná-lo. Por causa das pistas, você sabe.

— Está bem.

Dirigiram-se ao estacionamento da embaixada, situado em uma das laterais do edifício. Baum indicou um BMW preto. Elke sentou-se atrás. Respirou profundamente.

— Sabe de uma coisa? Esse maldito Rainer está quebrando nossas cabeças — murmurou o agente do BKA, acomodando-se ao seu lado. Afrouxou o nó da gravata com expressão entediada.

— O vice-cônsul me disse que é um desequilibrado. Graças a Deus tive sorte — comentou Elke, distraída.

— Sabe por que a trouxe até aqui, a Paris?

— O Sr. Frank-Walter me fez essa mesma pergunta, e eu lhe disse que não tenho a menor ideia.

— Eu diria que veio procurar alguma coisa. Tente recordar. Tenho certeza de que em algum momento fez algum comentário, deixou escapar algum nome, um contato, um encontro — insistiu o agente do BKA.

— Posso dizê-lo mais alto, mas não mais claro, Sr. Schlesinger — murmurou a concertista, abúlica e desabrida. — Lamento não poder ajudá-lo.

O carro se somou ao tráfego da rua. Elke Schultz não demorou a reparar no fato de que estavam se afastando mais e mais do Concorde La Fayette. Conhecia a cidade. Além do mais, a silhueta do hotel, um arranha-céu emblemático, podia ser vista de muitos pontos.

— Desculpe. Acho que se enganaram. Deveria virar à direita no próximo cruzamento. O hotel fica para lá — indicou ao motorista.

— Lamento o atraso, mas antes temos de resolver um assunto urgente — afirmou Baum.

— Um assunto urgente? — perguntou Elke, desconcertada.

— Entendo. Bem, não se preocupe. Pode me deixar na próxima esquina. Caminharei ou pegarei um táxi.

— Você não vai a lugar nenhum — resmungou o assassino da Thule. — Não antes de nos ter contado tudo o que Eilert Lang lhe disse.

O BMW havia parado em um semáforo. Elke compreendeu que cometera um grande erro não acreditando nos avisos de Eilert. Evidentemente, Schlesinger e os dois que o acompanhavam não eram agentes federais. Pelo retrovisor, pôde ver como o motorista conseguia a duras penas conter um sorriso esperto, ladino. Observava-a fixamente, com um esgar turvo nos lábios. Lang não mentira. Tinha de sair daquele carro a qualquer preço. Tentou abrir a porta do automóvel antes que voltasse a se movimentar. Em vão. Estava travada.

Baum a deteve, agarrando-a pelo pescoço.

— Se quiser viver, é melhor ficar quieta, putinha — grunhiu.

— Me solte, maldito, tire as mãos de cima de mim!

Günter a esbofeteou, jogando-a contra a janela.

— Você está achando que isso é uma brincadeira, vadia? Pior para você — rosnou, cuspindo em seu rosto. — Podemos fazê-la passar mal, muito mal, não é mesmo, Matthias?

O motorista assentiu. Inclinou o rosto e dirigiu um olhar lascivo à violinista.

— Matthias é um garanhão — afirmou Baum. — Ewald e eu mal conseguimos contê-lo. Vou lhe contar uma história. Creio que precisa ouvi-la. Há três anos, tivemos de fazer um trabalhinho na Itália. Conhece a Itália, Srta. Schultz? É um país maravilhoso, a comida é excelente, e a gente, extremamente amável!

— Deixe-me em paz! Vão pagar caro por tudo isto!

— Não está me ouvindo? É uma pena, eu lhe garanto que é uma história muito divertida! É ou não é uma boa história, Ewald?

— Do caralho, Günter.

— Está vendo? Devia ouvi-la — afirmou, sorridente, o assassino. — Vamos lá. Eu lhe dizia que estávamos em Florença, no centro, como se chama aquela rua, Ewald?

— Via Cavour?

— Exatamente, via Cavour! Uma rua muito seleta — comentou Baum. — Bem, o fato é que tínhamos algumas horas antes de visitar uma pessoa. E Lutz, o Matthias, decidiu ficar por sua conta, dar uma voltinha. Combinamos que nos encontraríamos por volta das oito, na ponte Vecchio. Você ficaria encantada com essa ponte. É cheia de joalherias. Todas as putas de luxo gostam da ponte Vecchio.

— Porco maldito! — vociferou Elke, apertando as mandíbulas. Seus olhos ardiam, inundados de raiva.

— Porco? É foda, Matthias, a vadiazinha acaba de chamá-lo de porco! — gargalhou Baum. Ewald aderiu logo à brincadeira. — O fato é que quando chegou a hora de fazer seu trabalho, o filho da puta do Matthias não apareceu. Ewald e eu tivemos de fazer tudo sozinhos. Sabe o que aconteceu? Por que você não conta a história, Matthias?

— Não me chateie. Você conta melhor.

— Acontece que Matthias se meteu com duas putinhas. Levou-as a uma pensão. Comeu as duas sem parar, até que o troço não subia nem com a ajuda de um guindaste. E depois lhes deu uma surra. Ewald e eu ficamos sabendo no dia seguinte, pelos jornais. E ele dizia que não se lembrava de nada. Desde então, sempre que some, vamos procurá-lo no primeiro bordel que aparece.

— Queriam que lhes pagasse em dobro — acrescentou Matthias Lutz, contrariado.

— O que vocês querem de mim? — perguntou, crispada, Elke. — Eu não sei de nada. Por que estão fazendo isso comigo?

— Então conte pra gente o que Lang lhe contou e poderá ir embora. Se não colaborar, deixaremos que Matthias se divirta com você no primeiro beco afastado que encontrarmos, está entendendo?

— Não conheço nenhum Lang. Heinz, Heinz Rainer!

— Eilert, Eilert Lang! Esse nome não lhe diz nada?

— Não, nada.

O rosto de Günter Baum adquiriu o tom aceso das chamas. Resfolegou como uma caldeira prestes a explodir. Com um movimento rápido, arrancou o Stradivarius de Elke e o entregou a Ewald Fleischer.

— Está na cara que essa mulher não acredita na gente. Tanto pior — sussurrou.

— Devolva-me o violino, filho da puta!

A única resposta de Baum foi dar um tapa seco, com os nós dos dedos, na mulher. Elke começou a sangrar profusamente pelo nariz. Levou as mãos ao rosto e prorrompeu em um soluço que era uma mistura de pânico, frustração e ira malcontida.

Ewald Fleischer abriu o estojo.

— Porra, Günter, é um banjo, parece um banjo! — exclamou, entre admirado e sarcástico. Em seguida, chafurdou no bolso de seu casaco e tirou um isqueiro.

— Por Deus, por tudo o que você mais ama! O que vai fazer? — gritou, em pânico, Elke, avançando no assento.

Baum esticou o braço, esmagando-a contra o encosto.

— Gosto muito de banjo! — afirmou Ewald, impávido. Aproximou a chama das cordas e as fez saltar, uma a uma. Partiram-se emitindo um estalido seco, semelhante ao de um chicotinho. — Queimo-o todo, Günter?

— Agora mesmo.

— Basta, basta, pare, lhe suplico! Vou contar tudo o que sei!

— Ah, caramba, assim é muito melhor! Não é verdade, rapazes? — mastigou Baum, satisfeito. — Vejamos, Srta. Schultz: por que Eilert Lang veio a Paris?

— Não tenho certeza. Eu o ouvi dizer que queria se encontrar com alguém — balbuciou, alterada. — Não lembro o nome. Mencionou um nome, mas não lembro mais. Acredite em mim, estou dizendo a verdade.

— Não seria, por acaso, um tal de Martin Höpfner? — estimulou-a Günter. — Esse nome, Martin Höpfner, lhe diz alguma coisa?

— Sim, é possível — gaguejou Elke. — Não poderia lhe jurar, mas acho que sim.

— Disse alguma coisa sobre um jornalista inglês?

— Sim, sim. Falou de um jornalista. Acho que tinham um encontro ao meio-dia.

— Muito bem! Está vendo como é fácil?

— Não sei nada além disso.

— Acalme-se. Responda uma última pergunta e teremos terminado: por que Lang quer se encontrar com Höpfner?

— Como quer que eu saiba uma coisa dessas?

— Parece que a Srta. Schultz está sofrendo um novo ataque de amnésia, Ewald. Você não queria queimar esse bandolim com o isqueiro?

— Será um prazer, Günter.

Ewald Fleischer aproximou a chama do diapasão de ébano do Stradivarius. Elke, com o terror nos olhos, lutou para se desembaraçar da atadura obstinada e rancorosa que era o braço de Baum, esticado como uma barreira à altura de seu pescoço.

— Não, basta, basta, pelo que você mais ame! Ouça, acho que Lang quer que esse homem, o tal do Höpfner, o ajude a revelar um segredo! Não sei do que se trata! Juro, juro! Só disse que precisava falar com ele, que era muito importante!

— Muito bem. Pronto! — afirmou Baum, satisfeito. — Está vendo. Não era para tanto!

— Me devolva o violino! — exigiu Elke.

— Vamos, Ewald, pode entregá-lo.

— Sempre quis ter uma balalaica — lamentou Fleischer.

— Entregue-o, porra! A gente tem que colaborar para que as putinhas fiquem felizes.

— Sobretudo na cama — sentenciou Matthias Lutz, dirigindo um olhar enviesado ao espelho.

A concertista começou a tremer feito vara verde. Pegou o instrumento e o devolveu ao estojo como se fosse um robô, incapaz de parar para checar os possíveis estragos. E então desabou.

— Deixe-me ir embora! — suplicou, soluçando.

— Acalme-se, gatinha. Vamos conversar um pouco com o Sr. Lang. E depois vamos ver o que fazer com você.

O BMW se perdeu no intenso tráfego do entardecer de Paris, em direção à rue de Vaugirard. No assento traseiro, Elke Schultz, aterrorizada, parecia maldizer o dia e a hora em que seu caminho e o de Eilert haviam se cruzado.

24

COM O PÉ ERRADO

— Você anotou, querida?
— Sim. Pronto...
— Parece urgente — advertiu o copiloto da cabine.
— Vou procurar agora mesmo o Sr. Krause.

Hannah Steinmeier desligou o telefone e checou a relação de passageiros da classe executiva do voo LH4314 das 17h30 da Lufthansa com destino a Paris. Correu a cortininha de acesso ao setor e deslizou com a graça de um felino sobre o carpete macio.

— Sr. Krause? Bruno Krause? — sussurrou ao ouvido de um viajante adormecido.

— Não. Não sou Bruno Krause, embora esteja disposto a mudar de nome se aceitar jantar comigo em Paris.

Hannah sorriu. Arqueou levemente uma sobrancelha e checou o número da poltrona.

— O senhor é...
— Carl Weisman.
— Carl Weisman, o diretor da Filarmônica de Berlim?

— Acho que sim.

— É uma honra tê-lo a bordo, Sr. Weisman. Acho que se sentou na poltrona errada — murmurou a aeromoça, achando graça. — De qualquer maneira, não importa, ninguém se queixou.

— Sempre sento perto do bar. Se for preciso se espatifar, será melhor ter um uísque de boa qualidade ao alcance da mão — brincou.

— Nenhuma catástrofe está prevista para hoje. Aproveite o voo. Estamos um pouco atrasados devido ao tráfego aéreo sobre Paris, mas em meia hora estaremos aterrissando no Charles de Gaulle.

— E a respeito de minha proposta? — perguntou Weisman, alisando seus cachinhos endiabrados. — Deixe-me tentá-la com um pato ao sangue, estilo de Rouen, no Tour d'Argent.

— Oh, bem... A verdade é que me sinto muito envaidecida. Ninguém nunca me convidou para jantar um pato com certificado de origem, mas na verdade há alguém me esperando.

— Uma pena. Fica para outra vez — aceitou, fleumático, o regente.

— É possível.

A aeromoça encontrou o comissário Krause duas filas à frente. Roncava, protegido por uma manta do avião. Tocou levemente seu ombro.

— Hein? Sim, sou eu. O que está acontecendo? — respondeu o policial, sobressaltado, antes de abrir os olhos. Apertou o botão do braço da poltrona e a devolveu a sua posição normal.

— Recebemos uma ligação de Paris.

— Para mim?

— Pediram que lhe disséssemos que ao desembarcar em Paris deve se dirigir às dependências policiais do Charles de Gaulle. O inspetor Alain Goulard, da Gendarmerie, o aguarda. Insistem que é muito importante.

— Entendido. Agradeço — concordou, com voz pastosa.

Krause se espreguiçou. Ajustou discretamente a fivela do cinturão e tateou, procurando seus sapatos. Na poltrona ao lado, Christian Eichel permanecia atento ao que lhe parecia uma comédia. O comissário o sacudiu.

— Está acontecendo alguma coisa? — perguntou o subalterno, livrando-se dos fones. — Você deveria ver este filme, é absolutamente tolo, mas muito divertido.

Bruno fitou de relance o pequeno monitor.

— Não suporto o Leslie Nielsen — resmungou. — Ouça, acabam de me dizer que um representante da polícia francesa nos espera no aeroporto.

— E isso é bom ou ruim?

— Nem bom nem ruim, porra, mas anormal! — exclamou a meia-voz. — Esta não é uma visita oficial, Christian. Isso significa que aconteceu alguma coisa.

O avião aterrissou pouco antes das oito da noite. O aparelho percorreu um intrincado labirinto de pistas até chegar ao *braço* do terminal principal do aeroporto. Assim que desembarcaram, Krause e Eichel se dirigiram aos escritórios da polícia. Depois de uma breve espera, foram convidados a entrar em uma sala.

— É um prazer conhecê-lo, Sr. Krause — afirmou, solícito, o inspetor Alain Goulard, indo encontrá-los. — Espero que tenham feito um voo agradável.

— Muito agradável, obrigado. Apresento-lhe meu parceiro, Christian Eichel.

— Muito prazer. Por favor, sentem-se — pediu. — Desejam beber alguma coisa, um café, um refresco? Estão com fome?

— Não, obrigado. Jantamos no avião.

— Muito bem. Bem, não sei como lhes dizer, mas temo que não tenha notícias muito agradáveis — avisou Goulard, com expressão compungida.

— De que se trata?

— Da Srta. Schultz. Desapareceu.

Krause e Eichel trocaram um olhar perplexo.

— Desculpe, mas isso não é possível. Há algumas horas a Srta. Elke Schultz estava na embaixada da Alemanha, a salvo — afirmou o comissário.

— Sim. É isso. Até onde sei, Heinz Rainer libertou-a no meio da manhã. Conversei, por volta das quatro e meia da tarde, com o vice-cônsul, e ele comentou que ela estava lá, descansando — explicou o francês. — Eu queria interrogá-la, mas ele me pediu que adiasse a entrevista para amanhã.

— E o que mais?

— O Sr. Frank-Walter me ligou há pouco mais de uma hora. Em torno das seis e meia. Estava muito nervoso. Informou-me que três homens, que estavam credenciados como agentes do BKA alemão, a levaram. Em teoria, ao hotel dela, mas no Concorde La Fayette negam que ela tenha se registrado.

— Agentes do BKA, está dizendo?

— Foi o que disse o vice-cônsul. Aparentemente, um tal de Florian Bohm, inspetor do Escritório Federal de Investigação Criminal de Berlim, a quem a embaixada havia informado sobre a libertação da Srta. Schultz, quis que alguns de seus agentes se encarregassem de protegê-la, mas quando se apresentaram na embaixada perceberam que três... Bem, que três falsos agentes haviam se adiantado. Todo mundo está consternado.

— Que merda está acontecendo aqui! — exclamou Krause, encolerizado, sem conseguir se conter. — Consternados? Na embaixada estão consternados? Porra, isso é pra deixar qualquer um louco!

— Acalme-se. Vamos encontrá-la. Eu lhe garanto. Tenho mais de cinquenta homens procurando-a em todos os lugares.

Nesse momento, um auxiliar do inspetor francês interrompeu a conversa.

— Desculpe, Sr. Goulard, uma chamada na linha dois — anunciou. — É da central. Parece importante.

— Obrigado, René. Perdoem-me, cavalheiros, volto em seguida — disse Alain Goulard, atendendo o celular.

Bruno Krause se deixou cair contra o encosto com expressão abatida.

— Aqui há algo podre, muito podre, Christian — sussurrou.
— O quê?
— Não sei, mas isso é maior do que parece à primeira vista. Quero que você ligue para Berlim. Fale com o filho da puta do Florian Bohm — ordenou. — Crive-o de perguntas. Exija que lhe diga a hora em que soube da libertação de Elke Schultz; quem mais do BKA ficou sabendo que ela estava hoje de manhã na embaixada da Alemanha em Paris e por que vários de seus homens estavam *casualmente* na cidade. Há algo aqui que não se encaixa! Falsos agentes do BKA!

— Não tão depressa ou não conseguirei lembrar tudo.
— Porra, porra, porra!
— Acalme-se, inspetor.

— Agarre o telefone e não pare até que esteja soltando fumaça! Entendido?

Christian Eichel saiu discretamente da sala deixando Krause a espumar pela boca. O alemão não teve tempo de sossegar nem um pouco: Alain Goulard continuava em sua chamada. Assentia com leves movimentos de cabeça e lacônicos monossílabos ao que pareciam péssimas notícias. Depois de insuportáveis minutos, desligou.

— Está acontecendo alguma coisa? — perguntou Bruno, diante do rosto grave de seu colega francês.

— Temo que a coisa esteja ficando feia — balbuciou Goulard.

— Ainda pior? Parece impossível!

— Acho que sim. Fui informado de que houve um tiroteio em uma clínica geriátrica da rue de Vaugirard, no centro. Coisa séria. Seis mortos e dois feridos. Toda a região está cercada.

— E o que isso tem a ver com o nosso assunto? — resfolegou Krause, prestes a perder as estribeiras.

— Eu diria que muito. Logo saberemos. As informações ainda são confusas, mas todos os indícios parecem indicar que os falsos agentes do BKA são os responsáveis pela matança.

— Meu Deus! E o que há a respeito de Elke Schultz?

— Não soube nada sobre ela, mas não percamos tempo. Vamos!

Goulard, Krause e Eichel, acompanhados por vários agentes, abandonaram o aeroporto Charles de Gaulle precipitadamente, embarcando, de imediato, em uma temerária corrida pelos 23 quilômetros de intenso tráfego que os separavam do centro de Paris.

As imediações do número 17 da rue de Vaugirard se desvelaram a seus olhos como um cenário de catástrofe. Mais de uma dúzia de viaturas policiais, ambulâncias, furgões de equipes especiais e unidades móveis de televisão conformavam um caótico labirinto de vertigem e pressa; mas a visão do drama desencadeado no interior da casa era infinitamente mais opressiva do que Bruno Krause podia pressupor ao atravessar o umbral.

— Santa Mãe de Deus, que carnificina! — murmurou percorrendo as salas com um fio de ar no peito.

25

17, RUE DE VAUGIRARD

Eilert Lang reteve bruscamente Simon Darden ao dobrar a esquina. Segurou-o, obrigando-o a procurar amparo em uma cerca. Depois de deixar o carro algumas ruas à frente, os dois haviam ziguezagueado, mergulhados em um mutismo hermético, até alcançar a rue de Vaugirard. Estavam a poucos metros da clínica geriátrica em que Martin Höpfner estava internado. O jornalista, incomodado, procurou os olhos do biólogo. Brilhavam, acesos pela desconfiança.

— O que há? Está acontecendo alguma coisa? — perguntou, sobressaltado.

— Acho que sim — sussurrou Land, apontando o prédio.
— Não é possível! Elke!

Darden dirigiu um olhar enviesado à entrada. Era uma casa antiga, senhorial, isolada, de três andares coroados por uma elegante água-furtada de telha de ardósia, cercada por uma grade metálica e um pequeno jardim dianteiro. Constatou que dois homens, que pareciam custodiar uma mulher, infiltravam-se na clínica geriátrica enquanto um terceiro permanecia entre as colunas da porta, sob um alto pórtico, com expressão de cão de guarda, farejando a rua de um lado a outro.

— Estão com Elke. Não consigo entender — sussurrou Eilert, emocionado. — Merda, parece que chegamos tarde. Muito tarde.

— Essa é a mulher de quem você me falou, a violinista?

— Sim. Seu nome é Elke Schultz. Deixei-a na embaixada da Alemanha hoje de manhã. Não entendo o que está fazendo aqui.

— Você conhece esses três tipos?

— Conheço bem um que entrou. O louro alto, Günter Baum. E vi os outros há um par de dias em Berlim. Matadores da Thule.

— O que faremos agora?

— Não sei. Me dê alguns segundos. Preciso pensar — vociferou Lang, nervoso.

O rosto do inglês se contraiu em um ricto incrédulo quando, pouco depois, viu o biólogo levar a mão ao bolso da gabardina e tirar uma automática.

— Você pensa em entrar, e ainda por cima armado? — perguntou, intranquilo.

— Eu já lhe disse que isto podia acabar muito mal.

— Mas...

— Nem "mas" nem meio "mas" — cortou Eilert, irritado, destravando a arma. — Você faça o que achar mais conveniente. Essa corja pretende assassinar Martin Höpfner, entende? E eu vou tentar impedi-los. Além do mais, essa mulher, Elke, está metida nisto por minha culpa. Não posso ficar de braços cruzados. Deseje-me boa sorte, amigo. Se tudo der errado, vá embora, saia daqui e volte a Londres.

O medo imobilizou Simon Darden. Seus joelhos se dobraram. Uma convulsão interna, parecida a uma chibatada, o avisava que se seguisse Lang naquele momento não teria como voltar. O rosto de seu filho desfilou no meio da vertigem de pensamentos que se agitavam em sua cabeça.

— Vou com você — resolveu, reunindo coragem.

— Como quiser.

— O que sugere?

— Atravessar para o outro lado, discretamente, um pouco mais além — apontou Lang. — E depois nos aproximarmos do prédio por trás. Acho que o jardim do quintal da casa vai até a próxima rua. Poderemos entrar por ali discretamente, sem ser vistos.

Sem esperar que seu plano fosse aprovado, Eilert começou a andar a passo rápido pela rue de Vaugirard, afastando-se da clínica geriátrica e seguido de perto por um desconcertado Darden.

Günter esgrimia, naquele exato momento, o mais encantador de seus sorrisos, acotovelado no balcão da recepção da clínica. Atrás dele, impassível, Ewald Fleischer sujeitava, com força, o braço de Elke Schultz, enquanto enfiava o cano da pistola em suas costas.

— Martin Höpfner, disse? — a telefonista hesitou. Mordiscava sem vontade uma barrinha de cereais. Colocou uns óculos de armação leve na ponte do nariz e consultou uma lista. — Um segundo, por favor. A maior parte dos nossos hóspedes saiu. Uma dessas excursões facultativas, como o senhor sabe — observou. — A prefeitura convidou-os para o lançamento de uma monografia sobre a obra de Durero, no Louvre. Mas não vão demorar. O ônibus os levará de um monumento a outro.

— Obrigado. Sentimos não ter avisado de nossa visita antecipadamente. Estamos de passagem por Paris e gostaríamos de cumprimentar nosso tio — acrescentou, em tom teimoso, Baum. — Faz muito tempo que não o vemos. Ficará muito feliz, lhe garanto.

— Ora, é claro que sim, estamos com sorte! — anunciou, finalmente, a mulher. — Creio que Martin Höpfner não saiu. Certamente está com seus amigos. Toda tarde joga dados com Ferdinand e Maurice no salãozinho do fundo, ao lado do jardim. Vou avisá-lo. Diga-me, senhor, a quem devo anunciar?

— Se não se incomoda, preferiríamos que fosse uma surpresa.

— Entendo, mas isso não é possível — respondeu a mulher, estalando os lábios em sinal de desaprovação. — As normas da instituição proíbem visitas não programadas. E menos ainda a estas horas. Se estiverem de acordo, avisarei ao Sr. Höpfner que os senhores estão aqui. Virá em seguida. Poderão se reunir com ele na salinha de visitas.

— Sabe, senhorita, mulheres como você são as culpadas de que eu acabe sempre perdendo a compostura! — resmungou Günter, empunhando a Walther. Leu o nome escrito no pequeno crachá pendurado no guarda-pó da recepcionista, destravou a arma e apertou o cano contra seu rosto. — Ouça-me, com atenção, Juliette Chardin: se quiser continuar fazendo a porra do seu regime e enfiando a porra do seu cu na porra de uma saia, me diga agora mesmo onde está Martin Höpfner.

— Por tudo que o senhor mais ama, não atire! Tenho dois filhos! — suplicou ela, aterrorizada diante da inesperada reação de Baum; embora já fosse tarde, entendeu o significado do olhar obsessivo e crispado de Elke Schultz. A violinista tentara alertá-la do perigo desde o primeiro momento, em silêncio. Não afastara seus olhos dela nem um só instante.

— O Sr. Höpfner deve estar, provavelmente, naquela sala — Juliette Chardin apontou de forma inequívoca uma porta de correr, de lâmina dupla, no fundo do corredor.

— Muito bem. Agora responda: você está sozinha? Onde estão seus colegas? — perguntou Günter, receando a tranquilidade do lugar.

— Duas enfermeiras estão jantando lá em cima, no segundo andar — respondeu ela, com um fio de voz trêmula. — E uma terceira no primeiro andar, preparando a medicação noturna.

— Perfeito. Agora, Juliette, seja uma boa menina e fique caladinha.

— Eu o acompanho, Günter? — perguntou Fleischer.

— Não. Vigie estas duas. Se tentarem alguma coisa, já sabe.

Baum encarou o corredor. Em ambos os lados se abriam numerosas salas destinadas ao lazer dos hóspedes. Confirmou que estavam vazias. Empurrou para um lado uma cadeira de rodas, acertou o nó da gravata e entreabriu as folhas do que era uma ampla sala de jogos e leitura.

— Quadra de ases e um valete! — gritou uma voz em tom triunfal.

— Ora, vamos, Martin! Quadra assim de saída? E de ases? — exclamou Ferdinand, incrédulo. — Isso cheira a um blefe podre. O valete sempre engana. Se eu comprar uma dupla de vermelhos, aí você poderá cantar vitória!

— Faça o que quiser, mas eu tenho uma quadra de ases com valete. Eu passo. Vamos ver se você consegue mais — reiterou, orgulhoso, Höpfner. — Vai se foder! Aqui se faz, aqui se paga!

— Estou avisando que eu não penso em pagar nenhum pato para salvá-lo — advertiu Maurice, entre risadas, sacudindo Ferdinand. — Nem pense em tirar uma dama. Juro que me levanto, sem pensar duas vezes!

— Está vendo? Maurice tem razão, Martin! Logo de saída, você cantou muito alto!

— Quando se pode, pode. Se não acredita, não compre: levante e mostre... — disse Martin Höpfner, inflexível. Deslizou o cubinho ao longo da mesa diante do nariz de seu companheiro.

— Eu não duvidaria da palavra do Sr. Höpfner — afirmou Günter Baum, revelando sua presença. Observara a cena de um lugar discreto. Pegou uma cadeira, arrastou-a até a mesa de jogo e se sentou a cavalo, cruzando os braços sobre o encosto.

Os três anciãos se olharam, desconcertados.

— Você não conhece Martin — afirmou Ferdinand, dirigindo-se ao recém-chegado. — É o rei do blefe. Mente mais do que fala.

— É possível, mas temos aí quatro ases. Eu, em seu lugar, jogaria os dados e tentaria um jogo maior — aconselhou Baum.

— Muito bem, como quiser! Ficará convencido de que Höpfner é um pilantra! — resolveu Ferdinand, deslizando cuidadosamente os dados ao longo da mesa. — Vamos ao máximo, Maurice, ao máximo!

— E agora, o que acham que eu devo fazer? — perguntou Maurice, rindo e dando umas batidinhas no copinho de couro.

— Agora, você passa os dados pra mim. Vou comprar uma quadra de ases com rei — tranquilizou-o o matador.

— Como quiser.

O francês encolheu os ombros e prolongou a viagem do lance pelo feltro.

Baum chafurdou discretamente no copinho. Sorriu e mostrou os dados. Quatro ases e um valete.

— O que eu lhe disse? Nosso amigo não mentia! — murmurou, agrupando os ases no centro da mesa. Agitou o quinto dado e com um golpe seco plantou o copinho diante de Martin. — Ao ás, Sr. Höpfner!

— Quina de ases. Que merda! Não estou aqui para ser humilhado por quinas... Aqui não há um ás! — resmungou o alemão, abrindo o jogo. Seu sorriso murchou de vez.

Um ás.

— Merda, isso sim é que é má sorte! — constatou, aborrecido.

— Péssima... — sussurrou Günter.

Höpfner e Baum se olharam fixamente, durante um minuto, sem que nenhum dos dois afrouxasse a tensão que foi tomando conta do cara a cara.

— Acho que não nos conhecemos, cavalheiro — balbuciou, finalmente, o ancião —, mas algo me diz que o senhor está me procurando.

– De fato.

— É o que eu temia. Comecei a temer quando soube que Färber e Gottlieb haviam sido assassinados — murmurou, resignado. — Quer saber de uma coisa? Nunca mais voltei a ver esses dois, nem nenhum daqueles que estiveram ali naqueles dias finais!

— Dias tristes...

— Sim, tristes. Os americanos me capturaram quando tentava fugir. Pelo menos nisso eu tive um pouco de sorte.

Com os russos teria sido muito pior. Passei dois anos esfregando as latrinas daqueles porcos, carregando baldes com seus excrementos.

— Sua vida não foi fácil. É o que me consta.

— Bem, depois me casei. Essa parte foi a melhor. Quando minha mulher morreu, há sete anos, vim viver em Paris. O marido da minha filha mais velha é diretor da Michelin.

— Eu sei.

— Diga-me, há alguma maneira de evitar isto?

— Creio que não.

— Entendo, suponho que não se importará se eu ficar em pé.

— É o que lhe peço.

Martin Höpfner se ergueu diante do olhar atônito de seus companheiros de jogo. Começou a cantarolar, emocionado, ereto como uma estaca.

"*Deutschland, Deutschland über alles, über alles in der Welt...*"

Sem deixar de encarar Baum, rebuscou no bolso de seu roupão de seda. Exibiu um envelopinho e o fez saltar na palma da mão.

— Como vai ver, já preparei tudo — sussurrou, rasgando o sachê de sal. Em um gesto rápido, esvaziou parte do conteúdo sob a língua. — Na vida ou na morte, sobre o sal! *Heil*, Hitler!

— Sua é a Coroa de Vril, irmão ariano — sentenciou Baum, levantando-se à velocidade do raio. Colocou o cano da pistola em sua testa e disparou.

O impacto lançou o velho violentamente contra uma mesa adjacente. Höpfner desabou, arrastando em sua queda várias cadeiras. Sem perder um segundo, o agente da Thule encarou Ferdinand e Maurice.

— Você... Você está louco! Mas o quê... O que fez? — gaguejou o primeiro, apavorado. — Por que está apontando pra gente? Por Deus, pare!

— Uma boa partida de dados não pode ser deixada pela metade — grunhiu Günter, apertando o gatilho. — Boa viagem, cavalheiros!

Eilert Lang e Simon alcançaram a parte traseira do edifício no exato momento em que o eco abafado de dois disparos consecutivos ecoava no ambiente. Haviam atravessado correndo o jardim da casa. Mas quando conseguiram espiar, por uma das janelas, o que acontecia no salão, Baum já terminara seu trabalho e abandonava o recinto a caminho do vestíbulo.

— Mortos! Estão mortos! — constatou o jornalista, sobressaltado, vencido pelo esforço. Depois de ter espreitado rapidamente a sala, permaneceu agachado, encostado contra a parede.

— Cale-se! Merda!

— Precisamos chamar a polícia, imediatamente! — resolveu Darden, pegando seu telefone.

— A polícia? Não diga loucuras. Quando chegarem aqui, tudo terá terminado!

— Você tem uma ideia melhor?

Lang não respondeu. Sua atenção parecia viajar além da sala de jogos, acompanhando Baum em sua retirada. Reconheceu a silhueta inconfundível de Elke Schultz, ao longe, no vestíbulo. A mulher tentava se safar em vão do férreo controle de um dos matadores. Consciente de que o tempo se esgotava, o biólogo desceu a pequena escada que levava da porta traseira ao jardim e percorreu a fachada procurando a maneira mais fácil de entrar.

— Acabou? — perguntou Ewald Fleischer, ao ver Baum chegar.

— Sim, já.
— O que faremos com estas duas?
Günter levou um cigarro aos lábios. Acendeu-o.
— São suas. Mate-as. Estou esperando no carro... — ordenou, a caminho da porta.
Fleischer mirou a recepcionista enquanto prendia Elke em um abraço raivoso e asfixiante. Juliette Chardin, impossibilitada de fugir, imobilizada atrás da ilusória segurança representada pelo balcão do vestíbulo, intuiu seu terrível final. Levou as mãos à cabeça e começou a gritar, tomada pela histeria.
— Cale a boca, filha da puta! — vociferou, irritado, o sequaz.
— O que está acontecendo aqui? Qual é a razão de todo este estrépito? — interrompeu uma voz mal-humorada no último instante, quando os dedos de Fleischer já se crispavam sobre o gatilho.
Alertada pelo som dos disparos e pelo escândalo na entrada, uma enfermeira resolveu aparecer. Levava nas mãos uma bandeja repleta de remédios. Não teve tempo de entender o que acontecia. Ewald, sobressaltado, girou sobre os calcanhares dando um novo destino a sua bala. O projétil traspassou a mulher na altura do esterno. Caiu feito chumbo, inundando o recinto de pastilhas coloridas.
— E agora você, estúpida! — grunhiu o matador, apontando novamente à cabeça da recepcionista.
— Não! Agora você, filho da puta! — gritou Eilert Lang, irrompendo no corredor como uma tromba-d'água.
O biólogo não esperou que Fleischer o mirasse. Fez três disparos consecutivos, na corrida, angustiado pela possibilidade de que alguma das balas pudesse atingir Elke. Ewald caiu de joelhos, no meio de um uivo pavoroso. Ficou prostrado, com

o antebraço perfurado e a mão direita arrebentada. Assim que se viu livre, Elke Schultz se voltou contra ele, dando-lhe um contundente e enfurecido pontapé em pleno rosto.

— Filho da puta, maldito filho da puta, morra, morra! — gritou, fora de si.

— Basta! Basta, Elke! — ordenou Lang, contendo-a. — Não queria chamar a polícia, Sr. Darden? Pois este é o momento! Baum e o outro não tardarão a enfiar seus narizes aqui quando perceberem que este sujeito não foi encontrá-los! Pegue esta pistola, vamos precisar dela!

— Eu vou chamar a polícia — sugeriu Juliette Chardin, tentando superar o pânico que ainda a embargava. Não conseguia afastar os olhos do cadáver de sua companheira, estendido sobre uma poça de sangue alguns metros além.

— Muito bem, faça isso, mas faça depressa! — concordou Eilert. — Porra, Darden, eu não lhe disse para pegar a automática?

O jornalista, como um robô, levantou a arma. Jamais tivera uma pistola nas mãos. Tentou dominar o tremor nervoso que se apoderou de seu braço ao segurá-la com força.

— Pronto, pronto, já estou com ela — sussurrou, assustado. — E o que faço agora?

— Agora aponte para a cabeça desse filho da puta e se ele se mexer dispare até não sobrar mais balas! Está entendendo ou quer que eu te mostre? — resmungou Lang, cáustico.

Ao ver que Darden assentia, se voltou para a violinista.

Elke Schultz se deixara cair sobre o braço de uma pequena poltrona. Abraçava o estojo do violino como se fosse um ser desprotegido. Olhava com olhos vazios e perdidos para lugar nenhum. Mal conseguia respirar.

— Elke, eu... eu sinto, sinto muito — sussurrou o biólogo.

— Cale-se. Não se dirija a mim, Eilert. Não diga nada.

— Eu queria que você soubesse.

— Eu o odeio. Odeio com toda a minha alma. Tudo o que está acontecendo é por culpa sua.

— Eu sei.

— Mas... Mas eu lhe agradeço por ter me salvado — murmurou, se desfazendo em seguida em um pranto mortificado.

— Não chore, por favor. Prefiro vê-la furiosa, mas em pé. Isto não acabou. Acredite em mim, temos de sair daqui agora mesmo — afirmou Lang, consciente de que o tempo escapava como a areia de uma ampulheta.

— A polícia está a caminho — informou Juliette, com voz aflita.

— Muito bem. Nós vamos embora. Explique-lhes tudo o que aconteceu.

— Vão me deixar sozinha com este criminoso? — perguntou a mulher, inquieta.

— Não tenha medo. Este porco vai com a gente — afirmou Eilert. — Vamos, desgraçado, levante-se, você vai nos ajudar a sair daqui!

Lang agarrou Fleischer pela gola do casaco obrigando-o a se aprumar; cravou o joelho na sua coluna vertebral e o levantou violentamente. Aos empurrões, enfiando o cano da pistola em sua nuca, conduziu-o até a porta.

Os temores do biólogo se materializaram. Günter Baum e Matthias Lutz, estranhando a demora do companheiro, haviam refeito o caminho até a clínica geriátrica. Todos ficaram cara a cara no exíguo espaço que se interpunha entre o prédio e a cancela da entrada.

— Ora, que surpresa agradável! — exclamou Baum. — Uma bela reunião de família!

— Se afaste se quiser que seu amigo continue vivo — ordenou Eilert.

— Quanto tempo, Lang.

— Sim. Muito.

— Parece que você e eu estamos condenados a nos encontrar uma, e outra, e outra vez. Damasco, Budapeste, Berlim, Paris! — ironizou Günter. — Viajar tanto não o aborrece?

— Chega de papo, se afaste!

Matthias Lutz levou a mão ao interior da gabardina, em um claro gesto de que ia sacar sua automática. Baum o deteve.

— Você não sabe onde se meteu, Sr. Darden — ameaçou o agente da Thule, encarando o jornalista. — Daqui a pouco vai estar se lamentando. Você e a Srta. Schultz deveriam escrever um testamento. O quanto antes possível.

— Cão que ladra, não morde, filho da puta — vociferou Lang.

— Você está morto, Lang. Sabe disso. Você é um cadáver podre. Um puto de um zumbi — mastigou Baum, com expressão enojada. — E vou devolvê-lo a pontapés à tumba da qual não deveria ter saído.

— Certo, mas você vai me acompanhar no inferno. E agora suma, ou os miolos deste aqui arruinarão esse belo casaco de lã que está usando.

Günter Baum e Matthias Lutz haviam começado a recuar quando o chiado agudo de uma freada levou-os a olhar para trás. Um ônibus grande estacionava diante da casa e abria suas portas, despejando um tropel de octogenários satisfeitos e enfermeiras exaustas. Lang considerou a irrupção um acontecimento providencial. Agarrou Ewald Fleischer pelos cabelos e o empurrou, decidido, deslizando entre o punhado de corpos adoentados e claudicantes que invadia o lugar, abrindo caminho ao jornalista e à mulher.

— Cuide de Elke! Está me ouvindo, Darden? Obrigue-a a correr em direção ao carro! — ordenou entre imprecações.

Simon pegou a violinista pelo braço e puxou-a, lutando para sair do caos disforme que os cercava. Quando Lang percebeu que começavam a fugir, encheu o peito de ar e deu um empurrão selvagem em Fleischer, lançando-o como se fosse um fardo contra Baum. O encontrão desequilibrou os dois. Lutz, diante do jeito que as coisas iam tomando, resolveu sacar a arma. Começou a disparar, possuído por um frenesi irracional. O biólogo viu o corpo frágil de uma anciã se interpor à trajetória das balas que lhe eram destinadas. A mulher, com os olhos fora de órbita, se aferrou ao seu braço como se fosse uma tábua de salvação, enquanto ele, por sua vez, desencadeava um inferno de chumbo.

Não parou de apertar o gatilho até esvaziar totalmente o pente.

O assassino da Thule, crivado de balas, desabou como uma marionete.

Aproveitando a indescritível loucura que se desatara na rue de Vaugirard, Eilert Lang correu como uma alma endiabrada atrás de Simon e de Elke.

26

NAZISTAS, EICHEL, NAZISTAS

— Era o presidente, era Jacques Chirac em pessoa! — balbuciou, consternado, Alain Goulard, desligando o telefone. — *Sacré bleu*, que desastre!

O inspetor francês desabou pesadamente no sofá. Cobriu o rosto com as palmas das mãos desejando que a terra o engolisse, e voltou, depois de uma breve estadia em lugar nenhum, ao drama que era a realidade. Arrumou com cuidado seus cabelos prateados e cruzou os dedos em uma atitude reflexiva.

Bruno Krause e Christian Eichel lhe dirigiram um olhar de comiseração.

— Sim, é um dia negro — murmurou, abatido, o comissário alemão.

— Está furioso. Furioso. E com razão — afirmou, com um fio de voz. — Toda a área foi ocupada por câmeras de televisão. As imagens darão a volta ao mundo. Em poucas horas, Paris será a capital do crime. Isto vai repercutir negativamente no turismo.

— Bobagens.

— Disse que nunca, durante seu mandato, aconteceu nada semelhante. Sei de boa fonte que não quer se candidatar nas próximas eleições presidenciais. Está farto. Ouvi dizer que tem a intenção de tornar pública sua renúncia antes da próxima primavera.

— Esta tragédia não vai empanar a carreira de Jacques Chirac. Os políticos só se importam com a própria imagem. Acalme-se — sugeriu o alemão.

— Mas será uma mancha negra na minha. Não sei se lhe disse, mas vou me aposentar no final de janeiro — confessou Goulard. — Eu lhe garanto que vi muitas coisas em minha vida. Muitas, mas nenhuma parecida com esta.

Krause só conseguiu assentir. Ele também não se lembrava de ter presenciado, em muitos anos de serviço, nada semelhante. O lugar era um formigueiro de agentes, médicos e enfermeiras, juízes e legistas. Todos os hóspedes da clínica geriátrica haviam sido transferidos para um hospital próximo, no mesmo ônibus usado na visita ao Louvre, mergulhados em um estado de ansiedade que em mais de um caso parecia o prelúdio de uma crise cardíaca. Seis cadáveres, enfiados em sacos negros, ocupavam o corredor central da casa, prontos para serem retirados. Andar pelo térreo era impossível. Numerosos investigadores discutiam a meia-voz enquanto esticavam longos fios destinados a determinar a trajetória das balas e a posição dos envolvidos. Por todos os lados recolhiam cartuchos e reconstituíam os acontecimentos. Os flashes das câmeras espocavam. No meio desse cenário desolador, Juliette Chardin, a recepcionista, atendia aos pedidos de uns e outros com expressão alienada. Era a única testemunha do drama.

— Terminamos, inspetor Goulard, pelo menos por ora — anunciou um dos criminalistas, despontando na porta da pequena sala em que o francês e seus colegas permaneciam à espera. — Querem interrogar a Sra. Chardin?

— Sim. Desde que tenha forças para continuar, é claro — respondeu. — Pobre mulher. Não vai esquecer isto nem que viva cem anos!

Segundos mais tarde, Juliette atravessava o umbral e era convidada a se sentar.

— Como está a senhora?

— Mal.

— Quer que peça que lhe tragam um conhaque ou alguma coisa com gás? — sugeriu, solícito, o inspetor.

— Não, obrigado. Tomei alguns sedativos. Estou esgotada e com uma terrível vontade de chorar, mas não consigo...

— Lamento seu estado. Tentaremos ser rápidos. O que conseguir nos contar agora será de vital importância na hora de capturar esses assassinos — murmurou Krause, entreabrindo uma pasta na qual se acumulavam os primeiros informes. — Tenho aqui a descrição que fez desses dois criminosos. É muito boa, muito detalhada. Será muito útil.

— Tomara.

— Sim. Sem dúvida. Se concordar, Sra. Chardin, gostaria de começar lhe mostrando uma foto e um desenho feito por nossos fisionomistas de Berlim.

— Como quiser.

— Você está com a foto, Christian?

Eichel sustentou diante dos olhos da mulher uma imagem de Elke Schultz. Uma das fotografias que a Berliner Philarmonie colocara à disposição dos meios de comunicação.

— Reconhece a mulher?
— Sim. É ela. Entrou com esse par de animais. Juraria que tentou, desde o primeiro momento, me avisar do que acontecia. Com o olhar. Agora entendo. Carregava um estojo. Suponho que era um violino.
— Perfeito. Agora olhe com atenção este retrato falado. Diga-me se este foi o homem que irrompeu no corredor e disparou no sujeito que a ameaçava — pediu Krause.
A Sra. Chardin adiantou ligeiramente o rosto e entrecerrou os olhos. Assentiu com um gesto cansado.
— Sim. Esse é o homem que apareceu quando eu já me considerava morta. Não está muito bem desenhado; o queixo é um pouco mais anguloso, não tão redondo, e os olhos não são tão pequenos, mas sim, é ele. Atirou duas ou três vezes. Destroçou a mão daquele desgraçado.
— Foi ele quem pediu que avisasse à polícia?
— Sim, ele. Bem, não. Não aconteceu exatamente assim. Deu uma ordem ao homem que o acompanhava. Recordo que o chamou duas vezes pelo sobrenome, Darden. Então eu me ofereci e ele concordou.
— Merda, há algo aqui que não se encaixa! — resmungou Krause entre os dentes.
— O que não se encaixa? — perguntou Goulard, arqueando uma sobrancelha.
— Depois eu lhe explico — sugeriu o alemão, pedindo para adiar o assunto. — Diga-me, madame Chardin: a senhora se lembra se o tal de Darden chamou em algum momento esse homem pelo nome? Ou, quem sabe, a Srta. Schultz?
A recepcionista afastou os olhos e examinou suas recordações.

— Creio que ela o chamou de... Eilert? Bem, não sei, soava assim. Algo parecido com Elbert ou Eilert — murmurou, pouco convencida. — Ele e essa mulher trocaram algumas frases. Achei que se conheciam. Ele parecia pedir desculpas por tudo o que estava acontecendo. Ela estava muito irritada. Mais do que irritada, enfurecida. Pareciam dois namorados depois de uma briga violenta. Não me lembro de mais nada.

— Dois namorados, disse? — inquiriu Krause, com ceticismo. — Agora sim não entendo nada.

— Sim. O senhor sabe: um casal que tenta colar os cacos da louça depois de um tê-la atirado na cabeça do outro — afirmou a Sra. Chardin. — Estou dizendo que conversavam em um tom cúmplice, familiar.

— Tá...

— Talvez esteja fantasiando, mas acredito que foi assim.

— Bem, é suficiente. Vamos falar agora desse par de assassinos. Tente recordar: esse homem, o louro alto, disse por que queriam ver Martin Höpfner?

— Não. Disseram que eram parentes.

— Há quanto tempo Höpfner está na clínica?

— Há pouco mais de três anos; tinha diabetes tipo B e arritmia. A filha e o genro achavam que aqui seria mais bem atendido do que em casa.

— Ele se relacionava com o restante dos hóspedes?

— No começo, não muito, mas, com o tempo, fez uma boa amizade com Maurice e Ferdinand. Jogavam dados. Tinham a mesma idade. Dedicava o resto do tempo a ouvir ópera e a ler. Será fácil checar. Seu quarto está cheio de livros. Livros sobre a Segunda Guerra Mundial.

— Só mais uma pergunta e terminaremos — anunciou o comissário. — Eu lhe imploro para fazer um esforço, para pensar bem antes de responder. Acaba de dizer que Martin Höpfner costumava ler livros sobre a guerra.

— Sim. O tempo todo. Quando o tempo estava bom, passava as manhãs no jardim dos fundos, debaixo das tílias, com algum livro nas mãos.

— Costumava falar do que fizera naqueles anos?

— Durante a guerra? Bela pergunta! Sim, vez ou outra. Contou que havia sido um excelente aviador, um dos pilotos da Luftwaffe. Em uma ocasião chegou a confessar que conhecera Hitler pessoalmente, mas eu não acreditei. Achei que estava zombando de mim. De qualquer maneira, contava esse tipo de coisa sobretudo a seus dois amigos. Não posso ajudá-lo muito em relação a isso. Não tínhamos uma grande relação. No entanto, me lembro que há um par de anos teve uma discussão muito acalorada com Maurice. Quase tivemos que separá-los. Faltou pouco para que chegassem às vias de fato. Depois ficaram sem se dirigir a palavra não sei quantas semanas.

— Por quê?

— Pelo visto, Martin contou a Maurice alguma coisa confidencial. Não me pergunte o quê. Algo relativo à guerra. Algo que para ele era muito importante. E Maurice, que era um grande gozador, brincou com ele. Disse que estava inteiramente louco.

— E o que mais?

— Nada além disso.

— Maurice chegou a explicar o motivo desse bafafá a alguém?

— Acho que não. Só me lembro de que durante os dias em que o mal-estar durou, caminhava com passo marcado e levantava o braço quando cruzava com Höpfner. O senhor sabe, a saudação dos nazistas. Criancices próprias de velhos.

— Tá.

— Ainda falta muito? Eu gostaria de ir embora — implorou a mulher. — Estou esgotada.

Krause trocou um olhar com Alain Goulard. O inspetor francês parecia não ter perguntas a fazer. Levantou-se, solícito, e acompanhou a Sra. Chardin até a porta.

— Ouça, vou pedir que a acompanhem até sua casa. Durante alguns dias ficará sob a proteção de dois dos meus agentes. Não quero assustá-la, mas suponho que não lhe escapa o fato de que é a única pessoa que presenciou tudo o que aconteceu aqui — murmurou em tom cordial. — Procure descansar. Voltaremos a nos ver.

Depois de dar ordens precisas a seus subordinados, Goulard voltou ao prédio. Notou que Bruno Krause e Christian Eichel também exibiam sintomas de cansaço no rosto.

— Minha intenção era convidá-los para jantar, mas intuo que, depois de tudo isso, não teremos condições de desfrutar de uma noite agradável — afirmou, circunspecto, voltando a se sentar de novo. — Talvez queiram que os levemos ao seu hotel. Fizeram reservas?

— Sim. Não se preocupe com isso.

— Bem. Suponho que agora, comissário Krause, poderá me explicar o que é que não se encaixa nesta história, está lembrado? — perguntou Goulard, com expressão intrigada.

— Há muitas coisas que não se encaixam.

— Diga-me uma.

— Não consigo entender que o homem que estamos perseguindo por ter sequestrado a Srta. Schultz, um tal de Heinz

Rainer — disse Bruno Krause, batendo com o indicador no desenho que reconstruía o rosto de Eilert Lang —, a tenha libertado na porta da embaixada da Alemanha em Paris. É muito significativo. Para começar, me permite entender que a usou para fugir dos que provocaram este massacre.

— Prossiga.

— Essa mulher, de algum modo, não apita nada em tudo isso, simplesmente é...

— Uma vítima colateral?

— Colateral? Ah, sim, os americanos são bons em cunhar eufemismos! Exatamente, uma vítima colateral! — concordou o alemão. — Alguém que estava passando no pior momento, quando esse tal de Heinz, ou Eilert, ou como diabos se chame, acertava contas antigas com esses sujeitos. É muito curioso como duas histórias distintas, aparentemente divergentes, acabam se encontrando.

— Sinto muito, mas não estou conseguindo acompanhá-lo — comentou Goulard.

— Vou lhe explicar. Quando a Srta. Schultz foi sequestrada, há dois dias, Eichel e eu estávamos investigando um assassinato cometido em Berlim. Um crime que tem certa relação com outro que acontecera pouco antes em Munique. Esses dois assassinatos têm certas semelhanças: os mortos eram dois anciões que, durante a guerra, serviram em unidades de intendência, na Chancelaria e no Führerbunker de Hitler; as armas que acabaram com suas vidas foram disparadas por uma mesma pistola, uma Walther antiga, dos tempos da guerra.

— Oh!

— Espere. Não terminei. Em sua fuga, tendo Elke Schultz em seu poder, o tal do Rainer matou um homem. Um tal de

Adriaan Schieffer. Triturou todos seus ossos com um carro. Examinamos seu cadáver. Tinha uma tatuagem muito especial no ombro. O símbolo de uma organização secreta nazista. Thule, Ultima Thule.

— Continuo sem entender onde quer parar.

— Esta manhã, no exato momento em que recebemos a informação de que Elke Schultz havia sido libertada em Paris, Christian Eichel e eu estávamos examinando a relação dos sobreviventes que serviram aos hierarcas nazistas refugiados no bunker de Berlim.

— Sim, foi uma coincidência espantosa — admitiu Christian, abandonando seu mutismo.

— Nada de coincidências, Eichel. Já falamos tudo o que podíamos falar a respeito do acaso! — censurou-o Krause diante do olhar perplexo de Goulard, retomando o tema com pressa. — Eu lhe dizia que havíamos repassado essa lista, reduzindo-a mais e mais, até ficarmos com apenas quatro nomes. O primeiro deles é Bernd Freytag von Loringhoven. Esse homem cuidava do sistema de rádio e de decifrar os informes de guerra. Atualmente tem uns 93 anos. Publicou, tempos atrás, um livro sobre suas recordações do bunker de Berlim. Agora mesmo está sob nossa vigilância. Vive em Munique. Foi avisado de que uma coisa estranha está acontecendo. Juraria, de qualquer maneira, que Freytag está alheio a toda esta trama.

— Entendo.

— Martin Höpfner, Hans Dietrich Steinmeier e Klaus Münzel são os outros três.

— Os outros dois — corrigiu Christian Eichel.

— Sim, exatamente. Os outros dois.

— Acho que estou começando a entender — assentiu Goulard.

— Ouça, ao vir a Paris para cuidar da segurança da Srta. Schultz, pensamos em visitar, rapidamente, Martin Höpfner. Conversar com ele. E agora está morto. Bem, dois assuntos muito distintos, um sequestro e alguns crimes que parecem ter relação com algum acontecimento do final da guerra, viraram um único caso, entende?

Goulard assentiu. Diante da expressão concentrada de seu rosto, Krause deduziu que o inspetor francês maldizia seu azar. Parecia sopesar, em meio ao turbilhão em que, certamente, haviam se convertido seus pensamentos, o que iria dizer na inevitável declaração que os meios de comunicação exigiriam da Gendarmerie.

— Sim. Entendo — sussurrou, resignado. — Um maldito quebra-cabeça.

— Quero me certificar de uma coisa — comentou Krause.

— De quê?

— Ainda não levaram os cadáveres, não é mesmo?

— Continuam no corredor.

— Eu gostaria de dar uma olhada naquele matador, o que morreu no lado de fora do prédio.

O inspetor francês pediu que o saco fosse aberto imediatamente. Krause sentiu que seu estômago se revolvia até a náusea diante daquela visão. O rosto de Matthias Lutz, para ele apenas um corpo sem nome, era uma massa disforme ensanguentada, repulsiva. As balas de Rainer haviam acertado uma das faces e o nariz, entre os olhos.

O comissário afundou suas mãos em finas luvas de látex e desabotoou o paletó e a camisa do homem. Examinou seu peito diante do olhar desconcertado de todos. Por último, descobriu seus ombros.

— Ah! Está vendo? Tal como eu supunha! — afirmou, apontando uma pequena tatuagem. Uma adaga envolta em uma coroa de folhas de louro trançadas. Com uma pequena cruz gamada sobre o punho do estilete.

— O mesmo símbolo tatuado no ombro de Adriaan Schieffer? — inquiriu, com evidente ceticismo, Christian Eichel.

— Idêntico. Eu me atreveria a dizer que os dois são obras do mesmo tatuador.

— Então...

— Então? Nazistas, Eichel, nazistas! Eu lhe avisei! — grunhiu Krause, se erguendo. Dirigiu ao seu subordinado um olhar de reprovação e virou-se para seu colega francês. Com o olhar vazio, murmurou: — Dois assuntos, um só caso.

Goulard parecia confuso, incapaz de entender a verdadeira dimensão dos fatos.

— O que você acha que devemos fazer? — titubeou.

— Boa pergunta. Diria que a parte que lhes cabe é muito clara, meu amigo — afirmou Bruno. — Só restam dois nomes em nossa lista. E um deles, Hans Dietrich Steinmeier, mora nas cercanias de Lyon.

— Meu Deus! — balbuciou Goulard.

— O fato de Rainer, em sua fuga, ter vindo para cá, e com ele, ou atrás dele, essa quadrilha de assassinos, deixa às claras que todos eles estão envolvidos em uma corrida demente — refletiu o comissário em voz alta. — A próxima parada é Lyon, Sr. Goulard. Acho que deveria alertar seus colegas dessa cidade imediatamente. Talvez vocês cheguem a tempo.

— E o que você está pretendendo fazer?

— Em primeiro lugar, pedirei a nossa equipe de Berlim que tente averiguar a identidade de Rainer. Esse homem é a chave deste assunto. Também quero saber o que está acontecendo no BKA; temo que tenhamos um espião infiltrado no nosso departamento de investigação criminal. Por último, precisaria que me fizesse um favor.

— Se estiver ao meu alcance...

— É pouca coisa. Peça a seus subordinados que nos reservem dois bilhetes no primeiro voo para Maiorca. Klaus Münzel vive lá. Na velocidade em que as coisas estão acontecendo, acho que será melhor nos separarmos.

— Farei algo mais.

— O quê?

— Tenho uma velha amizade com algumas pessoas do Ministério do Interior da Espanha; gente com quem trabalhei em operações antiterroristas — explicou Goulard. — Falarei com eles para que coloquem a sua disposição qualquer coisa de que possam precisar.

— Muito bem, boa ideia. Conversaremos amanhã.

Krause e Eichel abandonaram a clínica geriátrica da rue de Vaugirard. Caminharam em silêncio, afastando-se do pandemônio da rua. Uma chuva fina começou a cair. Nas imediações da Torre Eiffel, conseguiram parar um táxi.

Naquela noite, o comissário alemão mal conseguiu conciliar o sono. Os acontecimentos dos últimos dias se amontoavam em sua mente, pedindo atenção, levando-o de um assunto a outro. Esgotado, caiu finalmente em um profundo torpor, quando o despontar do dia insinuava um horizonte coberto por espessas nuvens cor de chumbo.

27

MUDANÇA DE PLANOS

— Basta, porra, basta! — berrou Simon Darden ao mesmo tempo em que fazia uma inesperada manobra à direita. — Calem-se de uma vez, estão me deixando louco!

O carro passou milagrosamente entre um trailer que avançava pela pista central da autoestrada e outro que o seguia a curta distância. O chiado dos freios e uma enervante buzinada devolveram Eilert Lang à realidade.

— Mas que diabos você está fazendo? Quer nos matar? — interpelou o biólogo, encarando o jornalista.

Darden segurava o volante com ardor. Olhou para Lang pelo rabo do olho durante um instante. Um brilho malévolo inflamava seu rosto.

— Nos matar? Muito oportuno! É isso, então? — afirmou entre imprecações, dando uma palmada no pisca-pisca quando já estavam quase no acostamento de uma área de serviço. — Vou parar, isso é o que vou fazer! Parada técnica, Sr. Lang! Preciso de um café e de um uísque, ou, dizendo melhor: de dois, de dois uísques! Ligarei para Londres, me certificarei de que os meus continuam vivos e aproveitarei para vomitar. Confesso que não tenho estômago para certas coisas. Enquanto isso, vocês podem continuar brigando, está certo?

Lang não respondeu. Não lhe restava muita energia. Elke Schultz, afundada no assento traseiro, também não se manifestou. A violinista resfolegava como um felino encurralado. Sua expressão grave dizia, claramente, que estava disposta a dar uma lanhada mortal no primeiro que ousasse se aproximar.

O jornalista parou o carro, pegou sua gabardina e se dirigiu à cafeteria batendo a porta com força.

— Filho da puta! — sussurrou Elke, depois de um silêncio prolongado.

— Muito bem, como você quiser: filho da puta — admitiu Eilert imediatamente.

— Sim, filho da puta! — insistiu ela. Deu uma pancada contundente com o punho fechado no encosto do assento de Lang.

— Chega! Você não é capaz de entender? — grunhiu ele, virando-se para trás.

— O que é que eu não entendo?

— Já lhe expliquei mil vezes, mas é inútil — afirmou, entediado.

— Tente de novo.

Eilert abaixou o vidro de sua janela. Uma lufada de vento gelado penetrou no veículo, esfriando sua irritação. Respirou profundamente.

— Elke, ouça... — disse sem vontade. — Eles vão matá-la. Não duvide disso. Seremos todos perseguidos. Você já viu como age essa corja. Não brincam em serviço. Para eles, dá no mesmo atirar em um idoso ou em uma mulher. Suas súplicas não servirão de nada.

— Vou me arriscar, posso ser muito persuasiva!

— Não.

— Me deixem aqui. Ou em Lyon. Em uma delegacia. Não acontecerá nada comigo, não tema. E se acontecer, eu o eximo de toda culpa.

— Dois homens sobre os quais eu tinha lhe avisado, dois homens cujo rosto você conhecia, tiraram-na sem problemas da embaixada da Alemanha em Paris! E você os seguiu como um cordeirinho! Acha que uma delegacia os deterá? — ironizou Eilert.

— Não posso passar toda minha vida fugindo.

— Eu só lhe pedi 24 horas. Trinta e seis, no máximo.

— Sua guerra não é a minha, Eilert — respondeu ela entre os dentes. — Sei que você não mentiu, sei que tudo o que me contou é verdade, mas não pode pretender que eu o acompanhe em sua viagem ao túmulo.

— Ao túmulo irei sozinho. Você sabe. Preferiria antes perder a vida do que ser a causa de sua desgraça.

— Muito tarde. Já me causou muitas desgraças — concluiu a concertista, em tom desabrido. — Basta, por favor, não posso mais, isto é um pesadelo; vamos parar por aqui, preciso andar.

Elke saiu do carro e começou a andar sem rumo, com o olhar perdido no brilho do asfalto. Chuviscava. Eilert não demorou a segui-la; viu-a procurando no bolso do casaco e levando um cigarro aos lábios.

— Não chegue perto, quero ficar sozinha! — avisou, irritada, ao perceber que ele seguia o eco de seus passos.

Deteve-se, dando-lhe as costas.

— Sozinha? Você sabe qual é o seu maior pecado, Elke Schultz? Vou lhe dizer — murmurou Lang em seu ouvido.

— Seu maior pecado é o orgulho. Esse maldito orgulho é o culpado por estar sempre sozinha. Você é muito inteligente. E também muito egoísta. Uma combinação explosiva. Você e seu violino. Um muro intransponível, um casamento perfeito.

— Até que a morte nos separe.

— Nunca permitiu que alguém se aproximasse de você. Vejo isso com absoluta clareza. Alguns não eram muito bons, não o bastante para levá-la a renunciar a sua vida e a sua carreira; outros não pretendiam ir além de uma noite, e quando mudaram de ideia você atirou suas expectativas no lixo.

— Você é petulante. Não sabe nada de mim — vociferou ela, girando nos calcanhares. Dirigiu-lhe um olhar gélido. — Além do mais, não tem o menor direito de falar comigo dessa maneira. Não depois de tudo o que eu passei.

— Você tem razão. Não tenho nenhum direito. Eu não sou ninguém, só o maldito insensato que a meteu nesta tremenda confusão, alterando sua existência ordenada — admitiu Eilert, aturdido pelo desafio que eram os olhos da mulher. — Mas, apesar de tudo, acho que devo lhe dizer. É o único presente que posso lhe dar antes de ir para o inferno. Pense bem, você não será feliz enquanto se empenhar em criar essa terra de ninguém ao seu redor. Não há amor que possa superar isso.

— Pare de me fazer sermões. O que o leva a pensar que preciso ouvir tudo isso?

— A queixa que sempre brilha no seu olhar.

— Queixa? Você não sabe o que diz!

— Sei muito bem. Você culpa todo mundo por uma situação pela qual é a única responsável. Isso não é fácil de admitir. Por isso você se escuda no desdém; por isso se diz que é melhor estar sozinha, com suas coisas, com seu pequeno mundo perfeito, monótono, embora livre de sobressaltos — afirmou o biólogo, reunindo ousadia —, mas a vida não se mede em dias, meses ou anos. Eu lhe garanto. Só estamos realmente vivos quando perdemos o fôlego, quando algo nos arrebata. Assim é o amor. Você intuiu isso mil vezes. É isso o que lhe diz esse Stradivarius toda vez que você o tira do estojo, embora nunca o ouça. Limita-se a tocá-lo. Uma maravilhosa sinfonia sem alma, impecável em sua execução, embora carente de emoção: você é isso. E continuará sendo isso enquanto não deixar que alguém chegue a você e lhe diga o que sente.

Elke soltou um grito agudo, dolorido, como se um estilete a tivesse atravessado de lado a lado. Deu uma violenta bofetada em Lang. Ele não tentou detê-la. Encaixou uma segunda, impávido, e uma sequência de golpes desordenados, desconexos. Depois, quando ela começou a chorar desconsoladamente, abraçou-a e apertou-a contra o peito.

— Cheguei como um ladrão, no meio da noite — admitiu —, pode me maldizer por isso. Mas eu fiz uma viagem. Cruzei a terra de ninguém. E estou lhe dizendo o que sinto.

— Você está louco, é um demente — balbuciou ela entre gemidos.

— Agora sei por que driblei a morte seis anos atrás.

— Cale-se!

Elke crispou os dedos de suas mãos, impotente. Queria bater nele, sem parar, até se livrar de toda a ira acumulada em seu peito. Tremia feito vara verde. Eilert, com um movimento suave, afastou a cortina que eram seus cabelos.

— Olhe para mim — suplicou.

— Não quero olhar pra você. A única coisa que quero é esquecê-lo.

— Olhe para mim. Só uma vez. E diga que não sente nada por mim. Diga que fiz a viagem em vão. Diga que prefere que a deixe aqui e desapareça de uma maldita vez.

— Eu...

— Olhe para mim, Elke. Eu preciso...

Com os olhos arrasados pelas lágrimas, Elke Schultz levantou o rosto. Eilert percorreu a mínima distância que os separava e deu-lhe um beijo.

— Por que você está fazendo isto comigo? — sussurrou ela entre soluços, tentando afastá-lo.

— Porque descobri que estou apaixonado por você.

— Não é possível, não...

— É sim — afirmou Eilert. — Quero você.

E voltou a unir seus lábios aos de Elke.

— Trinta e seis horas. Não lhe peço mais nada. Me dê essas horas e confie em mim. Vou protegê-la com minha vida.

Uma voz com uma inflexão zombeteira interrompeu a intimidade do momento.

— Do inferno ao céu, sem escalas! Podiam ter começado por aí. Eu teria economizado o rubor de presenciar um espetáculo deplorável! — provocou o jornalista, em tom cáustico. Voltava depressa, segurando uma bolsa de bom tamanho. — Eu me enganei com você, Sr. Lang. Não lhe disse que lembrava um personagem de *O terceiro homem*? Erro crasso! Vendo-o agora, diria que se parece mais com o Cary Grant de *Levada da breca*!

Eilert Lang esboçou um sorriso que não era bem isso. Assimilou o golpe com espírito esportivo. Elke aproveitou a oportunidade para escapar de seus braços. Escondeu o rosto durante um instante e enxugou dissimuladamente as lágrimas na manga do casaco.

— Açúcar, meus amigos — exclamou, orgulhoso, o inglês.

— Chocolate, biscoitos, balas, iogurte e uma garrafa de uísque de malte de 12 anos. Também água, para a gente lavar a cara, é claro! Acho que com esta octanagem chegaremos a Lyon à velocidade do som.

— E a que vem essa drástica mudança de humor? Ganhou na loteria?

— Quase. Falei com John Stewart, um velho amigo. Minha família está bem, sem novidades. E me reconciliei com o mundo.

— Perdão?

— Ajoelhei-me diante dele e lhe entreguei um adiantamento do que serei no futuro.

— Vívida imagem. Entendo.

— Vamos, então?

— Sim, mas há uma mudança de planos.

— Mudança de planos? Que mudança de planos? — perguntou Simon, intrigado.

— Não pararemos em Lyon. Vamos passar ao largo.

— Por quê?

— Porque o placar está contra a gente e temos pouco tempo a favor. Na melhor das hipóteses, chegaremos a Lyon quando já não houver nada a fazer. É provável que Hans Dietrich Steinmeier já esteja morto a estas horas — refletiu Eilert em voz alta. — E talvez nesta ocasião tenhamos a boa sorte de voltar a topar com aqueles desgraçados! Acho que o melhor a fazer é tomar a dianteira, ser mais rápidos. Senão, tudo terá sido inútil. Klaus Münzel é o quinto e último *ator*. E também o mais importante. Vamos a Maiorca.

— A Maiorca?

— Acha que está em condições de dirigir até Barcelona? — perguntou o biólogo. — Poderíamos nos revezar ao volante e estar ali na primeira hora da manhã.

— É uma das minhas cidades preferidas. Tive uma namorada em Barcelona — brincou Simon.

— Ao chegar nos separaremos. Deixarei vocês no aeroporto e pegarei um *ferry*.

— Não estou entendendo.

— Se lhe ocorrer uma maneira de entrar em um avião com duas automáticas no bolso e não acabar algemado, podemos ir juntos — sentenciou Lang, com ironia.

Poucos minutos depois, com o estômago reconfortado, Darden pisava fundo no acelerador, decidido a alcançar o quanto antes até o sul da França. A autoestrada estava livre, poucos carros circulavam em direção a Lyon. Elke não demorou a cair em um profundo torpor, esgotada por tudo o que vivera nas últimas 48 horas. Lang conseguiu se manter acordado, apesar de o cansaço também pesar em suas sobrancelhas. Ao longo da hora seguinte, ele e Darden mal trocaram algumas poucas frases.

— Sinto ter brincado com você — confessou o jornalista.

— A que se refere?

— À história do Cary Grant.

O norueguês encolheu os ombros e sorriu.

— Não faz mal. Era um bom ator.

Simon deu uma rápida olhada no espelho. A silhueta escura de Elke Schultz desenhava uma linha sinuosa e atraente no banco de trás.

— Essa mulher, Elke, é uma verdadeira beldade — sussurrou, bem baixinho.

— Sim, é sim — assentiu Eilert, inclinando ligeiramente o rosto.

— E tem um gênio dos diabos — acrescentou.

— É verdade.

— Acha que com a gente está mesmo a salvo?

— Não, mas sem a gente está perdida — sentenciou o biólogo. — Quero que você me prometa uma coisa, Simon.

— Não gosto de fazer promessas; deixei de cumprir algumas e até hoje me arrependo.

— Mas agora não vai ter outro remédio. Quero que prometa cuidar dela se acontecer alguma coisa comigo. Quero ouvi-lo dizer que a protegerá a qualquer preço.

— Farei isso, posso lhe garantir — concordou, circunspecto, o jornalista do *Guardian*. Em seguida, com evidente ironia, perguntou: — É imaginação minha ou você está se apaixonando por ela?

Eilert não respondeu.

— Seu silêncio é muito eloquente — sussurrou, mordaz, Darden.

— Qualquer silêncio é. De qualquer maneira, a resposta é sim.

— Não quero me meter onde não fui chamado, mas diria que essa mulher apresenta todos os sintomas da síndrome de Estocolmo — afirmou, com clara ironia.

— Se não estivéssemos andando a 150 quilômetros por hora, eu quebraria esse seu nariz com um soco, Sr. Darden.

— Ah, vamos, não leve tudo tão a sério — comentou Simon, em tom conciliador. — Brinco muito. Você vai me conhecer. Não consigo evitar. Acho que é o resultado de ter crescido vendo o *Monty Python's Flying Circus* na BBC...

Pela primeira vez o biólogo riu abertamente, sem rodeios. Ao ver que se divertia, o jornalista não pôde resistir e aderiu àquele riso aberto e contagioso.

— Meu quadro favorito sempre foi o do papagaio morto — confessou Eilert. — Recordo o diálogo fala por fala. Adorava o John Cleese.

— Sim, sensacional. Eu não aguento a piada da eliminação dos nazistas, está lembrado?

— Claro! Como seria bom acabar com todos eles lendo-lhes essa piada!

Diante da imagem inevitável dos britânicos se aproximando das trincheiras alemãs com um papel na mão e um megafone na outra, os dois voltaram a gargalhar. Depois um estranho silêncio se instalou entre os dois.

— Eilert, resta uma parte da história a contar.

— Você leu meu pensamento?

— Talvez você não esteja disposto a falar sobre isso agora — tateou Darden, cauteloso. — Não tem nenhuma relação com uma comédia feliz.

— Não, mas também não temos muito mais a fazer nas próximas horas.

— O que aconteceu em Wichita?

O perfil de Eilert Lang foi adquirindo pouco a pouco uma textura pétrea. Todos os traços amáveis desapareceram de suas feições. Seu olhar traspassou o telão negro e interminável que era a autoestrada até mergulhar no passado.

Em um dia aziago. Tinha a cor da maldição.

28

A CRUZ SOB A ANTÁRTICA — III

— Sim, em Wichita. Foi onde paramos ontem, nessa monstruosidade — retomou o relato.
— Não puderam fazer nada para ajudar seus companheiros.
— O que você acha que poderíamos ter feito? — interpelou, cético, o norueguês. — Estávamos sozinhos, apavorados. Angela se agitava, descomposta, atazanada pelo pânico. Esteve prestes a delatar nossa presença com seus gritos. Obriguei-a a se agachar no gelo. Apesar de o medo me paralisar por completo, minha cabeça se mantinha fria. Entendi que devíamos fugir, sair dali imediatamente. Consegui que ela reagisse. Empurramos as motos em silêncio, durante muito tempo, até que nos convencemos de que não poderiam nos ouvir. O eco dos disparos continuava nos perseguindo.
— Voltaram para Nova Suábia?
— Sim. Alteramos a rota significativamente. Atravessamos as cordilheiras que se estendem ao longo da Costa da Princesa Marta e da Costa da Princesa Astrid. Tínhamos um bom mapa, muito detalhado. Eu sugeri que continuássemos pelo litoral.

Existem ali duas bases russas, Novolazarevskaya e Druzhnaya II. E, um pouco mais além, uma pequena estação meteorológica alemã, a Georg Foster. Normalmente, durante o verão antártico, as três ficam ocupadas por cientistas desses países. Mas foi impossível. Ficamos sem gasolina nas imediações do monte Mühlig-Hoffmann, no outro lado da geleira que desce até o cemitério da Base 211 alemã.

★ ★ ★

— E agora, o que faremos? Jamais conseguiremos chegar à estação russa! — exclamou Angela, invadida pelo pânico.
— Não temos muitas alternativas. Não podemos ficar aqui — afirmei, tentando fingir uma altivez que não possuía.
A verdade é que um presságio funesto estremecia meu espírito. Sabia, perfeitamente, que percorrer aquela distância a pé era impossível. Além do mais, parecia que os elementos se aliavam contra nós. Desatou-se uma forte ventania. Soprava da costa, varrendo o cume das montanhas, carregando em suas asas um inferno de neve.
— Vamos pegar tudo o que possamos carregar. Só aquilo que possa ter alguma utilidade — sugeri.
Juntamos em duas mochilas todas as provisões disponíveis, uma farmácia básica, uma pistola de sinalização, sacos de dormir e uma pequena tenda de campanha. Começamos a andar, passando entre a placa de gelo de Fimbul e as montanhas. Avançar era esgotante; apesar das botas com grampos e dos bastões, escorregávamos sem parar por causa da inclinação do terreno e da dureza do gelo.

Como eu temia, duas horas depois, Angela, descadeirada, se recusou a continuar.

— Eilert, precisamos parar. Por favor, não consigo mais — implorou, se ajoelhando.

— Só um pouco mais, mais uma hora, até chegar naquelas paredes — balbuciei, apontando um grupo de elevações que se alçava à beira da costa gelada.

Arrancando forças da fraqueza, conseguimos alcançar a base das montanhas. Em uma zona protegida, armamos a pequena tenda. Nunca esquecerei essa noite.

★ ★ ★

— O que aconteceu naquela noite?

— Nada que se possa explicar com palavras — murmurou Lang, sombrio. — Usamos tudo o que tínhamos à mão para nos cobrir, tentando preservar o calor. A exaustão nos vencia e mal conseguimos dormir. Abrimos os olhos inúmeras vezes. E quando nossos olhares se cruzavam, tanto ela como eu compreendíamos que não estávamos sozinhos. A morte viajava com a gente, como uma presença invisível, mas real. Quando amanheceu, reiniciamos a marcha. Recordo que eu caminhava um pouco adiantado, com a bússola na mão, indicando o caminho mais viável. O terreno era inclinado, obrigava-nos a descer cada vez mais em direção ao litoral; o mar, naquela região, era uma imensa placa de gelo que o tempo começava a esquartejar. Estávamos a uns 200 metros da margem quando ouvimos o ronco das motos de neve de nossos perseguidores. Howard Rodby e meia dúzia de seus asseclas haviam nos localizado.

— Meu Deus...

— Angela começou a gritar, se livrou da mochila e correu em minha direção em desespero. Eu recuei. Queria ajudá-la. Estava disposto a ficar com ela, que outra coisa podia fazer? — contou Eilert, com um nó na garganta. — Vi claramente aqueles assassinos abandonando os veículos e empunhando suas metralhadoras. Começaram a atirar. As paredes do Mühlig-Hoffmann, a nossa direita, amplificavam o som até transformá-lo em um rugido ensurdecedor. Angela caiu crivada. Rolou ladeira abaixo, como uma pedra. Eu, ao entender que não podia fazer nada por ela, comecei a correr. Corri como nunca fizera em minha vida. Sabe em que pensava naquele momento?

Simon Darden negou levemente, sem palavras, sem afastar o olhar do traçado da autoestrada. O relato de Lang o mantinha em um estado de absoluta tensão. A escuridão, mal quebrada pela luzes dos poucos veículos que iam na frente, parecia disposta a engoli-los.

— Em nada. Não pensava em nada. Quando a morte respira tão perto, o mundo inteiro se detém — afirmou Eilert, em tom pausado. — Tudo fica em suspensão, inanimado. O coração bate, embora uma única vez, sabendo que será traspassado de um momento a outro. Toda nossa consciência se concentra ali. Não resta nada na cabeça. Não existem pensamentos finais. Curiosamente, nesse último instante, estamos mais vivos do que nunca.

— E como conseguiu se salvar? — quis saber o jornalista.

— Uma parte de mim morreu ali; outra, se empenhou em se aferrar à vida desesperadamente. Não ao futuro, que se torna inconcebível. Só queria que meu coração batesse mais uma vez. Desci pela ladeira gelada, como uma exalação, em queda franca. Entreguei-me aos braços de um desígnio superior, aceitando que Ele decidisse por mim. Tanto fazia. Tropecei e caí. Rolei mais de uma centena de metros, arrastando neve e pedras, até chegar a uma saliência que margeava o mar. Desabei sobre a placa de gelo. Quebrou-se. Meus pensamentos voltaram a instigar meu cérebro quando a chibatada gélida da água me golpeou. Não sei como consegui emergir. Lembro que tentei várias vezes me firmar na tábua gelada para sair daquele buraco mortal, mas ela se fragmentava cada vez mais. Finalmente, quando já dava tudo por perdido, meus dedos toparam com umas rochas junto à água. Agarrei-as com obstinação e consegui alcançar um estreito corredor sob a saliência.

Como se a evocação daquele momento trágico tivesse congelado seu sangue, Eilert Lang remexeu na bolsa. Deu um longo gole de uísque, procurando aquecer a garganta. Respirou com ansiedade.

— Sempre que recordo esses momentos, me condeno.

— Por quê?

— Por não ter sido capaz de dizer a Angela que a amava de verdade. É um equívoco terrível você pensar que tem tempo pela frente. A pior das ilusões.

— Isso é verdade.

— Fiquei ali, encolhido, enrijecido pelo frio, sem me atrever sequer a respirar — continuou Eilert. — Não demorei a ouvir Rodby e companhia. Desceram até a beira da rampa sob a qual eu me escondia. Ouvi-os conversar. Ao ver o gelo quebrado, devem ter achado que eu tinha me afogado. Mas mesmo assim descarregaram suas armas. Os desgraçados dispararam até ficar sem munição. Perambularam pelos arredores como chacais e foram embora. Não demorei a entender que só conseguira adiar minha morte. Não tinha como escalar aquela escarpa escorregadia. Reparei que o vão em que estava, fruto da erosão do mar, parecia se prolongar a minha direita. Era um corredor estreito, perigoso. Percorri-o a duras penas, escalavrando a pele das mãos nas arestas. Ao dobrar uma curva, topei com a boca de uma imensa caverna que descortinava uma enseada oculta. O mar penetrava em seu interior como um tapete branco.

— Nova Suábia? — conjecturou o jornalista.

— Sim. O Shangri-la do Führer, Sr. Darden. O imenso porto da Base 211 alemã — confirmou o biólogo. — Constatei que, naquela parte, ao abrigo dos raios do sol, o gelo era sólido e suportava meu peso. Entrei naquele covil engatinhando, me arrastando como um verme. No princípio, não conseguia distinguir nada, apenas um punhado de sombras disformes. Em poucos minutos, quando minhas pupilas se habituaram à exígua luz do lugar, reconheci a silhueta daqueles monstros metálicos.

— Monstros?

— A frota perdida de submarinos nazistas. Quase trinta deles, imobilizados pelo abraço do gelo, atracados, casco contra casco, sulcados por dúzias de passarelas de madeira que os uniam entre si e os mantinham em contato com os cais. Foi uma visão devastadora. Minha razão não conseguia entender o que era aquilo. Angela e eu, ao descobrir o cemitério de Neu Schwabenland, havíamos intuído que nessa parte da Antártica existia um reduto nazista, embora não pudéssemos, de maneira alguma, imaginar a dimensão real do lugar, gigantesco, descomunal...

— Estava deserto?

— Completamente. No começo, pensei que, de um momento a outro, alguém pularia em cima de mim. Até minha respiração ressoava ali. O eco da gruta era formidável. Recordo que alcancei o dique passando entre os cascos de dois daqueles U-Boot. Os pregos das minhas botas arrancaram um chiado surdo de sua superfície. Cheguei a temer que a abóboda fosse se rachar, que o lugar fosse dominado pela luz, que começassem a aparecer militares em todos os lugares. Nada disso aconteceu. Cheguei às docas. Distingui uma grande quantidade de caixas, cordas e sacos e desabei. Perdi a consciência.

— E quanto tempo ficou ali?
— Na Base 211?
— Sim.
— Quase dez dias.
— Dez dias?
— Permita-me explicar — pediu Lang. — Quando acordei, duas sensações me assaltaram ao mesmo tempo. Todo meu corpo doía, como se tivesse sido moído a cacetadas, mas acho que a pontada na boca do estômago era ainda pior. Meus olhos haviam se habituado à penumbra. Via como um gato. Atravessei o cais e entrei no que parecia ser o comando do porto. Tudo estava surpreendentemente organizado. Como se o último a sair daquelas salas tivesse dedicado muito tempo a deixar tudo em perfeitas condições para que fossem passadas em revista. Encontrei várias lamparinas, querosene e isqueiros rústicos que me permitiram inspecionar o recinto. Precisava encontrar comida. As forças me abandonavam e me movimentar se tornava cada vez mais penoso. Entrei em vários submarinos. As escotilhas não estavam travadas, só enferrujadas. No interior, o abandono era notável; o cheiro, nauseabundo, pútrido. Haviam deixado de navegar os mares há muitos anos. Depois de rebuscar aqui e ali, localizei umas

latas de arenque. O aspecto era terrível, o sabor repugnante, mas naquele momento teria comido até um rato vivo, juro.

— Acredito.

— Vomitei durante horas. Sem parar. Na manhã seguinte, encontrei um pote hermeticamente fechado que continha cacau em pó e, na cabine do comandante de um dos submarinos, um maço de charutos umedecidos — contou o biólogo. — Água era a única coisa que não faltava. Pelas paredes, e do alto da abóboda, caía em abundância, procedente da geleira que cobre a maior parte da cordilheira. Assim, passei meus dois primeiros dias naquele mundo fantasmagórico reunindo forças, sem me atrever a ir mais além. Havia descoberto uma grande comporta metálica, de folha dupla, no final do cais, coroada por uma cruz gamada. Era da mesma estranha liga metálica dos alçapões que Angela e eu havíamos encontrado no outro lado, nas proximidades do cemitério. No terceiro dia, me armei de coragem e a abri. Um engenhoso mecanismo de amortecimento permitia que um homem movesse aquelas lâminas enormes sem muito esforço. Não sabia o que iria encontrar do outro lado, e continuava temendo pela minha vida.

— Pode me passar a garrafa de uísque?

— O uísque? Sim, claro, aqui está.

— Estou precisando — comentou Darden. Tirou a tampa com os dentes, sem desviar a atenção da autoestrada, e bebeu como se fosse o último gole de um condenado à morte. Devolveu-a meio vazia ao biólogo. — Também preciso fumar, você se incomoda?

— Em absoluto.

— Quer um cigarro?

— Agora não, obrigado.

— O que você encontrou atrás da porta?
— Uma cidade.
— Uma base...
— Não, eu disse uma cidade — sublinhou o norueguês.
— A comporta permitia ascender a um amplo corredor, cujas paredes e tetos estavam recobertos, mais uma vez, pelo metal que mencionei. Chamou minha atenção, desde o primeiro instante, que o passadiço estivesse iluminado.
— Luz elétrica?
— Não. Luz natural. Quando os alemães construíram Nova Suábia, projetaram um sistema que lhes permitisse captar a luz externa lá em cima, no alto da geleira, e conduzi-la, por meio de espelhos e prismas, ao interior. E não fazia frio. Eu passara dois dias paralisado, acovardado diante da umidade que me penetrava até o tutano e ao entrar ali fui invadido por uma agradável sensação térmica.
— Engenhoso.
— Muito. O mérito é desse metal. Um isolante perfeito.
— Descreva Nova Suábia.
— É simples. Imagine uma suástica — sugeriu Eilert. — Uma suástica gigante cujo ponto de interseção, ali onde os braços se encontram, dava acesso a outras seis cruzes, idênticas; três acima do nível onde eu estava e outras tantas abaixo. Percorri-as várias vezes durante os dias seguintes. As inferiores estavam ocupadas por laboratórios, hangares, arsenais, oficinas e armazéns. A central, ligada ao porto, destinada exclusivamente a escritórios, arquivos, salas de mapas, logística e intendência. A quinta e a sexta, mais próximas do pico do Mühlig-Hoffmann, abrigavam os dormitórios, refeitórios e

áreas de lazer da guarnição. A sétima, finalmente, estava reservada aos oficiais e hierarcas nazistas.

— Hitler viveu ali, na Base 211?

— Após fugir de Berlim, passou mais de um ano em Nova Suábia. Depois se instalou na Argentina, na região de Bariloche. Sabe, a paisagem de Bariloche é muito parecida com a da Baviera — brincou Eilert. — Nas proximidades do lago Nahuel Huapi existem duas grandes fazendas: a Estância San Ramón, propriedade de uma empresa de capital alemão, e a Residência Inalco, cujo dono, terminada a guerra, mantinha fortes vínculos com magnatas alemães e com o governo de Perón. Esses lugares foram, durante muito tempo, um paraíso para todos eles. Ali se refugiou, também, Erich Priebke, o oficial que assassinou 335 civis na Itália em março de 1944, Adolf Eichmann e o doutor Josef Mengele antes de se assentar no Brasil. De qualquer maneira, voltando a sua pergunta, Hitler viajou em inúmeras ocasiões a Neu Schwabenland, assim como os jovens *lebensborn*.

— Preciso acompanhá-lo, e creio que às vezes me perco. Tenho muitas perguntas na cabeça — afirmou Darden, confuso. A avalanche de informações o impedia de raciocinar com clareza.

— Comece por qualquer uma delas — sugeriu o biólogo.

— Você disse *lebensborn*?

— O Projeto Lebensborn, ou Fonte da Vida, foi mais uma aberração dos nazistas. O próprio Heinrich Himmler esteve, a partir de 1934, à frente desse programa, que procurava garantir a pureza racial da futura Alemanha. A pureza ariana. Com esse objetivo, criaram uma rede de centros em vários lugares da Europa ocupada: Áustria, Dinamarca, Polônia, Bélgica, França, obviamente na Alemanha, mas, sobretudo, na Noruega. Em meu país existiram mais de dez dessas maternidades.

— Maternidades?

— Os altos comandos das SS, os oficiais graduados, e até mesmo soldados laureados, acudiam a esses centros com relativa frequência. Era, ao mesmo tempo, um dever e uma honra para eles. Ali os esperavam mulheres que tinham sido cuidadosamente selecionadas: altas, louras, de pele branca e olhos azuis. Há muitas assim na minha querida Noruega — ironizou Eilert mais uma vez. — Durante aqueles anos, nasceram milhares de crianças perfeitas, milhares. Jamais se poderá saber exatamente quantas. Os nazistas se encarregaram de destruir todos os arquivos e de apagar suas pistas quando seu monstruoso império desabou. Quando a guerra terminou, o assunto foi investigado, houve julgamentos, pistas foram seguidas... Mas sem muito êxito.

— E o que aconteceu com essas crianças?

— A maior parte delas permaneceu na Alemanha. Ingressaram em orfanatos e centros especiais; as autoridades procuraram pais adotivos para elas. Atualmente, ainda existem associações Lebensborn. Essa gente dedicou a maior parte da sua vida a reconstruir seu passado; procurando averiguar, em definitivo, quem foram seus progenitores. É uma história dolorosa.

Simon não conseguia reprimir sua perplexidade. Mal conhecia aquele estranho e terrível capítulo da barbárie nazista.

— O que aconteceu com o resto? — indagou, com a alma inquieta. — Levaram essas crianças para a Antártica? Isso, isso não é possível!

— Não. Os *lebensborn* foram conduzidos à Argentina e a outros países ibero-americanos no final de 1944 — revelou Eilert. — Sua guarda foi confiada a muitas famílias germanófilas. Quando completavam 16 anos, eram enviados, em grupos, à Base 211. A frota de submarinos viajava regularmente à costa da Argentina. Emergiam em Chascomos, no norte, e no Rio Negro, ao sul do país. Dois desses submergíveis afundaram ali. Seus restos ainda tiram do sério os investigadores. Em Neu Schwabenland se completava a formação desses garotos, como um degrau prévio ao seu novo destino. Já se pode imaginar que tipo de formação. Suponho que não tenha nada a perguntar a esse respeito.

— Não. Nada. Posso imaginar.

— O que você não imagina, Sr. Darden, é onde estão esses garotos atualmente.

— Suponho que penteando cabelos brancos — brincou o jornalista.

— Sim, sem dúvida eles já têm uns quantos. A pergunta é onde e como os penteiam. Vou lhe revelar tudo isso mais tarde, não se preocupe.

— Pretende me manter intrigado até o final? — perguntou Darden, sarcástico.

— Não falta muito para o final. Permita-me terminar. Estávamos em Neu Schwabenland. Mesmo que me esforçasse durante muitas horas, não conseguiria lhe contar tudo o que encontrei ali. Em um hangar, descobri dois protótipos de naves. Creio que é melhor falar desses aparelhos usando esse termo, naves. Referir-se a eles como aviões não seria fazer justiça ao assunto. Ontem, quando nos encontramos, lhe falei dos *foo fighters*, os estranhos objetivos que os pilotos da RAF diziam avistar em seus voos. Recorda?

— Sim, perfeitamente.

— Esses dois aparelhos eram *foo fighters*. Entendi que sua construção havia sido paralisada em algum momento, de forma brusca, mas estavam praticamente concluídos. Ao vê-los, me veio à mente a imagem do avião invisível do Exército norte-americano, mas, na verdade, em termos aerodinâmicos esses aparelhos eram superiores a eles em muitos aspectos. Minhas indagações foram interrompidas no quinto ou sexto dia. Então eu já perdera em boa medida a noção de tempo e me movimentava sem excessivos temores por aquele intrincado labirinto de salas e galerias.

— O que aconteceu?

— Um estrondo me avisou de que algo acontecia. Escondi-me. Todo o lugar se encheu logo de passos e atividade. Reconheci a voz do coronel Howard Rodby dando instruções aos seus asseclas. Distribuíram-se por todo o complexo. Faziam-no de um modo que me pareceu meticuloso e descuidado, rotineiro, ao mesmo tempo. O eco de suas fanfarrices se perdeu, ao cabo de um tempo, em algum ponto do nível superior. Só saí do meu esconderijo quando o som de uma pesada comporta se fechando retumbou, dando-me a entender que voltara a ficar sozinho. É curioso como a audição se acentua quando a visão é relegada a um segundo plano. Estava extremamente intrigado. Voltei a inspecionar, palmo a palmo, o braço da suástica do nível superior, a que corre para o Oeste e gira para o Norte. O vozerio dos americanos viera dali.

— E o que encontrou?

— Aquela área fora ocupada por nazistas do alto escalão — afirmou Lang. — Os dormitórios e salões, embora sóbrios, estavam profusamente mobiliados. Abriam-se ao longo de um corredor interrompido por uma parede final. No centro dessa parede, suspensa a meia altura, havia uma adaga metálica, dourada, cercada por uma coroa de louro. Examinei-a atentamente. Na maçaneta, encontrei uma pequena suástica; ao pressioná-la, a parede deslizou em silêncio. Penetrei no lugar mais sagrado da Base 211. Ali encontrei o maior dos tesouros imagináveis: centenas de obras de arte, cuidadosamente amontoadas em uma dúzia de grandes salas; quadros de inestimável valor; óleos de Rembrandt, Fragonard, Cranach e Durero; estátuas e vasos; ovos do joalheiro Fabergé que haviam pertencido à família imperial russa; objetos e incunábulos procedentes de todas as bibliotecas espoliadas durante a ocupação. E centenas de lingotes de ouro. Nessa área encontrei os aposentos privados que foram ocupados por Adolf Hitler e Eva Braun. A foto que lhe mandei estava sobre uma cômoda de mogno. Foi uma das muitas coisas que levei de Nova Suábia. De qualquer maneira, nada de tudo isso que lhe contei pode se comparar ao assombro que me invadiu ao encontrar o mausoléu do Führer.

— Sua tumba?

— Sim. Um panteão circular, iluminado por um facho de luz zenital. No centro, sobre uma base de mármore negro, se alçava uma águia de bronze, de tamanho formidável, com as asas abertas, e, a seus pés, a lápide com seu nome e as datas de nascimento e morte. Hitler morreu em 1971, em Bariloche. Seus restos foram trasladados à Antártica. Suspenso sobre o sepulcro, a uns 2 metros de altura, distingui um objeto que naquele momento não tinha para mim nenhum significado.

— Que tipo de objeto?

— Uma lança.

O cérebro de Simon Darden se iluminou. Uma estranha corrente elétrica percorreu seu corpo, ao mesmo tempo em que a imagem de lorde Harvington emergia no centro de seus pensamentos.

— A Lança de Longino! — exclamou.

— Parabéns. Excelente exercício sináptico — observou Lang. — Sim, a Lança do Destino, a sagrada relíquia preservada ao longo dos séculos.

— Mas os aliados a recuperaram — objetou Darden. — Foi devolvida a...

— Esqueça. Uma excelente falsificação. Como muitos dos quadros do Louvre.

Eilert Lang começou a rir diante da expressão espantada do jornalista.

— Como saiu dali?

— Da única maneira possível, pelo mar. No porto havia várias barcaças. Preparei uma delas. Suponho que ser norueguês foi decisivo na minha situação. Na Noruega aprendemos a navegar muito cedo — explicou Eilert. — Na base encontrei um sextante e uma bússola em bom estado; também cartas de navegação. O bom tempo me acompanhou. No quinto dia, indo em direção ao sul da África, cruzei com um navio mercante holandês. O resto você já sabe.

— Espantoso — murmurou o jornalista. — Eu me pergunto como conseguiu sobreviver desde então. Entendo que não pôde recuperar sua vida, voltar a ser uma pessoa normal.

— Vivi escondido, como um rato, reunindo mais e mais informações, comprando testemunhos e vontades — confessou Lang.

— De que modo?

Um riso abafado escapou da garganta do biólogo.

— Levei algo mais do que provas comprometedoras daquela cidade sob o gelo, Simon. Tenho dinheiro suficiente para viver cem vidas.

— Podemos provar tudo isso? — perguntou, aturdido, o jornalista, depois de um longo silêncio. — Seria a notícia mais importante de todos os tempos.

— Podemos — sentenciou Eilert. Desabotoou os dois primeiros botões de sua camisa e mostrou ao inglês uma corrente em cujo extremo oscilava uma pequena chave. — Esta chave, em combinação com uma sequência de números, abre um cofre do Coutts Bank de Londres. Há mais de um ano depositei nele os documentos e provas que reuni. Não deixam margem à dúvida. É uma bomba-relógio. Você tem boa memória?

— Só para algumas coisas. Sou incapaz de recordar números de telefone. É a melhor desculpa que esgrimo quando minha mãe recrimina minha falta de atenção.

Lang sorriu, cruzou os braços e adotou uma postura relaxada. Uma miríade de gotas diminutas perolou os vidros do automóvel. Darden acionou o para-brisa.

— 22... 28... 9... 77...

— Vou tentar.

— Recorde o número dois três vezes. Some os números, acrescente dois e terá o quarto número. Acrescente um para chegar ao quinto. Tire dois e pronto, terá os dois sete.

— Grande recurso mnemônico! Acho que é melhor memorizar a sequência.

— Faça isso.

— Acho que já sei.

— Bem. Então vou terminar — anunciou Eilert, disposto a concluir sua história. — Os documentos que encontrei nos arquivos dessa cidadela subterrânea me permitiram compreender a história em toda sua dimensão. Consegui encaixar as peças. Encontrei papéis que explicavam como os homens de Dönitz construíram Nova Suábia; rotas detalhadas seguidas pelos submarinos; postos de abastecimento; informações relativas ao paradeiro de criminosos de guerra; passaportes falsos; localização de outros santuários nazistas em diversos pontos do planeta. Reparei em um detalhe ao rever todos esses papéis...

— Que detalhe?

— Dei-me conta de que os documentos mais recentes não iam além do verão de 1973.

— Parece muito significativo.

— E é. O Shangri-la do Führer foi selado a sete chaves. A pequena guarnição que restava abandonou a base. O objetivo fora cumprido. A semente do IV Reich, os *lebensborn*, crescia em terra adequada; o mundo se esquecera deles, possuíam novas identidades, vidas estáveis e uma missão a cumprir.

— Renderam-se aos americanos?

— Essa não é a palavra adequada. Não houve nenhuma rendição. O alto comando norte-americano havia criado a base de Wichita muitos anos antes, depois do descalabro da Operação Highjump. Sabiam que os alemães estavam ali, conheciam a localização dos esconderijos da cúpula nazista, mas a Ultima Thule está infiltrada nos mais altos escalões do governo dos Estados Unidos.

— Custa-me acreditar em suas insinuações, Sr. Lang! — exclamou Simon, dando um pulo. — Quer dizer que o governo dos Estados Unidos, sabendo de tudo isso, não fez nada? Não mexeu um único dedo?

— Acho estranho o fato de você ser tão inocente. Tem problemas de memória? — alfinetou, em tom desdenhoso, o norueguês. — O mundo parece ter se esquecido de que, nos anos que antecederam a guerra, a simpatia dos norte-americanos pela Alemanha era mais do que notória. Boa parte da população abraçou as ideias germanófilas de pureza racial. Recorda o Ku Klux Klan? Qualquer historiador rigoroso desmontaria o mito de que não passava de uma quadrilha de fazendeiros broncos! Muitas organizações antissemitas, apoiadas pela sociedade mais rançosa e conservadora da época, viam com bons olhos os nazistas. Até mesmo a suástica foi um símbolo aceito pelos americanos em um passado não tão distante. Heróis como Charles Lindbergh, o célebre aviador, eram inclinados ao isolacionismo e firmes defensores de um pacto de não agressão com Hitler. Naqueles dias, mergulhados na falsa segurança que pressupõe o fato de haver dois oceanos separando três continentes, eram muitos os que apostavam em um mundo governado por três bandos. A Europa para os nazistas; a Ásia para o Japão; a América para os americanos...

— Isso me recorda a divisão apocalíptica de Orwell em *1984*.

— Sim, Orwell — concordou Lang. — Existem muitos outros fatores que levaram os Estados Unidos a olhar para o outro lado e encolher os ombros. A Guerra Fria levou-os a entender que os hierarcas nazistas poderiam ajudá-los no futuro. Se odiavam alguma coisa, acima de qualquer outra, essa era o comunismo. Stalin era a besta negra. Além do mais, não se esqueça, a mão da Ultima Thule é muito longa. Todos os seus membros, há gerações, pertenceram à plutocracia do país. Eles são os verdadeiros governantes.

— É uma acusação muito séria.

— Você é jornalista. Possui mais informação do que qualquer cidadão médio. Não recorda que há pouco mais de um ano veio à luz a origem da fortuna da família Bush? — inquiriu o biólogo.

Simon assentiu. Tudo parecia se encaixar. O *Guardian* repercutira uma notícia que confirmava que o avô do atual presidente dos Estados Unidos, o senador Prescott Bush, mantivera negócios lucrativos com a Alemanha nazista como representante da família Thyssen na América. Prescott Bush era diretor da Union Banking Corporation, instituição financeira que trabalhava com exclusividade para um dos bancos dos Thyssen nos Países Baixos. A poderosa família alemã enriquecera colocando a serviço do Reich sua indústria metalúrgica, contribuindo decisivamente para o rearmamento de Hitler. Essa e muitas outras acusações põem em dúvida o antepassado do presidente.

— Conheço esta história obscura da família Bush.

— Muito bem — aceitou Lang. — Vejamos a que velocidade funciona sua capacidade sináptica. Responda depressa, sem titubeios.

— Está me propondo um jogo?

— Algo parecido — murmurou Eilert, esboçando um meio sorriso. — Quem apoiou o golpe de estado que derrubou Allende, presidente democrático, e instaurou uma ditadura no Chile?

— Sim... Os Estados Unidos.

— Correto. A verdade é que a Ultima Thule esteve por trás dessa intromissão fascista. Seus interesses na indústria do cobre, que Allende pretendia nacionalizar, levou-a a organizar, em Viña del Mar, essa infâmia que entregou o poder a Pinochet.

— Eu sei.

— O que me diz de Saddam Hussein?

— A América o armou até os dentes.

— E de Bin Laden? Ou da ascensão da extrema direita em muitos países? Tudo lhe parece casual?

— Sim, é verdade, não precisa continuar, intuo até onde quer ir, mas...

— Não há "mas" nem meio "mas", Darden. Não vá me dizer que essas são questões geoestratégicas. Não desvie seu olhar. — recriminou Lang. — Recorda a história da Nova Ordem Mundial? As orelhas do lobo sempre ficam do lado de fora. Pelo menos não se mostre surpreso quando lhe digo que os Estados Unidos fizeram vista grossa em relação aos nazistas. Foi assim. Antes lhe assegurei que lhe diria o que aconteceu com todos aqueles jovens *lebensborn*. Sabem onde estão agora, penteando seus cabelos brancos?

— Posso imaginar.

— Todos eles se integraram, seguindo um meticuloso plano, ao seio de famílias ultraconservadoras dos Estados Unidos, Áustria, França, Alemanha, Itália, Inglaterra, Espanha... — revelou. — Eles e seus filhos detêm o poder econômico e movimentam os fios da política à sombra; são membros ativos das lojas que a Ultima Thule tem em uma infinidade de países; pertencem e assistem às reuniões anuais do prestigiado clube dos Cento e Trinta de Bilderberg; se relacionam com famílias aristocráticas europeias; andam de braços dados com os principais líderes mundiais; são, em síntese, e usando mais uma vez uma referência cinematográfica, a semente do diabo.

A inquietação inundou o peito do jornalista. Assentiu.

— O que significa tudo isto? — conseguiu perguntar, quase sem voz, depois de um longo silêncio. — Acho que estou perdendo o norte.

Eilert não demorou a responder. E o fez em tom lúgubre.

— Tudo isto significa que o armamento foi renovado; que as estratégias de antanho encontraram um novo terreno, mais adequado e sutil, onde podem ser usadas: um tabuleiro maldito no qual se desenrola um jogo macabro. Eles são os jogadores e todos nós, não duvide, as peças.

— Por que você está falando comigo através de metáforas?

— Se eu lhe dissesse, de forma simples e sincera, que a Terceira Guerra Mundial está começando agora mesmo você acharia que estou louco.

29

LYON

Uma violenta explosão sacudiu a avenida Louis Dufour dois minutos antes das duas da manhã. O imóvel situado no número quatro, um sobrado próximo à confluência com a rua General Leclerc, voou pelos ares e ruiu estrepitosamente, no meio de uma imensa nuvem de fumaça, entulho, vigas e vidro que varreu a área como uma tormenta, desatando um inferno de caos e confusão no centro da cidade que mal despertava.

Günter Baum e Ewald Fleischer não se moveram da mesa que ocupavam na parte interna de uma pequena cafeteria próxima quando todos os clientes, depois do sobressalto inicial, abandonaram jornais e xícaras e correram precipitadamente para o lado de fora, tentando compreender o que acontecera.

— Alguma coisa falhou... — murmurou Baum, com um ricto impassível, olhando o relógio. — Explodiu antes do previsto. O timer não funcionou direito.

— Fiz tudo certo. Acontece que às vezes esqueço que meu relógio atrasa pouco mais de dois minutos — ironizou Ewald, bebendo tranquilamente seu café.

— Entendo. Você deveria trocar de relógio.
— Deveria.
— E como está essa mão?

Fleischer mexeu os dedos, contraindo-os várias vezes, como se estivesse fazendo um exercício de reabilitação. Escondia a bandagem sob uma luva preta.

— Bem. Não dói muito. É uma ferida limpa.

Ouviram o som abafado de um celular. Günter desdobrou o casaco que deixara no encosto de uma cadeira próxima, checou o número com um leve sorriso nos lábios e respondeu.

— Bom dia, Florian — murmurou. Apoiou-se no encosto da cadeira e tirou um longo cigarro de um maço.

— Você deve ser um asno! Não volte a pronunciar meu nome!

— Ora, vamos! Qual é a razão de tanto medo? — indagou, debochando.

— Você é um imbecil, Günter. Estou me arriscando. E não gosto de arriscar a vida por um boçal como você.

— Agora vai me insultar? Meça suas palavras ou vai se ver comigo!

— Bem, basta, já basta! — vociferou, irritado, Florian. — Ouça, Günter: na Thule, estão começando a ficar muito nervosos. Muito. O que você fez ontem em Paris é de amargar. Uma chacina sem sentido, uma barbaridade; saiu na primeira página de todos os jornais.

— O que é bem-feito merece ser notícia.

— Enfie a ironia no rabo. Você perdeu dois homens em pouco mais de três dias, e um comissário de Berlim está seguindo sua pista de perto — avisou. — É um sabujo, um homem inteligente e muito metódico. E o nome da Thule foi mencionado.

— Isso não é possível.

— É sim. Embora não consiga entender a dimensão da coisa, esse policial está pisando nos seus calcanhares. Tem consciência de que tudo isso está relacionado com a Operação Shangri-la. Você o verá se materializar em Lyon de um momento a outro. Juntando os fios, conseguiu entender seu roteiro.

— A coisa de Lyon está resolvida — comentou Baum. — Hans Dietrich Steinmeier morreu prazerosamente enquanto dormia. Estamos partindo.

Um longo silêncio ocupou a linha.

— Está bem. Só espero que este tenha sido um trabalho discreto.

— Um trabalho limpo e discreto, não se preocupe.

— O que está acontecendo com Eilert Lang?

— Voltou a escapar. Está com aquela mulher, a do violino, e o acompanha o jornalista do *Guardian*.

— Simon Darden.

— Sim, creio que se chama Darden... Não é mesmo, Ewald?

Ewald Fleischer assentiu do outro lado da mesa. Distraía-se observando pelo espelho da cafeteria o incessante tráfego de agentes da polícia e bombeiros pela área.

— Já estamos cuidando desse intruso. Nosso contato na Inglaterra acaba de confirmar que descobrimos sua mulher e seu filho. Elimine-os. Sem vacilar. A ele e a Elke Schultz, mas, sobretudo, cuide do Lang. Esse escroto já nos causou muitos problemas.

— Entendido.

— Mais uma coisa.

— O quê?

— Vá para Marselha.

— Fazer o quê?

— Procure Pierre Signoret. No porto. Ele e vários de seus homens os acompanharão. São atiradores de elite. Esperam por vocês com um barco potente — explicou Florian. — Vocês chegarão a Maiorca em muito poucas horas. Liquidem Klaus Münzel. Este assunto deve estar resolvido amanhã, você me ouviu?

— Em bom som. Adeus, Florian, dê lembranças ao nosso pessoal do BKA.

— Desgraçado!

Günter desligou e deixou o telefone na mesinha.

— Parece que o tal do Bohm está com problemas de prisão de ventre, hein? — observou Ewald, com aparente desinteresse, diante da expressão contida de Baum.

— Para variar.

— Vamos?

Saíram da cafeteria. A área estava sendo cercada. A polícia desviava o intenso trânsito da região por rotas alternativas e impedia o acesso dos transeuntes a seus trabalhos.

Baum abordou um agente que apareceu diante dele.

— Perdoe, mas o que aconteceu? Podemos ajudar em algo?

— Podem ajudar não passando por aqui — respondeu, com antipatia, o gendarme. — Uma explosão de gás. Parece que foi uma explosão de gás. Saiam daqui, por favor.

O alemão levantou a gola do casaco, enfiou as mãos nos bolsos e começou a caminhar, satisfeito, em direção ao carro, seguido de perto por Ewald.

— Muito eficiente, sim, senhor — murmurou, satisfeito, alguns metros depois.

— Caixa do medidor, uma chave-inglesa, um pouco de explosivo plástico e um *timer*: um coquetel perfeito.

— Sim, mas faça o favor de trocar de relógio. Foi uma besteira. A pontualidade é sagrada. Uma norma de vida.

— Ele é suíço, Günter.

— Suíço? — perguntou Baum, com uma careta de nojo nos lábios. — Nesse país deveriam se limitar a fabricar chocolate. Você não sabe que esse paraíso belo e perfeito é o lugar com maior número de pessoas deprimidas por metro quadrado?

— É mesmo? Que estranho. Com tanto dinheiro!

— Faça o que eu lhe digo, Ewald. Troque a porra do relógio.

30

UM PASSEIO SOBRE AS ÁGUAS

O sol do meio da tarde se refletia como uma moeda recém-cunhada sobre a superfície tranquila do porto de Andraitx. Uma dúzia de grandes pesqueiros desligava motores e amarrava seus cabos nos suportes do dique. As gaivotas com seus grasnidos estridentes quebravam a tranquilidade que reinava na baía àquela hora; se precipitavam do alto, como projéteis, sobre os restos de pescado lançado, aos pedaços, pelos marinheiros nas águas próximas, e retomavam o voo com seu butim no bico.

— Parece o fundo de um espelho — comentou Elke, entrecerrando os olhos, tentando abarcar com um olhar toda a dimensão da enseada.

Simon Darden parou e recuou dois passos. Andava distraído, mergulhado em seus pensamentos. Ficou contemplando a serena placidez das águas.

— Você se refere ao mar?

— Sim, ao mar.

— Uma poça de óleo, eu diria. Embora a comparação com o espelho seja mais poética — admitiu, condescendente.

— Poderíamos dizer que se pode caminhar sobre sua superfície e chegar ao outro lado.

— Bem, é possível, mas isto não é o lago Tiberíades e eu...

— E você não é Jesus Cristo.

— Exato. Não conte comigo, Elke. Se quiser tentar, vá em frente.

— Eu também não sou Maria Madalena — brincou ela, rindo.

— A Bíblia não diz que Maria Madalena caminhava sobre as águas — censurou, suavemente, o jornalista. — Além do mais...

— Além do mais está cheio de combustível das embarcações — admitiu ela, começando a rir. — Estamos em pleno dezembro e...

— E não temos maiô nem toalha — sentenciou ele.

Elke sorriu e continuou a passear pelo cais da colônia de pesca de Andraitx, na parte antiga da aldeia. Haviam percorrido o local várias vezes desde sua chegada, algumas horas antes, depois de reservar quartos no hotel Brismar.

Acabaram se sentando nas rochas de uma pequena enseada ocupada por barcos ancorados. A violinista tirou as botas e afundou os pés na areia morna.

— Gosto muito desta sensação, sabe? Estive aqui há muito tempo — revelou, absorta no movimento manso das águas na margem.

— Aqui? Quando?

— Não tenho certeza. Aos 13 ou 14 anos, com meus pais. Naquela época, viajávamos com frequência — explicou. — Meu pai tinha um espírito inquieto. Dizia que o mundo deve ser visitado; que não percorrê-lo, em sua totalidade, é uma mostra de desamor. Levou-me à Índia quando fiz 18. Dizia que essa era uma das viagens mais importantes que se pode fazer. E é verdade. Você esteve na Índia?

— Não.

— Meu pai o teria incentivado a ir. Tinha fascínio pela Índia. Fiquei doente em Calcutá. Suponho que por causa da pimenta e da água.

— Eu tomei banho uma vez no Tâmisa e sobrevivi. Eu lhe garanto que é mais poluído do que o Ganges. Até vi passar o cadáver de um lorde inglês.

Elke soltou uma sonora gargalhada.

Simon Darden não conseguiu evitar ser dominado pela beleza do perfil sereno dela. Recorreu à ironia para não se perder naquele labirinto de linhas perfeitas.

— Deixe-me adivinhar — sugeriu, rindo. — Certamente seu pai era dono de uma grande agência de viagem, ou estou enganado?

— Não, não. Simplesmente era um homem muito determinado. Dos antigos. Cheio de convicções firmes. Devo a ele muitas coisas — sentenciou ela, recuperando a compostura.

— A paixão pela música...

— Sem dúvida alguma. Era um violinista consumado.

— O caráter...

— Nem preciso dizer. Bem, a verdade é que não era tão dado a desafios como eu — reconheceu, se divertindo. — Era um homem moderado, ajustado à escala, afinado.

— Como um bom piano.

— Exato. Como um cravo antigo ou um bom Steinway de cauda. Eu sou infinitamente mais desequilibrada, mais colérica. Suponho que é uma forma de se contrapor ao desatino em que se transformou minha vida; uma válvula de segurança, um respiradouro.

— O que isso quer dizer?

— Que é preciso exorcizar os demônios de uma maneira ou outra. Minha vida é disciplina; intermináveis horas de disciplina rígida e prática exaustiva — explicou, em tom sério, sem deixar de observar o confuso conjunto de casas que escalava a montanha no outro lado do porto. — O voo de uma mosca me tira do sério. Não consigo evitar.

— Então o filho da puta do Mozart é o culpado por este mundo ter perdido um anjo. Bela forma de justificar o mau humor.

— Mau humor? — perguntou, franzindo a testa. — Não se engane, não sou mal-encarada.

— De forma alguma me ocorreria dizer algo assim vendo o que vejo.

Elke começou a rir novamente. Olhou-o diretamente nos olhos.

— Você está querendo me gozar? — indagou, examinando a expressão de Darden.

— É o que você acha? — respondeu, em uma magistral simulação de espanto.

— Não sei. De qualquer maneira, não gosto nem um pouco dessa sensação.

— Não será porque você está sempre na defensiva?

— Não. Não estou sempre na defensiva.

— Eu poderia jurar que está sim. Admita.

— Como quiser. É possível — concedeu.

— Essa é uma coisa que às vezes melhora. Uma possibilidade sempre é um bom começo — murmurou o jornalista, com um sorriso cáustico nos lábios.

Elke voltou a se concentrar no espetáculo que era a baía. Por um momento, Darden acreditou que ela dera a conversa por terminada; pegou uma pedra plana e a atirou sem vontade contra a superfície da água. Não repicou.

— Esta noite, no carro... — balbuciou Elke, de repente.

— Sim.

— Eu ouvi, meio que adormecida, o que você e Eilert conversavam.

— Isso é jogar sujo — brincou Darden. — Tudo?

— O importante — disse ela. — Nada de jogo sujo. E menos ainda nestas circunstâncias.

— Importante? Sinto muito, mas não consigo intuir o que é importante para você. No meu caso, como jornalista, todo esse assunto está mudando minha vida.

— Você acha que revelar as maracutaias de um punhado de fascistas o transformará em um homem célebre? É mesmo! Agora estou enxergando tudo com clareza! — apostou a violinista, com uma inflexão cínica. — Você vai escrever artigos e livros, conceder entrevistas e distribuir autógrafos.

— Você não me conhece bem. Isso não me importa a mínima.

— A mim só interessa o que me afeta de forma direta. Para mim tanto faz que o mundo vá pelos ares. Soa tremendamente egoísta, mas é verdade.

— Falemos claro. O que a desconcerta, a única coisa importante, e imagino que está se referindo a isso, é que Eilert possa amá-la de verdade. Aceitá-lo ou não é problema seu, Elke, mas para mim é mais do que evidente. Ele se lamenta por ter metido você nisto — sentenciou Darden, incomodado diante do rumo que a conversa ia tomando. — O que me diz de você?

— Não sei o que está acontecendo comigo. Não sei, de verdade. E começo a me preocupar. Talvez Eilert tenha razão — comentou, com uma expressão confusa. — Ele me repreendeu pelo fato de eu ter levantado um muro ao meu redor, de ter cortado todos os caminhos e pontes que me unem ao mundo. É curioso. Minha mãe diz a mesma coisa há anos com outras palavras. Até mesmo Carl Weisman, meu diretor, tentou fazer com que eu visse isso em mais de uma ocasião. É como se eu mesma me negasse a possibilidade...

— De ser feliz?

— De ser qualquer coisa além da que eu sou.

— Esse é um mal endêmico. Todos padecem dele — confortou-a Darden.

— Não me serve para nada que outros o sofram — replicou Elke. — Como você pode ter certeza de que ama alguém? Você se apaixonou perdidamente alguma vez?

— Quase a cada semana desde que fiz 15 anos. E, em algumas semanas, inclusive duas vezes.

Elke esboçou um sorriso forçado.

— Não brinque. Estou falando sério.

— Está bem. Sim. Apaixonei-me mais de uma vez — reconheceu Simon. — E a sua pergunta não tem resposta possível. Pelo menos não uma resposta lógica. Não há maneira de saber nem de analisar em que consiste o amor, só é possível experimentá-lo!

— Suponho que seja assim.

— Por que você não tenta caminhar sobre a água sem afundar?

— Porque sei que afundaria.

— Não. Ensinaram-lhe que você vai afundar. Isso é muito diferente. Recordo que li, há muitos anos, um livro que me fascinou. Um romance de um polonês, Jerzy Kosinski, *O videota*, você o conhece?

— Não, acho que não — negou Elke, abraçando seus joelhos. Parecia tiritar.

— Está com frio?

— Um pouco, mas estou bem. Prossiga.

— O livro virou filme. O último filme protagonizado por Peter Sellers, *Muito além do jardim* — disse Darden.

— Ah, sim, vi sim. Lembro que gostei.

— Perfeito. É a história de um homem absolutamente simples. Não sabe nada a respeito do mundo. Viveu toda sua vida recluso atrás do muro de um jardim. O pouco que sabe do mundo de fora é o que lhe chega pela televisão. Sua única experiência real são as plantas. Só sabe cultivar plantas, flores. Nisso é um mestre, mas ignora o resto por completo. Você se lembra da última cena?

— Vagamente.

— Sellers começa a caminhar por um prado que margeia um lago. E, ao chegar à margem, continua andando sobre a superfície da água. Alguns metros mais além, para, olha seus pés e, com expressão curiosa, mergulha a ponta de sua bengala, sondando a profundidade, enquanto uma voz em off diz: "A vida é um estado mental" — explicou Darden. — Assim, esqueça tudo o que acha que sabe e simplesmente experimente, sem desconsiderar nenhuma possibilidade. Caminhe sobre brasas ou passeie sobre as águas.

— E, milagrosamente, não afundarei.

— Ou afundará por completo. Esse é o único preço que deve estar disposta a pagar se resolver trepar no muro do jardim e averiguar o que há mais além.

Elke assentiu.

— Agora sim começo a sentir frio. O sol está diminuindo.

— Está com fome? Sugiro irmos comer alguma coisa. Eilert não chegará antes de uma hora — sugeriu o jornalista, consultando o relógio. Levantou-se com expressão dolorida e sacudiu as calças.

Entraram na La Consigna, uma das poucas cafeterias abertas no passeio.

— Roscas de massa folhada, *gâteau*, chocolate quente e café — anunciou a garçonete, colocando pratos e xícaras na mesa.

— Desculpe, você é daqui? — perguntou ele, quando ela já voltava aos seus afazeres.

A mulher girou sobre os calcanhares e fitou Darden com expressão curiosa.

— Passei minha vida inteira aqui. Já estava aqui antes de fazerem todo este estrupício urbanístico — afirmou, rindo.

— Talvez possa nos ajudar. Estamos procurando uma pessoa. Um senhor alemão, bem mais velho — explicou Simon, enquanto adoçava o café com açúcar —, de uns 80 e tantos anos.

— Por aqui vivem muitos alemães — afirmou a garçonete, com ironia nos lábios. — Na verdade, estão há muito tempo querendo comprar nossa ilha. Não pode ser mais exato?

— Só sei que se chama Münzel, Klaus Münzel.

— Münzel? Alto, espigado, de olhos azuis?

— É possível. Nunca estive com ele.

— Sim. Deve ser ele. Se for dos que passam o ano todo em Andraitx deve ser ele — conjecturou. — Isso aqui fica muito vazio no inverno. Aqui, em La Mola, na montanha que ocupa esta parte da costa, vivem vários casais alemães, mas são mais jovens. O senhor a que você se refere mora ali, depois do clube de vela. Às vezes aparece para tomar o café da manhã.

A mulher apontou pelo vidro o outro lado da baía.

— É um lugar cheio de casas — comentou o jornalista, ficando em pé e dando uma olhada.

— Venha comigo — convidou a mulher. Deixou a bandeja sobre uma mesa e saiu da cafeteria. Caminhou até a beira do cais. — Está vendo aquele casarão de quatro andares, com uma rampa para os barcos e uma pequena guarita que desponta em um grande ancoradouro privado?

— Sim.

— É a Casa Hernández.

— Hernández? Eu disse Münzel.

— Aqui a conhecemos como Casa Hernández. Fica no Caminho do Farol. Era de um industrial de Barcelona, Inocente Hernández, um ricaço muito querido por todos. Construiu-a quando aqui ainda não havia nada. Quando morreu, sua filha a vendeu a Münzel.

— Entendi.

— Então já sabe onde encontrá-lo. É viúvo. Enviuvou há quatro anos — afirmou ela, voltando para a cafeteria.

Uma hora depois, Eilert Lang chegava à recepção do hotel. Parecia esgotado. Dirigiu uma saudação cordial ao jornalista e olhou com vaga tristeza para Elke. Parecia procurar em seus olhos um vestígio de cumplicidade que a alemã se recusou a lhe conceder.

— Preciso tomar uma ducha e comer alguma coisa — anunciou, com voz arrastada. — O *ferry* não parou de balançar, ainda estou enjoado.

— Prove o *gâteau*.

— *Gâteau*? O que é isso?

— Um biscoito delicioso, de amêndoas, especialidade da região — explicou o jornalista. — Elke e eu ficamos viciados.

Com a última luz da tarde, se dirigiram à casa de Münzel, rodeando a baía. Depois de atravessar o Saluet, um canal natural em que os pescadores colocavam suas velharias maiorquinas ao abrigo das intempéries, passaram diante de um clube náutico deserto e pegaram uma suave encosta. As casas dessa parte eram antigas, separadas do mar por pequenos cais, embarcadouros e terraços. Os veleiros, ancorados a pouca distância das rochas, giravam suavemente, em uníssono, procurando voltar suas proas ao vento.

Nesse instante, uma voz enfurecida quebrou a calma do lugar.

— Maldito! Incompetente! — berrava. — Esta é a última vez que você faz uma coisa dessas!

Pararam diante do pequeno muro de um dos casarões. No centro de um bem cuidado jardim, um homem alto, de cabelos grisalhos, sacudia sem contemplação o outro, mais corpulento e jovem. Parecia soltar espuma pela boca.

— Na minha época, a gente fuzilava cretinos como você! Está me ouvindo, estúpido?

Eilert Lang, Simon Darden e Elke Schultz se olharam, desconcertados.

O jornalista reparou em uma cerâmica encostada ao lado da porta principal. Em traço azulado aparecia o nome da propriedade: Casa Hernández.

— Eu poderia jurar que este réptil monstruoso é Klaus Münzel — murmurou.

31

MÜNZEL

— Só fiz o que o senhor me pediu — se desculpava o homem com voz entrecortada, ao mesmo tempo em que tentava se safar dos longos dedos do alemão. — Segui suas instruções ao pé da letra!

— Minhas instruções? Idiota! — vociferava Klaus Münzel à beira do colapso, segurando-o pela camisa. — Você arruinou em uma hora anos de trabalho bem-feito!

— Em quatro dias voltará a estar igual, até melhor!

— Quatro dias? Dê-me essas tesouras, que podarei seu pau e em quatro dias ele estará como novo!

Eilert Lang sorriu. Percebeu que todo o lugar estava cheio de galhos secos, retorcidos como sarmentos. O muro lateral do jardim, vizinho ao que parecia ser a garagem da propriedade, havia sido despojado de um imenso arbusto, deixando a descoberto a rede de arame que lhe servia de apoio e guia.

— Vá embora! Fora da minha casa, não quero vê-lo nunca mais! — chiou Münzel à beira da afonia, expulsando-o aos pontapés.

O jardineiro recolheu, em um abrir e fechar de olhos, suas ferramentas, espalhadas aqui e acolá, e se dirigiu com passo rápido à saída, procurando se colocar a salvo do dilúvio de imprecações e blasfêmias que o ancião despejava em alemão.

— Eu mandarei a conta! — ameaçou, atravessando a porta. Ao ver os recém-chegados, não se privou de adverti-los. — Levem-me a sério, deem meia-volta. O cara é pior do que um dobermann.

O velho, que o seguira, fechou a grade com uma patada. O portão ricocheteou violentamente e deu uma pancada em seu joelho.

Com uma careta de dor nos lábios, Münzel começou a correr o trinco. Parecia uma caldeira prestes a explodir.

— O senhor é Klaus Münzel? — perguntou Lang quando seus olhares se encontraram.

— Quem pergunta?

— Meu nome é Eilert Lang.

— Sinto muito, mas não o conheço; é muito tarde e nunca compro nada — grunhiu.

— Falei com o senhor, por telefone, em duas ocasiões, há uns três meses, recorda? — explicou o biólogo. — Por prudência, disse ser quem não sou.

Münzel se apoiou em uma das pilastras que delimitavam o muro. Fitou detidamente Lang, com um indício de receio no olhar.

— Heinz Rainer? Sim, agora estou lembrando! Eu lhe disse para me deixar em paz!

— Meu nome é Eilert.

— Para mim tanto faz como você se chame. Não tenho nada a lhe dizer.

— De qualquer maneira, deveria me ouvir. Eu tenho sim algo a lhe dizer.

— Vá embora. Não temos nada a conversar.

O alemão se voltou em direção a sua casa. Deu um pontapé nos galhos que obstruíam a passagem. Lang obrigou-o a parar.

— Seu melhor amigo, Gerald Gottlieb, me pediu para lhe entregar uma coisa. Farei isso e irei embora — mentiu o biólogo com altivez.

Münzel hesitou. Com a desconfiança estampada no rosto, recuou até a cerca.

— Gerald? Você conhece Gerald? De que se trata?

Lang remexeu no bolso do casaco e lhe estendeu um porta-comprimidos de prata.

— Carregue-o sempre, Sr. Münzel. Vai precisar dele muito depressa.

— O que é isto? — perguntou, entreabrindo a tampa.

— Sal. Só um pouco de sal.

Simon e Elke perceberam a expressão contrariada do alemão se apagar até virar uma nova em questão de segundos. As linhas de seu rosto desabaram até perder qualquer indício de ferocidade e determinação. Uma sombra de medo sobrevoou seu rosto.

— Gerald lhe pediu para me entregar isto?

— Gottlieb e sua esposa foram assassinados em Berlim, há bem poucos dias, talvez tenha lido em algum jornal — disse Eilert, olhando-o fixamente.

— Não leio jornais — conseguiu dizer Münzel, transtornado.

— Nos anos 1960, depois de muitos anos sem se encontrar, o senhor e ele se reencontraram. E já bem avançados os oitenta, fizeram negócios juntos.

— Gerald.... Ele está morto?

— Sim. E também Färber, em Munique; Höpfner, em Paris, e, quase com absoluta certeza, Steinmeier, em Lyon. Todos foram assassinados. Sua existência se transformara em um grave problema para a Thule.

— Não sei do que está falando! Thule? Que problema?

— Eu sou o problema da Thule, Sr. Münzel — afirmou Lang. — O senhor não quis falar comigo. É compreensível. Está amarrado a um juramento solene, mas agora é o último ator de Shangri-la. O único que poderia dar fé de que Adolf Hitler e Eva Braun fugiram de Berlim em 1945, pouco antes do final da guerra. Por isso me permiti vir até aqui e trazer-lhe um pouco de sal. Os rituais devem ser sempre cumpridos. Boa sorte, irmão ariano.

Com um brilho esperto nos olhos, Eilert fez saber a Simon e a Elke que deviam simular uma retirada protocolar. Mal haviam dado dois passos quando a voz de Münzel, frágil como um fio de seda, os alcançou em forma de uma súplica clara.

— Espere. Não vá. É possível que tenha algo a lhe dizer — titubeou.

— Estou disposto a ouvi-lo. Inclusive a protegê-lo — afirmou o norueguês. — Estamos todos em perigo, isso eu lhe garanto.

Münzel respirou fundo, como se precisasse se encher de convicções antes de resolver dar um passo irremediável, e abriu a porta. Em seguida, pediu desculpas pela desordem que reinava em todo o jardim.

— Desculpem pelo estrupício. Esse picareta destruiu minha buganvília. Eu a plantei quando comprei esta propriedade, há mais de 14 anos. Que desastre!

Ao entrar no amplo vestíbulo da casa, Eilert apresentou Simon e Elke. Um halo de desconfiança voltou a tisnar o olhar do alemão ao saber que Darden era jornalista e trabalhava no *Guardian*.

— Nada de gravadores, nem de fotos — avisou, rudemente.

— Não permito que ninguém me fotografe. Isso deve ficar claro desde o primeiro momento, entendido?

— Perfeitamente. Tudo off-the-record.

— Exato, off-the-record, como dizem vocês. Entrem, está fazendo frio e é quase noite. Tenho o fogo aceso — sugeriu, abrindo de par em par o acesso a um grande salão de onde se divisava toda a baía. — Perdoem a desordem, vivo sozinho desde que morreu minha esposa, Gertrudis, há mais de três anos. A Sra. Vera vem duas vezes por semana fazer a limpeza. Mesmo assim, tudo é muito grande, temos nove quartos, adega, corredores, quatro banheiros...

— Não se preocupe.

— Venham, vou lhes mostrar uma coisa. A vista é sensacional. Comprei esta casa por causa da vista. Além do mais, é cheia de grades e escadas que me esgotam. Todo ano gasto uma fortuna para repintar tudo. Vocês sabem: o salitre devora o metal.

Cruzaram o recinto. As chamas de uma grande lareira, que dividia o espaço em áreas assimétricas, aqueciam o ambiente. Münzel levou-os até um terraço que circundava todo o perímetro do primeiro andar. Havia uma saliência semelhante no piso inferior. A vista panorâmica, como dissera o ancião, era espetacular. Permitia que se observasse toda a baía de Andraitx, desde o espigão que fechava a embocadura do porto pela direita, rematado por um farol de pedra de altura mediana, até a última das casas que trepavam pelas montanhas do outro lado, acima do núcleo urbano. Elke se aproximou do parapeito e deu uma olhada na rampa de cimento que permitia que as embarcações hibernassem dentro da casa e no amplo mole da propriedade, de traçado caprichoso. Recuou imediatamente, mareada.

— Está acontecendo alguma coisa com você? — perguntou Eilert. — Está branca.

— Não é nada. Só uma vertigem. As sacadas baixas me dão medo. Lido muito mal com a altura. Não imaginava que esta casa fosse tão alta — comentou, aturdida.

— Acalme-se. Tudo correrá bem. Eu lhe prometo. Em algumas horas tudo estará terminado.

— Eilert, ouça, quero que você saiba...

— O quê?

— Que confio em você — confessou a meia-voz, com olhar esquivo —, que não há nada que precise ser perdoado. Sem mais reprovações, Eilert.

— Sem mais reprovações, Elke — concordou ele.

Passearam ao longo do terraço. O crepúsculo criava uma estreita fenda pela qual escapavam os restos de luz. Darden reparou na expressão preocupada de Lang, que caminhava um pouco atrás, alheio às explicações do idoso. Parecia farejar cada canto da propriedade.

— Alguma coisa vai mal?

— Esta casa vai mal.

— O que acontece com a casa?

— É indefensável, vulnerável. Pode-se penetrar nela em qualquer ponto.

— Vamos, esqueça! — sugeriu o jornalista. — Devemos nos concentrar em fazer com que o velho conte o que sabe. Se conseguirmos, tudo se resolverá sem problemas.

O biólogo assentiu, nem um pouco convencido.

Pouco depois, Münzel os convidou a se sentar junto aos janelões. Acrescentou vários troncos à fogueira e colocou quatro copos e uma garrafa de uísque no centro da mesa. Depois se acomodou em uma das poltronas e cruzou significativamente os dedos de suas mãos.

— Disponho de tempo. Não gosto de televisão e, na minha idade, durmo pouco ou nada — anunciou, grave, se dirigindo a Lang. — E assim será melhor que me conte quem é você, o que sabe de Gottlieb e de mim e por que veio até aqui. Se suas explicações não me convencerem, não lhe direi nada, e vocês e seus amigos sairão por onde entraram, simplesmente. Essas são as minhas condições.

— Me parecem razoáveis — aceitou Eilert.

— Então se sirva de uísque, clareie a voz e comece por onde quiser.

Ao longo da hora seguinte, em um complexo e exaustivo exercício de síntese, Lang contou sua história. À medida que o relato avançava, Münzel parecia afundar mais e mais na poltrona. Quando o biólogo o colocou a par dos acontecimentos dos últimos dias, uma expressão sombria se instalou em seu semblante.

— E isso é tudo, Sr. Münzel — concluiu o biólogo. — Suponho que agora deve entender meu interesse em falar com o senhor.

— Esperava uma boa história — murmurou tristonho —, mas devo admitir que não tão boa. Mesmo sabendo de tudo o que sei, me parece realmente assombrosa. Desculpem-me um segundo.

Klaus Münzel se levantou com dificuldade. Ficou olhando o ar com olhos vazios e, com passo indeciso, se dirigiu a um estreito armário no outro extremo do salão. O móvel era um pequeno arsenal. Para o espanto de todos, voltou com uma escopeta, uma automática e duas caixas de munição.

— Meu Deus! O que... O que acha que está fazendo? — gaguejou Elke Schultz ao ver que o velho carregava cuidadosamente as armas.

— Preparando uma recepção adequada para essa corja! Se tivesse sabido com mais antecedência, teria colocado champanhe para esfriar — ironizou.

A violinista se remexeu, nervosa. Não estava disposta a se ver envolvida em outro tiroteio como o do dia anterior em Paris. O olhar intranquilo de Darden dizia às claras que estava sentindo a mesma coisa. Lang foi o único a permanecer imperturbável, sereno, diante do ânimo belicoso do ancião.

— Vai nos contar o que sabe, Sr. Münzel? — lhe perguntou.

O alemão olhou-o de esguelha e arqueou uma sobrancelha.

— Sim, acho que agora cabe a mim dar sentido a sua história; mas, maldita hora, acredite: não me apetece nem um pouco recordar tudo isto.

Por um instante, os três acreditaram ver, nas pupilas de Münzel, a explosão das bombas pulverizando os restos de uma Berlim em chamas.

32

FÜHRERBUNKER

— Gerald e eu nos juramos não falar nunca a este respeito. Nem mesmo entre a gente — afirmou. — Éramos amigos de infância. Fomos criados no mesmo bairro. Nossas famílias se conheciam. Tanto seu pai como o meu eram partidários do regime. Traziam gravadas no espírito as humilhações do passado. Acreditavam de pés juntos que Hitler devolveria à Alemanha o esplendor de outros tempos. Os dois eram membros da Thule. Não gente importante. Pertenciam ao segundo círculo, o dos adeptos; um nível um pouco mais comprometido que o dos simpatizantes e próximos. Em 1935, pediram formalmente que Gerald e eu fôssemos aceitos na ordem cumprindo o ritual. Éramos apenas dois meninos, um par de imberbes.

— Em que consistia essa cerimônia de iniciação? — perguntou Darden, intrigado.

— Um mestre de primeiro grau, um membro de quinto nível, nos doutrinou durante semanas. Você sabe... Toda aquela besteirada esotérica acerca dos hiperbóreos, a origem dos arianos, a mítica Thule, os futuros da hierarquia oculta, os Sete Mestres de Vril — enumerou, com um esgar de desdém.

— Naquele momento, surtiu efeito. Engolimos. Em seguida, vieram os arrazoados sobre a supremacia e o destino final de nossa raça e os motivos pelos quais devíamos odiar judeus, bolcheviques, negros, ciganos e homossexuais.

— Entendo.

— Quando acharam que estávamos preparados, fomos iniciados, em uma cerimônia tão pomposa como incompreensível — prosseguiu Münzel. — Levaram-nos a uma casa que ficava nas cercanias de Berlim. Éramos 14 jovens. Os 21 membros do sexto nível, na penumbra, nos perguntaram sobre nossas convicções. Dissemos o que queriam ouvir. Ao final, depois de pisotear um crucifixo e manchar de pó os nossos ombros, depositaram sal em nossa boca. Não muito mais do que isso.

— Foram marcados?

— Sim. No ombro, com um pequeno ferro candente. Quer ver?

— Não é necessário. Me diga, Sr. Münzel, o que aconteceu durante a guerra? Gerald e o senhor permaneceram juntos?

— Não. Quando a guerra começou, fomos destinados a unidades distintas. Eu estive na Polônia. Eram dias de euforia. Tudo nos parecia um passeio. Reencontrei-o um tempo mais tarde, em Paris. A gente se divertiu nessa cidade, mas em poucos meses minha unidade recebeu ordem de se aquartelar entre Nantes e Saint Nazaire, ao lado do Loire. A verdade é que tive muita sorte. Refiro-me à frente russa, você sabe. Aquilo foi uma carnificina. Também escapei da Normandia. Mal entrei em combate.

— Não voltou a encontrar Gottlieb durante todo esse tempo?

— Não. Ele teve uma sorte pior. Foi ferido na Batalha de Dunquerque pelos canadenses. Em julho de 1944, o transferiram para Berlim. Eu estava na capital desde o começo do verão. Era ajudante de um oficial, Traugott Woorman. Um bom sujeito. Manteve-me muito tempo em unidades de intendência. Dizia que assim salvaria a pele na situação que se avizinhava. Era um autêntico dissidente. Mais de uma vez me convidou a beber com ele. Em particular, não mordia a língua e criticava Hitler abertamente. Quando foi destinado a Berlim, não se esqueceu de mim. Casualmente fiquei sabendo que Gerald estava convalescendo de suas feridas em um hospital e fui visitá-lo. Quando teve alta, se integrou à minha unidade. A dele fora aniquilada. Pedi a Woorman esse favor e ele me atendeu. Foi seu último favor. Dois dias depois morreu em um bombardeio. Volta e meia me lembro dele...

— Como o senhor e Gerald foram designados para o Führerbunker?

— No final do outono de 1944, aquilo começou a virar um caos. De um dia para outro tudo mudava — murmurou Münzel, ensimesmado em suas recordações. — O moral das tropas era baixo. Só nos chegavam más notícias. De algum modo começamos a ter consciência de que a guerra estava perdida. Hitler se salvara milagrosamente de uma conspiração; a defecção, embora velada, começava a surgir em todos os níveis. Nos meses seguintes as coisas ainda pioraram. Soubemos que os aliados haviam pactuado não fazer concessões, não nos conceder trégua nem quartel até a capitulação incondicional do Reich. As pessoas abandonavam discretamente a capital, em um êxodo que logo se tornaria massivo. Muitos civis se dirigiram a Dresden, convencidos de que ali estariam a salvo dos bombardeios. Equivocaram-se. Aquela cidade seria sua tumba. A aviação inimiga a desintegrou alguns meses depois. Apesar da confusão reinante, na capital havia música nos bares e a vida continuava; de algum modo, nos empenhávamos em permanecer alheios à catástrofe que se avizinhava.

— Desfrutemos a guerra, a paz será ainda pior — exclamou Simon Darden, parafraseando o ditado cunhado pelos berlinenses naqueles dias incertos.

— Sim, exato. Isso era ouvido em toda parte! — concordou Münzel, retomando em seguida o fio de sua história. — Estávamos sozinhos e isolados. Apenas a Eslováquia, a Croácia e restos da Hungria se mantinham ao nosso lado. A Itália era dada por perdida. E o Japão... Bem, o Japão não servia de consolo, estava no outro lado do mundo! Houve um recrutamento militar da classe de 29 devido ao fato de que todos os que tinham entre 16 e 60 anos já empunhavam armas. Nesses dias foram criadas as Volkssturm, as milícias populares, para defender Berlim rua por rua. Muitos jovens, até mesmo crianças, sem preparação e mal-armados, foram mobilizados. Recordo que mais de uma noite, quando soavam as sirenes e descíamos aos abrigos, os vi tremer. Tentavam dissimular o medo que sentiam, mas em seus olhos despontava sua angústia. O silêncio naquelas ratoeiras era impressionante. Ainda mais quando o teto parecia vir abaixo.

— Enquanto isso, os russos avançavam como uma niveladora, à razão de 30 quilômetros ao dia, entre o Vístula e o Oder, em pleno coração da Alemanha — observou Lang.

— Sim, um pesadelo. Não é necessário rememorá-lo. Vou lhes contar como Gerald e eu fomos transferidos para o Führerbunker. O que contarei agora aconteceu no final de março de 1945. Uma noite, Hans Krebs, o chefe do Estado-Maior do

Exército, apareceu em nosso quartel, no norte da cidade. Não tivemos tempo nem de vestir o uniforme; pulamos dos beliches e formamos no centro do barracão. Ele passeou algumas vezes, para cima e para baixo, e acabou se detendo diante de nós. Começou a soltar uma arenga. Garantia que em breve disporíamos de novas armas, capazes de mudar o rumo do conflito. Ficou fitando Gerald e depois a mim. Murmurou algumas palavras no ouvido de um tenente que o acompanhava e continuou. Ao terminar, o oficial se aproximou e nos disse que pegássemos nossas coisas e o seguíssemos.

— Por que escolheu vocês? — perguntou Darden.

— Krebs havia reparado nas adagas, a marca da Thule, em nossos ombros.

— Entendo.

— Fomos levados à Chancelaria. Ali nos disseram que ficaríamos vinculados aos serviços do Estado-Maior. Realizávamos tarefas de ligação entre Krebs e seus subordinados, mas a verdade é que também Goebbels e Bormann, e até mesmo Himmler e Göring, nos davam ordens sempre que havia uma oportunidade. Tudo era muito confuso naquele buraco de concreto. Cada vez que entrávamos nele tínhamos a curiosa sensação de que todos eles, e ao mesmo tempo nenhum, detinham o comando — ironizou Münzel, se reabastecendo de uísque.

— Conheceram Hitler pessoalmente?

— Sim, ele e a maior parte de seus generais. Travamos boa amizade com as secretárias de Hitler. Especialmente com Trauld Junge — recordou Münzel. — Era uma jovem encantadora, tímida. Creio que muito ingênua. Há 10 ou 12 anos um colega me deu seu endereço em Munique e lhe mandei um cartão-postal. Enviou-me uma longa carta na qual dizia que se lembrava perfeitamente de mim. Ela me batizou cordialmente com o apelido de Magro. Eu era um jovem muito delgado — Klaus levantou expressivamente seu dedo indicador — e, para completar, não comíamos muito. Ou seja, teria sido melhor se tivesse dito famélico. Ou esquálido. Voltando a Trauld, seu verdadeiro sonho, naquela época, era dançar; aquela garota tinha a cabeça cheia de minhocas, mas Albert Bormann forçou-a a se apresentar às provas de datilografia e seu destino, durante a guerra, ficou unido ao de Hitler. Seguia-o a todos os lugares. A verdade é que chegou a gostar dele sinceramente. Não sei se vocês sabem disso, mas lhes asseguro que o Führer era um homem extremamente afável com as pessoas. Ela jamais teve consciência das aberrações que eram cometidas; os assassinatos, as deportações, os campos de concentração...

— O que me diz do senhor e de seu amigo? — perguntou Lang, à queima-roupa.

A pergunta não pareceu agradar muito a Klaus Münzel. Remexeu-se na poltrona e deu um longo gole, esvaziando o copo. Depois enrugou os lábios.

— Acreditaria em mim se lhe dissesse que não tínhamos uma ideia clara do que acontecia?

— Suponho que sim.

— Nós intuíamos. Essa é a verdade. Todos intuíamos, embora, curiosamente, ninguém falasse dessas coisas. Posso garantir que em todos aqueles anos nunca ouvi ninguém mencionar Treblinka ou Auschwitz.

— Fale de Hitler, disse que o conheceu — resolveu o biólogo, mudando de assunto. — É verdade que estava doente?

— Sem dúvida, não estava em seu melhor momento — admitiu Münzel. — Conversou com a gente algumas vezes.

Apertou nossa mão. Pediu-me que tentasse lhe conseguir um bom osso de vitela, uma patela.

— O que disse?

— Um osso, um osso grande, para Blondie, sua cadela. Fazia-a cantar, eu juro, adorava-a. Depois mandou matá-la.

— Eu sei.

— A verdade é que não gozava de muito boa saúde. Seu pulso tremia. Em algumas ocasiões o vimos perambular com o olhar turvo, alienado. Movia divisões fantasmas, convocava reuniões em horas intempestivas, seu ânimo oscilava como um pêndulo. Mas o mito de que estava acabado não é verdadeiro. Era um homem de uma força enorme. Mesmo envelhecido e abatido, era tremendamente carismático.

Münzel fez uma breve pausa. Parecia estar tirando, assim que os encontrava, fatos e acontecimentos de um baú que ficara trancado durante anos.

— Gerald e eu estávamos no bunker no dia 20 de abril — murmurou, perdido.

— O que aconteceu nesse dia?

— Era o aniversário de Hitler. Aquilo ficou lotado, todos apareceram para parabenizá-lo, não é engraçado? O mundo desabava ao nosso redor, a cidade estava estrangulada, não restavam esperanças, e, apesar disso tudo, foram abertas muitas garrafas de champanhe naquele buraco! Eva Braun chegou a colocar aquele disco em sua homenagem... Como se chamava? *As rosas vermelhas lhe falam de amor!* — rememorou, com ironia nos lábios. — Todos nós ouvimos, claramente, Keitel, Speer, Göring e outros implorando ao Führer que os colocassem a salvo, que saísse de Berlim, mas ele negou uma e outra vez essa possibilidade, com obstinação, com a teimosia própria de um comandante que se recusa a abandonar o navio. Sua altivez nos insuflou umas mínimas pretensões. Dir-se-ia que aquele calvário ia durar para sempre, mas dois dias mais tarde aconteceu algo — observou o velho, avançando o corpo em direção à mesa. — Ouçam bem: em 22 de abril, teve lugar uma reunião a que assistiram todos os generais. Rochus Misch, o radiotelegrafista, andava desesperado. A pouca informação que chegava era contraditória. Tanto se dizia que o Quarto Exército Panzer se movia em direção a Görlitz, disposto a impedir o avanço soviético, como exatamente o contrário. Os gritos do Führer ecoavam em todo o bunker. Nem sequer se incomodaram em manter a reunião a portas fechadas. Hitler decidiu que o Exército do general Walther Wenck que, se não me engano, estava naquele momento ao sudeste de Magdeburg, socorreria a cidade. Como sabem, isso não aconteceu. O Führer saiu daquela sala irritado, furioso. Haviam voltado a insistir com ele para que fugisse de Berlim. Quando todos já estavam preparados para sair do recinto, Hans Krebs em pessoa aproximou-se de mim. Recordo que me enquadrei e contive a respiração. Aquele homem impunha um verdadeiro respeito. Sussurrou ao meu ouvido algo que me intranquilizou.

— O que lhe disse? — perguntou o jornalista.

— Palavra por palavra: quero que vocês dois estejam à meia-noite na entrada do Ministério da Propaganda.

— Nada mais?

— Só isso, e em seguida apontou para Gerald, que estava um pouco afastado, de forma inequívoca.

— Obviamente foram a esse encontro.

Münzel soltou uma gargalhada irônica.

— Sim, obviamente.

— Estiveram com ele?

— Com Krebs? Não, em absoluto! Um de seus oficiais nos esperava. Convidou-nos a fumar um cigarro nas escadarias do Ministério e nos comunicou que o general contava com a gente para um trabalho extremamente delicado. Um trabalho que deveria ser realizado a qualquer momento, nas próximas horas ou dias. Acrescentou que deveríamos obedecer às ordens de alguém que se identificaria com uma senha, um código que estava em um envelope que nos entregou em seguida, não sem antes nos fazer jurar que não o abriríamos em hipótese alguma.

— Acho que estou começando a entender.

— Está? Não acredito! — disse Münzel, com desdém. — Pelo menos não creio que tenha a menor ideia de quem estava por trás desse trabalho delicado. Como poderão supor, tanto Gerald como eu ficamos em um estado de tremenda ansiedade. Nem desconfiávamos do que se esperava da gente. Passamos a noite consumidos pelos nervos. Os dias seguintes foram terríveis, intermináveis. À medida que se sucediam, desmoronava o pouco que restava em pé. Chegou um teletipo de Göring em que ele anunciava que diante da ausência de notícias dava por certo que o processo de sucessão do Führer devia ser iniciado; se disse que Himmler tentava negociar, através de um diplomata sueco, com os aliados; soubemos do final de Mussolini... — enumerou. — E, no meio de toda essa demência, os meninos de Marta Goebbels corriam pelos corredores brincando de esconde-esconde. Hitler mal saía de seus aposentos. Comia com as secretárias ou tomava chá com elas à noite, em silêncio, enquanto os oficiais esvaziavam garrafas e conversavam sobre qual era o método seguro para se tirar a vida sem muito sofrimento.

— A queda dos deuses — observou, brincando, Lang.
— Quando chegou a vocês a ordem de abrir o misterioso envelope?
— Hitler e Eva Braun se casaram no dia 28. Depois disso, o Führer ditou a Trauld Junge seu testamento político e pessoal. Todos entendemos que cumpriria, nas próximas horas, sua promessa de acabar com sua vida. Havia deixado isso claro em numerosas ocasiões — explicou Klaus. — Trauld datilografou suas notas taquigráficas. Fez três cópias. Recebi ordens para levar uma delas a Karl Dönitz, grande almirante da Kriegsmarine. Estava na Chancelaria. Permaneci diante dele enquanto lia as últimas vontades de Hitler, em silêncio, sem expressão alguma no rosto, no centro de um recinto desmantelado, cheio de vidros quebrados e pó, no qual só restavam uma pesada mesa e algumas cadeiras. Quando acabou, dobrou cuidadosamente os papéis, me olhou e me perguntou se tinha certo envelope em meu poder. Assenti com receio. Sorriu brevemente e me pediu que o abrisse. Meu pulso nunca tremeu, mas naquele momento não conseguia controlá-lo. Rasguei o envelope e tirei um papel ao mesmo tempo em que ele dizia, em alto e bom som: "211".

O rosto de Eilert se encheu de estupefação.

— 211! Aí está sua base na Antártica, Sr. Lang! — exclamou, com orgulho, o ancião. — Nunca soube que significado tinha essa senha até hoje mesmo, nesta própria noite. Acredite em mim quando lhe digo que a recordei um milhão de vezes sem entender por que Dönitz escolheu esse número e não qualquer outra coisa para se identificar.

— Extraordinário.

— Sim. No princípio não entendia nada. Mal conseguia pensar. Tampouco me atrevia a falar. O almirante abriu a gaveta da mesinha e me entregou um documento no qual detalhava tudo o que deveríamos fazer. Eram instruções muito concretas. Pediu-me que o examinasse ali, na sua presença, e quando acabei me perguntou se tinha alguma dúvida. Eu lhe disse que não. Acompanhou-me até a porta e se despediu de mim com uma saudação que só é usada pelos membros da Thule.

— O que diziam essas ordens?

Um brilho diabólico iluminou os olhos de Klaus Münzel.

— Eram ordens terríveis, parte de um plano complexo no qual estavam envolvidos outros membros da ordem, muitos deles pertencentes às SS. O que se pedia a Gerald e a mim era que solucionássemos um pequeno fragmento do quebra-cabeça sem cometer o menor erro. E sem perguntas.

Eilert, Simon e Elke cruzaram um olhar de perplexidade. O relato daquele senhor os levara a um estado de tensão insuportável. Ele deve ter entendido, pois se apressou a revelar o final do mistério.

— Se a incerteza dos dias anteriores nos crispara de um modo inconcebível, as horas passadas até a tarde do dia 30 nos deixaram exaustos — rememorou, abstraído. — Gerald ficara sem cigarros, não parava de andar de um lado a outro, olhando o relógio a cada cinco minutos. Eu enfrentava um dilema terrível, posso lhe garantir. Cumprir aquelas ordens significava manchar as mãos com sangue inocente. Por volta de meio-dia, com um nó na garganta, nos apresentamos na casa de August Borsen.

— Quem era esse homem? — interrompeu Darden.

— Esse pobre homem era um professor de ciências naturais, uma pessoa tranquila e amável a quem o destino castigara com uma única maldição — confessou Münzel, pesaroso. — Era exatamente idêntico ao Führer. Diria que apenas uns centímetros de altura os diferenciavam. Abriu a porta e se surpreendeu quando nos viu. Estava acostumado a que o fizessem sair de casa em horas inoportunas, cada vez que Hitler devia viajar ou se apresentar em regiões que eram consideradas perigosas para sua segurança. Pediu-nos que lhes concedêssemos alguns minutos. Vestiu o casaco e o cachecol e nos acompanhou.

O ancião parou seu relato. Parecia seriamente afetado. Seu rosto denotava sincera aflição.

— Levaram-no ao bunker?

— Não. Acompanhou-nos a outra parte da cidade, ao sul da Chancelaria. Creio que quando nos apresentamos na casa de Hubertina Franz, ele entendeu que algo ruim iria lhe acontecer. Essa mulher era muito parecida com Eva Braun.

— Meu Deus!

— Não se conheciam, mas se olharam fixamente nos olhos, com a alma inquieta.

— Está claro. Tudo começa a ficar muito claro... — sussurrou Eilert Lang, cabisbaixo.

— Levamos os dois às imediações do Führerbunker. Ali nos esperavam Hans Dietrich Steinmeier, o homem de Lyon, e Emil Färber. Fomos levados a uma velha casamata de tijolo, um lugar caótico no qual se guardava gasolina, próximo à torre de vigilância do bunker — contou Münzel, com um fio de voz. — Ao entrar, notamos um amplo alçapão aberto no solo. Färber, que conhecíamos de vista, entregou a Hubertina e a August duas bolsas. Disse-lhes que deviam trocar de roupa. Ele permaneceu com eles num reservado, enquanto se vestiam. Os demais, ficamos esperando no lado de fora, com rostos graves, sem trocar palavra. Pouco depois descemos todos por uma escada que desembocava em um longo passadiço, um labirinto ziguezagueante que afundava mais e mais na terra. Steinmeier ia abrindo o caminho com uma lanterna. Chegamos a uma zona mais ampla, junto a um muro de concreto. E então...

— Vamos, continue, chegamos até aqui! — instou-o Lang, compreendendo que o alemão estava imerso em um verdadeiro caos emocional.

— Então eu, Gerald e eu, golpeamos aqueles dois infelizes com a coronha da pistola. Com força. Na têmpora. Desabaram. Färber abriu uma pequena porta metálica no muro. Levava ao quarto do Führer. Ele e Eva Braun estavam ali, à espera. Agacharam-se, nos olharam com curiosidade e perguntaram se tudo corria bem. Respondemos que sim e os ajudamos a entrar no lugar. Recordo que ela sacudiu a saia assim que se ergueu. Ele consultou o relógio. Permaneceram em silêncio enquanto introduzíamos os dois corpos no recinto. Depois, os acomodamos em um sofá. Steinmeier quebrou uma ampola de ácido prússico e o verteu nos lábios de Hubertina.

Nesse ponto Münzel se negou a continuar. Seus olhos se encheram de lágrimas. Fez um duro exercício de contenção, sepultando suas emoções.

— Recordo que Gerald... Gerald afastou o olhar quando o corpo daquela mulher inconsciente deu uma sacudida brusca e seca — balbuciou, comovido. — O veneno matou-a em poucos segundos. Depois, Steinmeier repetiu a operação com August. Quando tudo havia terminado para eles, me fitou imperturbável e me estendeu a pistola do Führer, segurando-a pelo cano. Disse-me que devia atirar na cabeça do casal. Apesar da perturbação do momento, não me custou recordar que Hitler havia repetido, várias vezes, que se mataria com um tiro na têmpora. Cumpri as ordens, aplacando minha consciência, dizendo-me que August Borsen, depois de tudo, já estava morto. Em seguida saímos dali, fechamos o alçapão e refizemos o caminho até o galpão. No lado de fora nos esperavam dois carros com cortinas e quatro pessoas. Uma delas era Martin Höpfner, o homem assassinado ontem em Paris.

— Que papel ele desempenhou na Operação Shangri-la? — perguntou Eilert, intrigado.

— Höpfner era aviador, um dos melhores pilotos da Luftwaffe. Participou dos bombardeios sobre a Inglaterra até que o destinaram ao serviço da cúpula do Exército; em mais de uma ocasião havia transportado Hitler, Himmler e Goebbels. Certamente era membro da Thule.

— Como saíram de Berlim?

— Estava tudo previsto. Enquanto o médico de Hitler e outros membros da Thule atestavam a morte do Führer e de sua esposa, cobriam-nos com uma manta e tomavam as providências para incinerá-los, nós viajávamos ao norte por uma rota que fora mantida aberta, longe do avanço russo. Chegamos assim a Warnemünde, na costa, perto de Rostock. Ali pegamos uma pequena estrada que nos levou até o final de uma península estreita e longa, a um lugar chamado Zingst. Um hidroavião nos esperava. Gerald e eu, mais Höpfner e outros dois cujo nome não recordo, ajudamos Hitler e sua esposa a se instalar. Voamos com eles.

— Para onde?

— Arendal, na Noruega.

Eilert conhecia essa parte da história. Um dos documentos que estava em seu poder, encontrado em Nova Suábia seis anos antes, confirmava que o testemunho de Münzel era digno de crédito. Nas imediações de Arendal ocultava-se uma importante base de U-Boot da Kriegsmarine nazista.

— Ninguém falou durante o voo. Só umas poucas palavras. Vi Eva Braun sussurrando algumas frases ao ouvido de Hitler, mas lhe asseguro que ele, dissesse ela o que dissesse, não demonstrava sentir a menor emoção. Parecia muito cansado, ausente — explicou Münzel na reta final de sua história.

— Aterrissamos duas horas depois em um lugar próximo a Arendal. Vários carros nos esperavam. Fomos levados a uma base de submarinos a uns 10 ou 15 quilômetros em direção ao noroeste. Tudo parecia pronto. Recordo que a primeira coisa que Eva Braun fez ao chegar, assim que desceu do carro, foi acender um cigarro. E depois outro. Um atrás do outro. Caminhava pelo cais, pra cima e pra baixo, fumando com ansiedade, enquanto o Führer conversava com o comandante do submergível e tudo era preparado para zarpar. Ela ficou sem fósforos e se aproximou de mim, sussurrando algumas palavras como se estivesse se desculpando.

— Desculpas? O que o senhor lhe disse? — perguntou, sinceramente intrigada, Elke Schultz, abandonando seu mutismo.

Münzel sorriu.

— Nada importante. Agradeceu pelos fósforos e explicou que estava fumando daquele jeito porque não poderia fumar durante muitos dias — concluiu Klaus. — Entendi que a viagem naquele submarino seria longa. Minutos depois, ela e Hitler atravessaram a passarela e desapareceram por uma escotilha, ajudados pela tripulação.

— Isso é tudo? — perguntou Darden.

— Sim. Isso é tudo. Nunca, jamais, cheguei a saber o que aconteceu com eles. Gerald também não soube de nada. Na noite de hoje suas dúvidas foram desfeitas. E, ao mesmo tempo, as minhas.

Fez-se um longo silêncio. Ninguém parecia ter mais nada a dizer ou perguntar. Lang bebeu o resto do uísque enquanto Darden, galvanizado pelo final do relato, levava, nervoso, um cigarro aos lábios.

O biólogo sondou Münzel.

— Estaria disposto a repetir o que nos contou em uma declaração oficial?

Klaus franziu a testa. Seus lábios se entreabriram, dispostos a articular uma categórica negativa, quando o telefone tocou, proporcionando a todos alguns segundos de trégua.

— Desculpem-me, volto logo.

O ancião se levantou e cruzou o recinto. Pegou o fone.

— Sim? Alô... Alô? — repetiu — Ouça...

Todos ouviram com clareza a detonação surda de uma arma. Uma fração de segundo depois, uma das vidraças do salão caía transformada em cacos e uma bala silvava, tentando atravessar o cérebro de Klaus Münzel.

33

CARA A CARA

— Estão atirando na gente! — gritou Simon Darden, aterrorizado. O jornalista levou as mãos à cabeça, procurando se proteger da chuva de vidro.

O projétil roçou a testa de Münzel e se incrustou na parede. O velho perdeu o equilíbrio e caiu com um queixume nos lábios.

A reação de Eilert Lang foi fulgurante. Lançou-se sobre Elke e a obrigou a procurar proteção no exíguo espaço que havia entre o sofá e a mesa. Depois levou a mão a sua automática. Checou o gatilho, afastou a trava e disparou contra as lâmpadas que iluminavam aquela parte do salão. O recinto ficou mergulhado em uma penumbra avermelhada, tenebrosa, alimentada pela débil luminescência da lareira. O biólogo se arrastou até uma das janelas e deu uma olhada através da cortininha laminada do postigo externo.

— Estão ali, na altura do atalaia do embarcadouro! — informou.

Várias silhuetas furtivas deslizavam com agilidade felina, ao amparo das árvores e pedras do jardim.

Klaus Münzel se levantou, contrafeito. Voltou encolhido ao lugar que havia ocupado e pegou a escopeta.

— Tenho essa escopeta há muitos anos. É de caça, mas de caça grande — gaguejou. — Ideal para abater elefantes.

O alemão apoiou o peso de seu corpo frágil na poltrona que havia ocupado, empurrando-a em direção à porta de acesso ao terraço. Depois, se aboletou atrás de um dos braços e puxou o gatilho.

— O vamos fazer? — perguntou Elke, entre soluços. — Vão nos matar!

— Vamos receber esses filhos da puta à altura — replicou Münzel nervoso, apertando a mandíbula.

— Não creio que possamos detê-los — observou Lang, cético. — Poderia jurar que são muito mais do que a gente. Agora não estou vendo ninguém. Creio que estão rondando pelo terraço do andar de baixo.

O norueguês, sem aviso prévio, se levantou e atravessou o recinto como um raio, em direção ao vestíbulo da casa.

— Aonde você vai? — interpelou Elke, angustiada. Pela primeira vez estava disposta a admitir que a altivez que caracterizava Lang significava, para ela, uma tábua de salvação.

— Acalme-se, não a abandonaria por nada desse mundo; só quero dar uma olhada no andar de baixo! — afirmou o biólogo a meia-voz, cruzando o umbral. No último instante, ao perceber a expressão desconcertada do jornalista, alfinetou-o:

— Darden, por tudo o que você mais ama, mantenha-se firme e não hesite em disparar em qualquer pessoa que tente entrar por essas janelas. Você me entendeu?

O jornalista assentiu. Tinha um nó na garganta. Engoliu em seco. Mal conseguia controlar o temor que se apoderava de sua mão; segurava com os dedos crispados a coronha da pistola. A arma lhe parecia um peso insuportável.

Lang cruzou o vestíbulo e desceu um longo trecho de escada, que desembocava em um pequeno hall. Uma lâmpada acesa sobre um aparador lhe permitiu traçar rapidamente um mapa do lugar na cabeça. À direita, um estreito corredor levava aos quartos. Percorreu-o a toda velocidade, entreabrindo uma porta atrás da outra conforme avançava. Confirmou que todos os aposentos possuíam amplas janelas, as quais davam a um terraço lateral que se comunicava com o acesso ao cais. No final do corredor, uma porta de vidro translúcido, reforçada por barras de ferro, fechava o caminho. Parecia segura.

Estava voltando, disposto a examinar o outro lado do andar, quando dois disparos ecoaram no nível superior. O estrépito de uma vidraça se partindo contra o solo encolheu seu ânimo. Uma fração de segundo depois ouviu uma detonação muito mais poderosa, dupla, raivosa. E um grito de dor, seguido de um grunhido triunfal, lhe permitiram entender que Münzel descarregara os dois cartuchos de sua escopeta ao mesmo tempo e com bom resultado.

Abriu devagar a única porta à esquerda do patamar. Para sua surpresa, viu-se em um espaçoso bar. Cheirava a mofo. Contrariado, constatou que outra porta, velha e frágil, dava acesso ao terraço externo.

— Maldição! Isto é um pesadelo! — grunhiu.

A maçaneta começou a se mexer. Era evidente que os assassinos da Thule, um a um, tateavam todos os possíveis acessos à casa. Não hesitou em disparar através da madeira, embora sem êxito. Uns passos precipitados, em franca retirada, diziam às claras que desperdiçara munição inutilmente.

Ia voltar ao salão quando um golpe contundente derrubou a porta que se avistava ao final do lance de escadas seguinte. O acesso direto à marina e ao cais da casa não resistiu à investida dos matadores. A folha se abriu de repente, saltando das dobradiças. Duas sombras temíveis se recortaram diante do umbral.

Lang respirou profundamente. Deslizou ao longo da parede, até ficar em posição estável. Firmou seu pulso com a mão esquerda e, na quietude do intervalo entre dois suspiros, esvaziou o que restava do pente no primeiro deles. Um agente da Thule foi atirado para trás, proferindo um grito pavoroso; o segundo driblou o cadáver de seu comparsa e escorregou para dentro da casa, aparando-se em um vendaval de chumbo que obrigou Lang a recuar escada acima.

— Não atirem, sou eu! — avisou o norueguês, voltando ao salão. Fechou a porta e a bloqueou arrastando uma pesada mesa e uma arca até sua base.

Münzel abaixou o cano de sua escopeta. Estivera prestes a arrebentar a cabeça de Lang.

— Nesta trincheira tudo vai bem, sem novidades! — anunciou, com surpreendente ironia. — Abri um imenso buraco nas tripas de um desses porcos.

— Acho que acabei com outro — murmurou Lang, indo se postar entre Darden e Elke. — De qualquer maneira, esta batalha está perdida. Conseguiram entrar. Estão lá embaixo, no andar de acesso ao cais.

— Perdida? De jeito nenhum! — resmungou Münzel.

— Como é possível que o senhor não tivesse intuído que mais cedo ou mais tarde viriam pegá-lo? Esta casa tem mais buracos do que um queijo emental! — recriminou o biólogo, com acrimônia. Depois se dirigiu a Darden. O jornalista tentava, sem parar, usar o celular. — Pode-se saber o que está fazendo?

— Está cego? Precisa de luz? — respondeu, furioso, o inglês. — Estou tentando chamar a polícia, a linha telefônica foi cortada e este maldito troço não tem cobertura neste país! Não poderei nem me despedir dos meus!

Eilert rebuscou no bolso. Pegou um novo pente e o enfiou com um golpe seco na pistola. Nesse instante os dedos de Elke se retesaram sobre seu braço.

— Eilert, me ouça, por favor, me ouça — sussurrou, a poucos centímetros de seu rosto, com um fio de voz entrecortada, lamurienta. — Estou com muito medo, muito medo. Não quero morrer. Não quero. Me abrace, eu lhe suplico.

O mundo desabou para Eilert Lang diante do peso desse pedido. Elke se desfez em lágrimas, afundando o rosto em seus braços, enquanto ele se maldizia interiormente por ter causado a desgraça de uma mulher que amava com todas as suas forças. As imagens dos últimos dias desfilaram a uma velocidade endiabrada diante de seus olhos. Uma estranha certeza o invadiu. Enredou seus dedos nos cabelos lisos da mulher, delicados como fibras de seda. Por um instante, como se de uma brincadeira cruel do destino se tratasse, imaginou como poderia ter sido maravilhosa a vida ao lado dela.

Tentou articular uma frase de consolo, mas nenhuma palavra acudiu aos seus lábios. Uma infinita dor traspassou-o de lado a lado.

— Não quero morrer — reiterou ela, com a tristeza pesando no espírito.

— Nada de ruim vai acontecer com você. Eu sei.

— Ouça, Eilert, me ouça: talvez se você devolvesse a essa corja todos esses documentos eles nos perdoassem a vida — sugeriu Elke, tremendo feito vara verde.

— Isso não serviria para nada. Eles nos matariam a sangue frio. Acalme-se. Vamos sair desta.

Três disparos colocaram um ponto final na reflexão emocional em que todos estavam mergulhados. A fechadura da porta principal voou pelos ares. Uma patada seca contra a madeira e uns passos precipitados levaram-nos a entender que o fim era iminente.

— Você protegeu o acesso à cozinha? — inquiriu Münzel, asperamente.

— De que porta está falando? — perguntou, irritado, Lang.

— Dessa, merda, dessa! — rugiu o velho, dirigindo o cano da escopeta a uma discreta tábua, escura e retangular, dissimulada à direita, atrás de uma caprichosa curva da parede.

Lang soube que a advertência chegava muito tarde. Recordou ter visto no vestíbulo um acesso que parecia levar à área de serviço da casa. Não havia reparado, apesar de tudo, que o peculiar traçado da mansão unia esta parte ao recinto em que estavam através de uma portinhola de serviço.

— Estão vindo! — anunciou, sobressaltado, Darden.

— Isto parece muito ruim! — admitiu Eilert.

Tudo aconteceu em décimos de segundo. Günter Baum e Ewald Fleischer penetraram no salão como dois diabos, disparando às cegas, com tal fúria que Münzel, Land e Darden não conseguiram nada além de se pôr a salvo atrás dos móveis que lhes serviam de parapeito.

Eilert tentou calcular a munição usada pelos matadores da Thule. Seu cérebro se esforçou em contar as balas, conforme passavam silvando sobre sua cabeça, pulverizavam cristais ou perfuravam o encosto de alguma das poltronas. Como se fosse capaz de ler pensamentos, Münzel, entrincheirado à sua direita, parecia aguardar com nervos de aço o final do lance, disposto a usar seus dois cartuchos no momento oportuno.

Ambos se levantaram simultaneamente, no meio do aflitivo intervalo de silêncio e desinformação que sobreveio quando as pistolas se calaram. Só Lang conseguiu disparar sobre uma sombra evanescente, a grosso modo, uma única vez.

Nesse momento tudo se precipitou.

O janelão que o norueguês tinha a suas costas veio abaixo, traspassado brutalmente por um corpo em velocidade. Um assassino aterrissou no recinto, proferindo um grito desmesurado, assustador. Quando conseguiram entender o que acontecia, este, envolto em cacos de vidro e farpas, já agarrava Elke Schultz pelo pescoço, em um abraço poderoso, e ameaçava afundar a lâmina de seu punhal no meio do coração da mulher.

34

COM VOCÊ AO INFERNO

— A brincadeira acabou! Joguem as armas! — ordenou Baum, com voz imperiosa, do outro lado do aposento.
— Vai se foder! — gritou Eilert Lang, fora de si.
O biólogo girara sobre seus calcanhares e apontava a arma com enfurecida determinação para o matador que segurava Elke.
— Ah, vamos, Lang! Você não está achando que vai conseguir salvar essa puta, não é mesmo? Não seja imbecil, você perdeu o jogo! — afirmou Günter, com sarcasmo. — Jogue as armas bem ali no meio, em lugar visível, e discutiremos como vamos resolver isso a gosto de todos. Poderíamos até tomar alguma coisa!
— As armas? Venham buscá-las! — alfinetou Klaus Münzel, apontando o vazio.
— Não temos nada a negociar, filho da puta — resmungou Lang. — Eu lhe disse que iríamos juntos para o inferno e assim será.
Os olhos do norueguês, acostumados com a escuridão, se esforçavam para esquadrinhar, de soslaio, o recinto, sem deixar

de mirar, com expressão crispada, o assassino que segurava Elke. A voz de Baum vinha, inequivocamente, da parte posterior da grande lareira central.

— Fique tranquilo, Eilert. Esfrie a cabeça. Vou acender a luz. Assim todos nos poderemos ver cara a cara. O velho, o jornalista, a putinha, você e eu. Faremos uma bela foto de família — sussurrou Günter, com voz melodiosa. Em seguida se dirigiu ao seu comparsa. — Você está aí, René? Ouça: se qualquer um desses heróis de araque tentar alguma coisa, degole imediatamente a mulher, você entendeu?

O matador assentiu com um grunhido. Um som desesperado, gutural, lutou para escapar da garganta de Elke quando sentiu que a lâmina do punhal deslizava lentamente sobre sua pele.

— Onde está Pierre Signoret? — perguntou Baum.

— No terraço, esburacado. O velho o pegou — respondeu René, irascível.

— E Gilbert?

— Esse filho da puta quem despachou fui eu! — informou Eilert. — Se levarmos em conta o placar, você está perdendo de goleada.

Um silêncio espesso flutuou no salão.

Baum caminhou até a entrada e acionou o interruptor da luz. Depois, seguido por Ewald Fleischer, se plantou entre eles, bem visível, desafiador. Parecia um deus invulnerável. Levantou a arma e apontou para a cabeça de Lang, enquanto seu companheiro mantinha na linha Simon Darden e Klaus Münzel.

— Assim será mais fácil — afirmou o membro da Ultima Thule. — E também infinitamente mais divertido. Vou lhe explicar em que consiste, Eilert: você aponta para René, René degola Elke, eu mato você, Ewald despacha o velho e...

— Você se esqueceu de mim, desgraçado — gritou Simon Darden, em tom ácido.

O jornalista estava branco como papel de cigarro, mas, curiosamente, seu pulso não tremia como nos minutos precedentes. Parecia compreender, de uma maneira ou outra, que sua ação seria a única que conseguiria desfazer o complexo nó de intenções em que todos estavam travados.

— Oh, sim, perdão, que descortesia! — brincou Baum, trocando um olhar cúmplice e divertido com Ewald. — Esquecemos o audaz repórter que imortalizará todos nós escrevendo esta fantástica história!

— Ouça, filho da puta, não tente rir de mim. Nunca atirei em toda minha vida, mas a esta distância eu juro que encherei sua boca de bala — ameaçou o inglês, lutando para controlar seus nervos. — Dispararei até vê-lo vomitar sangue.

— Vai se foder! O *paparazzo* está cantando de galo! É uma pena que o jornalista do *Guardian* esteja tão mal informado sobre o que está acontecendo em seu país. — Baum estalou os lábios, fingindo um tédio infinito. — Você acha, Ewald, que deveríamos lhe contar o que está acontecendo em Londres?

— Acho que vai nos agradecer — comentou Fleischer.

— O que estão insinuando? — vacilou Darden, confuso.

— Que, se eu fosse você, não me preocuparia tanto com a política externa, pensaria mais na sorte de minha família, imbecil. Lamentavelmente, já é um pouco tarde. Certamente a estas horas sua encantadora esposa e seu adorável filhinho flutuam no Tâmisa, a caminho do mar.

As palavras de Baum acertaram o cérebro do jornalista. Um grito desumano brotou de seu peito. Invadido por uma fúria irracional, engatilhou a pistola e crispou o dedo no gatilho. Seus olhos se encheram de lágrimas.

Eilert Lang calculou, em décimos de segundo, todas as possibilidades do jogo macabro. As fichas, sobre o tabuleiro, haviam chegado a uma posição na qual nenhuma vitória era possível. Pouco importava quem pudesse ser o primeiro a lançar os dados. Todos seriam derrotados pela morte naquele recinto. Não haveria sobreviventes.

Trocou um último olhar com Münzel. O semblante do ancião dizia às claras que estava resolvido a se banhar em sangue alheio.

— Você se equivocou, filho de uma puta! — gritou, convulsionado, Darden, avançando um passo em direção ao matador. — Se a minha família morreu, não tenho a menor vontade de continuar vivendo. Chegou a hora de ir para o inferno. E você vai me mostrar o caminho. Adeus, Günter Baum.

Um décimo de segundo antes que a loucura arrastasse todos ao abismo, dois novos jogadores se somaram à partida.

— Quietos, ninguém se mexa! Ninguém irá para o inferno sem a minha permissão! — advertiu uma voz grossa e autoritária às costas de Baum e Fleischer. — Vocês dois, filhos da puta, larguem as armas ou vamos grudar seus miolos no teto!

Os dois agentes da Thule deixaram as armas cair no chão e levantaram lentamente as mãos ao compreender que estavam sob mira.

— Vamos, Christian, recolha-as! — ordenou. — Pela primeira vez na vida consigo chegar ao final de um bom filme sem ter adormecido! Meu nome é Bruno Krause, senhores, da Polícia de Berlim. O primeiro que piscar será um homem morto, está entendido? Vamos todos nos acalmar enquanto esperamos a chegada da polícia espanhola. Ela foi convidada para a festa.

O comissário afundou com vontade seu revólver no pescoço de Günter, obrigando-o a se ajoelhar. Seu ajudante fez a mesma coisa com Fleischer depois de se apoderar das armas.

— Você deve ser Klaus Münzel ou estou enganado? — indagou o policial alemão.

O idoso assentiu. Continuava apontando sua escopeta para Ewald Fleischer.

— E qual de vocês é Heinz Rainer?

— Eu.

— Mas seu nome verdadeiro é...

— Eilert Lang.

— Muito bem, Eilert. Você se importaria de abaixar a pistola? Não sei como o diabo se dá com elas, mas, acredite em mim: sempre consegue que disparem sozinhas. E seria uma pena que isso acontecesse na chegada da cavalaria, não é mesmo? — ironizou o comissário. Depois crivou seu olhar em René. — E quanto a você, recomendo que se livre do punhal e solte essa mulher. A paciência não é uma das minhas virtudes. Se não o fizer antes que eu conte até três, matarei seus dois comparsas e o obrigarei a limpar o sangue do chão com a língua.

Diante do olhar contundente de Baum, René optou por deixar cair a adaga sobre um sofá e soltou Elke Schultz. A violinista respirou com ansiedade e procurou refúgio ao lado de Lang.

— Começo a gostar um pouco mais dessa história — afirmou, satisfeito, Krause. — Fico feliz em ver que está bem, Srta. Schultz. Confesso que temi seriamente por sua vida. Terá de me contar algumas coisas que ainda não consegui entender. A verdade é que estou vivendo um verdadeiro dilema. Nunca havia me acontecido nada parecido. Tenho um monte de perguntas e não sei qual é a primeira. Por onde você começaria, Christian?

Christian Eichel sorriu e encolheu os ombros.

— Suponho que seria bom saber qual é o papel de cada um desses senhores nesta história, não? — sugeriu o subordinado.

— Estes valentões são agentes assalariados da Ultima Thule, uma organização com ramificações em todo o planeta — declarou Eilert Lang, apontando para Baum e Fleischer.

— É curioso. De tudo o que poderia me explicar disse precisamente a única coisa que já sei! — afirmou, em tom jocoso, Krause. — Algo mais?

— Os assassinatos. Os crimes cometidos nos últimos dias na Alemanha e na França tiveram o objetivo de eliminar as últimas testemunhas de um fato que aconteceu em Berlim, no final da guerra — acrescentou o biólogo. — Uma operação secreta.

— Talvez algo relacionado com o Führerbunker? Creio saber a que operação o Sr. Lang se refere — murmurou Christian Eichel, com voz pausada. — Você sempre duvidou da minha capacidade de análise, inspetor, mas, para mim, todo esse assunto está muito claro.

O policial olhou de soslaio seu ajudante. Arqueou uma sobrancelha, desconcertado.

— O que é que está tão claro?

— Para começar, a existência do destino, está lembrado? Resisti sempre a aceitar suas teorias sobre o destino, mas devo reconhecer que estava equivocado. Nesta obra tudo está escrito, desde o princípio. Até mesmo meu texto.

— Merda, Christian, não estou aqui para charadas — grunhiu Krause, visivelmente irritado. — Pode-se saber de que porra você está falando?

Christian Eichel sorriu, com um brilho obstinado estampado em seus olhos.

— Responda, Bruno: animal familiar que simboliza a intromissão não desejada.

Bruno não conseguiu compreender o significado sutil contido nas palavras de Eichel. A perplexidade mal começava a se desenhar em seu rosto quando seu ajudante parou de apontar a arma para o matador da Thule. Em um movimento rápido, colocou a pistola no osso parietal de seu superior e disparou à queima-roupa.

A cabeça do comissário alemão explodiu como fruta madura.

— Você sempre foi péssimo em palavras cruzadas — sussurrou Eichel, limpando o sangue do rosto com uma careta de nojo nos lábios. No mesmo instante, jogou as duas automáticas entre Baum e Fleischer. Os matadores haviam acompanhado a breve conversa tão desconcertados como os outros. — O que estão esperando, bando de incompetentes? Concluam seu trabalho!

O diabo lançou os dados, procurando colocar um ponto final na partida.

Eilert Lang e Simon Darden demoraram a reagir. A reviravolta surpreendente dos acontecimentos os deixara paralisados. Klaus Münzel foi o primeiro a entender o que acontecia. O velho não deixara de apontar para Fleischer em nenhum momento. Quando viu que este se levantava, arma na mão, crispou seu dedo no duplo gatilho da escopeta de caça e liberou um inferno de pólvora contra seu peito. Não teve tempo de recarregar. Günter Baum, do chão, atravessou-o de lado a lado. O idoso gaguejou, com o rosto desfeito, e foi desabar diante da porta do terraço.

Christian Eichel abriu fogo contra Darden e Lang. Uma das balas destroçou o ombro esquerdo do jornalista, enquanto outra atingia em cheio o norueguês.

O biólogo percebeu como a força de seus joelhos era quebrada. Veio abaixo, desconjuntado, contraído pela dor. Consciente de seu irremediável fim, resolveu usar suas últimas energias para deter a investida demente de René. O matador recuperara o punhal e avançava como um mastim furioso contra Elke Schultz.

A realidade desaparecia por momentos para Lang. Sua vista começou a ficar nublada. Apontou antes que tudo se convertesse em uma massa disforme e apertou o gatilho. O assassino francês, atingido, aterrissou sobre a mesa, com uma careta grotesca nos lábios.

Eichel não imaginara uma resistência tão inflamada. Dois dos seus haviam perdido a vida em poucos segundos. Quando viu que Eilert se revolvia no chão, em convulsão, e tentava transformá-lo em alvo, preparou-se para liquidá-lo.

Elke Schultz, em um estado próximo ao paroxismo, destilando ira por todos os poros de sua pele, não hesitou em se atirar frontalmente contra o policial. Caçou no voo o estojo de seu violino e, usando-o como escudo, se interpôs à trajetória da bala destinada a Lang.

O projétil se incrustou no Stradivarius.

Seguindo o exemplo da mulher, aceitando sua própria morte, mas disposto a vender caro sua vida, Simon Darden se lançou de peito aberto sobre um desconcertado Baum.

Eichel se viu, em um abrir e fechar de olhos, derrubado contra a lareira do recinto, em clara desvantagem. Havia perdido sua arma no tiroteio. Elke estava disposta a matá-lo. A qualquer preço. Caiu sobre ele com fúria, desferindo em seu estômago um formidável golpe com a base do estojo. Vendo-o a sua mercê, sem respiração, incapaz de se defender, tentou estrangulá-lo. Seus longos dedos se crisparam na garganta do traidor como as garras de um falcão.

Foi então, no meio dessa explosão de violência, que Elke reparou nas brasas de um vermelho vivo; se consumiam no centro da lareira, à altura de seus olhos, a poucos centímetros de sua mão. Em um movimento tão rápido quanto preciso, pegou um dos ferros que pendiam de um tripé e puxou a montanha de brasas. Caíram como uma maldição no rosto de Eichel, incendiando, imediatamente, seus cabelos e sua roupa.

Uivando como um animal, crispado por uma dor insuportável, o alemão se livrou de Elke e conseguiu se levantar; percorreu o recinto às cegas, tonto, transformado em uma tocha humana, derrubando, ao passar, cadeiras, mesas e objetos; propagando, em sua loucura, as chamas por tecidos e cortinas. Conseguiu ultrapassar o cadáver de Klaus Münzel e continuou avançando pelo terraço, em um trajeto a lugar nenhum, até topar com o frágil parapeito.

Atirou-se no vazio. Seu corpo foi se estatelar contra a rampa da doca da casa, a poucos metros da água.

Elke, tremendo, entendeu que sua terrível missão ainda não terminara. Seus olhos procuraram imediatamente Lang.

Jazia imóvel, pálido, mal aferrado à vida por um frágil fio de seda. Mantinha os olhos entreabertos. Uma pequena chispa de consciência esvoaçava em suas pupilas. Parecia lhe dizer que a amava profundamente.

Ela gostaria de ter se atirado em seus braços, beijá-lo, acorrentá-lo à vida...

Mas a vida ainda travava uma última e trágica batalha.

Simon Darden e Günter Baum haviam envolvido seus corpos em um combate brutal e desigual no qual o primeiro tinha todas as chances de perder. Aferravam-se um ao outro pelos pulsos, tentando disparar; trocavam violentas cabeçadas e rodavam pelo chão do recinto como uma bola. O jornalista não tinha a força do alemão. Lutava com obstinação, à beira do esgotamento. Seu tempo estava contado.

Elke respirou profundamente. Uma e outra vez. Não conseguiu controlar as batidas de seu coração. Observou suas mãos e seus braços, apalpou seu rosto procurando se reconhecer. Reparou, em um estado próximo ao delírio, que tudo naquele salão estava tingido de vermelho. Compreendeu que o horror não cessaria enquanto não tivesse sido derramada a última gota de sangue.

Olhou de novo para o biólogo. Em seu último estertor, Lang parecia lhe dizer o que devia fazer.

— Sim, eu sei, eu sei — murmurou. — Maldito seja, Eilert, eu também amo você. Não vou esquecê-lo. Nunca.

Agarrou com fúria o atiçador da lareira e avançou como um espectro ao encontro de Baum e Darden, desfeita em um pranto silencioso, aflito; sobressaltada diante do papel monstruoso que lhe coubera na partilha.

Envolta em uma gélida inclemência, com a insanidade esvoaçando em seus olhos, esperou com altivez que a nuca de Baum ficasse visível e tudo pudesse ser resolvido com um único golpe, com a precisão de um *pizzicato*, veloz e poderoso, entre a ponte e o diapasão do violino.

Depois de afundar o crânio do alemão, deixou a barra de ferro cair no chão e desabou.

35

O PRUMO

Cinco dias depois, em um voo regular da British Airways, Simon Darden aterrissou no aeroporto de Heathrow acompanhado por dois advogados que Roger Alton, editor-chefe do *Guardian*, enviara à Espanha com o objetivo de agilizar os complexos trâmites legais que ainda retinham o jornalista. As autoridades espanholas, apesar de entender seu papel circunstancial nos fatos, não lhe permitiram abandonar o país sem antes se assegurar de que uma importante soma fosse depositada a título de fiança, e de que recebiam, por parte do cônsul britânico, plenas garantias de que o jornalista compareceria quando fosse convocado pelo juiz encarregado da instrução do caso.

Quando Alton o viu surgir na porta do desembarque internacional, seu coração deu um pulo. Era possível dizer que Darden havia envelhecido em apenas uma semana. Andava cabisbaixo, profundas olheiras cinzentas afundavam seus olhos e um monte de novos fios grisalhos apareciam no meio de seus cabelos.

Os advogados, depois de trocar algumas frases com o responsável pelo jornal, compreenderam que este queria conversar a sós com Darden e se despediram.

— Alguma notícia? — balbuciou Simon, sem vida, quando Alton lhe deu um forte abraço. — Tenha cuidado, a dor no ombro ainda é insuportável.

— Não. Nenhuma notícia.

— Não é possível.

— Talvez devamos nos preparar para o pior. Talvez.

— Não. Brian e Claudia estão vivos, Roger — afirmou Darden, segurando o editor-chefe pelas lapelas da gabardina.

— Eu sei. Se os tivessem matado eu saberia, você entende? Meu coração me diria aos gritos!

— Sim, eu o entendo. Não quero que você desabe, está me ouvindo? Todos ficaremos em pé, inteiros, até que a polícia descubra alguma pista — afirmou, pesaroso, Alton. — Por ora não há nada. E John não serve de muita ajuda no estado em que está.

— Como ele está?

— Mal, mas sairá desta. Pelo menos é o que dizem os médicos do Royal London Hospital. Levou uma pancada muito forte. Uma fratura terrível no occipital — explicou, levando a mão ao alto da cabeça. — Saiu ontem do coma depois de quase seis dias fora do ar.

— Explique de novo como tudo aconteceu — exigiu Simon, enquanto se dirigiam ao estacionamento do terminal de voos internacionais.

Alton narrou com pormenores o que Simon conhecia por alto. Horas depois da ligação que ele fizera de uma área de serviço da autoestrada, entre Paris e Lyon, alguns desconhecidos penetraram naquele que havia sido seu domicílio; golpearam Stewart, que cochilava acomodado em um sofá, e sequestraram Claudia e Brian. A polícia descobrira, nos leitos da mulher e do menino, rastros de clorofórmio, o que explicava que nenhum vizinho tivesse ouvido gritos de socorro.

— A Scotland Yard garante que eram profissionais, Simon. Não forçaram a porta do edifício, nem a do apartamento. Não deixaram pistas. Tudo está no lugar. Devem ter sido carregados como se fossem fardos e colocados em um carro — conjecturou o editor.

— Essa corja é muito profissional. Minha família é sua melhor cartada. Tenho certeza de que a estas horas já sabem que estou na Inglaterra. Entrarão em contato comigo — afirmou o jornalista, com absoluta convicção.

— Diga-me, você tem toda a história? — perguntou Alton, abrindo a porta do carro.

Simon o olhou do outro lado, compungido. Apoiou as mãos no teto do carro e abaixou o rosto.

— Sim. Tenho toda a história — garantiu. Ao fazer isso, a superfície de uma pequena chave oscilando em seu peito e a sequência numérica que o biólogo o fizera memorizar se desenharam em sua mente.

— Confesso que a impaciência me devora — admitiu o editor-chefe do *Guardian*. — Será a notícia do século. Vamos, entre e me conte tudo.

Darden franziu a testa e se opôs.

— Lamento, Roger. Você vai ficar sem história.

— Como?

— Você me ouviu. Não há história, meu amigo. Não haverá até que minha família esteja a salvo. Aliás, mesmo supondo que tudo acabe bem, não haverá. Não vou brincar com nitroglicerina. Nem agora nem no futuro. Fui um imbecil. O maior dos imbecis.

— Você não sabe o que está dizendo, Simon. O mundo merece conhecer a verdade.

— Quem não sabe absolutamente o que diz é você. No que me diz respeito, o mundo pode ir à merda. À merda! Onde está o botão? — perguntou, com crispado sarcasmo, Darden, batendo de forma expressiva na fechadura do carro com o indicador. — Olhe o que eu faço com o mundo, Roger Alton: buuuum! Está vendo? Quantos somos? Seis, sete bilhões? Não importa! Bilhões de cretinos à merda, em um ato rápido e piedoso! O mundo, você diz? Não me faça rir.

— Tenho a impressão de que você não está em seu juízo perfeito. Acho que precisa descansar. Isto o afetou infinitamente mais do que eu supunha — sussurrou Roger, desconcertado.

— Eu vi o horror com meus próprios olhos. Você não sabe o que é isso. Acho que nada me afetará nunca mais. O mundo não merece ser salvo. A verdade não o redimirá nem o tornará mais livre. Mal se acerta. Ló estava enganado. Os anjos tinham razão.

— Ló? Anjos? É possível saber de que porra você está falando?

— Deixa pra lá, mesmo que quisesse você não entenderia. Mas não se preocupe: esta aberração está com a corda toda. Essa quadrilha de escrotos do G-8 tomará, em sua próxima reunião de cúpula, as providências para que esta merda toda se mantenha em órbita alguns séculos mais.

O editor-chefe do *Guardian* afastou seus olhos dos do jornalista. Em suas pupilas parecia arder um incêndio pavoroso, capaz de incinerar o planeta de um extremo a outro. Entraram no carro e mantiveram um tenso silêncio durante boa parte do trajeto.

— O que você sabe dessa mulher, a violinista? Ela está bem? — indagou Alton, temeroso.

— A única coisa que eu sei é que as autoridades alemãs a repatriaram há dois dias — contou Darden, abatido. — Não voltamos a nos ver. Saímos daquela casa em duas ambulâncias. Ontem, no tribunal, perguntei por ela a um funcionário. Pedi-lhe que pelo menos me dissesse como estava. Ele me contou que a mantiveram em observação, em um hospital de Palma de Maiorca, em um estado alienado, próximo à demência. Tiveram que sedá-la. Espero que se recupere.

— Meu Deus! — balbuciou Alton.

— Quer saber de uma coisa? Creio que posso lhe contar isto! Aí você tem uma grande história com a qual sujar mais papel! — exclamou Simon, dando uma risada cínica. — Eilert e ela chegaram a se apaixonar, de uma maneira estranha, doentia, como não podia deixar de ser.

— Você está brincando?

— De forma alguma.

— Acho inacreditável.

— É claro. Você é um homem muito pragmático, mas sim, é verdade, se amaram intensa e brevemente. Eu vi.

— Muito bem. Se você está dizendo, tenho certeza de que foi assim — admitiu Alton, sem vontade de discutir. E mudou rapidamente de assunto. — Ouça, Simon, a Scotland Yard quer interrogá-lo, mas suponho que antes você vá querer dormir um pouco, não é mesmo? Quer que o deixe em casa e vá buscá-lo mais tarde, em duas ou três horas?

— Não. Me leve ao Royal London Hospital, por favor. Quero ver o John.

— Eu já lhe disse que está inconsciente. Talvez não seja uma boa ideia.

— Mas é. Se não pode falar, eu falarei pelos dois.

Alton não discutiu. Optou por acompanhar o jornalista até a entrada principal do centro médico. Darden mastigou algumas palavras de agradecimento e desceu do veículo. Depois de perguntar pelo quarto de John Stewart, procurou os elevadores e subiu ao sexto andar.

Entreabriu a porta do quarto 614 suavemente. Distinguiu uma enfermeira. Em pé, ao lado da cama, trocava a bolsa de soro do fotógrafo e anotava seus dados clínicos em um bloco preso em uma prancha. Fitou-a com receio.

— Desculpe, senhor. As visitas a este paciente estão restritas — sussurrou. — O senhor é da família?

— Não. Sou apenas um grande amigo. Peço-lhe que me permita ficar alguns minutos. Não vou incomodar, lhe garanto — implorou, pesaroso. — Como ele está?

— Os indicadores são bons. A atividade cerebral parece normal. Há algumas horas entreabriu os olhos e pestanejou, mas seu estado ainda é muito delicado. Tente não fazer barulho — aconselhou.

— Entendo. Agradeço. Não vou demorar.

A mulher abandonou o quarto com passo leve. Darden puxou uma cadeira com delicadeza e se sentou ao lado do leito. Ficou ausente, embargado por uma estranha tristeza. Só os olhos e uma parte mínima do rosto bonachão de Stewart despontavam no meio da grossa bandagem que comprimia sua cabeça.

— O que fizeram com você, meu amigo? — murmurou.

Roçou levemente sua mão. De repente, um reflexo elétrico pareceu animar os dedos do fotógrafo.

— Sou eu, Simon. Tudo vai ficar bem — afirmou, sussurrando em seu ouvido. — Você vai sair desta. Daqui a pouco este pesadelo terá terminado para todo mundo. Iremos à fronteira com o Canadá, a sua casa nas montanhas. Consertaremos as velhas canoas, envernizaremos o alpendre e ouviremos todas as noites Neil Young com uma garrafa de seu maldito *bourbon* até chorar e cair bêbados.

Um ligeiro tremor sacudiu a mão de John.

— Você me ouve, não é verdade? Tenho certeza de que pode me ouvir — sussurrou o jornalista. — Vamos caçar cervos, com arco e flecha. Desta vez não deixaremos que o cheiro nos traia. Passaremos toda a porra de uma semana sem comer carne, ouvindo os conselhos daquele índio bêbado seu amigo.

À medida que falava, os olhos do jornalista foram se enchendo de lágrimas. Quinze minutos depois, transformado em uma sombra, abandonou o quarto. Parou durante alguns instantes no umbral, respirou profundamente e saiu.

Fazia frio na rua. Levantou a gola do casaco, levou um cigarro aos lábios e caminhou sem rumo, errático, com as mãos enfiadas nos bolsos, olhando com desinteresse as vitrines, decoradas com alegres bolas coloridas. Faltavam poucos dias para o Natal. A imagem de Brian veio a sua mente ao passar por uma loja de brinquedos.

Acabou parando diante de um quiosque e repassou, ausente, a miríade de publicações e jornais expostos. Não pôde evitar examinar atentamente a primeira página do *Guardian* e esboçar um sorriso circunstancial, contrariado, ao constatar o pouco tino de seu subordinado, Richard Garnet, na hora de intitular as notícias. Sempre apostava nas catástrofes.

Pensou que o redator não era desprovido de razão.

Ia retomar sua caminhada quando a presença de um homem, parado a suas costas, o sobressaltou. Seu aspecto era o de um cavalheiro inglês, de porte aristocrático; cabelos prateados, cuidadosamente penteados, e casaco impecável, de três quartos, de tecido azul. Apoiava-se em uma fina bengala de madeira de bordo; seus olhos saltavam de um lado a outro com expressão alegre.

— Que curioso! O senhor não acha tudo muito curioso? — inquiriu, com voz afável, olhando-o com o rabo dos olhos.

— Perdoe, mas não sei a que se refere — respondeu Darden, sem vontade.

— Bem, me diverte ver como a mesma notícia é tratada de forma tão diferente pela imprensa. Estou me referindo à visita de Sua Santidade, Bento XVI, à Turquia — o homem apontou com a bengala um dos jornais. — Veja, para estes, isso representou uma humilhação para a Europa cristã; no entanto, para estes outros, significa uma alentadora e positiva aproximação entre o Oriente e o Ocidente. O que me diz das manchetes da visita de George Bush à Rússia ou dos testes de mísseis no Irã? Muito curioso!

Simon encolheu os ombros. Aquilo era uma obviedade. Ainda maior aos olhos de um jornalista acostumado a se adaptar a normas de redação que, mais além das formas, eram marcadas pela tendência política do grupo editorial.

— É normal. As tintas são carregadas em função de alguns interesses. O senhor sabe, conservadores, trabalhistas...

— Carregar nas tintas? Gostei da expressão, não a usamos na América! E deveríamos! — afirmou, com orgulho. — Sim, qualquer coisa, o que seja, se suscitar o desprezo pelo adversário! Suponho que assim é formada a opinião pública, a base dessas mensagens tão sutis.

— Sim, assim mesmo, entre outras muitas estratégias, cada qual mais ladina — resmungou Simon, entediado. — Desculpe, eu já estava indo, boa tarde.

— Em que direção está indo? Importa-se de caminharmos juntos?

— Não vou a lugar nenhum... — alegou o jornalista, pouco disposto a conversar.

— A verdade é que eu também não tenho um rumo predeterminado. Na minha idade isso é um luxo. Além do mais, estou de passagem, sou um simples turista.

Simon lhe dirigiu um olhar esquivo. Não tinha vontade de entabular uma tediosa conversa salpicada de tópicos e cerimônias.

— Lamento não ser mais cortês, mas tive um péssimo dia e não me apetece conversar. Desculpe. Boa tarde.

Virou-se e apertou o passo. A voz do homem, agora em tom seco, o deteve.

— Todos nós temos dias péssimos, Sr. Darden. Se não quer conversar, não converse; mas permita-me lhe dizer algumas coisas.

— Como sabe meu nome? — inquiriu, irritado, girando sobre os calcanhares.

— Bem, meu trabalho consiste precisamente nisso, em saber de tudo — afirmou o desconhecido, encolhendo os ombros. Percorreu a distância que os separava esgrimindo um leve sorriso.

— Acho que começo a entender.

— Fico feliz. Vamos, andemos um pouco, fará bem para nós dois — sugeriu. — Mas se estiver cansado e preferir, podemos conversar mais comodamente sentados em meu carro.

O cavalheiro apontou com sua bengala uma elegante limusine preta estacionada no outro lado da rua. Um chofer uniformizado os observava, ereto como um poste, ao lado da porta do motorista.

— Quem é você? O que quer de mim? — indagou Darden, em um estado cada vez mais tenso. — Responda! O que fizeram com minha mulher e meu filho?

— É verdade, não me apresentei. Para os ingleses as formalidades são um ritual sagrado. Lamento não poder lhe revelar meu nome. Sou o Prumo.

— O Prumo?

— Graças à intervenção desse humilde instrumento, nosso mundo foi construído em impecável perpendicularidade. — Sorriu. — Esquadros, compassos, níveis e prumos, desde os distantes dias de Salomão.

— Não me interesso por arquitetura. O que há com a minha família? — interrompeu o jornalista, com expressão rude e tom desabrido.

O Prumo deu uma olhada em seu relógio de pulso. Depois o olhou, afável.

— Agora são vinte para as cinco da tarde — constatou. — Às seis em ponto, sua mulher e seu filho serão postos em liberdade, sãos e salvos, em algum lugar de Londres, como prova de nossa boa vontade, mas antes terá de me ouvir. Vamos fazer esse passeio?

Simon Darden entendeu que devia se acalmar e controlar o violento impulso que o levava a desejar agarrar aquele homem pelo pescoço e golpeá-lo com vontade. Apertou as mandíbulas e respirou até aplacar o turbilhão de emoções e sentimentos conflitantes que se acumulavam na boca do estômago.

Aceitou.

— Pelo que vejo, a arquitetura não lhe interessa. O que diz da história?

— A história? Admito que de um tempo para cá me fascinam as mentiras históricas. De fato, começo a achar que tudo o que é contado nos livros é um gigantesco engodo urdido pelos de sua condição — murmurou, com desdém.

— Ora, vamos, Simon! Nós dois somos suficientemente inteligentes e não podemos ficar alimentando aborrecidas enteléquias — ironizou o Prumo. — Vivemos, todos, dizendo que procuramos a verdade e ao mesmo tempo não temos nenhum interesse real por ela. Jesus Cristo não respondeu quando lhe perguntaram o que é a verdade, e Buda deixou o interlocutor com uma interrogação nos lábios. Deu meia-volta e partiu. Muito significativo. Recordo que na biblioteca da minha família encontrei as obras de Remy de Gourmont. Você a conhece?

— Não tive o prazer.

— Era jornalista, como você. Esse francês costumava dizer que cinquenta testemunhos fazem cinquenta verdades.

— Isso é demagogia. Nunca suportei os sofistas.

— Já que você mencionou a Grécia clássica, vou recordar o terrível destino de Édipo: aquele que se empenha em buscar a verdade deve se ater ao castigo que pressupõe encontrá-la.

— Compreendo. Está se referindo a Eilert Lang, não é? Meu Deus, que vergonha!

— Esse homem se intrometeu em nossos assuntos. Levou coisas que nos pertencem: papéis, documentos, mas, sim, admito, o seu caso é terrível. Uma tragédia.

— A sua compaixão me comove. Se for derramar lágrimas, me diga, e eu lhe oferecerei meu lenço.

— Peço que não seja cínico. Neste momento você está se beneficiando dessa virtude.

Simon Darden se deteve. Olhou cara a cara, com infinita irritação, aquele assassino de modos refinados e voz imperturbável.

— Agora mesmo estou sendo vítima de uma miserável chantagem. Essa é a única verdade. Intuo aonde quer chegar. Está tentando comprar meu silêncio, não é mesmo? É claro que já conseguiu o que queria. Pode ficar tranquilo!

O Prumo o fitou com expressão fleumática.

— Você não entende?

— O que é o que eu não entendo?

— O fato de Hitler não ter morrido em Berlim não tem a menor importância, Sr. Darden. Isso é só anedótico, uma minúcia. Não acredita em mim? Não hesite, pergunte a toda essa gente, a todos os que passam ao nosso lado, se esse fato afetou suas vidas de uma maneira ou outra. Eu lhe asseguro que teria uma enorme surpresa. Uma coisa dessas não interessa a ninguém.

Ficaram durante alguns instantes em silêncio. Darden olhou a sua volta. Eram ultrapassados por uma multidão de cidadãos anônimos. Todos pareciam se mover impulsionados pela pressa. O Prumo levantou levemente a bengala, apontando uns e outros.

— Olhe aquela mulher — sussurrou, apontando uma auxiliar de escritório que descia de um ônibus. — Certamente desce cada dia nesta parada, com a mesma expressão atribulada. Talvez chegue tarde para pegar o filho. Passa um monte de horas trabalhando por um salário mínimo. E aquele homem, o que caminha taciturno, quase com total segurança vai pensando em como resolver seus muitos problemas. Tem aspecto de quem se divorciou recentemente. E aquele, e o outro, que vai mais adiante, parecem viver agoniados pelo peso de suas prestações. Olhe a cara deles, olhe bem. Hitler, você disse? Uma tremenda bobagem! O mundo se transformou em algo muito mais complexo, Simon. E ninguém se preocupa nem presta atenção em nada fora do âmbito de seus interesses imediatos. É uma massa silenciosa, aquiescente, preocupada apenas com a própria segurança, em consolidar sua posição no tabuleiro de jogo e com aquelas satisfações que podem ser desfrutadas de forma imediata. Uma partida de futebol, um bom jantar, mais dinheiro, alguma companhia...

— Isso não é verdade. Você se engana ao considerá-los meros peões de seu jogo macabro.

— E são. Permita-me continuar. Em um segundo nível, mas de forma mais ambígua, todos manifestam interesse pelo mundo, pelo que dizem os jornais e as televisões: a economia, a mudança climática, a segurança internacional, o terrorismo, a imigração... Molham todos esses tópicos no café com leite da manhã, o que lhes permite preencher a hora do almoço com uma conversa entusiasmada. Sugerem isto e aquilo com veemência. De algum modo se transformam, durante alguns minutos, em ditadores liberais, à velha maneira dos tiranos ilustrados da Grécia clássica, capazes de ajeitar tudo: com *A república*, de Platão, em uma das mãos e uma chibata na outra. E feito isso voltam aos seus trabalhos e rotinas. De algum modo, saber que são um saquinho de pólvora, um paiol que pode explodir a qualquer momento, os leva a aceitar sua sorte e a entender que, apesar de tudo, suas vidas não estão tão mal. Em seu foro íntimo se alegram por ser tão limitados, tão insignificantes. Esse pensamento os livra de ter de tomar qualquer tipo de iniciativa e aplaca, de passagem, a pequena voz desvairada que é sua consciência. Depois, dormem como abençoados.

— Seu discurso começa a me parecer absolutamente repugnante — afirmou Darden, com uma careta enojada nos lábios. — Imagino que agora virá o melhor.

Por um instante, os olhos do Prumo brilharam, desconcertados.

— Algo mais? Não. Não há nada mais.

— Claro que há algo mais. Não me tome por idiota. Permita-me prosseguir a partir do ponto em que você terminou — sugeriu o jornalista, com expressão malévola. — Está evitando, de forma astuta, falar do objetivo final que você e os seus perseguem ao alimentar esse estado de coisas. Sim, é verdade: estamos todos sentados sobre um grande barril de pólvora. Boa metáfora. Acontece que vocês têm o pavio e, possivelmente, a vontade de fazer com que o barril vá pelos ares qualquer dia destes, ou me equivoco?

— Nós só faremos o que a gente... O que toda esta gente nos pedir.

— Parabenizo-o. É um plano magistral. Eilert Lang conseguiu que eu o entendesse. Como deve ser fácil e divertido manipular os acontecimentos, analisar a posição a que o jogo chegará se for movida esta ou aquela peça! Quantas vezes o fizeram?

— Só quando não resta outro remédio — afirmou, imutável, o Prumo.

— Vamos, admita. Até uma criança seria capaz de perceber. Em poucos anos a Europa será um caos — alfinetou Darden.
— O mundo inteiro será sacudido, de Norte a Sul, de Oriente a Ocidente. O sistema desabará estrepitosamente, explodirão guerras por causa da água, pelo controle das fontes de energia; milhões de seres desesperados se lançarão ao assalto de um Ocidente aterrorizado, disposto a defender seus recursos e sua identidade, em uma luta de vida ou morte. A violência e o ódio entre as raças se desatarão nas cidades, como uma enchente irreprimível. Quando isso acontecer, esses milhões de cidadãos anônimos...
— ... nos pedirão para assumir o controle — concluiu o Prumo. — Sempre foi assim, ao longo dos séculos. Recorde como os mui republicanos senadores de Roma outorgavam o poder a um déspota quando tudo ruía.
— Brilhante, admito. Lamentavelmente, quando esse dia chegar os senhores reinarão sobre uma montanha de escombros.
— Os impérios se reconstroem. Um mundo novo ressurgirá como a Fênix de suas cinzas. Um verdadeiro Reich de mil anos! Um tempo de paz e prosperidade! Você se importa de continuar caminhando? A umidade está me entorpecendo.
— Não quero dar mais nem um passo em sua companhia. Termine o que tem a me dizer e poderemos nos despedir.
— Como preferir. Lamento sua pouca predisposição ao diálogo. Tal como lhe disse, cumpriremos nossa promessa. Em breve poderá abraçar os seus, mas devo lembrá-lo de que isso tem um preço. Seu silêncio é o preço.
— Algo mais?
— Deverá nos devolver os documentos que Lang nos roubou.
— Documentos... Que documentos?

— Não pretenda me enganar.
— Eu lhe garanto que não sei do que está falando.
O Prumo o observou com receio durante alguns instantes.
— Muito bem. Vou acreditar. Ouça, Sr. Darden: não gosto de fazer ameaças, não é o meu estilo — avisou, ancorado em sua bengala. — No entanto, me vejo obrigado a lhe dizer de forma muito clara que se este pacto não for respeitado, você e os seus...
— Economize palavras.
— Perfeito. Uma última coisa...
— Estou ouvindo.
— Amanhã de manhã, quando estiver tomando o café, preste atenção nas notícias. Se o fizer, entenderá como é irredutível o propósito que nos anima. Somos capazes, por nossos ideais, de sacrificar até mesmo o que consideramos o mais sagrado.
— Está anotado.
— Adeus, Simon Darden. Boa sorte. Não voltaremos a nos ver.

Edwin Drake, o Prumo, um dos 21 membros da Ultima Thule, afastou-se com passo decidido em direção ao seu carro.

O jornalista seguiu-o com o olhar até que sua figura se perdeu na multidão.

Uma hora depois, o telefone começou a tocar. Roger Alton, eufórico, lhe comunicou que Claudia e Brian haviam sido soltos nas imediações do Queen's Park.

Simon Darden não pôde evitar, apesar da felicidade que a notícia pressupunha, sentir o peso contundente da derrota esmagar seu ânimo.

36

POR UM IDEAL

Quando Simon Darden chegou à redação do *Guardian* no meio da manhã do dia seguinte, experimentou, de imediato, a estranha sensação de ter estado ausente durante muito tempo. Apesar de a notícia do sequestro de sua família ter causado um verdadeiro alvoroço na empresa, não teve de fazer frente a nenhuma das situações embaraçosas que esperava encontrar. Ficou contente, pela primeira vez em sua vida, pelo fato de a contenção emocional fazer parte do patrimônio cultural britânico. Sempre detestara aquele comedimento social, que agora, de maneira providencial, evitava que tivesse de se deter e responder com expressão grave às sucintas palavras de alento que uns e outros articulariam quando passasse. Nem sequer a sorridente Susan Schuett, enlouquecida pelo correio eletrônico e as ligações, lhe dirigiu sua habitual piscadela cúmplice. Simplesmente não percebeu sua presença.

Na editoria internacional tudo parecia estar no mesmo lugar. Um disciplinado exército de redatores lidava com as páginas e notícias do dia no meio do habitual caos visual e sonoro que era o departamento.

Darden achou que só ele estivera fora do mundo.

Richard Garnet, o editor interino, abriu os olhos de maneira desmesurada quando o viu se aproximar.

— Meu Deus, Simon, que susto! Ficamos todos muito mal, muito mal! — gaguejou, diante da inesperada visita. Ficou em pé e deu-lhe um longo abraço. — O que está fazendo aqui? Não deveria estar com sua família?

— Tudo bem, não se preocupe — murmurou o jornalista. — Vim resolver algumas coisas. Irei embora daqui a pouco.

— Você pagou, não? — perguntou Richard, olhando-o como um apalermado. — Claro, que pergunta mais estúpida!

— Como?

— O resgate.

— O resgate? Ah, sim, claro, o resgate!

— Ontem o boato circulou por toda a empresa.

— De que boato você está falando?

— Comentava-se em numerosos grupinhos que as *sentinelas*, o Scott Trust, ajudaram a reunir a quantia que os sequestradores exigiam por Claudia e Brian — explicou Richard, procurando confirmar suas palavras nos olhos de Darden. — É verdade, não é?

— Sim, é verdade. Tudo se resolveu graças a eles, mas preferiria não falar disso agora. Acho que você pode entender.

— Claro que sim, desculpe, sou um desastre, você me conhece, tato não é comigo.

Darden forçou um sorriso pesaroso. Começava a ter consciência de que seu retorno à normalidade, seu encaixe no mundo de todos os dias, pressuporia um esforço sobre-humano.

— Me conte, o que você está fazendo? — perguntou distraído, dando uma rápida olhada nas páginas que Garnet tinha abertas em sua tela.

— Tentava condensar este artigo sobre as confusões de Blair — explicou o interino com expressão frustrada. — É excelente. Dará o que falar, embora seja impossível reduzi-lo sem arruiná-lo completamente. Eu disse isso ao Alton. O mais provável é que o publiquemos em alguns dias. Essa catástrofe nos obriga a mudar todo o planejamento da edição.

— Catástrofe? De que catástrofe você está falando?

— Você não ouviu no rádio?

— Não, não ouvi nada.

— Falo do terremoto, do tsunami no Atlântico Sul.

— O quê?

— Apesar dos seus problemas, acho estranho você não ter tomado conhecimento de nada. Olhe, aqui temos uma montanha de notícias das agências. Leia-as — convidou, apontando uma maçaroca de papéis. — Aconteceu às quatro da madrugada. O deslocamento das placas tectônicas do fundo marinho, na região de Weddell, perto da costa da Antártica.

O rosto de Simon Darden adquiriu a textura do mármore.

— Um terremoto! Perto da Antártica?

— Sim, Simon, a Antártica, o Polo Sul! — exclamou Garnet.

O jornalista deixou sua pasta no chão e desabou, incrédulo, em uma cadeira. Imerso em um estado irreal, ouviu seu companheiro explicar como um cataclismo, de sete graus de intensidade na escala Richter, sacudira a placa continental diante da Antártica durante mais de três minutos, provocando o afundamento de uma extensa faixa costeira ao norte da região conhecida como Terra da Rainha Maud. Milhões de toneladas de gelo e pedras haviam se deslocado em consequência da brutal fratura.

A convulsão havia gerado um devastador tsunami, uma gigantesca onda que arrasara o extremo meridional da África e a ilha de Madagascar, indo se desfazer, depois de percorrer todo o oceano Índico, nas costas da Índia, Sri Lanka, Sumatra, Java e Austrália.

As palavras do Prumo voltaram a ecoar no centro de seu cérebro.

Não havia nenhuma dúvida. A Ultima Thule sacrificara seu santuário.

Simon Darden intuiu que uma explosão nuclear múltipla sepultara para sempre a Base 211, o Shangri-la do Terceiro Reich em Neu Schwabenland.

A cruz sob a Antártica.

— Simon! O que está acontecendo com você? Está passando bem? — Garnet sacudiu-o. — Você ficou pálido como cera! Quer que lhe traga um desses horríveis cafés de máquina?

— Hein? Não, não! Só estou um pouco mareado. Não é nada, vou me refrescar.

Alguns minutos depois, enxugando seu rosto diante do espelho, Darden encontrou seus olhos no reflexo que o mercúrio lhe devolvia. Surpreendeu-se ao detectar o medo em seu olhar. Em um estado perturbado, acompanhou a linha de suas feições, como se descobrisse a fisionomia de um ser familiar e estranho ao mesmo tempo.

— Maldito seja! — sussurrou. — Você é um covarde, um miserável covarde. Tenho vergonha de você, Simon Darden.

Abotoou a camisa. Com passo firme se encaminhou à sala de Roger Alton. O editor-chefe trabalhava cercado de informes e páginas com expressão concentrada. Sorriu abertamente ao vê-lo aparecer.

— Roger, preciso falar com você. Pode me dar alguns minutos?

— Claro, entre. Sente-se, por favor — convidou. — Como está o seu pessoal?

— Bem, encantados com o fato de o Scott Trust ter pago seu resgate — ironizou.

Alton conteve um meio sorriso com pouco êxito.

— Bem, eu só espalhei o boato que me pareceu mais crível. A televisão insistiu que sua sogra é uma mulher da classe alta, uma das velhas fortunas de Bath, não é mesmo? Poucas horas depois do sequestro, deu umas declarações à BBC dizendo que seu patrimônio havia minguado consideravelmente nos últimos anos. É melhor que todos acreditem que isto foi obra de bandidos comuns.

— Sim. Tudo bem. Vamos deixar assim — concordou Darden. — Quero que você saiba que lhe agradeço por tudo o que fez, Roger. Sinto que lhe devo uma desculpa. Meu comportamento de ontem foi imperdoável. Estava muito nervoso.

— Já passou tudo, se acalme.

— Tomei uma decisão. Agora, há poucos instantes — anunciou o jornalista. — Você ainda quer aquela matéria?

— Temos uma matéria?

— Completa. Terrível. Supera os limites da imaginação.

Alton o observou em silêncio. Era evidente que Simon se dispunha a apresentar condições. Os dois se sentaram ao redor de uma pequena mesa na qual o editor fazia suas reuniões com a equipe que comandava o jornal.

— O que o levou a mudar de ideia? Ontem, o mundo não merecia ser salvo.

— Lembrei de Eilert Lang. Recordei seu olhar — murmurou, em tom grave, Simon. — Não queria apenas se vingar de tudo o que esses assassinos lhe fizeram. Perseguia a verdade, queria que ela viesse à luz a qualquer custo. Creio que me cabe realizar sua última vontade. De outro modo, sua morte e a de tantos outros terá sido inútil.

— Parece-me um raciocínio correto.

— Você terá sua história, Roger, tão explosiva, espantosa e espetacular que durante semanas os olhos do mundo estarão voltados para o *Guardian*, mas preciso lhe pedir algumas coisas.

- Prossiga com as condições.

— Você vai me dar seis meses. Preciso de pelo menos seis meses para organizar tudo o que sei. Tenho a chave e a combinação da caixa-forte em que Eilert escondeu os documentos que conseguiu arrebatar da Thule. Estão aqui, em Londres. Ainda não sei como vou conseguir tirá-los do banco, estou certo de que vão me vigiar muito de perto a partir de agora. Mas vou fazê-lo. Daqui a pouco me ocorrerá algo.

— Muito bem.

— A segurança de Claudia e Brian...

— O que quer que eu faça?

— Você tem muitos amigos nas altas esferas, no governo e nas Câmaras do Parlamento, gente poderosa — disse Darden. — Vou lhe pedir que mova céu e terra. Minha família precisa de uma nova identidade. Precisa sair imediatamente da Inglaterra. Encontre um destino para eles no último confim do mundo. Encarregue-se de que pessoas de sua absoluta confiança velem por seu bem-estar.

— Considere feito.

— Um pouco mais. Ficaremos em contato, Roger. Eu lhe direi de que forma e quando poderemos conversar. Procurarei informá-lo de tudo — afirmou, ficando em pé.

— Aonde você está pretendendo ir?

Darden parou ao lado da porta e olhou-o com astúcia.

— Todo mundo conhece um lugar ao qual correria ao saber que só restam algumas horas ao mundo, não é? Aqui vou eu!

37

LOCH SHIEL

Elke Schultz entreabriu os olhos quando a aeromoça, tocando levemente seu ombro, sussurrou que deveria colocar o cinto. Esfregou os olhos e mirou, sonolenta, através da janela. O avião havia descido e voava sobre um mar de campos verdes iluminado pelo sol do começo do verão. Apalpou, instintivamente, o estojo do violino. Sorriu.

Poucos minutos depois o aparelho aterrissava no aeroporto de Edimburgo.

Uma vez recolhida a bagagem, a violinista percorreu o terminal procurando um banheiro afastado. Trancou-se em um dos reservados e tirou de sua bolsa de mão um pequeno estojo de maquilagem e uma peruca. Quando ficou segura de seu aspecto, entreabriu a porta e espreitou. O lugar estava deserto. Retocou, cuidadosamente, a maquilagem diante do espelho. Depois de passar um batom cor-de-rosa nos lábios, inclinou o rosto com expressão satisfeita e saiu escudada por óculos de sol grossos e escuros.

Distraiu-se comprando os jornais do dia, um par de revistas, um mapa, chocolates e balas. Depois, se plantou diante do balcão de uma agência de aluguel de carros e retirou as chaves de um veículo reservado semanas atrás.

Duas horas depois dirigia pelas estradas secundárias do condado de Perth, em direção aos *highlands* de Inverness. Deu uma olhada no relógio. Abaixou a janela e acendeu um cigarro. Um sopro de ar morno e reconfortante bateu em seu rosto. Não pôde deixar de conferir seu aspecto no retrovisor, ao mesmo tempo em que se certificava, mais uma vez, que nenhum carro a seguia.

À primeira hora da tarde chegou a Glenfinnan, no extremo setentrional do lago Shiel. Parou o carro e consultou o mapa. Pegou a estrada em direção a Lochaillort até encontrar, 3 quilômetros depois, uma pista florestal que parecia retornar às marismas que deixara a suas costas poucos minutos antes.

Apenas umas poucas casas, isoladas, salpicavam a paisagem.

Deteve-se diante de uma granja situada à beira de um caminho. Alertada pelo escândalo protagonizado pelos cachorros, não demorou a aparecer na porta uma mulher de rosto redondo. Limpava suas mãos em um amplo avental.

Fitou-a, com evidente tristeza.

— Está perdida? — perguntou.

— Acho que sim. Este caminho leva ao lago?

— O lago? Depois daquela colina... — apontou. — Aonde vai?

— Procuro a casa da família McCuish.

— McCuish? Dos McFie, McDubhsith ou então dos McDuffe?

— Não sei.

— Ah, tá, sim! Essa gente não é desta parte da Escócia. A avó McCuisn se instalou aqui em 1913, quando morreu meu bisavô! — explicou, com um esgar de desdém nos lábios. — Olhe, quando encontrar o lago siga o caminho durante 1 quilômetro e verá uma casa, grande, isolada, com celeiro, junto a um arvoredo. Esses são os McCuish.

— Obrigada.

Elke não demorou a encontrar o lugar. Parecia deserto. Os postigos das janelas estavam fechados, mas flores bem cuidadas, que pareciam ter sido regadas na noite anterior, lhe deram a entender que Simon Darden estava ali.

O jornalista apareceu uma hora depois, caminhando tranquilo pela margem do lago.

— Elke! — exclamou, com expressão maravilhada. — Achava que ia chegar amanhã ou depois! Deixe-me vê-la... Meu Deus, você está linda!

Fundiram-se em um longo abraço.

— Fiquei com vontade de beijá-la — murmurou Darden, apalermado.

Ela começou a rir. Desordenou os cabelos do jornalista e lhe deu um breve beijo nos lábios.

— Dê-se por beijado — brincou. — Livrei-me antes do que imaginava de todos os meus compromissos. Diga-me, como vai você?

— Muito bem.

— Está com uma aparência ótima.

— Bah! Um pouco desalinhado, diria eu — afirmou, apalpando sua barba de quatro dias. — Mal saio daqui. Vou a Glenfinnan uma ou duas vezes ao mês, compro o necessário e volto.

— Passou muito tempo, não é verdade?

— Meio ano.

— É curioso, mas tenho a sensação de que tudo aconteceu em uma vida anterior.

— Acontece a mesma coisa comigo.

— Você acredita que...?

— Sim, tenho certeza. Se tudo correr bem, esta noite.

Ficaram em silêncio. Olhando-se fixamente com um sorriso nos lábios.

— Eu lhe trouxe algo, uma pequena lembrança.

— Adoro ganhar presentes.

— É uma bobagem, mas vou dedicá-la a você com todo meu carinho.

Elke caminhou até o carro, abriu o porta-malas e rebuscou em um dos bolsinhos da mala. Mostrou, orgulhosa, um disco.

— Você vai me dar música de presente?

— Minha música! Você vai ser o primeiro a escutá-la, o disco será colocado à venda em setembro! Foi gravado em março, em Sidney. É de fato muito bom.

Darden examinou a caixa. Elke aparecia recortada, com seu Stradivarius, sobre uma tomada frontal da Berliner Philarmonie completa. O repertório incluía várias peças de Sibelius, Tchaikovsky e Prokofiev.

— Ufa! Pesos-pesados!

— Para variar.

— Estou vendo que seu violino sobreviveu.

— Sim. Um artesão, um *luthier* italiano, fez o milagre. Encontrou a mesma madeira, o mesmo veio. Mal se nota um pequeno círculo na caixa de ressonância. Diga-me uma coisa: você acha que posso tirar agora esta maldita peruca? Estou morrendo de calor!

Darden deu uma gargalhada. Seu riso ecoou na superfície do lago.

— Claro que sim, aqui não há ninguém.

— Nem mesmo um monstro como o do lago Ness?

— Um Nessie? Quem dera! Tínhamos um, mas o pobre foi arpoado séculos atrás — afirmou Simon, se divertindo. — Anda, entremos na casa. Vou lhe preparar alguma coisa para comer.

— Passei o dia todo comendo chocolate.

— Pois então lhe servirei um uísque com gelo.

— É uma boa ideia. Certamente. Você sabe que seu sobrenome materno soa a marca de uísque?

— Daqui a pouco vou lhe mostrar o celeiro da casa. Há um velho alambique oxidado. Minha avó preparava o melhor dos uísques.

Darden convidou Elke a entrar na casa. Correu as cortinas e abriu as janelas de par em par. Uma corrente fresca e agradável começou a circular.

Elke passeou, entre curiosa e divertida, pela sala principal. Sobre duas longas mesas, localizadas diante de uma lareira de pedra, amontoavam-se pastas, blocos de anotação, papéis e fotos.

— Está tudo aqui?

— Sim, aqui. Estes são os documentos que Eilert reuniu — explicou o jornalista, roçando com os dedos uma dúzia de grossos arquivos dispostos ao lado de um computador portátil. — Uma bomba-relógio, de potência incalculável: listas exaustivas, identidades e nomes, contas bancárias e transações, registros e cartas que vinculam os membros da Thule a crimes, espionagem, sabotagens, complôs e assuntos turvos nos cinco continentes. Gastei incontáveis horas de trabalho traçando um mapa exato, preciso, das atividades e forma de agir dessa corja. Meu amigo John me ajudou, digitalizando com paciência todo este material.

— Vou me limitar a arrumar um pouco sua mesa — ironizou Elke, retirando várias xícaras e um cinzeiro que ameaçava transbordar. — Vocês homens são um desastre. Sempre foram. Mais do que de esposas, vocês precisam de mães. Onde fica a cozinha?

Darden sorriu. A chegada de Elke fazia-o sentir uma estranha felicidade. Estava há muito tempo sozinho, sem conversar com ninguém.

Ao entardecer, depois de um plácido passeio pelos arredores, o jornalista revisou a relação de mensagens prontas para serem enviadas. Mais de mil. Amontoadas na pasta de saída do programa de correio.

Elke se entreteve preparando um ligeiro jantar. Depois se acomodou em um desengonçado sofá com um velho volume de *A História da Escócia* no colo.

— Aqui se diz que no século XIII seus antepassados lutaram contra Longshanks — murmurou Elke. — É verdade?

— Contra Eduardo I, o Pernas Longas? — perguntou, rindo, Darden. — Não acredito. Minha avó garantia que dois membros do clã McFie, da ilha de Colonsay, foram companheiros de armas de William Wallace e Robert de Bruce, mas eu tenho minhas dúvidas. Minha avó era uma mulher belicosa. Como boa escocesa, desprezava os ingleses.

A luz dos faróis de um carro se infiltrou, de forma enviesada, pelas cortinas do aposento. O veículo se deteve a poucos metros da casa. A batida seca de uma porta se fechando e o som de uns passos pisando no cascalho anunciavam a chegada de um visitante.

Alguém bateu com os nós dos dedos no centro da porta.

E a maçaneta começou a girar lentamente.

38

DUAS MORTES EM UMA VIDA

Uma silhueta escura, desalinhada, se recortou no umbral.
— Bela noite de verão — disse uma voz familiar. — Não tenho *kilt*, nem gaita, nem possuo brasão com as armas da família, mas vim me somar à rebelião dos sem clã.

O coração da violinista experimentou uma violenta sacudida, o livro escorregou de suas mãos e caiu no chão. Simon Darden prendeu a respiração durante um intenso segundo e crispou os punhos em um ataque de gloriosa fúria.

— Elke... Simon...

Eilert Lang saiu da penumbra e avançou até ficar no meio da sala.

— Ninguém se alegra ao me ver? — perguntou, rindo, ao constatar o espanto que iluminava o rosto de seus amigos. — Se estiver interrompendo alguma coisa importante, me avisem, posso sair por onde entrei.

Elke Schultz ficou em pé. Avançou ao encontro do biólogo com um sorriso tímido nos lábios.

— Bem-vindo, Eilert — sussurrou, em tom doce

— Bem-vindo, apenas bem-vindo? — objetou ele.

— Está bem. Você tem razão — admitiu Elke, com expressão divertida. Ficou na ponta dos pés e deu um beijo nos lábios do norueguês.

— Assim é muito melhor! E você, caçador de nazistas, pegue isso e coloque no congelador! — sugeriu Eilert, entregando uma garrafa de champanhe ao jornalista.

Os três se olharam fixamente, maravilhados. Haviam sonhado com a possibilidade do reencontro em incontáveis ocasiões, desde a noite em que seus caminhos se separaram meio ano atrás.

— Não sabe o quanto me alegra vê-lo, meu amigo; tampouco quantas vezes cheguei a xingá-lo — afirmou, radiante, Simon, estapeando seu ombro. Descreveu, em câmera lenta, um gancho direto dirigido a sua mandíbula.

— Por quê?

O jornalista inclinou o rosto, apontando sua mesa de trabalho.

— Por ter me passado todo esse saco de merda. Merda suficiente para preencher várias vidas.

Eilert começou a rir. Assentiu.

— Alguém tem de fazer o trabalho pesado. Nós, os mortos, somos de pouca valia, Simon — afirmou, rindo. — Você conseguiu?

— Sim. Consegui. Está tudo preparado.

Os três ficaram mergulhados em um silêncio voltado à memória. De alguma maneira, esses primeiros instantes felizes se conectavam diretamente com o drama que marcou os últimos que compartilharam tempos atrás, na noite em que todos lutaram para defender suas vidas na casa de Klaus Münzel.

Elke havia desabado depois de desferir um golpe demolidor na cabeça de Günter Baum. O horror superava a capacidade de resistência de seu cérebro. Caiu no poço sem fundo da inconsciência, proferindo um grito dilacerante. Quando, finalmente, conseguiu abrir os olhos, Darden estava ajoelhado ao seu lado, empapado de sangue, tentando reanimá-la. O jornalista molhava seu rosto e seu peito com água fria. Ajudou-a a se levantar.

— Vamos, Elke, temos que sair deste inferno o quanto antes! — sugeriu, ofegante, puxando-a com força.

Apoiados um no outro, claudicantes, procuraram escapar daquele cenário de horror quando ouviram os lamentos de Eilert Lang.

Tinham achado que estava morto.

Examinaram sua ferida. A bala de Christian Eichel atravessara de forma limpa suas costas. Sangrava em profusão, mas sua vida não parecia correr perigo. O norueguês, sem forças, lhes disse o que deviam fazer. Pediu a Elke que fosse buscar álcool e gazes, e a Simon que pegasse com as pequenas pinças uma brasa na lareira e cauterizasse o buraco aberto pelo projétil

— Jamais esquecerei seus berros, ficaram cravados no meu cérebro — lembrou o jornalista, sobressaltado.

— Era a única maneira de deter aquela sangria.

Depois de enfaixar com força a cintura de Lang, ajudaram-no a ficar em pé. Estava abatido, seus joelhos mal o sustentavam, mas sua cabeça parecia funcionar plenamente. De forma entrecortada, conseguiu fazê-los entender que aquela era a melhor oportunidade que a vida lhe oferecia em muitos anos.

Precisava que o mundo o considerasse morto.

Morrer pela segunda vez o colocaria a salvo de seu terrível destino.

Elke Schultz e Simon Darden concordaram que a proposta de Lang era o único plano possível. A casa de Klaus Münzel se assemelhava a um campo de batalha atapetado por cadáveres. Ao lado do último *ator* da Operação Shangri-la se amontoavam os corpos de dois policiais e os dos cinco membros da Ultima Thule. Ninguém conseguiria identificá-los se conseguissem reduzi-los a uma maçaroca de carvão negro.

O tempo pressionava e deviam agir sem demora. O jornalista desceu ao embarcadouro da casa. Não lhe custou encontrar a gasolina necessária para fazer arder o lugar pelos quatro costados. Borrifaram os corpos depois de amontoá-los e ataram fogo. Em questão de minutos, as chamas devoraram a mansão de Münzel, projetando um dantesco espetáculo nas águas escuras da baía de Andraitx.

Depois, pouco antes que a polícia irrompesse no lugar, se separaram. Lang entregou a chave do cofre ao jornalista, fitou Elke com infinita tristeza e se arrastou, tentando se fundir com as sombras de um bosque próximo.

— Funcionou, Eilert! — afirmou Simon. — Você morreu. Morreu duas vezes. Está livre.

— Daqui a pouco todos seremos livres. Lembrem esta data: 27 de junho. O começo da guerra. O final da maior mentira do século XX. A derrocada da Thule — sentenciou Lang, em tom grave.

— A propósito de efemérides, gostaria que você me explicasse uma coisa — disse o jornalista.

— O quê?

— Por que você insistiu tanto para que tornássemos público tudo o que sabemos exatamente nesta data?

Os olhos de Eilert foram toldados por um fino véu de tristeza.

— Hoje, se estivesse viva, Angela Brandley faria quarenta anos.

— Entendo.

— Não há melhor forma de homenageá-la do que colocar contra as cordas todos os seus assassinos — afirmou o biólogo —, mas nada de tristezas. Ela era uma mulher feliz, cheia de vitalidade. Não gostaria de nos ver abatidos.

Ficaram em silêncio, tristonhos, durante alguns instantes.

— Mas, bem! Vocês não vão me oferecer um miserável cálice de vinho? — alfinetou. — Tenho a boca seca e meu estômago está rugindo!

Enquanto Simon ultimava os preparativos, Elke e Eilert se distraíram servindo o jantar.

— Não sabe o quanto senti saudades de você — confessou o norueguês, colocando pratos e copos na bandeja que Elke sustentava. — Sonhei com você uma infinidade de vezes.

— Então abra bem os olhos. Eu estou aqui.

— Eu me perguntava...

— O quê?

— Eu me perguntava se você estaria disposta a compartilhar parte de seu tempo com um fantasma.

— Só uma parte?

— Não sou ciumento.

— Acho que me perdi. Que história é essa de ciúme?

— Não tenho a menor chance de competir com um Stradivarius de dois milhões de euros — observou, irônico. — Portanto, fiquei pensando que você poderia enganá-lo comigo. Só de vez em quando.

Elke riu com vontade. Viu-se obrigada a apoiar a bandeja no mármore da cozinha.

— Você está me pedindo para colocar em risco meu casamento? — perguntou, cruzando os braços e sem dar crédito ao que ouvia. — Esse Stradivarius é um marido impecável, Eilert. Sério e fiel. Não consegui me entender com nenhum ser humano como eu e ele fazemos quando conversamos.

— Falar? A verdade é que eu me referia a outra coisa. As conversas sisudas me aborrecem, e muito.

Os olhos de Elke se encheram de malícia.

— Entendo. Em poucas palavras, você está me propondo que o contrate para ser meu assessor fiscal, não é? — perguntou, no meio de uma enorme gargalhada.

— Nem mais nem menos — confirmou Lang, se aproximando até ficar a uma curta distância. Sem deixar de fitá-la, pegou-a pela cintura e procurou seus lábios.

— Ouça, Eilert, eu...

— Cale-se, maldita concertista, e deixe-me beijá-la.

Uniram-se em um beijo cálido e longo. Depois se olharam atentamente, como se ambos descobrissem pela primeira vez o rosto do outro.

— Sabe perfeitamente o que eu sinto por você, Eilert.

— Eu sei? Não tenho muita certeza. Ultimamente minha memória tem falhado muito.

— Deveria saber — sussurrou ela —, e também deveria saber que poucas coisas me assustam mais do que compromisso. Não se confunda, não se trata de frieza emocional. É uma coisa que não consigo explicar.

— Algum dia vai conseguir.

— Sim, algum dia.

— E então?

— Nada mais, Eilert. Acho que devíamos nos conformar em viver o momento, sem fazer planos. Nada que se estenda mais além do âmbito do aqui e agora.

— *Carpe diem?* Estou há mais de seis anos vivendo de acordo com essa máxima! — disse o biólogo, à beira da gargalhada.

— Sim, exatamente, *carpe diem*.

— Nenhum coração se conquista de assalto, Elke, mas me dê um tempo e derrubarei até a última de suas muralhas.

— Tempo...

— Cale-se, cale-se e me beije de novo. Aqui e agora.

Depois do jantar, se postaram ao lado do computador de Simon. O jornalista telefonou para Roger Alton. O editor-chefe do *Guardian* estava, naquela noite excepcional, ao pé da impressora, supervisionando a tiragem da edição. O primeiro artigo de uma série de reportagens elaboradas por Darden saía das rotativas de Londres; veria a luz do dia ao mesmo tempo em que governos, polícias e centrais de inteligência, organismos internacionais e meios de comunicação livres de qualquer suspeita receberiam uma aluvião de documentos e provas incriminadoras que colocariam em xeque mais de mil membros da Ultima Thule.

— Esses desgraçados cairão como pedras de dominó, em cadeia — comentou, satisfeito, Darden.

— Sim, mas nem tudo são boas notícias, Simon — avisou Alton, abalado.

— O que aconteceu?

— Albert, Albert Giblin. Você se lembra dele?

— Você está se referindo ao advogado, aquele que é *sentinela* do Scott Trust?

— Sim.

— O que aconteceu com Albert?

— Se suicidou. Foi encontrado morto hoje de manhã.

— O quê?! Você não pode estar falando sério. Está brincando. Meu Deus!

— Albert era membro da Thule, Simon. Seu pai era um *lebensborn* adotado nos anos cinquenta por Patrick Giblin, o industrial de Birmingham — explicou Roger. — Albert informou à Thule que você havia recebido a fotografia do Führer.

O jornalista ficou mudo. As víboras se aninhavam nos lugares mais insuspeitos.

— Não vai ser fácil. Será melhor colocar isso na cabeça, meu amigo — continuou o editor, em tom pausado e grave. — É verdade que quem golpeia primeiro golpeia duas vezes, mas não espere que isso seja um passeio. Há quatro dias estive com Tony Blair. Foi um encontro longo, em Downing Street. Como você vai entender, teve de informar à rainha do que se avizinha. Ligou-me esta manhã, intranquilo. Há muito mal-estar, muito nervosismo. Gente influente, poderosa, de círculos próximos aos Windsor, se verá salpicada em maior ou menor medida. A Thule reagirá, vai se defender com unhas e dentes.

— Entendo.

— Você deverá continuar escondido durante muito tempo, pense nisso.

— Não me importa. Iremos até o fim — murmurou, categórico, o jornalista. — Além do mais, quer que eu lhe diga uma coisa, Roger?

— Sim, claro.

— Você não vai acreditar, mas eu lhe juro que você se acostuma a não ter que fazer a barba todos os dias — disse, no meio de uma grande gargalhada.

Darden desligou. Seu olhar tropeçou com os de Eilert e Elke.

— Algum contratempo? — perguntou o biólogo, curioso.

— Não. O Führer e sua quadrilha de assassinos se revolvem em suas tumbas. E tudo é choro e ranger de dentes. Muitos ficaram de calça curta. Teremos uma boa guerra, Eilert — afirmou Simon, com o ânimo enaltecido. — E venceremos.

Lang examinou a interminável relação de mensagens. Chamou sua atenção o modo curioso que Darden usara para preencher o espaço relativo ao assunto de algumas das mensagens.

— "História secreta de Edwin Drake, *o Prumo*?!" — perguntou, arqueando uma sobrancelha.

— Eu precisava arrancar essa espinha — afirmou Simon, abrindo a mensagem. — Ouçam: Edwin Drake. Setenta anos. Presidente da World Health Company de Nova York. Nome em código: o Prumo. Ocupa a cadeira número 14 da Ultima Thule América, organização nazista. Nasceu na Alemanha, em 1938, em um dos centros Lebensborn criados por Heinrich Himmler, destinados a assegurar a pureza racial ariana e a elite dos futuros dirigentes do partido. Aos seis anos, em março de 1944, saiu do país ao lado de muitos outros. Acolhido pela próspera família argentina Elizondo Molina, viveu em Buenos Aires. Completou sua formação na Base 211, criada pelo almirante Dönitz na Terra da Rainha Maud, no norte do continente antártico. Aos 19 anos foi adotado por John Reginald Drake, potentado vinculado à extrema direita dos Estados Unidos. É membro do sétimo círculo da Ultima Thule desde 1981. Próximo à família de George W. Bush. São anexados cinco documentos que provam sua participação em operações de tráfico de armas, lavagem de dinheiro e distribuição de drogas.

— Demolidor — murmurou Lang.

— O que vocês acham? Apertamos a tecla de envio?

Os três trocaram um olhar cúmplice. Havia chegado o momento.

— Está faltando uma coisa aqui — murmurou Elke.

— O quê?

A violinista desapareceu em direção à geladeira para voltar, segundos mais tarde, com três taças e uma garrafa de champanhe Veuve Clicquot gelada.

O som da rolha, como uma salva de artilharia, parecia anunciar o começo da primeira batalha da Terceira Guerra Mundial. Encheram as taças.

— Pela gente — sugeriu Elke, exultante. — Pelos três!

— Pela alma do mundo! — acrescentou Simon, com cerimônia.

— Por você, Angela Brandley — sentenciou Lang, com um sorriso suave.

Darden apertou a tecla *enter*. O computador pareceu soltar fumaça, incapaz de processar todo o trabalho que significava enviar a interminável relação de mensagens.

— Creio que vai demorar a digerir tudo isto — observou, em tom jocoso. — Devemos ter paciência.

— Não temos a menor pressa — disse Eilert. — Elke já terminou sua turnê; você ganhou umas merecidas férias e, como todo mundo sabe, aos mortos o tempo não importa um pingo.

Uma alegre e feliz gargalhada ecoou na casa da avó McCuish.

Foram para fora. A lua, em quarto minguante, se refletia com impecável elegância nas serenas águas do lago.

Elke Schultz, sentada em um dos degraus de pedra da casa, abriu o estojo do Stradivarius. Ao fazê-lo, dirigiu um olhar furtivo ao biólogo. Nos olhos dele despontava um brilho diferente, desconhecido, que parecia flutuar entre o desejo e o desamparo.

Ela entendeu que aquele era o olhar ciumento de Eilert Lang. Acariciou a pele nobre do esposo e ficou em pé.

— Preciso da sua colaboração — avisou. — Prestem atenção. Os dois devem estalar os dedos polegar e médio de suas mãos. Assim, primeiro a mão direita, em tempo de quatro por quatro; em um *allegro vivo* semelhante ao das castanholas espanholas; depois, outras tantas vezes, com as duas mãos. E mantendo um silêncio entre dois compassos. Entendido?

— Nem um pouco — objetou Eilert, com encantadora ironia —, mas vamos tentar. Onde diabos está a garrafa de champanhe?

Elke levou as cerdas do arco a trotar entre o *ponticello* e o diapasão, marcando uma cadência que recordava o repicar dos cascos de uma centena de corcéis puros-sangues avançando emparelhados. Quando entendeu que Darden e Eilert conseguiam manter o contratempo sem sua ajuda, atacou as cordas com a graça e a exatidão de um felino ao saltar.

Uma miríade de notas altivas, eufóricas, inundou o lugar.

Eilert soube que conseguiria tolerar a presença daquele tirano maravilhoso em sua vida. Simon, entusiasmado, ficou em pé e começou a girar sobre seus pés.

— Que beleza, que maravilha de céu! O que é isto? — perguntou, assombrado, quando Elke, ao terminar, se inclinou em uma encantadora e graciosa saudação.

— Um tema carnavalesco — explicou a concertista, sem parar de observar o biólogo.

— A *Musica notturna delle strade di Madrid*, de Luigi Boccherini — disse o norueguês, contendo a emoção.

Disposta a assombrar a melhor das plateias, Elke acariciou mais uma vez as cordas. O belo romance das *Variações sobre um tema de Frank Bridge*, de Benjamin Britten, sobrevoou como um pássaro de asas prateadas a perfeita quietude do lago.

Durante um tempo suspenso e feliz, sob as estrelas, os três sentiram que aquele lugar afastado chamado Loch Shiel era o arquétipo de um mundo perfeito que ainda viria.

39

RÉQUIEM EM RÉ MENOR

Uma careta de contrariedade se desenhou no rosto de Simon Darden depois da meia-noite. Era evidente que algo não corria bem. Examinou, desconcertado, a tela do computador portátil. Uma sintética mensagem e um pequeno relógio, cujos ponteiros giravam incansáveis, alertaram para um erro que acontecera durante o processo de envio da mensagem.

— E agora, que merda está acontecendo aqui? — grunhiu, destemperado.

As risadas de Eilert e Elke chegavam de fora da casa. A violinista e o biólogo mantinham uma conversa cúmplice e feliz.

Depois de tentar resolver sem êxito o contratempo, Darden resolveu pedir ajuda ao norueguês. A silhueta desalinhada de Lang se recortou pouco depois no umbral. Apoiou-se na porta e o encarou com expressão de cansaço.

— Você precisa de ajuda?

— Sim, esse troço não está funcionando.

— Qual é o problema? — perguntou Eilert, afável, caminhando até a mesa com as mãos nos bolsos. Parecia flutuar em uma nuvem de algodão, a dois palmos do chão.

— Não sei qual é o problema, mas esta coisa ridícula não enviou nem um único e-mail... — resmungou. — Parece que está travado. Não responde.

Lang xeretou por cima do ombro do inglês e assentiu. Em seguida, contornou a mesa e checou com cuidado as conexões da parte posterior. Tudo parecia estar no lugar. Acompanhou, um a um, o percurso dos fios, se agachando até desaparecer do campo de visão do jornalista, e reapareceu, pouco depois, com um sorriso brincalhão no rosto e um cabo entre os dedos.

— Na próxima vez, seu iluminado, se certifique de que conectou o cabo na caixa do telefone — sugeriu, em tom jocoso.

— Não estou entendendo. Posso jurar que revisei tudo várias vezes.

— Não importa. É provável que, ao passar, arrancamos o fio sem perceber — arriscou Eilert, dando por terminado o incidente. — Pronto, tente agora!

Simon suspirou profundamente. Fechou o programa de correio e voltou a abri-lo. Parecia funcionar.

— Sim, perfeito. Só é pena termos perdido mais de uma hora.

— Bah, não importa!

Nesse ponto, a voz de Elke obrigou-os a levantar a vista.

— É melhor vocês se afastarem do computador — sugeriu, em tom premente.

Eilert Lang e Simon Darden recuaram instintivamente alguns passos, emudecidos, sem poder acreditar no que estavam vendo.

Elke, desafiadora, apontava uma automática prateada para eles.

— Eu desconectei o cabo depois do jantar. Vamos, para trás, afastem-se da mesa! — ordenou.

— Mas o que você está fazendo, Elke? — balbuciou o biólogo, perplexo. — De onde você tirou essa piada?

— Essa piada estava, segundo o combinado, no porta-malas do carro que eu aluguei hoje de manhã em Edimburgo — afirmou.

— Meu Deus! Diga-me que é uma piada de mau gosto, eu lhe suplico! — murmurou, atônito, Lang.

Darden, ao seu lado, meneou a cabeça levemente. O jornalista não conseguia afastar seus olhos da expressão hierática da mulher. Um pensamento inquietante parecia sacudi-lo dos pés à cabeça.

— Não, meu amigo, eu acho que Elke não está brincando. Creio que começo a entender tudo.

— Maldita seja! Quem é você, Elke? — rugiu Lang, furioso, crispando seus dedos sobre a mesa.

Elke Schultz encheu seu peito de ar. Mordeu o lábio inferior.

— Sou Elke Schultz, filha de Ernest Schultz, Grande Coroa de Vril. O primeiro dos sete Mestres do último círculo da Ultima Thule.

— Isso não é possível.

— É. Não carrego tatuagens em meu corpo, Eilert, mas essa pequena corrente de ouro e esta adaga me acompanharam durante toda a minha vida — afirmou, entreabrindo ligeiramente a blusa e mostrando o colo. — Este foi, é e será meu único compromisso, está entendendo agora?

— Meu Deus!

— Nada correu como estava previsto, Eilert. Nada! — admitiu ela, com um véu de culpa nas pupilas. — Você acha que foi o azar que levou nossos caminhos a se cruzarem, que vivíamos por simples acaso no mesmo bloco de apartamentos?

— Maldita! — berrou o norueguês, atônito.

— Não estava previsto que eu interviesse, eu lhe garanto. Minha única missão nesta história era vigiá-lo de perto, tentar conquistar sua confiança e investigar onde escondia todos os documentos que nos roubou — sussurrou, imersa em um estranho tremor —, mas tudo foi alterado quando você enviou a fotografia do Führer a Simon. Nem mesmo eu fui alertada de que a Thule havia dado ordem para matá-lo imediatamente e que Günter e os seus estavam atrás de você. Depois você irrompeu em minha vida e precipitou tudo.

— Continuo sem entender — mastigou Eilert Lang. Havia protegido suas costas contra a parede, incapaz de suportar a inesperada reviravolta da situação. — Eu vi com meus próprios olhos como aqueles agentes tentaram matá-la! Aquilo não foi uma representação, não podia ser uma coisa armada.

Elke Schultz negou essa possibilidade.

— Não. Não era. Günter Baum não sabia quem eu era. Até nas melhores organizações acontecem coisas assim. De qualquer maneira, não corri perigo algum. Um simples protocolo, uma simples contrassenha, teria servido para me identificar como membro da ordem se as coisas ficassem feias. E assim resolvi, em meio à vertigem que você desencadeou, me arriscar e ir até o final com você, com vocês.

— Por que...? Por que você faz uma coisa destas? Sabe o quanto eu a amava, Elke. Por você eu teria colocado minhas mãos no fogo — reprovou, atônito, o biólogo, cujos olhos brilhavam, cobertos por uma pátina aquosa. — Por você eu teria sido capaz...

— ... de caminhar sobre as águas ou sobre as brasas. Eu sei. Simon me falou na tarde do último dia em Maiorca dessa forma de amor incondicional. E aquelas palavras ainda ecoam em meu cérebro e tornam isso tudo insuportável para mim. De fato, eu lhe garanto que vou me lamentar durante toda minha vida, durante cada um dos dias que me restarem de vida.

Os olhos de Elke se umedeceram em um fugaz sinal de humanidade. Apenas por um instante. Apertou as mandíbulas com força e crispou seu dedo no gatilho, imersa em uma estranha esquizofrenia, dividida entre duas ordens imperativas e contraditórias que seu cérebro e seu coração ditavam ao mesmo tempo.

O mundo desabou estrepitosamente para Eilert Lang, arrastando em sua queda as tímidas esperanças forjadas. Conseguira driblar durante anos a morte, uma e outra vez, ocultando-se como um rato sob a terra, arrastando a miragem de seus dias entre penumbras, condenando suas noites a um sonho sem fantasias, encadeado internamente a uma pistola; chegara, até, a interiorizar o fato de que esse destino aziago era o único possível, o único que lhe estava reservado; mas compreender que a traição se aninhava no coração da mulher que amava anulava o mais básico de seus instintos: o desejo de sobreviver.

Simon Darden acompanhara, sem fôlego, o breve diálogo. Entendeu que o ânimo do biólogo rejeitava o combate e aceitava a derrota. Discretamente, milímetro a milímetro, avançou até alcançar uma ponta da mesa. Ali, à guisa de peso de papéis, ficava uma pequena automática que o acompanhava há meses. Acariciou a coronha com a ponta dos dedos. A imagem de Brian emergiu em seus pensamentos. Se quisesse voltar a vê-lo, deveria agir sem demora e arriscar tudo.

— Não toque nessa pistola, Simon — aconselhou Elke, percebendo o movimento. — Não vai servir para nada. Esvaziei o pente.

— Maldita piranha, maldita puta nazista — vociferou, furioso, o inglês, ao mesmo tempo em que segurava a arma pelo cano. Atirou-a sem pensar contra Elke. Depois, tentou, inutilmente, avançar sobre ela. Duas balas detiveram sua curta corrida. Caiu fulminado no pequeno espaço que separava o sofá de uma pequena mesa.

Lang, alienado, nem tentou socorrê-lo. Não se mexeu. Sabia que Simon estava morto. Morto sem proferir um único gemido. E que, em poucos segundos, ele o seguiria em sua viagem à escuridão. Com lágrimas nos olhos observou Elke pela última vez e se ajoelhou. Entrelaçou os dedos das mãos e as colocou em sua nuca, cravando o olhar no chão.

— O que você está fazendo, Eilert? Levante-se, não quero matá-lo assim! — exigiu ela, em um estado próximo ao paroxismo. Voltou a apontar a arma.

— Não vou levantar. Mate-me assim. Assim morreram todos meus companheiros na Antártica. Dispare e termine com isso de uma vez — insistiu ele. — Não quero voltar a ver seu rosto. Não quero levar sua imagem. Acabe com isto. Uma única bala, Elke. Uma bala que apague meu cérebro e arrase, ao mesmo tempo, seu pequeno coração.

Elke Schultz apoiou a pistola nos cabelos de Lang, acima da testa. Um pranto desarticulado, sem som, sulcava como o delta de um rio de cristal seu rosto perfeito.

Quando ia executar o único homem que havia sido capaz de cruzar a terra inóspita e erma que ela criara ao seu redor, ouviu o motor de dois carros parando e o som de portas sendo fechadas.

Quatro homens entraram na casa de Loch Shiel.

— Srta. Schultz...

— Chegou atrasado, Eberhard, dez malditos minutos atrasado! — repreendeu ela, sem se virar.

Eberhard se adiantou. Deu uma breve olhada no escorço que era o cadáver de Simon Darden e se postou ao lado da violinista.

— Eu lhe imploro, Srta. Schultz, me dê a arma e saia. Isto não é para você. Nós cuidaremos de tudo — afirmou. — Esses são os arquivos? Está tudo aí?

Elke assentiu como se fosse um robô. Depositou a pistola na palma da mão do agente da Thule. Depois, recuou até a porta com um nó na garganta, sem parar de olhar o biólogo.

— Me perdoe, Eilert, me perdoe — suplicou, com voz afogada.

Eilert, prostrado, não quis olhá-la. No último momento, quando intuiu que a filha da Coroa de Vril cruzava o umbral, pronunciou aquelas que seriam suas últimas palavras.

— Uma bala para os dois; para mim, a liberdade; para você, a infâmia.

Elke Schultz saiu da casa. Afastou-se claudicando até chegar à margem do lago. As águas, em sua perfeita quietude, refletiam um céu azeviche, insondável e majestoso, apinhado de estrelas.

O eco surdo de um disparo arrancou de seus lábios um grito agudo, desmedido. Encolheu-se em torno de si mesma, dobrada pela dor. O afiado estilete de seu pescoço, a adaga de ouro da Thule, parecia abrir uma brecha no centro de seu peito, como se uma garra negra houvesse se cingido sobre ele.

Permaneceu alheia e sem consciência do tempo até que os braços poderosos de Eberhard a forçaram a ficar em pé.

— Vamos, Srta. Schultz, está tudo acabado — disse no seu ouvido. — Estamos limpando a casa, acabaremos em alguns minutos. Permita-me levá-la até o carro. Trouxe sua bolsa e seu violino.

O agente da Thule acompanhou-a até um dos veículos. Abriu a porta traseira e ajudou-a a se acomodar. Depois, voltou a entrar na casa.

Elke ficou sozinha, sem vida, no meio de um dilacerante abandono.

Fechou os olhos e inclinou o rosto procurando esquecer. Nesse estado desolado, soou seu telefone. Rebuscou às cegas entre os objetos da bolsa até encontrá-lo. Olhou a pequena tela e reconheceu o número. Sim, era ele.

— Olá, papai.

— Olá, tesouro, como você está?

— Mal, muito mal, muito mal — confessou, soluçando.

— Eu sei, meu amor. Sei perfeitamente como você se sente.

— Não, não sabe! Não pode saber! — replicou, tentando conter a duras penas a raiva que incendiava seu peito. — Não estava preparada para uma coisa dessas. Ninguém pode estar. Quer saber de uma coisa? Eu amava esse homem! Amava!

Fez-se um longo silêncio.

— Amamos muitas coisas e renunciamos a elas — consolou a Coroa com um fio de voz cansada. — Você acha que para mim foi fácil? Tive de renunciar à vida, deixar que todos, inclusive sua mãe, me considerassem morto. Você sabe como são os meus dias, minha filha? Vivo recluso, só, longe dos olhares do mundo, em uma gaiola de ouro que não posso abandonar; tendo saudades de todas aquelas coisas pequenas que compartilhava com você. E essa é uma carga insuportável, uma mala pesada que só a fé na perseguição de um alto ideal pôde aliviar. Você acredita em mim, não é verdade?

— Sim, mas tudo podia ter acabado em Berlim, ou em Maiorca. Quem me dera não ter passado por isto — lamentou Elke. — Não vou conseguir superar.

— Vai sim.

— Não.

— Vai sim. Você é forte. E muito inteligente. Sabe perfeitamente que a sentença de morte de Eilert Lang estava escrita. Poderíamos tê-lo eliminado meses atrás, quando encontramos seu rastro — refletiu Ernest Schultz —, mas isso não teria resolvido nosso maior problema. Esses documentos eram o problema. Nossa existência depende de que nenhum desses papéis venha à luz. Pouco importa o que o *Guardian* publique hoje. Em duas semanas o mundo estará olhando em outra direção.

— Sinto muito a sua falta, papai.

— E eu a sua, querida, e eu a sua.

— Como estão suas pernas?

— Não muito bem. A artrose quase não me deixa andar, mas tenho uma cadeira de rodas motorizada.

— Fique perto da lareira. O calor o aliviará.

— Já estou fazendo isso. Ouça, filha, agora preciso deixá-la. Procurarei ligar para você qualquer dia desses, talvez no mês que vem. Cuide bem de sua mãe e, sobretudo...

Através do espelho do carro, Elke pôde ver com clareza como os membros da Thule tiravam da casa os cadáveres de Eilert Lang e Simon Darden. Haviam-nos colocado em duas grandes bolsas pretas. Foram depositadas na parte traseira de um terreno e cobriram os volumes com uma lona.

Nesse momento, o solene *Réquiem* de Gabriel Fauré abriu caminho no centro de sua cabeça. Um réquiem em ré menor, de incomparável beleza; um arrulho à morte, destinado a lavar o sangue, conjurar a dor e apagar a perda.

— Elke? Você está aí?

— Sim. Continuo aqui. Estou ouvindo.

— Eu lhe dizia que, antes de tudo, nunca se esqueça de que, o que fazemos, fazemos com a esperança de que um novo amanhecer ariano ilumine o mundo em um futuro próximo. Avizinham-se tempos terríveis, catastróficos, mas uma nova ordem, um novo Führer, um grande Reich...

— Sim.

— ... desta vez de mil gloriosos anos...

— Sim, mil anos.

— ... emergirá triunfante entre as cinzas desta civilização obscena e condenada.

— Vou lembrar — assentiu Elke, suspirando.

— Não chore. Não o faça nunca. Adeus, tesouro, eu te amo.

— E eu a você.

— *Heil*, Hitler, pequena!

— *Heil*, Hitler, papai!

AGRADECIMENTOS

A Fátima Frutos, Eva La Torre-Broto, Cecilia Moliné, Albert Cuesta e Francesc Álvarez, pela leitura minuciosa e suas muitas sugestões.

A Carina Pons, Ramón Conesa e a toda a equipe da Agência Literária Carmen Balcells, por seu excelente trabalho.

A Carmen Fernández de Blas e a Javier Ponce de MR, pela impecável edição deste romance.

A Paco Ignacio Taibo II e a toda organização da Semana Negra de Gijón; amigos e escritores que não posso mencionar, sob o risco de transformar isto em uma lista interminável.

A Pere Sureda, que tinha uma chave e a usou comigo.

A Anna, María, Olga e Alena, da Biblioteca Ferran Soldevila de Sta. Mª de Palautordera, e a todos os leitores e amigos de minha localidade.

Aos leitores de *Las Lágrimas de Karseb*, *Las puertas del Paraíso* e *El agua e la tierra*.

Um agradecimento muito especial a meu amigo Mark Griffiths e seu cunhado, Mark Sands, uma das dez *sentinelas* do Scott Trust do *Guardian*.

À família Murillo-Llerda, Murillo-Torda, Las Heras-Llerda e Barredo-Hernández.

E, como sempre, a Victoria e a Julia. Únicas.

Meu carinho para todos.

JULIO MURILLO
Santa M.ª de Palautordera

Este livro foi composto na tipologia Bembo Std
Regular, em corpo 11,5/16, e impresso em papel
off-white 80g/m² no Sistema Cameron da
Divisão Gráfica da Distribuidora Record.